Anthologie de l'OuLiPo

Édition de Marcel Bénabou et Paul Fournel

nrf

GALLIMARD

Voir copyright détaillé p. 899.

PRÉSENTATION

Depuis près de cinquante ans les oulipiens se réunissent fidèlement chaque mois pour déjeuner ou pour dîner. Au début de chaque séance, un ordre du jour est dressé qui prévoit prioritairement la rubrique « création ». S'il advenait un jour que cette rubrique restât vide, la réunion serait annulée. Cela ne s'est jamais produit. Depuis cinquante ans, chaque mois, un oulipien au moins apporte une création à la table. Elle peut être fondée sur une contrainte nouvelle dont la création sera le modèle, elle peut être une proposition neuve sur une forme ancienne, elle peut être une « interprétation » d'une contrainte connue, tant il est vrai que la contrainte, comme la partition, se prête au jeu des multiples interprétations. Ces créations mensuelles sont soigneusement versées au dossier de séance qui rejoint nos archives.

Depuis plusieurs années, en outre, l'Oulipo fait des publications orales de ses travaux. Les occasions de lectures publiques se multiplient pour le groupe, sur le mode de la tournée en province et dans le monde, ou sur le mode de la régularité mensuelle, à la Halle Saint-

Pierre, à Jussieu (l'université), à la Vidéothèque de Paris, à la Bibliothèque nationale de France, au théâtre du Rond-Point. Ces lectures sont l'occasion pour les oulipiens de proposer de nouveaux textes aux auditoires. Certains de ces textes n'ont jamais eu d'existence « écrite » et de plus en plus nombreux sont ceux, parmi nos « lecteurs », qui ont une connaissance exclusivement orale de nos travaux.

Parfois, lorsque le format des textes produits s'y prête, nous les publions dans notre « Bibliothèque oulipienne ». Mais ils ne sont alors tirés qu'à cent cinquante exemplaires qui échappent aux lois étranges du commerce des livres, et restent difficiles à débusquer, sauf lorsqu'ils sont tardivement recueillis chez Seghers ou Le Castor Astral.

La présente anthologie se voudrait le témoignage non pas d'une quelconque orthodoxie esthétique, mais bien de ce jaillissement créatif durable, de cette énergie collective et joueuse qui est celle de l'Oulipo. Car c'est bien dans cette créativité collective que chacun des oulipiens puise une part de l'énergie qui est nécessaire à sa propre création. L'Oulipo devient ainsi une terre d'abondance dont la copieuse bibliographie du groupe témoigne.

Nous présentons là un rassemblement de textes multiformes composés par tous les oulipiens morts et vifs. Certains sont déjà classiques — comme ceux qui les ont écrits, d'autres sont frais sortis du moule et encore inédits. Nous leur avons donné un arrangement thématique tant il est vrai que les oulipiens sont victimes d'épidémies :

Jacques Roubaud, auteur des « Animaux de personne », s'intéresse-t-il aux sardinosaures avec Olivier Salon qu'aussitôt Hervé Le Tellier se lance dans la série des « Opossums célèbres » et Paul Fournel dans les « Animaux d'amour ». Il en va ainsi pour la ville, il en va ainsi pour l'amour, il en va ainsi pour l'Histoire, il en va ainsi pour Jacques Jouet, pour François Caradec, pour Marcel Bénabou et pour tous les autres.

Cette anthologie ne se veut pas un catalogue de contraintes, mais bien un recueil de textes. Lorsque les contraintes qui leur servent de support sont évoquées, selon la volonté de leurs auteurs, elles le sont brièvement. Pour une fois, le lecteur n'est pas en cuisine. Il est assis à table.

PAUL FOURNEL

OUVERTURE

QU'EST-CE QUE LA LITTÉRATURE POTENTIELLE ?

Queneau et ses acolytes (dont auxquels j'en suis) se sont suffisamment expliqués sur les tenants et les aboutissants de l'OuLiPo (voir Bâtons, chiffres et lettres, *Idées-Gallimard (1965),* La littérature potentielle *(idem, 1973) et le n° 209 (25 avril 1974) de* l'Éducation*) pour qu'il me semble superflu de revenir une énième fois sur les présupposés théoriques d'une activité dont la caractéristique principale est d'être empirique : « Nous essayons », dit Queneau (*Bâtons, chiffres et lettres, *p. 322), « de prouver le mouvement en marchant. » L'OuLiPo, comme son nom l'indique, est un ouvroir, et la façon la plus efficace — et pour moi la plus agréable — d'en parler me semble être de proposer un résumé de quelques-uns de nos travaux pratiques favoris. On verra que ces manipulations élémentaires ne sont pas sans rappeler les opérations qu'un mathématicien fait subir à un triangle, fût-il tout à fait quelconque, en vue d'en explorer les propriétés, ou un bambin malicieux à un réveille-matin pour en mieux comprendre le fonctionnement. Le réveille-matin, ou texte-souche, sera ici, en l'occurrence, une phrase dont la brièveté exemplaire va de pair avec une célébrité justifiée : nous nous proposons d'en exploiter les nombreuses potentialités au moyen de triturations qui porteront séparément ou simultanément sur ses composantes litté-*

rales, phonétiques, grammaticales, syntaxiques et littéraires, aucune de ces opérations n'étant d'ailleurs privilégiée par rapport à une autre, l'ensemble étant par conséquent livré sans souci de hiérarchie ou de système.

GP

35 VARIATIONS SUR UN THÈME DE MARCEL PROUST

00 Texte-souche
Longtemps je me suis couché de bonne heure

01 Réorganisation alphabétique
B CC D EEEEEEEE G HH I J MM NNN OOO P R SSS T UUU

02 Anagramme
Hé, Jules, ce môme chenu de Proust songe bien!

03 Anagramme (autre)
Je cherche le temps bougé ou semé d'un sinon…

04 Lipogramme en A
Longtemps je me suis couché de bonne heure

05 Lipogramme en I
Longtemps nous nous couchâmes de bonne heure

06 Lipogramme en E

Durant un grand laps l'on m'alita tôt

07 Translation

Lugubrement je me suis couronné honteusement…

08 Palindrome strict

Eru, eh ! En no bed ! Eh cu oc si usé me j s.p. met gnol…

09 Bourdon

Longtemps je me suis coché de bonne heure

10 Double bourdon

Longtemps je me suis coché de bonne hure

11 Épenthèse

Longtemps je me suis coluché de bonne heure

12 Négation

Longtemps je ne me suis pas couché de bonne heure

13 Insistance

Pendant longtemps, pendant très longtemps, pendant très très très longtemps oui, moi, je me suis couché, je suis allé au lit quoi, de très bonne heure, de très très très bonne heure, vraiment de très très très bonne heure…

14 Ablation

Je me suis couché de bonne heure

15 Ablation (autre)
Longtemps je me suis couché

16 Double ablation
Je me suis couché

16a Triple ablation
…

17 Triple contresens
Jadis, j'acceptai de perdre le match à l'aube

18 Autre point de vue
Marcel, au lit !!!

19 Variations minimales
Longtemps je me suis bouché de bonne heure
Longtemps je me suis douché de bonne heure
Longtemps je me suis mouché de bonne heure
Longtemps je me suis touché de bonne heure

20 Antonymie
Une fois, l'autre fit la grasse matinée

21 Amplification
Éternellement, je me recouche de plus en plus tôt

22 Diminution

Parfois, je ne m'étendai pas trop tard

23 Permutation

De bonne heure je me suis couché longtemps

24 Contamination croisée

a) Le 15 mai 1796, je me suis couché de bonne heure
b) Longtemps, le général Bonaparte fit son entrée dans Milan à la tête de cette jeune armée qui venait de passer le pont de Lodi, et d'apprendre au monde qu'après tant de siècles César et Alexandre avaient un successeur

25 Isomorphismes

Une fois sur deux le confiteor se chante a cappella
Généralement le peroxydase de potassium s'évapore vite

26 Synonymie

Pendant plusieurs années j'allai au lit tôt

27 Fine déduction

Dès mon plus jeune âge, je me suis intéressé à des histoires de plume

28 Contamination (autre)

Comme il faisait une chaleur de 33°, je me suis couché de bonne heure

29 Isoconsonnantisme

L'art toujours mou se cachait dans Ben Hur

30 Isovocalisme

Qu'on rende le fruit fourré cher aux veuves...

31 Isophonisme

L'honte en germe, est-ce huis? Coup chez deux bons heurts!

32 Boule de neige clinamenoïde

J
ai
été
long
temps
couché
dorloté
embrassé
rondement
diablement
suprêmement
debonneheure
marcel proust

33 Hétérosyntaxisme

De nombreuses années me connurent couche-tôt

34 Alexandrin
Fort longtemps je me suis / couché de très bonne heure

35 Interrogation
Je me serais longtemps couché de bonne heure ?

Nous laisserons le lecteur en proie à cette douloureuse question.

GP

35 VARIATIONS SUR UN THÈME DE SHAKESPEARE

00 Source text
To be or not to be, that is the question.

01 Alphabetically
A BB EEEE HH II NN OOOOO Q R SS TTTTTTT U.

02 Anagram
Note at his behest : bet on toot or quit.

03 Lipogram in c, d, f, g, j, k, l, m, p, v, w, x, y, z
To be or not to be, that is the question.

04 Lipogram in a
To be or not to be, this is the question.

05 Lipogram in i
To be or not to be, that's the problem.

06 Lipogram in e

Almost nothing, or nothing: but which?

07 Transposition (W + 7)

To beckon or not to beckon, that is the quinsy.

08 Strict palindrome

No, it's (eu) qeht sit. Ah! te botton roebot.

09 Missing letter

To be or not to be hat is the question.

10 Two missing letters

To be or not to be at is the question.

11 One letter added

To bed or not to be, that is the question.

12 Negation

To be or not to be, that is not the question.

13 Emphasis

To be, if you see what I mean, to be, *be alive, exist, not just keep hanging around;* or *(and that means one or the other, no getting away from it)* not *to be,* not *be alive,* not *exist, to — putting it bluntly — check out, cash in your chips, head west:* that *(do you read me? not "maybe this" or "maybe something else")* that *is, really* is, *irrevocably* is, the *one and only inescapable, overwhelming, and totally preoccupying ultimate question.*

14 Curtailing
Not to be, that is the question.

15 Curtailing (different)
To be or not to be, that is.

16 Double curtailing
Not to be, that is.

17 Triple contradiction
You call this life? And everything's happening all the time? Who's asking?

18 Another point of view
Hamlet, quit stalling!

19 Minimal variations
To see or not to see.
To flee or not to flee.
To pee or not to pee.

20 Antonymy
Nothing and *something : this was an answer.*

21 Amplification
To live forever or never to have been born is a concern

that has perplexed humanity from time immemorial and still does.

22 Reductive
One or the other — who knows?

23 Permutation
That is the question : to be or not to be.

24 Interference
a) Tomorrow and tomorrow and tomorrow :
That is the question.
b) To be or not to be
Creeps through this petty pace from day to day
And all our yesterdays have lighted fools
The way to dusty death.

25 Isomorphisms
Speaking while singing : this defines recitative.
Getting and spending we lay waste our powers.

26 Synonymous
Choosing between life and death confuses me.

27 Subtle insight
Shakespeare knew the answer.

28 Another interference
Put out the light, and then? That is the question.

29 Homoconsonantism

At a bier, a nutty boy, too, heats the queasy tone.

30 Homovocalism

Lode of gold ore affirms evening's crown.

31 Homophony

Two-beer naughty beat shatters equation.

32 Snowball with an irregularity

I
am
all
mute
after
seeing
Hamlet's
annoying
emergency
yourstruly
Shakespeare.

33 Heterosyntaxism

I ask myself, is it worth it, or isn't it?

34 In another meter

So should I be, or should I not?
This question keeps me on the trot.

35 Interrogative mode
Do I really care whether I exist or not?

(We leave the reader saddled with this painful question.)

HM

35 variations sur un thème de Marcel Proust suivi de *Variations*.

VILLE

NOTRE AUBER

Notre Auber qui êtes Jussieu
Que Simplon soit Parmentier
Que Ta Volontaires soit Place des Fêtes
Que Ton Rennes arrive
Sur Voltaire comme Courcelles
Donne-nous Galliéni notre Havre-Caumartin
Et ne nous soumets pas à la Convention
Cambronne-nous nos Défense
Comme nous Odéon à ceux qui nous ont Maraîchers
Délivre-nous des Halles.
Miromesnil.

HLT

Zindien, 2000.

LA SAGESSE DES STATIONS

Quelques aphorismes obtenus avec les noms de stations du métro parisien.

1. UN PEU DE SCIENCES POLITIQUES

La nation, c'est la concorde devenue visible

Les petites cités font les grandes républiques

Les petites républiques font les grandes nations

La république est la continuation de la nation par d'autres moyens

Un peu de liberté éloigne de la concorde, beaucoup en rapproche

Un peu de liberté éloigne de la bastille, beaucoup en rapproche

La nation est une maladie dont la bastille est le remède

La cité est une maladie dont la nation est le remède

La liberté est une maladie dont la bastille est le remède

La concorde, c'est la convention devenue visible

Qui ignore la nation, ignore la concorde

2. MÉDITATIONS SUR L'EUROPE

La nation est une maladie dont l'Europe est le remède

L'Europe est la continuation de la nation par d'autres moyens

Un peu de nation éloigne de l'Europe, beaucoup en rapproche

Un peu d'Europe éloigne de la nation, beaucoup en rapproche

3. LES DISTRACTIONS DE LA VIE

Point d'opéra, point de gaîté

La chapelle est une maladie dont l'opéra est le remède

Le temple est une maladie dont l'opéra est le remède

L'opéra est une maladie dont la chapelle (variante : le temple) est le remède

Un peu de liberté éloigne de la gaîté, beaucoup en rapproche

Un peu de gaîté éloigne de la cité, beaucoup en rapproche

Loin du temple, loin de la glacière

Un temps pour la chapelle, un temps pour la glacière

4. LE MONDE DES AFFAIRES

La bourse est le plus court chemin entre la liberté et la bastille

Tant vaut la bourse, tant vaut la nation

Un temps pour le temple (ou la chapelle), un temps pour la bourse

Tout le monde se plaint de la bourse, personne ne se plaint du télégraphe

LE MONDE DE LA NATURE

Il n'y a pas de jasmin là où il n'y a pas de sentier

Qui ignore le jasmin, ignore la gaîté

On aime les Pyrénées, on craint les Pyramides

LA VIE MILITAIRE

Tant vaut la nation, tant vaut l'école militaire

Un temps pour le temple, un temps pour l'école militaire

L'école militaire, c'est la nation devenue visible

L'école militaire, c'est la bastille devenue visible

On peut cacher les volontaires, on ne peut cacher les invalides

On passe souvent des volontaires aux invalides, on ne revient pas des invalides aux volontaires

MB

ANAGRAMMES DE MÉTRO

L'anagramme est un mot (ou un groupe de mots) qui reproduit exactement les lettres d'un autre mot (ou groupe de mots) en les intervertissant de façon à former d'autres mots.

Les noms de quelques stations de métro sont ici anagrammisés.

LIGNE 1

Louvre Rivoli — ville ouvroir
Châtelet — thé ta clé — halte etc
Franklin D. Roosevelt — refond l'os, livre Kant

LIGNE 2

Alexandre-Dumas — Marx en dada seul
Père-Lachaise — Phare à siècle
Couronnes — rose connu — cure non-os
Barbès-Rochechouart — ô Bob Char Char est rue — brocha brocha sûreté — barbare sur théochoc
Monceau — coma nue — océan mu — on écuma

LIGNE 3

Porte-de-Bagnolet — adn et globe trope — glotte pan de robe — tango bol de perte — dog parle-t-on bête…
Saint-Maur — mûrit sana — muta sarin
Quatre-Septembre — bat presque terme — t'empêtres barque — t'embarques perte
Pont-de-Levallois-Bécon — snob à volonté p cédille — plantons ce vélo bolide

LIGNE 3 BIS

Saint-Fargeau — grue fantasia — grain sa faute — araigne Faust

LIGNE 4

Porte-de-Clignancourt — pour céder clignotant — concordant gît l'épure
Strasbourg-Saint-Denis — sang bris du son artiste — sens ingrat soda si brut — sobre suit grandissant — art sans insu dit Borges
Réaumur-Sébastopol — mas la prose bouture — opéra trous muables — passer Bloom auteur.
Saint-Michel — si mi le chant — lichen tamis — tachisme : nil

Raspail — par Lisa — l'air pas — spirala — là pi ras
Mouton-Duvernet — vêture du non-mot — non vêtue du mort — rue duvet ton nom

LIGNE 5

Porte-de-Pantin — piéton drap net — tard pont peine — en pied portant — patin on te perd
Stalingrad — dans l'art G.I.
Bobigny-Pantin-Raymond-Queneau — Bombay androgyne nié un piquant — Bombay qu'un rayon pidgin néante
Saint-Marcel — traças limen — traces milan — carmin à l'est

LIGNE 6

Picpus-Courteline — Li Po incrusté puce — sculpture copie — occulte un pis pire — un coup s'écrit pile — spe, un ciel croupit
Quai de la gare — Aquila d'égaré — gala éradiqué
Place d'Italie — lac de la pitié
Saint-Jacques — jasant que sic — je cassant qui
Edgar-Quinet — Gant, que dire — d'erg antique — qu'anti-degré — quid étrange
Sèvres-Lecourbe — sources le verbe

Cambronne — romance BN

La Motte-Picquet-Grenelle — le mot claque pente et gril — totem clapet genre quille — que la lettre compte ligne — le ring le mot cette plaque — la lettre *goce* quel piment

LIGNE 7

Fort d'Aubervilliers — dors, il vire Flaubert — l'abri frivole est dur — vie, faut briller, dors

Aubervilliers-Pantin-quatre-chemins — pic harem viril qui brasse un tel néant

Corentin-Cariou — ici un coton rare — ni cor ni cor étau — onirocrâne cuit — air connu erotic

Stalingrad — granit à lsd

Poissonnière — Reines poison — Nono père si si — sinon proésie — série opinons — ni pose ni rose — sono inspirée — pesons ironie

Châtelet-Pont-au-change — chant chat l'eau t'éponge — page et un choc haletant — a chu pène chant à glotte

Censier-Daubenton — si nuance et rebond — borne intense du ça — un édit se braconne — base dire un centon — condensé but à rien

Porte d'Italie — ordalie petit — toit il dérape — pirate et lido — t'élit parodie

LIGNE 8

Créteil-Préfecture — lettre crépue récif — crête crête pure l'if — éructe Perec filtre — perler ce récit fétu
Créteil-Université — il s'écrit une vérité — Léternité-sur-Vicie
Charenton-Écoles — en son écho l'écart — cochera le sonnet
Michel-Bizot — imitez Bloch — chez libimot
République — q. i. bleu repu — reluque p. i. b.
La-Tour-Maubourg — Margot roula Ubu

LIGNE 9

Mairie-de-Montreuil — érudition même l'air — mime dire la routine — antirimée ludorime — redite milieu roman — ludion ta rime rimée
Porte-de-Montreuil — le mot port dire une — lettre pure domino — portion du terme le — torrent plume d'oie — le proton du mérite
Trocadéro — rade Corot
Michel-Ange-Molitor — Milo me lit charogne — le mirliton chômage — homme croit-il l'ange — mon lit gicla Homère
Pont-de-Sèvres — proses de vent

LIGNE 10

Odéon — ode nô
Vaneau — venu à à — à un ave — va à nue
Église-d'Auteuil — élégies du lit au — lieu lieu de tags — siège duel au lit — l'île à gué séduit
Mirabeau — rime au b a — ba au miré

LIGNE 11

Mairie-des-Lilas — midi sera la lise — laisse il me dira — si la si le damier — si salade il rime — le da si si mi la ré
Porte-des-Lilas — relaps est lido — l'astre le poids — le stop sidéral — soliste le drap — l'a poli dessert — ps dilate l'éros
Goncourt — go un troc — Congo rut
République — brique peul
Rambuteau — bureau tam — tam au beur
Hôtel-de-ville — lido l'helvète

LIGNE 12

Porte-de-la-Chapelle — L'alpe date le porche — de la parole help etc
Jules-Joffrin — JJ s'offre l'uni — JL fief jurons

Concorde — ce cordon — oc rend oc
Assemblée nationale — à annales et embolies — étanasie on s'emballe — soit la banane le sème — bat l'anomalie sensée
Montparnasse-Bienvenüe — on brasse un vent ma peine — pan évité brume nanosens
Volontaires — on se vit oral — rêvons ta loi — volet raison
Corentin-Celton — ni lente ton croc — ni colt ton encre

LIGNE 13

Mairie-de-Saint-Ouen — tao ni dieu ni sa mère
Porte-de-Saint-Ouen — pensée on a dit trou — doute espoir néant — sont une parodie et — reste une adoption — on pense tout raide
Porte-de-Clichy — dèche lit do cry — Tyr pile de choc — lèche pic do try
Saint-François-Xavier — fax si s'écrivant a noir — on vit rixe fracas sain — six cartons à rien à vif — écrira ta voix sans fin — voix finira s'écrasant
Montparnasse-Bienvenüe — benne ratp mue nasse ovni — rame Vian bon sens ne peut — mentir panne buées savon
Malakoff-rue-Étienne-Dolet — on fête le formel, adieu, Kant

Châtillon-Montrouge — logon oral menti chut — hôtel tango nul micro — trognon amolli chute — ton mot a chu, oṇ grille

MG

POÈMES DE MÉTRO

QU'EST-CE QU'UN POÈME DE MÉTRO ?

J'écris, de temps à autre, des poèmes de métro. Ce poème en est un.
Voulez-vous savoir ce qu'est un poème de métro ? Admettons que la réponse soit oui. Voici donc ce qu'est un poème de métro.
Un poème de métro est un poème composé dans le métro, pendant le temps d'un parcours.
Un poème de métro compte autant de vers que votre voyage compte de stations moins un.
Le premier vers est composé dans votre tête entre les deux premières stations de votre voyage (en comptant la station de départ).
Il est transcrit sur le papier quand la rame s'arrête à la station deux.
Le deuxième vers est composé dans votre tête entre les stations deux et trois de votre voyage.
Il est transcrit sur le papier quand la rame s'arrête à la station trois. Et ainsi de suite.

Il ne faut pas transcrire quand la rame est en marche.
Il ne faut pas composer quand la rame est arrêtée.
Le dernier vers du poème est transcrit sur le quai de votre dernière station.
Si votre voyage impose un ou plusieurs changements de ligne, le poème comporte deux strophes ou davantage.
Si par malchance la rame s'arrête entre deux stations, c'est toujours un moment délicat de l'écriture d'un poème de métro.

POÉSIE

I

Le premier vers sera brûlé pour commencer d'affirmer une première conviction :
si le poème de métro convient pour parler savamment, d'expérience, de la poésie,
c'est que le tic-tac extérieur contre quoi fait le dos rond le discours
est assez égalitairement représenté par le temps de la traversée des tunnels entre deux stations.
Cette alternance régulière de l'ombre par la fenêtre et de la lumière
rime assez avec les rayures du zèbre quand il se dresse sur ses pattes arrière,

noir, blanc, l'empilage des vers et des interlignes,
vibration, silence dans le temps de mise en voix que j'anticipe, du mardi 28 novembre
prochain. Je suis en train d'écrire avec une certaine exaltation,
plus que n'importe quelle que j'ai connue dans d'antérieurs poèmes de métro,
risque d'avoir, le poème, à le prononcer en public
et conscient que les bienfaits du recul et de la correction ici, dans une large mesure, impossibles et non souhaitables
trouveront leur exact équivalent dans l'énergie de la contrainte de situation.
J'ai toujours à l'esprit que le nombre de vers de ce poème est déterminé par le point prévu de ma destination :
le dernier vers, ce n'était pas calculé, mais ça me va, est transcrit sur le quai de la station LA MUETTE.

II

Le poème d'hier squattait le temps d'un parcours inévitable et nécessaire.
Le parcours d'aujourd'hui n'a pas d'autre raison que la nécessité du poème.
Le hasard apparent de LA MUETTE d'hier
est à rappeler positivement pour continuer à parler de la poésie

qui pourrait être au moins aussi justement que
l'armée dénommée la Grande Muette
pour ce que le poème, parmi tous les usages de la langue
est le seul qui soit capable de parler pour de simples prunes
tout en ne craignant pas de prendre à bras-le-corps l'énigme de la traduction de ce qu'est la saveur d'un fruit.

Que voilà bien bonne justification d'ordre quasi civique,
vider la langue à son extrême et la remplir à son extrême,
la goutte fondante qui fait régner le vide et la gonflante qui fait déborder le vase,
bée et chante,
alternativement ou simultanément,
s'il est possible de concevoir qu'un plat plantureux creuse les estomacs.
Les excuses que profère le vendeur d'un journal de sans-abri
prennent fermement le pas sur l'étroitesse de ma réflexion.
Je laisse passer cette averse répétitive de réel en rentrant un peu la tête dans mes épaules.
Mais le vers a du mal à s'en ébrouer.
Il est plus probable qu'il s'imbibe.

Si la langue, dans la poésie, regarde dans les yeux le rythme,
les marches taillées de l'escalier selon des règles,
les excuses du vendeur de journaux ou les titres du journal du soir
existent, pour une part presque totalement négligée, contre le diapason du poème,
futile nécessaire raison d'être commune
qui fait douter bientôt duquel est duquel le diapason.
Entre chacune des unités superposables de la poésie, les vers,
il y a du vide occupable par l'air ambiant,
l'air et toutes les autres paroles qui ne sont pas de la poésie
parce qu'elles relèvent du chaos des trajets qui se croisent de façon aléatoire.
Poésie disciplinaire.

III

La poésie n'est pas naturelle, n'a pas la main verte et n'a, d'ailleurs, pas de mains.
La poésie est artificielle comme rien d'autre au monde n'est artificiel.
La poésie est tellement artificielle que trop c'est trop et qu'on arrive à peine à le croire.
Le naturel, la poésie s'en éloigne au galop.

IV

À tous ceux qui ne demandent rien à la poésie, pourtant la poésie demande
quelque chose, se demande si, non contente de sa modeste ténacité, elle n'a pas à franchir, plus volontaire,
les barrières Vauban mentales disposées par la police des mœurs contemporaines.
Il y a des failles par où glisser la lame oxydable du poème de proximité.

La vertu proclamée d'un métier de la marge m'apparaît comme un antipathique accès de bouderie sociale.
Je n'aime pas l'idée que la poésie est pure, propre et innocente,
inappliquée, inapplicable, ou extérieure à la littérature.
Le poème n'a pas à craindre de se laisser composer sur un T-shirt,
le poète d'être rémunéré à la quantité de vers.
Passez les commandes.

X

La difficulté d'écrire un poème de métro un jour de grève, ce vendredi,

est considérablement aggravée : trouver d'abord une rame ;
c'est fait ; la rame est très pleine et je dois écrire debout ;
elle s'arrête de façon assez anarchique. Le poème est… comment dit le haut-parleur ? perturbé.
Ce n'est pas une affaire, pour la poésie, d'être perturbée, elle qui se voit si volontiers perturbante.
Perturbez d'abord devant votre porte, madame Poétique !
vous le pouvez, puisque vous êtes l'horloge
qui sonne douze coups, et l'on dit qu'il est zéro heure.
Tiens, je saute du coq à l'âne, y a-t-il forcément un sujet, sapiens-ludens, derrière les énoncés-vers de la poésie ?
Il peut y avoir impudiquement quelqu'un et, une autre fois, terriblement personne.

JJ

Poèmes de métro, 2000.

POÈME DE BISTRO

QU'EST-CE QU'UN POÈME DE BISTRO ?

J'écris, de temps à autre, des poèmes de bistro. Ce poème en est un.
Voulez-vous savoir ce qu'est un poème de bistro ? Admettons que la réponse soit oui. Voici donc ce qu'est un poème de bistro.
Un poème de bistro est un poème composé dans un bistro, pendant le temps d'une beuverie.
Un poème de bistro compte autant de vers que votre beuverie compte de verres moins un.
Le premier vers est composé dans votre tête entre les deux premiers verres de votre beuverie (en comptant le verre de départ).
Il est transcrit sur le papier quand le coude redémarre au verre deux.
Le deuxième vers est composé dans votre tête entre les verres deux et trois de votre beuverie. Et ainsi de suite.

Il ne faut pas composer quand le coude est en marche.

Il ne faut pas transcrire quand le coude est arrêté.

Le dernier vers du poème est transcrit sur le banc du fourgon de police.

Si votre beuverie impose un ou plusieurs changements de tabouret, le poème comporte deux strophes ou davantage.

Si par malchance le coude redémarre entre deux verres, c'est toujours un moment délicat de l'écriture d'un poème de bistro.

IM

Oulipo, *Pièces détachées*, 2007.

LA FOLIE FERRIFÈRE LOUÉE À LA LETTRE

Beau présent, texte écrit en hommage à un être ou à une chose, et écrit en utilisant exclusivement les lettres qui forment le nom du dédicataire.

Tare ou folie ?
Fête ou réalité ?
Fleur futile ou fatuité fatale ?

Il fallait être fou, fou à lier :
tout attitré et outillé,
le ferrailleur fertile et farfelu la fit,
fruit air et fer,
fille toute à lui.

Filet troué,
tôle filetée,
elle fuit, effilée,
frêle et forte
altière et fière.
Tout affrétée,

rituelle,
elle attire la foule ;
et au faîte, alerte ! foutue trouille !

Elle flétrit ?
Tire-lui l'oreille ou effleure-lui l'orteil
et elle aura le fou rire.

Elle a l'air falote ?
Frôle-la, farfouille-la et elle râlera,
elle furètera, et elle frétillera :
l'œil froufroute et l'aile folâtre.

Elle rouille ?
Frotte-la, il faut la faire reluire :
elle rutilera,
et au litre, oui, oui, au litre la filoute,
elle foutra le fiel
où l'alouette tire-lire
et où file la tourterelle.

OS

CITÉS DE MÉMOIRE

PULIDALATITA OU LES PARADOXES DE LA SCIENCE DU BEAU

• *Description de Pulidalatita.* • *Où nos héros découvrent que l'esthétique ne saurait être une science exacte.*

Après une semaine de malle-poste et trois jours de vigogne, nous voici enfin en vue de la cité de Pulidalatita.

Pulidalatita est le mariage de deux villes, Pulida et Latita, que relie un monumental pont de pierre, d'une seule arche. Pulida s'adosse aux escarpements de la colline, Latita s'étend sur la rive ouest d'un fleuve sans surprise. Au coucher, le soleil empourpre encore les façades de chaux de Pulida quand l'ombre et la fraîcheur envahissent déjà lés dômes et les coupoles de Latita.

Les deux villes cousines sont d'un égal attrait, les

ruelles en pente de Pulida n'ont pas moins de charme que les étroits canaux de Latita. La rivalité amicale de leurs universités est proverbiale et leur économie solidaire, car elles sont régies par un Grand Conseil commun qui veille à maintenir entre elles un équilibre fraternel.

Pourtant, tout oppose Pulida et Latita. Car, depuis nul ne sait quand, Pulida est la ville des Beaux, et Latita la ville des Laids. À leur puberté, les jeunes gens des deux sexes de chaque ville sont confrontés à un jury souverain, désigné par le Conseil. Ce tribunal décide une fois pour toutes s'ils sont beaux, ou laids. Les Beaux deviennent alors à jamais citoyens officiels de Pulida, les Laids citoyens de Latita.

Nul ne contraint quiconque à vivre dans sa ville. Le laid peut élire domicile à Pulida, au milieu des beaux, le beau peut s'installer à Latita parmi les laids. Les raisons de ces choix sont secrètes, intimes et ne se discutent pas. De même, un beau peut épouser une laide, un laid marier une belle, car l'on sait d'expérience à Pulida comme à Latita que l'amour n'y voit goutte, et que la beauté pas plus que la laideur ne se peuvent hériter.

Si bien que les premiers jours, nous qui ignorions tout de la coutume avons traversé plusieurs fois le pont qui relie les deux villes sans remarquer la moindre différence entre leurs habitants.

YCXK
OU LES MOUVEMENTS DE LA LANGUE

• *Rencontre avec les Gardiens de Pierre.*
• *Où nos deux amis découvrent un sens caché à l'arbitraire du signe.*

Une journée plus tard, nous voici aux marches du pays d'Ycxk. La grande falaise blanche, trouée d'arbalétrières, barre l'horizon. Une lourde porte de granit, en contrebas de la paroi, s'orne d'une bouche à trois lèvres, symbole du royaume. Puis, un interminable escalier rectiligne creusé dans le calcaire conduit jusqu'à la surface de la sierra.

À mi-chemin, un sas nous arrête, que gardent des hommes et des femmes en armes. Nous répondons à la question traditionnelle. Car nul ne peut entrer au pays d'Ycxk s'il ne propose aux Gardiens de Pierre un nom nouveau et inconnu. Sur ce haut plateau au relief chahuté, léché par les vents des déserts, la langue bouge ainsi sans cesse, au gré des voyageurs qui le visitent. L'année dernière, des explorateurs ont apporté les mots «*sasouni*» et «*outika*». *Sasouni* est — nous a précisé notre guide — la «couleur de la lune à l'horizon les matins d'hiver», et *outika* un verbe qui signifie «se taire parce qu'on préfère ne rien dire plutôt qu'une bêtise».

Pour notre part, nous avons fait entrer dans la langue le mot «orthographe», dont le son a beaucoup plu à nos hôtes, parce qu'il ressemble à *atagraff*, qui désigne en outarien un « homme dont le bas du dos est très poilu ».

Ils répètent « ortograf ! », « ortograf ! », en riant, afin de l'apprendre parfaitement, mais il se révèle ici parfaitement inutile voire incompréhensible, car les citoyens d'Ycxk ne possèdent pas l'écriture.

ULUD
OU L'ATOLL DES DIEUX DISTRAITS

• Charme de l'archipel où nos héros prennent pied. • Où ils découvrent doublement le plaisir d'être étranger.

Nous avons loué les services d'une trirème marchande et, quelques jours de navigation plus tard, avons atteint la plus grande île de la République d'Ulud. Non sans nous sentir indisposés, car la mer avait été grosse. Mais nous fûmes accueillis en princes et avons bu la liqueur d'atripèle avec les chefs tribaux des cinq volcans.

Miracle des courants et des vents, on peut rejoindre à pied chaque atoll. Des gués de corail couverts d'un sable couleur de lait serpentent entre les eaux turquoise des lagons. Le peuple uludi vit de la pêche et de la cueillette, mais la nature est ici généreuse et jamais il ne connaît la faim. Les enfants jouent en toute liberté, choyés de tous, déjeunant dans une hutte, dormant dans une autre, ignorant souvent même qui est leur mère.

Il règne sur ces îles une coutume étonnante : les Dieux y refusent aux hommes comme aux femmes le droit de connaître par deux fois le plaisir physique avec le même partenaire. Aussi les couples se font et se défont-ils presque aussitôt, et chacun se doit de cheminer d'atoll en atoll à la quête d'un nouveau compagnon de couche ; c'est pourquoi la modestie me conduit à penser que c'est plus à la rareté du neuf qu'à la puissance de notre charme que nous dûmes nos succès auprès des femmes d'Ulud.

Il arrive parfois, après tant de corps, de peaux et de visages, que l'on ne se souvienne plus très bien, que le doute s'installe sur la nouveauté de la liaison. L'accouplement est alors autorisé, car on suppose que les Dieux, eux aussi, ont oublié.

Nous avons toutefois rencontré certains couples qu'on sait unis depuis des années. C'est qu'ils vivent dans l'abstinence totale, ou, plus souvent encore, qu'ils simulent l'un comme l'autre, pendant l'acte, un absolu déplaisir sexuel.

AGATUK
OU L'*URBS MOBILIS*

• Un sommeil interrompu. • Où nos amis apprennent que la forêt de Warwick n'est pas la seule à savoir marcher.

À l'aube, alors que nous dormions à l'abri d'une dune, écrasés par la fatigue du désert de Gibbo, nous fûmes soudain réveillés par le caquet des poules et l'odeur puissante des épices. Agatuk, la « ville qui marche », que déjà Tacite, dans son *De origine et situ Agatorum*, décrivait sous le nom d'*Urbs mobilis*, s'était déplacée jusqu'à nous.

Car Agatuk la Nomade est sans cesse en mouvement. C'est à peine si elle s'accorde quelques heures d'immobilité au matin, durant le marché aux fragrances qui fait sa notoriété et pour lequel le chaland accourt de tout le royaume. Ce sont quelques courts moments presque paisibles où chacun se presse à ses affaires.

Aucun fleuve, aucune montagne ne saurait ralentir la marche d'Agatuk. Certains l'ont connue nichée au creux d'une vallée, d'autres l'ont vue cité lacustre, ou perchée au sommet d'un escarpement, ou encore vibrer tel un mirage dans l'air brûlant du Grand désert de sel.

Parfois, le hasard des voyages voit Agatuk s'installer au cœur même d'une autre ville, toujours moins obsédante, moins présente. Alors, les rues, les tours et les fontaines d'Agatuk viennent supplanter celles de la cité qu'elle envahit, dont on peut voir les pauvres habitants errer, hagards, dans la folle frénésie d'Agatuk l'usurpatrice.

ZEVENIA
OU LA QUESTION DE LA RÉFLEXION

• Louange de la cité de Zevenia. • Où nos héros s'interrogent sur les conséquences d'un séisme.

Nous voici enfin parvenus à l'aube, après une chaude nuit en diligence, dans l'extraordinaire cité de Zevenia. Avec ses palais à coupoles d'ambre, ses ponts décorés, ses canaux qui reflètent les façades sculptées, ses campaniles élancés qui défient le ciel, ses alignements de colonnades, Zevenia est une ville rêvée. On se souvient qu'Em Rand, ce tâcheron d'architecte de la ville concurrente d'Avezenï, mesura chaque édifice de Zevenia, patiemment, laborieusement, calibra chaque pavé de chaque rue. Sans gloire ni talent, ce piètre copiste fit ainsi peu à peu d'Avezenï l'exacte réplique de la Reine des Villes, sans jamais pourtant parvenir à l'égaler.

Lorsque voici plusieurs siècles, un cataclysme réduisit à un monceau de ruines Zevenia la Splendide, il fallut, pour reconstruire la cité à l'identique, suivre fidèlement ces mêmes plans qu'avait réalisés Em Rand pour édifier sa propre ville. On avait un instant craint que l'architecte n'ait ajouté ici une gargouille, là une frise ou une corniche. Il n'en était rien. Il semblait que l'éventualité d'une variante, fût-elle infime, ne l'eût jamais effleuré.

Et pourtant, alors que nous buvions un moka au Lorifani, tout à notre admiration devant les proportions si parfaites de la fontaine Tamoni, un trouble nous saisit. Se pourrait-il qu'après tout Zevenia la magique ne soit aujourd'hui rien d'autre que la copie d'Avezenï ?

UNTARA
OU LE JEU D'ARTIFICE

• Surprise de nos héros et réflexion sur la nature de la nature. • Où le narrateur commet l'irréparable.

Nous voici enfin parvenus à Untara. Non sans nous sentir quelque peu ridicules, car nous déambulions dans la rue principale depuis plus de deux heures, sans même nous en être aperçus.

C'est qu'à Untara, chaque habitation, comme chaque objet fait de main d'homme — des couverts aux lits — s'acharne à imiter la nature dans ses moindres détails, grâce à un extraordinaire travail de la matière et des formes.

Génie des artisans d'Untara : on croit voir un caillou et c'est une lampe, on veut franchir une flaque et c'est une baignoire. Je pense même pouvoir affirmer que si, à un quelconque instant, on pense avoir affaire à une pièce manufacturée, il s'agit à coup sûr d'un objet absolument naturel. Les indigènes eux-mêmes se conforment à cette règle et se fondent dans le paysage, avec un art consommé de l'artifice.

Nous avons d'ailleurs dû quitter Untara presque aussitôt, peu après que j'ai, persuadé d'avoir affaire à un chardon, piétiné par mégarde la femme du bourgmestre.

YARGA
OU LA VILLE SANS QUALITÉ

• Non-description de la ville de Yarga. • Où nos héros croient démasquer le secret bien gardé de la cité.

Les indigènes semblant paisibles, nous décidâmes de passer la nuit. Nous n'envisagions pourtant pas de faire halte à Yarga. La ville ne possède a priori rien de remarquable. Une rivière sans surprise la traverse, l'océan est loin, tout comme la montagne. Aucune basilique élancée ne s'élève sur ses collines basses, aucune haute muraille ne la protège. Nul suzerain n'a jamais daigné y édifier une forteresse, sans parler d'un palais. Son architecture est si banale que ses bâtisseurs semblent avoir fait assaut de conformisme.

Al Sufi le Pieux ne mentionne pas Yarga dans son *Livre des villes illustres*, Witten n'en dit mot dans le *Tractatus urbanisticus*. Les cartographes, dont on connaît le sérieux, semblent indiquer son emplacement à regret. On aura beau fouiller sa mémoire, aucun nom ne reviendra d'un savant, ou d'un artiste qui soit né à Yarga.

L'histoire elle-même semble avoir oublié Yarga. On se souvient du grand incendie de Nollod, de la peste de Hapra, du siège de Ytor, de la bataille de Grimanna, du terrible séisme de Ximeco... Mais devant Yarga, l'envahisseur passe son chemin, l'épidémie s'éteint et si la terre tremble parfois, c'est sans y croire tout à fait.

Puis, peu à peu, le voile se déchire. On découvre que le grand architecte du temple d'Istar naquit à Yarga, qui le chassa. Tout comme elle exila l'immense poète Ibnor et quelques siècles plus tôt le très sage Altopen. Et l'on comprend que la médiocrité est la voie discrète que Yarga s'est fixée. Ce qui paraît une malédiction n'est rien d'autre que sa stratégie pour traverser les siècles sans éveiller l'attention.

HLT

Cités de mémoire, 2003.

MÉLODIE EN SOUS-SOL

au sous-sol une héroïne de la chanson française
au septième un cadre dynamique si sûr de lui
au rez-de-chaussée une famille de bourges coincés
au sixième un bricoleur qui commence à s'agiter
au premier un monsieur tout seul regarde la télévision
au cinquième un vieux couple qui s'emmerde grave
au deuxième y a plus personne sauf la poussière
au quatrième une bande de jeunes commence à décoller
au troisième une jeune maman couche ses trois enfants
au troisième elle chante une berceuse eux gueulent encore
au sous-sol elle s'assoit avec sa bouteille
au quatrième on ouvre enfin le pack de kro
au septième la dynamique épaule gauche commence à picoter
au deuxième la poussière s'accumule sur les meubles
au rez-de-chaussée on parle pas on prie

au cinquième le mari traite sa femme de connasse
au sixième le bricoleur commence à planter les clous
au premier la télévision raconte une histoire de fesses
au premier la télévision passe une musique de fesses
au troisième elle murmure doucement le petit s'enrage
au sixième le bricoleur continue à planter les clous
au sous-sol elle tousse puis allume une clope
au cinquième la femme traite son mari d'enculé
au quatrième on met un tube de Public Enemy
au rez-de-chaussée on écoute une messe radiophonique
au septième il met un disque de relaxation transcendantale
au deuxième la poussière fait *swoosh* dans le vent
au deuxième la poussière chatouille les narines des fantômes
au premier la télévision passe un claquement de fesses
au septième son épaule commence à creuser sa poitrine
au troisième elle murmure moins doucement le grand gueule
au rez-de-chaussée la messe vire plus musicale
au sixième le bricoleur cloue cloue cloue et cloue
au quatrième on remet un disque de Public Enemy
au sous-sol elle écrase sa clope puis recommence
au cinquième le mari exige que la salope suce
au cinquième la salope l'envoie branler la bite

au deuxième *atchoum* les fantômes éternuent un bon coup
au sous-sol elle reboit un coup puis soupire
au premier la télévision diffuse une pénétration de fesses
au quatrième on enlève le disque de Public Enemy
au septième son cœur s'emballe la musique stagne
au sixième les clous les clous les clous les
au troisième celui du milieu geint la mère pleure
au rez-de-chaussée la musique fond en sermon
au rez-de-chaussée le sermon fond en litanie
au cinquième l'enculé sort sa perceuse et perce
au troisième les trois maintenant gueulent comme putes pourries
au deuxième *ratchoum* les mouches elles aussi éternuent fort
au sixième le bricoleur arrête et cogne par terre
au sous-sol elle met le casque du walkman
au septième son cœur cogne maintenant entre ses orteils
au premier la télévision secoue la chair des fesses
au quatrième on danse chimiquement sur les Chemical Brothers
au quatrième entre morceaux on entend gens qui braillent
au rez-de-chaussée la litanie fond en bénédiction
au premier la télévision montre les boutons des fesses
au cinquième la salope sort son moulin et mouline

au septième il entend ses tripes qui montent qui
au troisième elle commence à s'énerver mais grave
au sous-sol c'est cidre bouche à bouche
au deuxième les mouches redescendent sur leur pique-nique
au sixième le bricoleur va chercher sa perceuse aussi
au sixième il perce pour faire chier lui aussi
au quatrième on remet Public Enemy encore plus fort
au deuxième la poussière redescend *swoosh* sur les mouches
au rez-de-chaussée la bénédiction fond en ennui
au sous-sol la voix de Gainsbourg la remplit
au premier la télévision déclenche les boutons des fesses
au troisième elle crie ça suffit maintenant ça suffit
au cinquième on perce et on mouline encore encore
au septième le cœur réverbère dans l'appart entier
au septième Étienne Charon meurt d'une crise cardiaque
au sixième Jean-Louis Duparc perce un câble électrique
au cinquième Pierrette et Albert font lit à part
au quatrième Jean Virginie Claude resniffent de la colle
au troisième Caroline passe à l'acte et cogne
au deuxième Madame Dussolier régale encore mouches et asticots

au premier Claude Martin jouit dans des fesses
imaginaires
au rez-de-chaussée les Dubreton refont un enfant
au sous-sol Mélodie Newton vide son dernier verre

IM
Plouk Town, 2007.

TÉRINES D'AMÉRIQUE

Pour Pascale et David

Fait d'un petit peu de chair, de beaucoup d'air, l'écureuil
De gris ombré de roux, de billes noires pour les yeux
Glandeur dans le sens le meilleur, celui du trop actif,

Il charrie le gland, il grimpe, il cache au trou, actif
Comme on l'est avant six mois de sieste, l'écureuil
D'Amérique qui vous tombe de partout sous les yeux

Quand vous l'observez bien ne vous lâche jamais des yeux,
Familier, tourne autour du tronc sans cesser d'être actif
On s'avance, mais jamais on ne touche l'écureuil

⋆

La campagne ici comme un jour sans pain mou est longue.
On traverse infiniment la campagne à la campagne semblable
On ne reconnaît pas le vallon du vallon, la colline est pareille,

Au loin, une maison rouge et son silo à grains à la maison pareille
Que l'on voit au bord du chemin. La route ainsi est deux fois longue,
Longue de sa longueur et longue de sa langueur semblable.

On s'arrête au café sous la pluie pour un café semblable
À celui de plus loin. La serveuse qui le versera sera pareille
À l'autre qui lui succédera. On ne dit plus rien. On a perdu sa langue.

⋆

Si les trains sont vieux comme mes robes, qu'elles sont rutilantes les autos !

On les dirait sorties du four, fraîches pondues du même jour;
C'est qu'ils les aiment ici leurs automobiles et semblablement leurs petits camions,

Ce sont demi-autos avec la benne arrière, nommés pick-up, ces camions.
Lorsqu'il pleut fort vous avez dans le dos des piscines en plus de vos autos
C'est commode. Ensuite vous y tassez les enfants des écoles pour partir au petit jour.

Les hommes soufflent sur la carrosserie et la lustrent, reculent pour juger au jour
Si aucune bosse aucune tache ne vient ternir le bien luisant de leurs camions.
Plus ils sont vieux plus ils rutilent, plus elles sont vieilles plus elles sont belles, leurs autos.

⋆

Au fast-food, la question rituelle est « for here or to go ? »
Si c'est « for here » (qu'on dit « fore ire ») ce sera sur un plateau,
Si c'est « to go » (qu'on dit « tout go ») ce sera dans un sac.

To go et vous partez. Sur le chemin, la main dans le sac,
Vous picorez des frites. Mais si c'est pas to go,
Vous restez au resto. D'abord, c'est un conseil, posez votre plateau.

Ensuite allez chercher les outils du mangeur sur plateau.
Mangez. S'il en reste (souvent il y en a trop) prenez un sac
Et mettez dedans l'excédent. Ainsi vous êtes à la fois for here et to go.

★

Ce que les Américains font le mieux, c'est la queue.
Ils se tiennent bien alignés et respectent le trait
Jaune, tracé sur le sol à trois pas du guichet.

Souvent je regrette la présence du guichet
Elle serait plus belle sans objet, cette queue,
Une queue pure, étirée derrière le trait,

Une pure attente nette comme son trait.
Mais rien à faire, nul n'échappera au guichet
Ici on administre, pas de queue pour la queue.

★

NY fume par les naseaux des rues de Manhattan
NY crie par la bouche des sirènes de Big Apple
NY respire par les poumons des suspensions des autos de New York

NY ronronne par le nez des V8 des autos de New York
NY tourbillonne en automne avec les taxis jaunes de Manhattan
NY bat la mesure sur les plaques d'égout de Big Apple

NY bat la campagne dans le Park Central de Big Apple
NY trépide par les millions de pieds des travailleurs de New York
NY inonde de lumières la nuit noire des Indiens de Manhattan

*

Les joueurs de base-ball portent le pyjama de l'Amérique.
Ils s'endorment dans des parties infinies interminables,
S'éveillent parfois brusquement pour courir de toutes leurs jambes,

Puis ils redorment sous leur casquette et croisent les jambes.
N'oubliez pas que le batteur porte le gourdin de l'Amérique
Et qu'il peut infliger au monde des punitions interminables,

Plus il semble dormir plus ses puissances sont interminables,
Plus il ferme les yeux, plus il chique, plus il étire les jambes
De son pyjama, plus il faut redouter le gourdin d'Amérique.

*

Quand je marche dans les rues de NY je suis au fond du canyon.
La lumière monte et le soleil me touche vers midi dix
Pour repartir aussitôt dans ses hauteurs bleues. Pas d'Indien sur les toits.

En bas, il fait encore froid. Les arbres qui frissonnent sur les toits
Ne portent pas d'ombres. Ils se penchent sur la lèvre du canyon.
Soudain, un rayon de soleil brille dans une façade. Bientôt dix.

Les miroirs piègent les rayons, les brisent, les répètent. Deux heures dix,
Le monde sort de l'ombre. Les gratte-ciel ont des jambes sous leurs toits
Des miroirs sur leur ventre qui illuminent le fond noir du canyon.

PF

TRI SELON TRI

Pour Lucien Suel et in memoriam Kurt Schwitters

depuis l'inconcevable sinon depuis le plus récent des sept brasiers ou bien déflagrations finales et également au même moment successives autrement dit depuis le non-commencement décrit par le Bouddhisme depuis les déroulements sans début ni fin des états de cet et d'autres univers depuis une causalité sans cause première et sans effet qui dure sans fin les blocs de matière se lovent pli selon pli et les créations se font tri selon tri en simultanéité la lutte finale contre l'entropie une résistance acharnée contre l'approche de l'enfer stable et immobile du zéro absolu continuent sans cesse dans cet univers d'impermanence grossière mais aussi subtile nous devons oublier les vieux refrains et les quatre éléments la terre l'eau l'air et finalement le feu et plutôt diviser les matières en quatre nouvelles catégories le papier le plastique le verre et dernièrement tout ce qui reste ce groupe de choses qui finissent dans sa propre poubelle cette première benne contient tout le papier les journaux les magazines les lettres d'amour non désirées un monceau déchiré de paperasserie des tapisseries datant du début du vingtième siècle les brouillons de poèmes de discours de devoirs d'école de lettres à la Sécu à la banque à la mairie aux impôts avec les enveloppes des lettres des cartes postales faire -part les factures de L'EDF de France Télécom pour téléphone fixe ou mobile pour un accès à Internet également de la compagnie des Eaux les relevés des comptes de chèques d'épargne les avis d'imposition de la pub pour des prêts à la consommation et autres papelards vantant les encyclopédies puis encore les catalogues VPC avec les brochures pour les supermarchés pour les petits commerçants les artisans et pour tous les produits mis dans d'autres bennes la deuxième est pour le plastoque les bouteilles d'eaux minérales plates ou gazeuses et les bouteilles d'un soda qu'on peut pas nommer puis on y trouve les bouteilles pour les laits écrémés demi-écrémés UHT ou frais le Canada Dry et le Tonic aussi quelquefois les gobelets les couteaux puis les fourchettes des pique-niques ou des pots d'entreprise mais surtout les sachets qui transportent le futur contenu des bennes jusqu'aux voitures et après à la maison et qu'ensuite on utilise pour transporter le papier et les bouteilles et les emballages afin de les jeter dans les bennes dont les premiers sont assez propres alors que les deuxièmes contiennent les flaques d'eau de la bière du vin du lait puis des miettes de la graisse du sang qui coulent et puis se mélangent dans les fonds des sachets au fond de la benne puis la troisième benne c'est pour le verre les petits pots pour bébé et la confiture et le Nutella puis de la sauce tomate pour pâtes mais surtout y a les bouteilles pour Kro Stella Heineken Carlsberg bibines des grandes surfaces puis les vins de Bordeaux les vins à dix balles et les mélanges de la région parisienne vins mousseux du whisky écossais irlandais américain canadien et breton les vins cuits pastis gins et vodkas étrangers et français les cognacs les armagnacs et les eaux-de-vie toutes cassées par la chute ou lézardées seulement ainsi dégoulinant par les petites crevasses qui restent une moitié fermées par la colle des étiquettes avec en plus les urines des pochtrons qui s'infiltrent par les fissures faites d'une part et d'autre par la vie qui y fermente par les excréments poussant pour y entrer finalement les sacs-poubelles pour les os de poulets côtes d'agneau du steak des jambons des arêtes puis les bouts de peau caoutchouteuse les épluchures de pommes de terres de carottes et de choux de Bruxelles de choux rouges et les queues de haricots verts avec les restes de pâtes de riz de frites puis les coques d'œuf presque vidées leur blanc coulant sur les miettes de pain déjà gorgées du sang qui dégouline du fond des paquets en polystyrène et du lait qui goutte des cartons mal vidés les jus de fruits du thé découlant des sachets mal pressés les piles de marc de café avec les rouleaux de PQ vides les feuilles de sopalin qui ont bu du vin du ketchup de la confiture et des jaunes d'œuf les cotons-tiges jaunis les allumettes cramées les mégots les couches pleines de pipi les mouchoirs de morve de sang de sperme et de vomi enterrés tous ensemble se mixant pour se refaire une purée de santé d'enfer avec les vers des générations à venir

IM

CHICAGOS

Les chicagos sont des devinettes homophoniques.

BELLES CITÉS

Nul boulgour
Néant couscous
Zéro patate
Nada polenta

PAS RIZ

*

Valet roi
Dix neuf
Dix valet
Roi neuf

DAME AS

★

Pied de montagne
Lisière de plaine
Plage de mer
Confins des terres

BORD D'EAU

★

Suitcase Mom
Big box brother
Vanity-case sister
Purse grand-ma

BAG DAD

★

Pisse homme de peu de foi
Vomis dévot
Crache bigot
Expectore grenouille

CHIE CAGOT

★

Corps se cache, mon Dieu
Beauté se montre, Seigneur
Charme agit, maître
Nudité s'exhibe, ma foi

ÂME SE TERRE, DAME

*

Lainou
Rayonnou
Nylonou
Goretexou

COTONOU

*

Baignoire miettes
Canif entier
Charlotte filets
Eau froide boîte

MARAT THON

*

ersatz Europe
faux Calypso
succédané Daphné
bidon Écho

TOC IO

★

merlan chèvre rien
sardine agneau un peu
sole brebis beaucoup
dorade bélier pas mal

THON BOUC TOUT

★

0	heure
1	jour
10	semaines
100	mois
MILLE	ANS

★

Cinna Hoche
Polyeucte Kléber

Horace Murat
Nicomède Marceau

CID NEY

*

Moïse grippe
Christ rougeole
Mani lèpre
Mahomet tuberculose

BOUDDHA PESTE

*

gant Sarah
chapeau Myriam
bas Rachel
robe Léa

MANCHE ESTHER

*

toutou à gendarmerie
cocotte à armée

biquette à pompiers
coco à crs

MINET À POLICE

★

triangle strophe
rectangle cobla
carré chaîne
trapèze lacet

LOSANGE LAISSE

PF et JR

WHAT A MAN!

WHAT A MAN !

Smart à falzar d'alpaga nacarat, frac à rabats, brassard à la Franz Hals, chapka d'astrakhan à glands à la Cranach, bas blancs, gants blancs, grand crachat d'apparat à strass, raglan afghan à falbalas, Andras MacAdam, mâchant d'agaçants partagas, ayant à dada l'art d'Allan Ladd, cavala dans la pampa.

Passant par là, pas par hasard, marchant à grands pas, bras ballants, Armand d'Artagnan, crack pas bancal, as à la San A, l'agrafa. Car, l'an d'avant, dans l'Arkansas...

FLASH-BACK !

— Caramba ! clama Max.

— Pas cap ! lança Andras.

— Par Allah, t'as pas la baraka ! cracha Max.

— Par Satan ! bava Andras.

Match pas banal : Andras MacAdam, campagnard pas bavard, bravant Max Van Zapatta, malabar pas marrant.

Ça barda. Ça castagna dans la cagna cracra. Ça

balafra. Ça alla mal. Ah la la ! Splatch ! Paf ! Scratch ! Bang ! Crac ! Ramdam astral !

Max planta sa navaja dans l'avant-bras d'Andras. Ça rata pas.

— Ça va pas, fada ! brama Andras, s'affalant à grand fracas.

Max l'accabla.

— Ha ! Ha ! Cas flagrant d'asthma sagrada ! Ça va, à part ça ?

— Bâtard vachard ! Castrat à la flan ! râla Andras, blafard.

Bang ! Bang ! Andras MacAdam cracha sa valda. Max l'attrapa dans l'baba, flancha, flagada, hagard, raplapla.

— Par Achab, Maharajah d'Al-Kantara, va à Barrabas ! scanda Andras.

— Alas, alas ! ahana Max, clamçant.

Andras MacAdam à Alcatraz, Armand d'Artagnan avança dans sa saga, cravatant l'anar Abraham Hawks à Rabat, passant à tabac Clark Marshall à Jaffa, scalpant Frank « Madman » Santa-Campana à Malaga, fracassant Baltard, canardant Balthazar Stark à Alma-Ata (Kazakhstan), massacrant Pascal Achard à Granada, cachant Aga Khan dans sa jag à Macassar, acclamant la Callas à la Scala, gagnant à la canasta à Djakarta, dansant sambas, javas, czardas, raspas, chachachas à Caracas, valsant à Bandar Abbas, adaptant Franz Kafka à l'Alhambra, Gadda à l'Alcazar, Cravan, Tzara, Char à Ba-Ta-Clan, Hans Fallada à Harvard, paraphrasant Chaban à Cajarc, calfatant yachts, catamarans, chalands à Grand Bassam, sablant à ras hanaps cramant d'Ayala, allant dans sa Packard d'Atlanta à Galahad's Ranch (Kansas), lampant schnaps, grappa, marc, armagnac, marsala, avalant calamars à l'ananas, tarama sans safran, gambas, cantal, clams d'Alaska, chassant pandas à Madagascar, chantant (mal) Bach, Brahms, Franck à Santa Barbara, barman à Clamart, wattman à Gand, marchand d'abats à Panama, d'agar-agar à Arras, d'hamacs à Carantan, charmant à Ankara la vamp Amanda (la star dans « T'was a man as tall as Caracalla »), catchant à Marmara dans la casbah d'Akbâr, nabab d'Agra, grand flambart passant d'anthrax nasal, sans mal, tard, tard, dans sa datcha à Karl-Marx-Stadt, s'harassant dans l'alarmant grabat à draps blancs, lançant, *at last*, glas fatal, « Abracadabra ! ».

Gargas Parac

GP

Oulipo, *Atlas de littérature potentielle*, 1981.

OH L'OSTROGOTH !

Long short snob, snow-boots, poncho oblong, pompon confort Pontormo, front chromo Pollock, khôl, col blond, dos blond, long cordon d'or toc, froc d'Oxford folklo, Doc' Job mord son hot dog. Trot prompt, grosso modo John Ford.

Or donc, Tom von Porthos, gros porc monobloc, zozo bon fond look Pol Pot, mord Doc' Job.

Trop tôt ! Stop chrono ! Sondons nos dos, gnomons dont on sort ! Togo...

— Ho ! mon colon ! sort Otto.

— Poltron ! pond Doc' Job. Montons !

— Thor ! Confrontons nos rognons ! (Propos d'Otto.)

— Moloch ! (Doc' Job tord son ton.)

Choc rococo : Doc' Job, homo snob, mord Otto von Zorro, gros coq fort...

On mord, on tord, on fond... crocs, polochons, flocons, plombs, corps, tronçons, stock d'os bororos, nonos, gros côlons, roploplots... Oh po po po ! Pof ! Toc ! Plonk ! Bof ! Tchoc ! Cosmos tors.

Hors propos, Otto mord Doc' Job (son zob). Bon.

— Ho, mollo ! (Doc' Job's solo pro domo).

Non-stop, Otto pond son ton grognon :

— Dors, dors donc, pronto ! Photo, mon coco ?

— Pff... Gros con ! Gogo ! sort Doc' Job, mol.

Pop ! Pop ! Doc' Job sort son bonbon. Otto tord son corps, son torchon. Bobo, gros bobo... Mort ?

— Ô, Booz ! go to Toronto ! sort Doc' Job.

— So long, so long ! sort Otto... mort.

Doc' Job clos, Tom von Porthos pond son gros complot : Cnossos, on corrompt Cronos (son vol) ; Omsk, on corrompt Oblomov ; Lvov, on corrompt Propp ; Novgorod, on corrompt Gogol, on corrompt Lomonossov ; Grodno, on corrompt Cholokhov ; Congo, on corrompt O. Bongo ; Como, on corrompt Grock ; Rotondo, on corrompt Foscolo, on corrompt Nono ; Boston, on corrompt Frost, on corrompt Zorro ; Bronx, on corrompt Otto Soglow ; Port-Cros, on corrompt Bosco ; Bonn, on corrompt Böll ; London, on corrompt Old Blond Solomon (scotch Loch Lomond), on corrompt Wordsworth ; Corton, on corrompt nos morgons ; Morgon, on corrompt nos cortons ; Norfolk, on corrompt Corvo ; Oloron, on corrompt Ch. Cros ; Thonon, Roscoff, Crozon, on corrompt Corot, on corrompt Dolto ; Pontorson, on corrompt nos thons ; Bron, on corrompt Bon ; Logroño, on corrompt Donoso ; Kosovo, on corrompt nos cocos ; Stockholm, on corrompt nos mots, on corrompt nos noms ; Oslo, on corrompt nos morts : nos morts ont tort ; Rostock, on corrompt nos robots ; Lodz, on corrompt Topor, on corrompt nos cochons polono-mongols ; Hong-Kong, on corrompt nos chows-chows ; Roncq (Nord) on corrompt nos corons ; Tokoro, on corrompt nos nôs, on corrompt nos dojos ; Fos, on corrompt nos flonflons ; Porto-novo, on corrompt nos sorghos ; Bolobo, on corrompt nos bonobos ; Colombo, on corrompt nos cotons ; Concots (Lot), on corrompt nos coqs hors sol ; Condom, on corrompt nos condoms ; Soho, on corrompt nos boxons… on corrompt, on corrompt, on corrompt, on corrompt, on corrompt… Words, words, words ! Glosons, glosons, glosons… On (Tom) rompt son logos, mord son loto : « Gong ! sonnons nos morts, dors-donc, Toto ! »

JJ

Georges Perec, *What a man !*, 1996.

CE FÊLÉ DE MEC

C'est l'été. En béret, spencer en stretch pervenche, veste de tweed empesée genre Hermès et revers de tweed, bretelles crème, vêtement percé de perles grèges, semelles de crêpe légères, Serge est en Grèce. Serge rêve de belles femmes, de déesses et d'êtres de légende, tels Hélène, Hermès, Égée, Thésée et Énée. Bref, Serge recherche Hélène et les mecs ! Ses errements le mènent en Crète. Près des cendres de Médée, Serge repère Greg, bel éphèbe, genre berbère, et le hèle.

— Hep !

En effet, l'été précédent, en Crète, Serge se le remet en tête.

Greg le Grec (de Delphes) et Serge l'Helvète (de Genève) se présentent. D'emblée, Greg se révèle revêche.

— Défense d'entrer, c'est fermé, décrète le Grec, pète-sec.

— Permets, tempère Serge embêté, je vénère et même révère les restes des gens célèbres de Crète.

— Respecte le règlement, reprend sèchement Greg.

— Je gêne réellement ? émet Serge, vexé.

— Enlève tes semelles de mes terres, jette Greg, véhément.

— Je reste, et même j'entre, s'entête Serge.

Mésentente sévère.

Greg s'énerve et enfle ses gestes.

— Serge me cherche, ce me semble…

— Des nèfles !

— Espèce de kleenex, je te jette.

— Je t'emmerde !

— Vénère !

Leste, Greg prend le revers de veste de Serge et tente de l'éjecter. Les bretelles cèdent. Serge rentre le ventre et serre les fesses. De ses dents, ce fêlé de Greg perce les lèvres et le nez de Serge.

— Descends en enfer, tempête Serge excédé, les lèvres enflées.

— Reste et végète en géhenne, bêle Greg.

Le Grec perd les nerfs et tente d'étêter Serge.

— Serpent délétère !

— Ver de terre en germe !

— Chèvre dégénérée !

— Chevêche échevelée !

— Clebs en déshérence !

— Crevette desséchée !

— Teckel breveté !

— Bête entre les bêtes !

Tempête terrestre.

Greg le pervers jette des pêches, des vertes et des blettes. Serge serre très fermement, presse extrêmement les tempes de Greg. Cette défense est sensée, et Greg perd lentement ses repères. Les membres enchevêtrés, Greg est renversé pêle-mêle. En détresse, le blessé reprend :

— Esthète éméché, j'espère te démembrer et t'édenter, te défenestrer, t'éventrer, te crever et perdre tes cendres.

— Expert éthéré, j'entends te décérébrer, t'étêter, te pendre et t'enterrer.

— Je t'exècre, excrément d'exégète !

— Je te déteste, déchet écervelé de Crète !

— Redescends vers Genève, détergent fermenté !

— Espèce de Prévert en gelée !

Blême, Greg tente de se redresser. Désespéré, le Grec ne cesse de trembler, s'étend, desserre lentement les lèvres, émet entre ses dents : « Espèce de *Revenent* déréglé de chez Perec » et décède prestement.

Le temps presse ; Serge espère se dépêtrer de cette récente effervescence.

Le bel Helvète se dépêche, met des vêtements de femme et prétend être Estelle ; Serge est présentement Estelle.

Elle (c'est Serge) entend des prêtres prêcher près de l'évêché. C'est les vêpres. Estelle (entendez Serge) sent l'encens délétère des messes éthérées près des stèles vengeresses de Crète.

Elle se met en selle et préfère se perdre en des ergs des déserts de sel. Entre Fez et Meknès, elle vend des épées, des flèches, des fers et des serpettes… Des démêlés l'empêchent de rester en terre berbère.

Elle se rend en Ellesmere, fend des chênes, des hêtres, des mélèzes et même des cèdres ; elle espère en vendre des stères. Elle se les gèle. Et ses lèvres gercent. Elle se sert des verres de Xérès. Verse Estelle, verse !

En septembre, elle emmène des gens en mer pêcher des perles, elle les recèle (les perles, s'entend) et les vend en décembre. Elle élève des bêtes de ferme en Bresse. Elle gère, met en scène et règle les effets de fêtes vendéennes, vend des crêpes entre Brest et Rennes. Elle pêche de temps en temps des crevettes en mer Égée. Elle pèle et vend des pêches séchées chez les Khmers, et sert le chef des rebelles tchétchènes en des steppes gelées de l'extrême Est. Est-ce l'est d'Éden ?

Près de Presles, elle sème des blés ; des tempêtes les détrempent et l'empêchent de préserver ses semences. En Espelette, elle pend et sèche les célèbres espèces relevées : des vents extrêmes les dépendent et elle perd ses chères denrées.

Très endettée, elle cherche des mécènes vers Gênes : elle est rejetée.

C'est le spleen.

Elle cherche des cerfs, des rennes et des belettes, les vend en rêve et dépense même ses recettes ! Hé, hé, repensez ce précepte, très célèbre en Entebbe : *Prenez et dépecez le fennec précédemment d'en espérer vendre le derme !* C'est l'échec.

Désespérée, elle tente, tel Werther, de mettre le terme de ses temps terrestres. Des gentlemen belges repèrent cette femme de tête blessée ; l'excellent René, très empressé et fervent, l'encense tendrement et s'éprend d'elle.

Elle est perplexe et même extrêmement gênée : est-elle prête de permettre cette préférence ? Bêtement (réflexe de rejet), elle empêche René de persévérer.

Elle s'enferme en secret, enlève ses dentelles (« Estelle réellement ? » pense cet hébété de René !), présente ses révérences et rentre vers Genève. Estelle et le western cessent, Serge est né derechef. Serge est rené.

Restent les regrets, les regrets éternels…

OS

Oulipo, *Pièces détachées*, 2007.

WHAT A MAN !

Nacarat alpaga slacks, a tarlatan that has flaps, a Franz Hals armband, an Astrakhan hat that has Cranach tags, black spats, black sandals, a grand strass star and an Afghan raglan that has falbalas all clad Andras MacAdam. That smart cat, that has pat all Alan Ladd's art, champs at straws and tarantaras a nag past a pampa.

And, Armand d'Artagnan, a man that plans all, a crack à la Batman, darts past that pampa, wafts an arm and grabs Andras. As, last March at an Arkansas bar…

FLASHBACK !

— Caramba ! starts Max.

— Hah hah ! snaps Andras.

— Ah Allah, hasn't Andras a bad star ! brags Max.

— Ah Satan ! gasps Andras.

And what a match that was : Andras MacAdam, a farmhand that lacks chat, attacks Max van Zapatta, an arrant braggart.

And what a scrap! Slaps and raps whack at that badland bar brawl. What scars and what a drama! Ah ah ah! Crash! Bang! Scratch! Crack! Kappang! A blatant cataclasm!

Max's hanjar stabs Andras's arm. What pangs!

— Stand back, bastard! Andras bawls and splat! falls backwards.

— Hah hah! A flagrant asthma attack! nags Max, and asks : All's pat, that drawback apart?

— Damn jackass! As camp as all that lack balls! gabs Andras, aghast.

Bang! Bang! Andras's shafts part and blast Max apart. That braggart grasps at a wall, can't stand, flags, has a haggard gasp and falls.

— Ah Ahab, Al-Kantara's Maharajah, and all that jazz! chants Andras.

— Alack! Alack! blabs Max. And that was that.

As Andras MacAdam's back as an Alcatraz lag, Armand d'Artagnan's saga can add that that man nabs Abraham Hawks at Rabat, at Jaffa cracks Clark Marshall's balls, scalps Frank 'Madman' Santa-Campa at Malaga, hangs Baltard, blasts at Balthazar Stark at Alma-Ata (Kazakhstan), marks Pascal Achard's card at Granada, has a Jag stash an Aga-Khan, claps la Callas at La Scala, blags cash at canasta, nap, brag, blackjack and craps at Jakarta, has a samba-java-csárdás-salsa-chachacha ball at Caracas, grabs a waltz at Bandar Abbas, adapts Franz Kafka at an Alhambra, All That Fall at Alcazar, Cravan, Tzara and Char at Bataclan and Hans Fallada at Harvard, transplants Chaban at Cajarc, masts yachts, catamarans and yawls at Grand Bassam, slaps back a warm Ayala glass, backs an Altanta Packard as far as Galahad's Ranch (Kansas), laps at schnaps, grappa, marc, armagnac and marsala, has a gnash at a parma ham and banana salad, taramasalata snacks, crabs, flapjacks and Alaskan clams, tracks and bags a Madagascan panda, chants (slapdash) Bach, Brahms and Franck at Santa Barbara, mans a bar at Clamart, a tram at Gand, a hatstand at Panama and an agar-agar stall at Arras, at Ankara charms Amanda, a vamp (and'Twas A Man as Tall as Caracalla star), has a catch-as-catch-can match at that Agran nawab Akbar's Maramara casbah, and that nasal anthrax has that grand Flashman gasp a last gasp at a Karl-Marx Stadt's dacha's sad blank crashpad, sans alarm, all as black as tar, and call at last that fatal clang : "Abracadabra !"

Saga : Gargas Parac.
Transplant : A.N. Mank.

IM

Oulipo Compendium, 1998.

AMOUR

LE SEIN NU

Monsieur Palomar marche le long d'une plage déserte. Il rencontre de rares baigneurs. Une jeune femme est allongée sur le sable et prend le soleil les seins nus. Palomar, en homme discret, détourne son regard vers l'horizon marin. Il sait qu'en de pareilles circonstances, à l'approche d'un inconnu, les femmes souvent se hâtent de se couvrir, et cela ne lui semble pas bien : c'est dérangeant pour la baigneuse qui prenait tranquillement le soleil ; le passant se sent un gêneur ; le tabou de la nudité se trouve implicitement confirmé ; enfin, le respect des conventions à moitié est source d'insécurité et d'incohérence dans le comportement, plutôt que de liberté et de franchise.

C'est pourquoi, dès qu'il voit se profiler de loin le nuage rose bronze d'un torse nu féminin, il se hâte de détourner la tête de façon que la trajectoire de son regard reste suspendue dans le vide et témoigne de son respect courtois pour l'invisible frontière qui enveloppe les personnes.

Cependant, pense-t-il en avançant et en rendant leur liberté de mouvement à ses globes oculaires, dès que l'horizon est dégagé, ainsi faisant, j'affecte un refus de voir, c'est-à-dire que je finis moi aussi par renforcer la convention qui considère comme illicite la vue d'un sein, ou plutôt j'institue une sorte de soutien-gorge mental suspendu entre mes yeux et cette poitrine qui m'a semblé fraîche et agréable à voir, d'après ce que j'en ai entrevu aux limites de mon champ visuel. En somme, ma façon de ne pas regarder présuppose que je suis en train de songer à cette nudité, que je m'en soucie, et il y a là, au fond, une attitude rétrograde, indiscrète.

En revenant de sa promenade, Palomar passe à nouveau devant la baigneuse, et cette fois il regarde fixement devant lui, en sorte qu'il effleure avec une équitable uniformité l'écume des vagues qui se retirent, la coque des barques tirées sur le rivage, le drap de bain étendu sur le sable, la rondeur lunaire de la peau claire avec l'auréole brune du tétin, et dans la brume le profil de la côte, grise contre le ciel.

Voilà, réfléchit-il, satisfait de lui-même, en poursuivant son chemin, j'ai réussi à ce que le sein soit complètement absorbé dans le paysage, et que mon regard ne pèse pas plus que le regard d'une mouette ou d'un merlan.

Mais agir ainsi, est-ce vraiment juste ? réfléchit-il encore, ou bien n'est-ce pas une façon d'aplatir la personne humaine au niveau des choses, de la considérer comme un objet, et, ce qui est pire, considérer comme un objet ce qui dans la personne est propre au sexe féminin ? Ne suis-je pas en train de perpétuer la vieille habitude de la suprématie masculine, endurcie par les années dans son insolence routinière ?

Il se tourne donc et revient sur ses pas. Maintenant, en parcourant du regard la plage avec une objectivité impartiale, il fait en sorte qu'à peine la poitrine de la femme entrée dans son champ visuel on y remarque une discontinuité, un écart, presque un éclair. Le regard avance jusqu'à effleurer la peau tendue, se retire, comme s'il appréciait avec un léger tressaillement la consistance différente de la vision et sa valeur particulière, et pendant un instant il se suspend en l'air, décrivant une courbe qui accompagne le relief du sein à distance, avec un air à la fois évasif et protecteur, pour reprendre ensuite son cours comme si de rien n'était.

Je crois qu'ainsi ma position est bien claire, pense Palomar, sans possibilité de malentendus. Oui, mais ce survol du regard, en fin de compte, ne pourrait-il pas être ressenti comme la marque d'une attitude de supériorité, une sous-évaluation de ce qu'est et signifie un sein, une manière en quelque sorte de le tenir à l'écart, en marge ou entre parenthèses ? Voilà que je recommence à reléguer le sein dans la pénombre où on l'a tenu pendant des siècles de pruderie maniaco-sexuelle et de péché de concupiscence…

Cette interprétation va à l'encontre des meilleures intentions de Palomar, qui, tout en appartenant à une génération pour laquelle la nudité de la poitrine féminine était encore associée à l'idée d'intimité amoureuse, salue cependant favorablement ce changement dans les mœurs : aussi bien pour ce qu'il signifie en tant que reflet d'une ouverture des mentalités que parce que cette vue en particulier lui est agréable. C'est bien cet encouragement désintéressé qu'il voudrait parvenir à exprimer par son regard.

Il fait marche arrière. D'un pas décidé, il se dirige de nouveau vers la femme allongée au soleil. Cette fois, son regard, léchant avec volubilité le paysage, s'arrêtera un instant sur le sein avec des égards particuliers ; mais il se hâtera de l'envelopper d'un élan de bienveillance et de gratitude pour tout, pour le soleil et le ciel, pour les pins recourbés et la dune et le sable, pour les récifs, les nuages et les algues, pour le cosmos qui tourne autour de ces pointes auréolées.

Ceci devrait suffire pour tranquilliser définitivement la baigneuse solitaire et libérer le terrain de toute déduction hâtive et erronée. Seulement voilà : dès qu'il recommence à s'approcher, elle se lève d'un bond, se recouvre, bougonne, s'éloigne avec des haussements d'épaules agacés, comme si elle échappait aux insistances importunes d'un satyre.

Le poids mort d'une tradition de mauvaises mœurs empêche d'apprécier à leur juste mérite les intentions les plus éclairées : c'est ce que conclut amèrement Palomar.

IC

Palomar, 1985.

BLASON

œil droit bouche patiente œil gauche
cou lisse
sein touchant plage variable sein touchable
cardia fibreux
main droite muscles abdominaux main malhabile
nombril ombreux

Comment dissemblent
vos sexes
madame, monsieur ?
Si la chemise est
la même, dessous
c'est une autre paire
de manques

rotule rose cuisses cuisantes genou pliant
vide occupable

JJ

HISTOIRE D'UN AMOUR

CHAPITRE 1

Elle et Lui

ELLE — Belle

LUI — L'homme sauvage

ELLE — Douce

LUI — L'homme aux yeux clairs

ELLE — Drôle de frimousse

LUI — L'homme blessé, l'homme de la nuit, l'homme de nulle part, l'homme de marbre, l'homme fragile, l'homme qui revient de loin

ELLE — L'effrontée

LUI — L'homme qui a perdu son ombre, qui joue avec le feu, qui ment, qui rit, qui rétrécit

ELLE — La femme secrète

LUI — Don Juan

ELLE — La nouvelle Ève

LUI — L'homme au chapeau rond, l'homme au chewing-gum

ELLE — La comtesse aux pieds nus, les collants noirs, dangereuse sous tous rapports, dangereuse à connaître

LUI — Distrait

ELLE — Divine, disponible

LUI — L'homme à femme, l'homme à l'oreille cassée

ELLE — Étudiante

LUI — Gueule d'amour

ELLE — Fatale

LUI — L'homme au complet gris, l'homme au complet blanc

ELLE — La panthère rose

LUI — L'homme au bandeau noir, l'homme au bras d'or

ELLE — La diablesse en collants roses, les jarretières rouges

LUI — L'homme qui tua Liberty Valance, l'homme sans nom, l'homme sans visage, l'homme tatoué, l'homme tranquille

ELLE — Disponible

LUI — Je suis un criminel, je suis un évadé, je suis un aventurier

ELLE — Femme ou démon ?

LUI — Je suis un homme perdu, je suis un nègre, je suis un grand sentimental

ELLE — Je suis photogénique

LUI — Je n'ai pas tué Lincoln, je m'appelle Victor

ELLE — Je suis timide mais je me soigne

CHAPITRE 2

Le regard
L'étincelle
Flamme
Coup de foudre
Proposition indécente

LUI — Aimez-vous Brahms ?

ELLE — Ne m'envoyez plus de fleurs

LUI — Êtes-vous fiancée à un marin grec ou à un pilote de ligne ?

Êtes-vous jalouse ?

Voulez-vous danser avec moi ?

Chère inconnue, comme une fleur des champs

Embrassez-moi

ELLE — J'embrasse pas

LUI — Dis-moi oui

ELLE — Est-ce bien raisonnable ?

LUI — Demain il sera trop tard

ELLE — Demain est un autre jour

LUI — Demain viendra toujours

Onze heures sonnaient

Valse d'amour
L'invitation

LUI — Une nuit seulement
Flamme de mon amour
ELLE — Parlez-moi d'amour
ELLE — Pourquoi pas ?
LUI — Tu me troubles
ELLE *(à part)* — Je vais craquer
ELLE — Je suis à prendre
ELLE *(à part)* — Je suis une belle salope

CHAPITRE 3

Samedi soir dimanche matin
Entre onze heures et minuit
Étrange rendez-vous
Escalier C
Escalier de service
Baisers volés

ELLE — Chéri
LUI *(à part)* — Cette nuit ou jamais
ELLE *(à part)* — Cette nuit ou jamais
LUI — Donne-moi tes yeux
ELLE — Toute à toi
LUI — Toute une nuit
Embrasse moi chérie
ELLE — Embrasse-moi idiot

Lumière dans la nuit

Lune froide, lune rouge, la lune s'est levée, la lune était bleue

La nuit, la nuit de mai, la nuit déchirée, la nuit docile, la nuit du lendemain, fantastique, merveilleuse, obscure,

La nuit porte conseil, porte-jarretelles, sans fin, sauvage, blanche, la nuit de feu, fauve, la nuit de la pleine lune, rouge, la nuit du perroquet vert

Éclairage intime

Chambre tranquille, chambre d'hôtel

Strip-tease

LUI — Petite allumeuse
Moi vouloir toi
ELLE — Mon beau légionnaire
Fais-le avec les doigts
Fais-moi mal mais couvre-moi de baisers

Jeux de mains, jeux d'adulte, jeux interdits, jeux pervers

Jusqu'au bout de la nuit

ELLE — Chatouille-moi
Change pas de main

Le fruit défendu
Les fruits de la passion
Furie du désir

LUI — Pleure pas la bouche pleine

Glissements progressifs du désir
Extase

ELLE — Chéri recommençons
LUI — En vitesse
ELLE — Du haut en bas

LUI — Quelle heure est-il ?
ELLE — J'ai pas sommeil
Encore (Once more)
Encore une fois
LUI — Jamais deux sans trois
ELLE — Encore

LUI — Beautiful thing !

Le jour se lève
Il suffit d'une fois
Il a suffi d'une nuit

LUI — Divine créature, divine enfant
Dis-moi que tu m'aimes
Fille de feu, fille de l'air, fille de l'eau, fille de la forêt, fille de la jungle, fille des marais, fille des prairies, fille du désert, fille du fleuve, fille du péché, fille du puma, fille en rouge

CHAPITRE 4

Le jour d'après

ELLE — Mon petit poussin chéri
LUI — Ma chérie
ELLE — Mon homme
LUI — Au revoir à lundi
ELLE — Bye-bye
LUI — Bye-bye

Le rendez-vous, le rendez-vous à minuit, le rendez-vous de minuit, le rendez-vous de quatre heures, de juillet, de septembre, le rendez-vous des quais

Déjeuner sur l'herbe
Diabolo menthe
En mai
Face à face

ELLE — Face à face
LUI — Face à face

Face à l'océan, face à l'orage, face au soleil levant

Le temps de l'amour
Un été inoubliable
Tendre est la nuit
Tendre passion
Tendresse
Tête à tête sur l'oreiller

LUI — Parfait amour !

ELLE — Je t'aime, je t'aime

LUI — Je vous adore, je vous aime, le jour et la nuit

Sous les toits de Paris

ELLE — Je n'aime que toi

LUI — Jusqu'au bout du monde

De grandes espérances
Die grosse liebe
Love, Love, Love etc.

LUI — La femme de ma vie

ELLE — La vie

LUI — La vie à deux

TOUS LES DEUX — Vive l'amour !

La vie devant soi, la vie en plus, la vie encore, la vie à nous, la vie est belle, la vie est un long fleuve tranquille, la vie est un roman, la vie et rien d'autre, vie privée, vie privée

La grande illusion

CHAPITRE 5

La femme d'à côté

ELLE — Soupçons
La femme d'à côté

LUI — Soupçons

Une aussi longue absence
Crise

ELLE — Les hommes quels mufles
LUI — La moutarde me monte au nez
ELLE — Les hommes préfèrent les blondes
ELLE — Rien que des mensonges
LUI — La garce
ELLE — Un beau salaud
Le dernier des salauds
LUI — Dommage qu'elle soit une putain !
ELLE — Chien
LUI — Patate
ELLE — Dommage que tu sois une canaille

ELLE — Je retourne chez maman
LUI — Si tu reviens

La séparation

LUI — Adieu ma jolie, farewell my lovely
Adieu ma belle
Adieu ma concubine
ELLE — Au revoir à jamais
LUI — Sans pitié
ELLE — C'est ma vie après tout

ELLE — Séduite et abandonnée
Seule dans la nuit

LUI — Seul dans la nuit

LUI — Souviens-toi l'été dernier
ELLE — Notre histoire

TOUS LES DEUX — Nous ne vieillirons pas ensemble

Les histoires d'amour finissent mal en général

FIN

Le texte est composé de titres de films pris dans le Dictionnaire des films, *Larousse, éd. 1999.*

JR

UN CHALET HOSPITALIER

Palindrome phonétique

Préambule : Jules et Yvan, moniteurs de ski, sont accueillis devant le chalet par un couple de proxénètes, Angèle et Laurent, qui racolent les passants et leur proposent les services de la pauvre Anna, jeune et belle, mais rêveuse et indolente. (Et par-dessus le marché, hélas, alcoolique !) Yvan, qui a des mœurs assez spéciales, se laisse tenter, mais Jules allègue qu'il est fatigué, par la faute de deux de ses clients, la skieuse Alice et Jeanne la lugeuse, qui se sont amusées à ses dépens en le faisant courir derrière elles — par cette chaleur ! — tout au long d'une piste sinueuse sur laquelle on a malencontreusement répandu du sel.

LECTURE RÉTRO

Angèle et Laurent enrôlaient les gens :
« Anna a chaud au chalet...
Anna, une mince aux seins menus, l'air frêle. »
Lasse est Anna
Anna, une enfant sans son innocence
Livrée là aux amants masos à l'air vil
Rêvant là, avilie, mollasse...
Yvan a envie,
Il offense Anna sans folie !
Youyouyouyouye, envie salace !
Anna, oh, Anna !
Anna est servile en l'ivresse
Au chalet, une jolie enfant y loge nue, elle a chaud !
Si la neige, hélas salée, gêne Alice,
J'arrive en nage au chalet où je m'affale...
Jeanne en luge, Jules en nage...

LECTURE DIRECTE

Jeanne en luge, Jules en nage...
La femme joue, elle a chaud, Jeanne, en virage !
Si la neige, hélas salée, gêne Alice,
Au chalet, une jolie enfant y loge nue, elle a chaud !
Anna est servile en l'ivresse
Anna, oh, Anna !
Salace Yvan, youyouyouyouye !

Il offense Anna sans folie !
Yvan a envie.
Sale homme, il y va à l'envers !
Livrée là aux amants masos à l'air vil,
Sans son innocence, enfant nue, Anna…
Anna est sale.
« L'air frêle, une mince aux seins menus, Anna…
Elle a chaud au chat, Anna ! »
Angèle et Laurent enrôlaient les gens…

LE

MOUVEMENTS ÉLÉMENTAIRES DE DÉSHABILLAGE

I

main droite	bonjour civil	main droite
	caresse vide	
main habillée	poupées vivantes	main habillée
	poupées croisées	
doigts chauds	paumes braisées	paume au rouge
	bonjour ajourné	

la poignée de mains
quoique si chaste
avec les dents
voilà j'arrive
on se dégante
on se demande
qu'elles soient nues

laine remise	caresse ravalée	cuir renfilé
	hiver obligeant	

II

aisselles compromises	bras victorieux	bras victorieux
	tête cachée	
buste exposé	seins secoués	seins nus
	peau humide	
effleurement léger	silhouette grandie	peau pâle
	mouvement lent	
	frôlent les épaules	
	les mains	
	afin que dégage	
	les côtés	
	remontent	
	à hanche opposée	
	croise les bras	
manche étroite	toucher laineux	manche longue
	couleur pâle	

↑

III

épaule fuyante	voile clair	épaule roulée
	nacre minuscule	
sein démoulé	nacre dégagée	cœur audible
	bride libre	
bras renflé	geste réitéré	bras utile
	geste réitéré	
	commence	
	par	
	ce	
	bouton	
	ce	
	par	
	commence	
côtes perceptibles	geste réitéré	poumon couvert
	rideau entrebâillé	

IV

aisselle décoiffée	bras élongés	grimace latente
	visage soustrait	
seins petits	peau humide	vent frais
	revers bleu	
caresse passante	mouvement lent	geste assuré
	délivrance douce	

l'eau du corps
exhaler
laissent aller
il fait trop chaud
tant que les mains
d'un gémissement
accompagne

manches relevées	fabrication italienne	mailles étirées
	laine bleue	

↑

V

étoffe dernière	trame légère	surface étudiée
	sac plein	
mains appliquées	fesses épousées	ceinture traçante
	mains à la place	
face pâle	face débâtée	zone sibylline
	descente vive	

à peine freiné
aux genoux
il tombe au sol
un pied dehors
l'autre le pêche
une boule
tient dans le poing

trace fondante	trace avalée	volte sèche
	cul nu	

JJ

XX ET XY
ou
Petite Culpabilité Rouge

XY — Chère ô très chère XX, mon angiosperme, mon angiome, mon angiologie, mon angine, mon angevine, mon angélus, mon…, mon amphibole, mon amphibie, mon amphétamine, mon ampélopsis, mon amovible, mon…, ma patache, ma pastourelle, ma pastorale, ma pastille, ma pastèque, ma passoire, ma…, mon asymptote, mon astuce, mon astronomie, mon astrologue, mon astrolabe, mon astreinte, mon…, ma triade, ma trêve, mon treuil, mon tréteau, ma tresse, mon tressaillement, mon… mon je-ne-sais-quoi.

XX — Mais encore ?

XY — Je voudrais, je voudrais, je voudrais, je voudrais, je voudrais, je voudrais tant…

XX — Tu voudrais quoi ? précise ton pentathlon, ton pentamètre, ton pentagone, ton pentacle, ton pensum, ta pension, ta…

XY — Je voudrais si tu voulais que tu enracines, que tu énonces, que tu ennoblisses, que tu enneiges, que tu enlumines, que tu enlises, que tu…, ta roche, ta rocaille, ta rocade, ton robot, ton robinier, ton robinet, ta…

XX — Voilà. Et après ?

XY — Je voudrais que tu mettes ton petit cunéiforme, ton petit cumulus, ton petit cumul, ton petit cumin, ta petite culture, ta petite culpabilité rouge, ta…

XX — Celle où il y a écrit : prix, privilège, privauté, privation, prison, prisme, … multiple ?

XY — C'est cela.

XX — Et maintenant ?

XY — Maintenant je veux que tu te mettes à géodes, à génuflexions, à gentillesses, à gentilhommières, à gentianes, à genouillères, à… devant moi, que tu défasses le célesta, la célérité, le céleri, la célébrité, la célébration, le céladon, la… de mon pantalon que tu prennes mon shérif, mon shampooing, mon shaker, mon sfumato, mon sextuor, ma sextine, mon… dans mon slow, slovène, slovaque, slough, sloop, slogan…, que tu le saisisses entre tes douces maintenances, mainmortes, mainmises, mainlevées, main-fortes, main-d'œuvres…, que tu le fumes, que tu le fulmines, que tu le fulgures, que tu le fuies, que tu le frustres, que tu le fructifies, que tu le…, que tu le malaxes avec décision, que tu le fasses s'ébaucher, s'ébattre, s'ébarber, s'ébahir, se duveter, durer… avec amour, que tu le mettes dans ta bouée, dans ta boue, dans ta bouderie, dans ta bouclette, dans ta boucherie, dans ta…, avec prestesse et que tu le suggestionnes, suggères, suffoques, suffixes, sues, sucres… avec la persévérance et le talent que je te connais pour ce genre d'opérations.

XX — Bon. Et après ?

XY — Je veux que tu baisses ton petit cunéiforme, ton petit cumulus, ton petit cumul, ton petit cumin, ta petite culture, ta petite culpabilité rouge, que tu échappes, que tu échantillonnes, que tu échanges, que tu échancres, que tu échalasses, que tu échafaudes, que tu… tes feux, fétus, fétiches, fêtes, festons, festins… de tes deux mains et que tu me montres tout ce qui se passe entre.

XX — Facile.

XY — Maintenant tu enlèves ton cunéiforme, ton cumulus, ton cumul, ton cumin, ta culture, ta culpabilité, ta…

XX — Rouge ?

XY — Celle-là même.

XX — C'était bien la peine !

XY — Silence ! tu te retournes toujours à quatre paumes, paulownias, paturons, pâtures, pâturages, patterns… sur la moquette et je te prends par les hapax, les hantises, les hanses, les hannetons, les hangars, les handicaps, les…, et je t'enfourche, enfouis, enfonce, enfleure, enfle, enflamme…, ma quincaillerie, ma quille, mon quignon, ma quiétude, ma quiddité, ma quiche, ma… Je te l'enfourne ma quincaillerie, ma quille, mon quignon, ma quiétude, ma quiddité, ma quiche, ma..., je te balaye, balance, balafre, balade, bajoye, baisse..., je te fraîchis, fragmente, fracture, fractionne, fracasse, foxe..., je te fourre ma quincaillerie, ma quille, mon quignon, ma quiétude, ma quiddité, ma quiche, ma... jusqu'aux coulisses, coulis, couleuvrines, couleuvres, couleurs, coulemelles..., je la sors et je l'entre dans ta fourmi, ta fourme, ton fourgon, ta fourchette, ta fourche, ton fourbi, ton... trempé, dans ton for intérieur, dans ta conception, ton concept, ta concentration, ta concavité, ta concaténation, ton concasseur, ton... serré, dans ta conception, ton concept, ta concentration, ta concavité, ta concaténation, ton concasseur, ton... adoré et chaud je me penche sur toi et je te dis à l'oreille : Chère ô très chère XX, mon angiosperme, mon angiome, mon angiologie, mon angine, mon angevine, mon angélus, mon amphibole, mon amphibie, mon amphétamine, mon ampélopsis, mon amovible, ma patache, ma pastourelle, ma pastorale, ma pastille, ma pastèque, ma passoire, mon asymptote, mon astuce, mon astronomie, mon astrologue, mon astrolabe, mon astreinte, ma triade, ma trêve, mon treuil, mon tréteau, ma tresse, mon tressaillement, mon je-ne-sais-quoi mon beau saltimbanque, ma belle saltarelle, mon beau salsifis, ma belle salsepareille, mon beau salpicon, mon beau salpêtre, ma belle..., mon petit pyjama, mon petit pygmée, mon petit puzzle, mon petit puy, mon petit putsch, mon petit putois, ma petite…

XX — N'exagérons rien.

XY — Alors je retire ma quincaillerie, ma quille, mon quignon, ma quiétude, ma quiddité, ma quiche, de ta conception, de ton concept, de ta concentration, de ta concavité, de ta concaténation, de ton concasseur je la prends dans ma main je lui donne quelque coups de brasier, de brasero, de bras, de braquet, braquemart, de braquage, de…, de la main gauche je passe la droite dans ton chauffe-bain, dans ton chauffage, dans ton chaudron, dans ta chaudière, dans ton chatterton, dans ta chattemite, dans ta…, dans ton bungalow, sur ton bureau, sur ton bulletin, sur ton bulldozer, sur ton bulgare, sur ton bulbe, sur ton petit trousseau, troupeau, troufion, troufignon, trouble, troubadour… trempé sur ta petite quincaillerie, quille, quignon, quiétude, quiddité, quiche à toi émue puis je l'essuye entre tes feux, fétus, fétiches, fêtes, festons, festins… et je fourre ma quincaillerie, ma quille, mon quignon, ma quiétude, ma quiddité, ma quiche, dans ton cube, dans ton cubisme, dans ton cucurbitin, dans ton cuir, dans ton cuissot, dans ton cuivre, dans ton…

XX — Voyez-moi ça !

XY — Oui je te la mets dans le cube, cubisme, le cucurbitin, le cuir, le cuissot, le cuivre, je te le ramone le cube, cubisme, le cucurbitin, le cuir, le cuissot, le cuivre, je te le baratte le cube, cubisme, le cucurbitin, le cuir, le cuissot, le cuivre je…

XX — On a compris. Et après ?

XY — Après ? je me retire je me rhabille tu remets ton petit cunéiforme, ton petit cumulus, ton petit cumul, ton petit cumin, ta petite culture, ta petite culpabilité rouge, tu remets ta roche, ta rocaille, ta rocade, ton robot, ton robinier, ton robinet, et nous sortons te faire faire et refaire tout ça simultanément dans tes trois ornements, ormeaux, oripeaux, orignac, originaux, origans délicieux Chère ô très chère XX, mon angiosperme, mon angiome, mon angiologie, mon angine, mon angevine, mon angélus, mon amphibole, mon amphibie, mon amphétamine, mon ampélopsis, mon amovible, ma patache, ma pastourelle, ma pastorale, ma pastille, ma pastèque, ma passoire, mon asymptote, mon astuce, mon astronomie, mon astrologue, mon astrolabe, mon astreinte, ma triade, ma trêve, mon treuil, mon tréteau, ma tresse, mon tressaillement, mon je-ne-sais-quoi mon beau saltimbanque, ma belle saltarelle, mon beau salsifis, ma belle salsepareille, mon beau salpicon, mon beau salpêtre, mon petit pyjama, mon petit pygmée, mon petit puzzle, mon petit puy, mon petit putsch, mon petit putois, ma petite…

XX — Tu rêves !

JR

SURTOUT N'EN PARLONS PAS

Le texte ci-dessous a été écrit sous la contrainte « buisson », c'est-à-dire qu'il se développe à partir d'une racine qui reste toujours cachée.

Longtemps, je me suis demandé ce que ça peut bien être. C'est bizarre. Ce n'est pas clair. C'est d'autant plus difficile à comprendre qu'on ne vous donne pas toujours, à ce sujet, toutes les informations que vous pourriez souhaiter.

De plus il est assez mal vu, en principe, d'en parler en public. En réalité, on y pense tout le temps. Certains disent même qu'on ne pense jamais à autre chose. Mais il ne faut pas en parler.

N'en parlons plus.

Il se divise en deux moitiés distinctes et même séparées.

Du fait de cette séparation, et de sa répartition sur deux moitiés de la population, on pense communément qu'il n'est pas un, mais deux. J'estime pour ma part qu'il est un et un tout seul. Autrement dit que les deux moitiés, qui paraissent indépendantes l'une de l'autre forment un tout indissoluble. Cette opinion est fondée sur le fait que si l'une des deux moitiés était entièrement intégralement complètement et absolument détruite, l'autre moitié ne tarderait guère à définitivement disparaître.

De plus, grammaticalement il est un. Doublement un si j'ose dire puisqu'il est non seulement singulier, mais aussi masculin. Il est un et non pas des, il est un et non pas une, masculin et non féminin, selon la grammaire. Ceci est un peu curieux, puisqu'il est précisément ce qui est censé différencier les hommes des femmes, et les femmes des hommes, et qui du reste les différencie effectivement en un certain nombre d'endroits précis, qu'on ne doit d'ailleurs pas mentionner en public. Ainsi n'en parlons pas.

C'est tout de même curieux qu'il soit masculin. Surtout que pendant tout le XIXe siècle, avec même quelques avancées profondes dans le XXe, quand on employait ce mot masculin au singulier, précédé de l'article défini « le », c'était pour désigner l'ensemble de la population féminine. Vraiment un drôle de corps, un brin scabreux. Je ferais sans doute mieux de changer de sujet.

À ce propos se pose la question des anges. En ont-ils un ou pas ?

Si oui, à quoi pourrait-il bien ressembler ? Aurait-il l'air d'une figue siamoise qui pend au bout d'un rameau sans feuille ? Ou d'un fruit de mer bien clos dont on n'apercevrait qu'à peine la fente, ligne d'ouverture, aussi fine qu'un cheveu ?

Aurait-il l'air plutôt d'un I ? Ou plutôt d'un O ?

Ressemblerait-il à une limace qui se serait endormie sur une double coquille d'escargot, laquelle aurait elle-même été collée au pubis d'un éphèbe, genre David de Michel-Ange ? Ou bien produit-il l'effet de ce tableau de Courbet qui représente, si j'ai bien compris, une motte de terre au fond d'une cour de ferme avec un sillon vertical (mais il est vrai que dans ce tableau, verticale et horizontale ne semblent plus avoir de sens) en tout cas légèrement sinueux, le bistre de la terre devenant carrément noir vers le centre ?

Présente-t-il, sur le corps des anges, une forme analogue à celle d'une caméra ? Ou prend-il l'aspect d'un œil fermé, un œil unique aperçu en gros plan — on percevrait le bombé de la prunelle, qui renflerait la paupière, et vers le milieu les cils qui formeraient une courbe un peu irrégulière, peut-être ?

Ressemble-t-il à une règle millimétrée ? Ou bien à cet autre instrument d'écolier, en forme de demi-cercle, qui sert à mesurer les angles et qu'on appelle un rapporteur ?

Si on devait le transcrire en musique, ferait-il l'effet plutôt d'une fugue de Bach dans sa puissante unité ? Ou plutôt d'une valse de Chopin, légère, flexible et partant en même temps dans des directions diverses, comme la vapeur au-dessus d'une tasse de thé ?

Est-il du genre alexandrin de Hugo, ou du genre vers impair de Verlaine ?

Se place-t-il du côté de la métonymie, figure de style qui donne la partie pour le tout, ou plutôt du côté de la métaphore, autre figure de style analogue, quant à elle, à un échangeur grâce auquel les véhicules peuvent bifurquer ?

Ressemble-t-il à un porte-plume (avec à son bout une plume sergent-major) ou bien à l'encrier d'encre violette où la plume est trempée ?

Ressemble-t-il à la bouche (plutôt) ou au nez (plutôt) ? À la mer ou à la montagne ? Au pied, ou à la chaussure ? Au substantif ou au verbe ? À la tour Eiffel, ou à la voûte du pont Mirabeau sous quoi coule toujours la Seine ?

Ressemble-t-il au jeu d'échecs, dont l'enjeu consiste à capturer le roi ? Ou au jeu de go qui procède par vagues successives pour envahir le territoire ?

Personne n'en sait rien. Mais à mon avis, si les anges ont quelque chose sous leur blanche robe, ce ne peut être une moitié d'objet. Sans quoi ils ne seraient pas des anges. C'est donc l'objet complet ou pas d'objet du tout. Pour ma part, je dirais plutôt l'objet complet, mais il s'agit d'une évaluation purement personnelle que n'étaye aucun argument scientifiquement valable. Ainsi, n'en parlons plus.

On pense communément que les hommes en ont un, et que les femmes en ont un autre.

Ici, je sens que j'emploie le verbe avoir d'une façon bizarre et même carrément louche. Peut-on dire que j'aie une des deux moitiés ? Il me paraît admissible de dire que j'ai — des yeux, des mains, des doigts de pied, des genoux, un nez, une bouche, etc. Mais cet objet, dont une moitié se trouve, de naissance, liée à ma personne, c'est, de toute évidence, un infini. Attribut, depuis la nuit des temps (c'est quand même curieux que dans les temps, il fasse toujours nuit, — mais passons) du nombre incalculable de mes semblables. Et comment l'être fini que je suis posséderait-il (enfin posséderait-elle) un infini ? À mon avis, loin de posséder l'infini, l'être fini en question ne peut être guère plus qu'une infime fraction d'attribut de cet infini. Disons-le tout net, c'est bien plutôt lui qui m'a, et moi qui lui appartiens. J'appartiens à la moitié féminine de l'objet. Tout ce qui est masculin appartient à l'autre moitié.

Tel est mon point de vue pour ce qui me concerne personnellement. Mais je ne devrais peut-être pas m'exprimer aussi ouvertement et catégoriquement, car c'est un sujet dont il n'est guère correct de parler en public.

Dans sa singularité divisée en deux moitiés, il se distingue et s'oppose en quelque sorte à lui-même au travers de caractères qui s'impriment non pas sur une page, non pas dans un livre, mais sur et dans le corps des individus vivants, toute leur vie durant. C'est un peu rude mais c'est ainsi. On naît déjà tout imprimé, avec des caractères qu'on aura à garder en permanence jusqu'à la mort inclusivement. Les nouveau-nés marqués de caractères masculins sont appelés garçons, ceux marqués de caractères féminins sont appelés filles.

Remarque importante : il y a tout de même une certaine rationalité dans le fait que les caractères soient liés à la dénomination ainsi qu'au classement par catégories. Mon histoire (je veux dire la mienne propre aussi bien que celle que je suis en train de vous raconter) semble n'être qu'un tissu d'absurdités incongrues, mais je tiens à souligner qu'on peut quand même y déceler quelques réconfortantes parcelles de logique.

Il est vrai qu'elles sont si rares que par moments je me demande si je ne ferais pas mieux de me taire.

On distingue encore (car dans cette histoire, tout semble être affaire de distinction) les caractères primaires des caractères secondaires.

Les caractères primaires sont perceptibles dès la naissance. Ce sont eux qui permettent, comme je l'ai dit, de distinguer garçon de fille. Car au bas du ventre du garçon nouveau-né pendouille une petite chose informe qui semble être faite de plusieurs morceaux, tandis qu'au bas du ventre de fille nouveau-née un léger renflement semble fendu en deux et replié vers l'intérieur.

C'est comme les plantes, avec leurs étamines et leur pistil. On ne voit pas le rapport, et pourtant il existe.

Les caractères secondaires, comme leur nom l'indique, sont ceux qui se développent plus tard dans la vie des individus. Ils se manifestent principalement par la pousse des seins et celle de la barbe.

Ici intervient une autre distinction. Car les seins sont nettement fonctionnels, petites et potentielles usines à lait pour nourrir les nouveau-nés qui seront nés des nouveau-nées devenues grandes, tandis que la barbe ne sert jamais qu'à se raser. À la rigueur, elle peut être déployée en forme de caractère purement ornemental, ostentation qui n'est pas sans rappeler celle du paon qui fait la roue. Les hommes portent leur ornement autour de la bouche, tandis que les paons le portent autour du cul. Peut-être s'agit-il là d'une forme de symétrie entre les deux espèces, arrangée par les soins d'une nature providentielle, encore qu'un brin capricieuse.

Quoi qu'il en soit, on voit en somme que les

caractères, tant primaires que secondaires, sont comme toutes les lettres, logiques mais non symétriques. Et comme les lettres ils sont susceptibles d'être brouillés, éventuellement retouchés, ce qui accentue encore la confusion ambiante.

Quant aux escargots, ils paraissent bénéficier d'un régime de faveur puisque chaque individu est doté des deux moitiés d'objet. Cependant, les deux moitiés n'étant pas communicantes à l'intérieur du même individu, les malheureuses bêtes n'en restent pas moins incapables de s'autoféconder, et elles se retrouvent contraintes, comme tout un chacun, de partir en quête de quelque obligeant partenaire.

Sur toutes ces manœuvres, peu décentes, il faut l'avouer, le mieux est de faire peser un silence aussi lourd que le couvercle de la lessiveuse de ma grand-mère, couvercle certes imposant, mais percé en son centre par une sorte de petite tourelle surmontée d'un chapeau d'où s'échappait par spasmes successifs les jets d'un liquide blanchâtre et savonneux.

Si les caractères primaires sont tenus cachés et passés sous silence, les caractères secondaires, en revanche, sont ostensiblement portés, et surtout mentionnés fréquemment dans toutes les conversations.

Les oppositions entre féminin et masculin sont mises en valeur et tout est fait pour les renforcer, dans l'habit comme dans le comportement.

Est réputé masculin ce qui est fort.

Est réputé féminin ce qui est beau et faible.

Toutes les différences sont complaisamment soulignées. On parle d'inégalité, voire de guerre, entre les deux partis. Tout pousse à croire qu'il existe deux objets et non pas un seul. Mais c'est là un sujet ennuyeux et désagréablement querelleur, c'est pourquoi nous n'en parlerons pas davantage.

Par frictions, caresses et massages accompagnés d'imaginations appropriées des caractères primaires, éventuellement assorties (selon les goûts et préférences de chacun) d'actions sur les muqueuses extrêmes de l'appareil digestif, on obtient un plaisir singulier que peuvent connaître même les petits enfants. Il se distingue des autres formes voluptueuses, en particulier de celles du goût et de l'odorat dont il est pourtant voisin, par une subjuguante intensité qui, dans l'instant, ôte aux individus toute possibilité d'expression de soi. Cette intensité n'empêche pourtant pas la diversité du timbre dans les modulations voluptueuses. De même qu'une musique surpuissante peut être produite par la trompette comme par le piano, le tambour ou la guitare électrique, de même que la gastronomie se rencontre également dans des nuances différentes de salé, de sucré ou d'acide, de même l'extrême bien-être dispensé par un traitement adéquat des caractères primaires est susceptible de se développer dans des tonalités si diverses qu'elles peuvent paraître presque opposées. Tout dépend de l'humeur du moment et des personnes en présence. Car ce plaisir ressemble à un être absolument volage, un être irresponsable, capricieux, tyrannique et ingouvernable. Il se rencontre parfois où on ne l'avait pas attendu. Et quelquefois, il ne répond pas, même aux plus pressantes sollicitations. C'est ainsi qu'il est fait. Même s'il peut être provoqué par une habile alliance de la vue et de la main, il n'obéit certes pas nécessairement au doigt et à l'œil. Il lui arrive donc d'entrer dans le circuit vicieux de la surdité mutique. Pour la moitié masculine de l'objet, ce genre de syncope est produit le plus souvent par le vieillissement. Pour la moitié féminine, il s'agit d'un brouillage (éventuellement d'une coupure totale) des voies de communication avec l'extérieur.

Mais un tel sujet est à la fois trop triste et trop gai pour qu'il soit permis d'en parler en public. Aussi suis-je bien décidée à n'en point parler.

Dans les milieux populaires, ou en général dans toutes les situations où les individus, las d'une journée de dur labeur reposent leurs membres fatigués dans le lit de la vie privée, les caractères primaires reçoivent toutes sortes de surnoms, affectueux ou ironiques. On s'aperçoit alors que cet appareil sur quoi il faut faire silence est d'une extraordinaire volubilité. Dans le cours normal de l'existence, sa loquacité doit être contenue. N'en parlons plus.

Quand une moitié féminine s'unit à une moitié masculine il arrive que soit produit un enfant. Il ne s'agit pas là d'un phénomène systématique. Ou du moins s'agit-il, comme toujours, d'un système non symétrique : toutes les unions ne produisent pas d'enfant, mais la production d'un enfant implique nécessairement et inéluctablement l'union de deux moitiés. Et encore faut-il que les deux moitiés qui s'unissent soient dotées de caractères différents. Car si deux moitiés masculines, ou deux moitiés féminines, s'unissent, elles pourront en tirer, sans doute, un vif plaisir, mais jamais ne pourront ensemble produire un enfant, quand bien même, éperdument éprises l'une de l'autre, elles passeraient leurs jours et leurs nuits à s'unir et se pénétrer, et quand bien même l'une des deux aurait eu recours aux soins artificieux d'un chirurgien-typographe pour se faire imprimer à même le corps, mais de façon tout externe, et si j'ose dire pour la galerie, quelque caractère postiche.

Il arrive en effet qu'une moitié soit tellement entichée du caractère qui lui a été, de naissance, attribué, qu'elle, la moitié, désire se voir dotée en son corps précisément de l'autre moitié qui lui semble plus propre à capter et véritablement posséder la moitié qu'elle aime, qu'elle a reçue en partage, et qu'elle est censée être, en somme. Mais du fait justement qu'elle *l'est*, il lui semble qu'elle ne *l'a* pas. Tant est problématique pour toutes ces malheureuses moitiés, quelles qu'elles soient, que mal contentes de leur sort, elles demandent à se faire raturer ou qu'elles se contentent de ce qui leur a été attribué, sans se poser de questions, mais avec tous les risques de l'aveuglement, tant est désespérément compliqué, disais-je, pour toutes et tous, le rapport entre le verbe être et le verbe avoir.

Cette complexité est poussée jusqu'au point où d'aucuns soutiennent que pour être exact il faudrait parler non pas de deux moitiés mais de trois, soit une moitié masculine, une moitié féminine, et une tierce moitié (si l'on peut dire) alternativement ou simultanément féminine et masculine, susceptible de plaisir mais non point d'engendrement. Formule qui cadre mal avec la mathématique, mais dont la biologie peut-être pourrait s'accommoder.

Cependant tout ceci est trop absurde pour qu'on puisse en parler de façon sensée, et mieux vaut donc, définitivement, se taire.

MG

DOUZINE CUBISTE

tes cheveux
ton front
tes yeux
tes oreilles
ton nez
ta bouche
tes épaules
tes bras
tes mains
tes fesses
tes jambes
tes pieds

voir tes épaules
mélangeant tes cheveux
entre tes bras
dénude ton front
alors tes pieds
devant tes yeux
écartent tes jambes

jouxtant tes oreilles
puis tes fesses
rencontrent ton nez
et tes mains
séquestrent ta bouche

en voyant tes jambes
glissant de tes épaules
qui libèrent tes oreilles
alors que tes cheveux
ondulant sous ta bouche
rejoignant donc tes bras
je prends tes mains
j'embrasse ton front
juste sous ton nez
qui respire tes pieds
alors que tes fesses
te cherchent des yeux

regarde-moi avec tes mains
dévisage-moi avec tes jambes
promène-moi avec ton front
en réfléchissant avec tes épaules
tu verrais là tes yeux
à gauche de tes oreilles
au niveau de tes fesses
à droite de tes cheveux
qui cachent donc tes pieds
en faisant que ta bouche

se joint avec ton nez
au creux de tes bras

mais en regardant avec tes fesses
on voit immédiatement que tes mains
éparpillant la splendeur de tes cheveux
sur le marbre de tes jambes
impliquent la naissance de tes bras
et en reniflant avec ton front
on sent que, bouché, ton nez
ne sait plus distinguer tes épaules
ne sait plus regarder ta bouche
ne sait plus décrire tes yeux
alors que, dépaysées maintenant, tes mains
écoutent la musique de tes oreilles

alors tu me regardes avec ton nez
et tu me soutiens avec tes fesses
et le toucher subtil de tes épaules
ainsi que l'écoute de tes mains
en te caressant de tes propres oreilles
je vois mes traces dans tes cheveux
descendant plus haut que tes deux pieds
ne suivant pas la chute des jambes
jusqu'au bas de tes jolis yeux
pestant l'entracte de tes bras
avec l'étreinte délicieuse de ta bouche
et le goût salé de ton front

pieds, tout toi, qui pinces pour mon
nez qui se la coule douce entre
jambes qui se cherchent autour de tes
fesses, la chaleur de ton regard, mon
front qui suit la musique de tes
épaules, rigides comme fer, alors que ma
bouche gondole sans entendre les mots des
mains qui jaillissent aux bouts des quatre
bras en air, un accordéon de cils,
oreilles qui questionnent apparemment plutôt surprises les
yeux qui dénichent le regard de tes
cheveux qui tombent comme un rideau sonore

bouche ne songeant plus à mes
pieds qui ne caressent plus tes
mains qui ne brossent plus mon
nez fourrant se doigts dans tes
cheveux qui ouvrent délicatement mes deux
jambes qui écartent prestement tes deux
yeux qui embrassent chaleureusement mes deux
fesses qui écoutent attentivement tes deux
oreilles serrant comme un radeau mon
front recevant les larmes de mes
bras glissant la langue de tes
épaules aux dents de mes deux

yeux avec un goût de
bouche d'incendie de tes

fesses alors que nos quatre
pieds se haussent comme les
épaules d'un blasé, les
mains d'un indécis mes
bras se saisissent d'un
nez, mais lequel ? un
front, à toi peut-être ?
cheveux à moi dans tes
oreilles, emberlificotés tout autour des
jambes qui appartiennent à personne

bras contre le mur
yeux dans les épaules
nez dehors donnant du
bouche à jambes cousues
jambes à l'air
fesses en l'air
oreilles sous la table
pieds qui chauffent avec
cheveux d'agneau sur
épaules d'une Vénus
front dans le front
mains dessus fesses dessous

oreilles dans mes
bras dans tes
pieds dans mes
yeux dans tes
mains derrière mon

nez dans ton
front devant ma
bouche sur tes
épaules avec mes
jambes et tes
cheveux puis mes
fesses en toi

front dévasté
oreilles gamahuchées
bouche bée
bras honorables
fesses affaissées
pieds pris
cheveux bien
yeux exorbités
jambes enjambées
mains basses
épaules jetées
nez nouveau

IM

HÉTÉRO

En hommage à Noël Arnaud

REFRAIN

Hétéro, hétéro !
Je suis comme fut la belle Otéro, hétéro.
Hétéro, hétéro !
La parthénogénèse
tout comme l'ascèse
me mett'mal à l'aise.
Comme un genre qu'on réprime,
sans son e muet déjà la rime
pousse au crime
Et comme le chevalier d'Éon
et sa jupe en accordéon,
le vin blanc l'cassis dans l'apéro
sont hétéros !

COUPLETS

I

Poète toi qui étreins
pour nos étrennes
les voyelles d'un quatrain
qui nous entraîne,
La rime est à ton lutrin,
à ton luth reine :
quand le malin
à Malines
vend à Merlin
sa mère Line

II

On a fait de l'or du Rhin
des flots d'urine,
on a souvent pris le train
pour des latrines
et mon crime adultérin,
tu l'entérines
Du dieu Pan
que l'on trépane
le tympan
se frangipane

III

Serai-je un jour l'échanson
dont les chants sonnent
si mon cœur comme un glaçon
dont le glas sonne
mon cœur est un charançon
qu'un chat rançonne
en avant
la caravane
des vieux amants
du brahmane !

« Hétéros » est le titre de l'un des poèmes publiés chez Plein Chant, mais le texte reproduit ici, « Hétéro » — texte inspiré

aussi par Noël Arnaud —, est celui d'une chanson, composée et interprétée par PB, enregistrée sur le CD Poèmes des Oulipiens et de leurs aînés, *extrait du coffret* Les chansons de Paul Braffort, *paru en 2007.*

PB

HORS-D'ŒUVRE

Un exercice de littérature « non-jourdanienne »

Les poèmes qu'on va lire ont été conçus dans le respect du « principe de ROUBAUD *» qui s'énonce ainsi :*

On n'utilisera une structure mathématique comme contrainte maîtresse d'une œuvre littéraire que si l'on y exploite aussi un ou plusieurs théorèmes attachés à cette structure.

Notre « structure » est ici celle de la suite de FIBONACCI *: suite d'entiers naturels où tout élément est la somme des deux qui le précèdent : 1, 2, 3, 5, 8, 13, etc.*

Le théorème est celui de ZECKENDORF *qui permet de représenter tout entier naturel comme somme d'un certain nombre d'éléments de la suite de* FIBONACCI*. Ainsi 9 = 8 + 1, 20 = 13 + 5 + 2, etc. Ceci permet d'associer à la suite des 20 premiers entiers un graphe de dépendance que l'on reproduit ci-après.*

Le transfert de la structure mathématique vers la contrainte littéraire est d'ordre sémantique : le contenu du poème de rang n *dépend du contenu des poèmes dont le rang forme la représentation « de* ZECKENDORF *» de* n.

Ainsi le 20ᵉ poème dépend-il des poèmes de rang 13, 5 et 2. On remarquera qu'une telle contrainte, purement sémantique, amène à définir aussi des contraintes prosodiques.

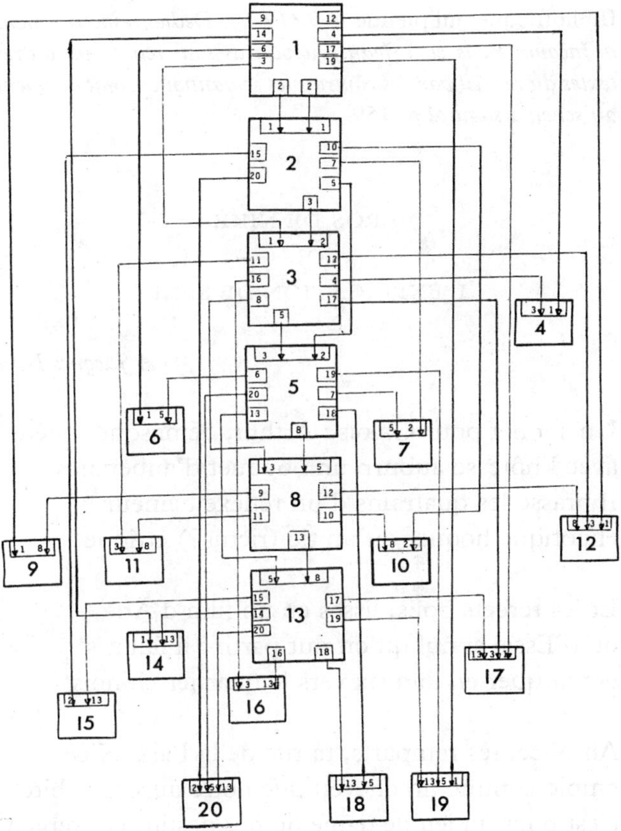
1
2
3
4
5
6
7
8
9
10
11
12
13
14
15
16
17
18
19
20

Bien entendu, nous avons ajouté au système ci-dessus quelques contraintes supplémentaires que le lecteur déchiffrera.

« Éros de Nikè » et « Roman Amor » sont extraits de la Bibliothèque oulipienne *n° 9 (1979). Dédiés respectivement à Jacques Bens et à Jean Queval, ils sont reliés aux autres textes du recueil par des contraintes sémantiques conformément au schéma sagittal p. 159.*

ÉROS DE NIKÈ
OU
L'EXPLICATION DE SEXE

À Jacques Bens

Un sonnet pour Galois : Arthur, démasqué, quête
avec l'hôtesse auburn un bouquet d'aubépines
Il brasse les quatrains d'un réflexe haineux
chaotique hoquet qu'un tic (rictus ?) étrique

Et les tercets polis, lissés en un film d'Art
ou d'Essai si nul qu'on dut partir : il fallut s'
embarquer en l'an six vers le quartier chinois

Ah Nice, tes remparts, ta rue de la Paix, Nice
ample comme un cheveu que notre aurore habite ;
c'est pour un jeu de dame où nos destins convergent
au souvenir d'un soir de soufre où je te vis

d'une lettre à Élise ourdir poésie zy-
gomatique, un couplet, chanson d'amour coquette
puisqu'au fond de la mer joue un piano aqueux.

ROMAN AMOR

À Jean Queval

Au restaurant chinois rêve l'homme de Londres
et dans ce thé menteur Byron a l'air de fondre
Mais le montreur de dynamos
dîne à Meaux

À Chelsea dans un entresol sans ascenseur
le wattman empressé disant Pardon ma sœur
a de son grand stylo rayé
l'oreiller

C'est un songe de sang éveillé par la rime
(sang d'encre dans la nuit n'est pas encore un crime)
lorsque le poignard traverse un
traversin

Car pour un polochon aux tendresses de sein
l'électricien joli c'est bien en assassin
éventreur que s'ainsi mue l'âcre
simulacre

Et s'il me faut déjà chercher un cimetière
je saurai n'étant pas orfèvre en la matière
que le fabricant d'adhésifs
a des ifs

C'est la garden-party qui se plaît au macabre
et sur le goupillon que s'aiguise le sabre
pour la sainte dont l'époux vante
l'épouvante

Elle n'a pas voulu se donner au quidam
elle cherche au couvent l'oubli du macadam
Mais Jack qui guettait là vert tue
la vertu

J'écrirai donc ici le récit — ou la fable —
d'un docker londonien et d'une abbesse affable
Tel un roman de Mérimée
mais rimé

PB

LA CHAPELLE SEXTINE

CHAPITRE 26

ZACH ET ANNA. Sous un porche de la rue des Francs-Bourgeois, Zach s'adosse au mur et attire Anna à lui. Par un entrebâillement des étoffes, il glisse la fraîcheur de ses vieilles paumes enseignantes sur la chaleur des jeunes fesses étudiantes. Il murmure à l'oreille d'Anna une phrase de Georges Bataille : « L'acte sexuel est dans le temps ce que le tigre est dans l'espace », dont la signification lui a toujours quelque peu échappé. « À demain », lui répond Anna en s'éclipsant dans l'escalier.

C'est rageant : dans le caleçon de Zach, le sildénafil, molécule subrepticement avalée sous forme d'un comprimé bleuté, fait peu à peu inutilement effet.

CHAPITRE 27

ANNA ET HARRY. Au troisième étage d'un immeuble de la rue des Francs-Bourgeois, Harry, barbe grise de deux jours et en peignoir, ouvre la porte à Anna, qui aussitôt l'entraîne vers la chambre. Elle ôte ses propres vêtements en chemin, et c'est nue qu'elle le renverse sur le lit en riant. Anna lui glisse à l'oreille : « Tu sais quoi ? L'acte sexuel est dans le temps ce que le tigre est dans l'espace. — C'est de toi ? — De Bataille », répond Anna avant d'engloutir un pénis dodu entre ses lèvres. Bataille ? Harry ne connaît pas.

Une fois de plus, Harry constate qu'Anna n'a rien de plus que sa femme, mais que décidément, chez lui, l'appétit vient en changeant.

CHAPITRE 45

WENDY ET DENNIS. La porte électrique du box s'est refermée automatiquement. Wendy s'est insurgée : « Je ne ferai pas l'amour sur le siège avant d'une bagnole », mais Dennis a répondu : « OK, allons sur la banquette arrière », et le rire a emporté les préventions de principe de la jolie blonde. C'est donc là, sur l'accoudoir central, qu'elle subit son assaut. Il la prend par-derrière, ventre contre fesses, avec force.

Elle mord d'abord le cuir, puis se met à crier, bien que le terme de beugler soit franchement plus approprié.

Tous ces cris, tous ces cris inutiles, voilà qui exaspère Dennis plus encore que les personnes qui parlent au théâtre.

CHAPITRE 58

DENNIS ET ORIANE. L'*Estufa Fria* de Lisbonne résonne des chants mélodieux des *arae araraunae* perchés sur les plus hautes branches des *monsterae deliciosae*. À l'extrémité d'un bassin envahi par les *eichhorniae crassipedes*, cachés des regards indiscrets par les larges feuilles d'une forêt de *dicksoniae antarticae* et de *pteridiae aquiliniae*, Dennis a relevé la jupe à volants d'Oriane. Le *phallus erectus* de Dennis pénètre *a tergo* la *vagina lubrificata* de la femme et la fragrance de leur *coïtus more canino* (bientôt *interruptus* par un groupe d'écoliers) se mêle aux effluves exotiques des *cattleyae* proustiens.

Quelques jours plus tard, Oriane s'apercevra que les chlamydiae *que lui a offertes Dennis ne sont pas des plantes ornementales.*

CHAPITRE 73

MINA ET XAVIER. L'acte II de la *Tosca* débute à peine : Cavaradossi (John Hartman, pas à son mieux), torturé mais enthousiasmé par la victoire de Napoléon à Marengo, entonne un hymne à la liberté. Dans l'obscurité d'une baignoire, côté cour, Mina presse fort entre ses doigts le pénis raide de Xavier, recouvrant puis découvrant le prépuce. Inspirée, elle enfile le sexe dans son gant et persiste dans son va-et-vient. Xavier éjacule dans le cuir et la soie en geignant, à l'instant même où Tosca (Ann Boyd, poignante d'émotion) poignarde l'ignoble Scarpia (Giovanni d'Arezzo, formidable, comme d'habitude).

Xavier se demande s'ils vont continuer à se vouvoyer, maintenant.

HLT

La chapelle Sextine, 2005.

MORALES IMMORALES

Sous chaque morale élémentaire se cache une immorale élémentaire qui se dévoile par simple changement des substantifs.

MORALE ÉLÉMENTAIRE

frites molles	salade pouilleuse poireau ligneux	endives sableuses
coq dur	entrecôte grasse lieu douteux	steak dur
bar gluant	patate farineuse nouilles nouilles	riz collant

que ne faut-il pas
se mettre
dans le ventre
que faut-il
engloutir pour
se perpétuer
et s'arrondir

entrecôte sableuse	endives molles poisson pourri	lieu dur

IMMORALE ÉLÉMENTAIRE

bites molles	chatte pouilleuse	fesses sableuses
	zob ligneux	
coq dur	entrecuisse grasse	con dur
	con douteux	
baiser gluant	cuisse farineuse	jus collant
	couilles nouilles	

que ne faut-il pas
se mettre
dans le ventre
que faut-il
engloutir pour
se perpétuer
et s'arrondir

langue sableuse	lèvres molles	con dur
	passion pourrie	

MORALE ÉLÉMENTAIRE

frites fraîches   salade croquante   endives rebondies
poireau dressé
coq divin   entrecôte persillée   steak tendre
lieu radieux
bar goûteux   patate fabuleuse   jus au jus
nouilles au poil

rien n'est meilleur
qu'un festin
avec toi
tu es la meilleure
sauce
le plus divin
parfum

entrecôte savante   endives folles   lieu doux
poisson ardent

IMMORALE ÉLÉMENTAIRE

bites fraîches	chatte croquante	fesses rebondies
	poireau dressé	
coq divin	entrecuisse persillée	con tendre
	con radieux	
baiser goûteux	cuisse fabuleuse	jus au jus
	couilles au poil	

rien n'est meilleur
qu'un festin
avec toi
tu es la meilleure
sauce
le plus divin
parfum

langue savante	lèvres folles	con doux
	passion ardente	

PF

PLAISIRS SINGULIERS

Vêtue d'une barboteuse en coton, une fillette de onze ans se masturbe dans un petit salon vide, à Glasgow. Accroupie, elle chevauche un ballon de rugby et se balance d'avant en arrière à une allure modérée. Sur l'écran de télévision en face d'elle, des joueurs de rugby, jambes nues, continuent en courant de s'écraser les uns contre les autres. Au moment d'atteindre la jouissance, elle ramène vers elle l'extrémité arrondie du ballon et la presse fort contre son pubis.

*

Un homme de soixante-huit ans est couché sur un lit qui n'a pas encore été fait et se masturbe. La pièce, emplie de caisses ouvertes et de meubles en désordre, est située dans une très belle maison dominant Le Cap. Il vient tout juste de s'y installer. Tout au long de sa vie, chaque fois qu'il a déménagé, il s'est rendu compte qu'il ne se sentait chez lui qu'après s'être masturbé en sa nouvelle demeure. Sa femme le prie de ne pas traîner.

★

À Naha, Okinawa, une femme de soixante-six ans se masturbe en face de son chat préféré, une belle siamoise. En rond au pied de la natte où la femme est étendue, la chatte la contemple avec un regard qui frise l'indifférence maléfique. C'est ce regard qui excite la femme et justifie la présence de la chatte qui, soudain, bâille. Alors la femme plonge dans l'orgasme comme une crevette empâtée dans l'huile grésillante.

★

Un homme de trente-cinq ans est sur le point d'atteindre l'orgasme dans une des plus luxueuses copropriétés de Gaza. Il se masturbe mais sans se toucher ni de la main ni à l'aide d'aucun autre objet : disposés en arc de cercle, cinq sèche-cheveux lancent sur son membre tendu leur courant d'air chaud. L'homme s'est bouché les oreilles avec des boules Quiès.

★

À l'âge de soixante-neuf ans, un citoyen de Shanghai, monté pour la première fois sur un canot automobile, se faufile vers l'arrière de la nouvelle vedette de la R.A.T.S. et vivement, n'y tenant plus, le voilà qui se masturbe en direction du sillage boueux. Il s'aperçoit ainsi qu'il est sujet à la fièvre des transports et que tout véhicule agité des vibrations d'un moteur provoque en lui le désir surpuissant de l'orgasme. Et lui de penser avec nostalgie à la Révolution culturelle et à ses mœurs spartiates.

⋆

Une femme à Hyderābād, à l'occasion de son anniversaire (le cinquante-cinquième) se caresse pour la toute première fois. Cela lui rappelle ses petits déjeuners pendant la campagne de Chine, quand son mari était au front.

⋆

Pendant que le Quatuor Éolien joue la dernière variation du *Quatuor de l'Empereur* de Haydn, dans l'une des deux salles de concerts de Managua, la moins grande, un homme de soixante-quatre printemps, assis au dernier rang de l'orchestre, se masturbe, un manteau sur les genoux. Trente-trois ans plus tôt, revenant des toilettes après l'entracte d'un autre concert, il s'était rassis sans le savoir avec la braguette ouverte. Puis, pendant l'exécution enjouée de l'*Octuor* de Schubert, malgré lui, son sexe s'était dressé et, presque inconsciemment, il avait éjaculé sur l'accord final. La lumière de la salle étant venue révéler son désordre, il avait fui ; depuis lors, il s'est toujours efforcé de recréer cet instant de volupté.

⋆

Couché sur son lit, un homme à Bahia vient de finir de se masturber pour la première fois de ses dix-huit ans. Il n'a pas aimé ça.

⋆

Une femme de trente-neuf ans se fait passionnément caresser par sa compagne qui a moins que la moitié de son âge. La scène se déroule à Calcutta, dans une chambre aux fenêtres nues. Après un certain temps, la plus âgée des deux repousse sa partenaire et, usant de sa propre main, achève de se satisfaire. C'est l'éternel schéma de leur relation amoureuse ; une fois de plus écartée, la jeune femme éprouve colère et frustration. Elle ne se rend pas compte que c'est de cette façon que l'autre la tient.

⋆

Quelque part au nord du détroit de Béring, assis au bord d'un banc de glace, le visage impassible, apparemment immobile sous des épaisseurs de peaux et de fourrures, un esquimau mâle de trente et un ans se provoque un orgasme d'une intensité ravageuse dont les soubresauts se perdent dans la fondante onctuosité de la graisse de baleine.

⋆

La température glaciale enchante la gardienne qui, à soixante et un ans, est affectée au dernier étage du Musée des Beaux-Arts de Catanzaro. Presque personne ne visite le musée, personne en tout cas ne monte à son étage. Le froid enfin va justifier le port de ce lourd manteau de laine à l'abri duquel elle aime s'asseoir et se masturber de temps à autre par les longues journées d'hiver, tandis qu'elle contemple, à l'autre bout de la salle non chauffée un saint Jean-Baptiste fervent et musclé que l'on doit à quelque disciple anonyme du Caravage.

⋆

Un garçon de treize ans, assis sur la lunette des cabinets, se masturbe seul dans la grande salle d'eau d'un collège près de Valparaiso. Tout en se maudissant d'être asservi à ce mélancolique penchant, il se demande quelle influence cela aura sur ses boutons.

★

Appuyé sur un coude, la tête sur la main et les yeux fixés sur la télévision en marche, voici un jeune homme de vingt ans qui se masturbe sur sa natte quelque part à Kyoto. L'écran devant lui montre un jeune homme couché sur le côté et se masturbant tandis qu'il regarde un écran de télévision où un jeune homme est couché sur le côté et se masturbe tandis qu'il regarde un écran de télévision où un jeune homme, couché sur le côté, se masturbe et regarde un écran de télévision dont l'image est trop petite pour être déchiffrée.

★

Une violoncelliste de vingt-quatre ans est assise, nue, les jambes écartées sur un tabouret dans sa chambre, à Manille : sa main gauche retrousse les plis de sa vulve tandis que sa main droite, dans un tremolo effréné fait glisser un archet sur son clitoris.

★

Après soixante-deux années de vie, une femme très cultivée de Karachi a gardé deux passions : la masturbation et Maria Callas. La voici qui se consacre simultanément à ses deux amours en se roulant sur six épaisseurs de tapis béloutches, aux accents de *Fedora*, version pirate. Mais la musique — et cette voix — ne sont pas là pour augmenter son plaisir sexuel, au contraire elles le frustrent et le retardent. Il lui faut parfois deux heures d'incompatibles extases avant d'arriver au dénouement fatal.

*

Non loin de Quiberon, dans une prairie détrempée, entre chien et loup, une fille de dix ans est assise sur l'arrière-train d'une vache étendue, serrant entre ses cuisses la queue de la bête — os et poils chauds contre os chaud et humide.

*

Durant ses quarante-six ans de vie, elle a consacré beaucoup de temps à l'investigation sexuelle mais c'est un plaisir tout neuf qui la frappe quand, à Colombo, elle pénètre dans l'entrepôt d'un shipchandler. Tard dans l'après-midi, elle revient, se cache jusqu'à l'heure de la fermeture et passe la nuit à se masturber, frôlant les câbles, les anneaux d'amarrage, les chaînes d'ancres, tout ce robuste attirail des hommes qui prennent la mer. Demain, elle achètera du cordage pour usage domestique.

★

Volant à neuf mille mètres, quelque part entre Bora-Bora et Tuamotu, un long-courrier soudain perd tout contrôle et choit. Dans l'avion, assise près d'une fenêtre, une femme de quarante-trois ans regarde instamment son voisin : il est vert de peur. « Ce sera chacun pour soi, hélas ! » pense-t-elle en ouvrant vite son pantalon pour y glisser une main jusqu'à la pointe de son sexe. Elle arrive à l'orgasme à sept cents mètres d'altitude, au moment où l'avion se rétablit. Son cri de plaisir se perd dans le brouhaha.

★

Un touriste se masturbe couché sur un lit, dans un bordel de Barcelone, tout en suivant des yeux une jeune femme au beau visage en train de quitter à la hâte vêtements et bijoux. « *¡Espera !* » implore-t-elle mais il ne veut pas attendre. Ce qu'il veut c'est se masturber avec elle, en chair et en os, en face de lui, elle qu'il a si souvent imaginée quand il était seul avec son plaisir. Mais elle est trop rapide : ayant fait valser ses chaussures, sans ôter ses bas, elle lui saisit les poignets, l'enjambe et le prend entre ses cuisses à cette extrême limite où il ne peut qu'éclater en elle. Ce qu'il ressent est au-delà du plaisir, du regret, du désir : perdant conscience au bord d'une nuit éblouissante, il y est retenu par les bras d'une étrangère attendrie.

*

Le plus grand masturbateur du monde vit à Budapest et se masturbe tous les soirs, sauf dimanches et fêtes, quand il rentre à la maison. Membre du Politburo du Parti communiste hongrois, il habite un grand appartement. À soixante-cinq ans, il jouit d'une santé robuste et d'un tempérament optimiste. À la fin de cette dure journée de labeur, comme d'habitude il s'est rendu directement à son bureau où il a roulé le grand tapis, découvrant ainsi une carte du monde de six mètres sur six. Au centre de la carte, la Hongrie, plus précisément Budapest, encore plus précisément : lui-même. C'est là qu'il se tient planté, regardant son sperme éclabousser le planisphère, riant allégrement quand il pense à tous les Hongrois qui doivent se trouver partout où sa semence est tombée : des Hongrois qui en ce moment même s'emparent des centres de recherche, des universités, des entreprises, des banques… Aujourd'hui Budapest, demain le monde. Et ce sera un monde meilleur.

★

Elle a quinze ans et nage près de Ténériffe. Enfourchant une amarre immergée, elle va et vient le long de la corde. Le plaisir est lent à monter. Quand il arrive, elle ressent à l'intérieur de sa chair le petit froid que l'eau fraîche y a coulé.

★

Assis dans un fauteuil club à côté de son lit, à Stamford, Connecticut, un garçon de neuf ans se masturbe. Il n'éjacule pas mais une goutte blanche perle à la pointe de son érection encore enfantine. Il sait de quoi il s'agit.

HM
trad. Marie Chaix
Plaisirs singuliers, 1983.

SONNETS ET AUTRES

SONNETS

SONNET JOUETIEN

Traduction de « Recueillement » de Baudelaire en alexandrins jouetiens maximaux

Dans un alexandrin jouetien maximal il y a quatre e *muets comptés.*

Reste sage, douleur, garde l'âme tranquille !
Nulle plainte ! du soir tombe l'ombre. Voici
Qu'une poussière sombre englobe notre ville
Pour quelques porte-joie, d'autres l'aigre souci.

Puisque chaque mortel comme la foule vile
(Dure flèche, plaisir, montre quelque merci !)
Cueille l'âpre remords d'une fête servile,
Ma peine, donne-moi la patte : celle-ci !

Donne ! regarde, là penchent mortes années
Contre l'angle du ciel, robes vieilles, fanées ;
Un rire lentement monte d'entre les eaux ;

L'astre noble mourant rêve derrière l'arche
Telle qu'un voile noir traîne sur d'amples flots,
Écoute, chère, comme une douce nuit marche.

LA VIE : SONNET

À Pierre Lusson

000000 0000 01
011010 111 001
101011 101 001
110011 0011 01

000101 0001 01
010101 011 001
010111 001 001
010101 0001 01

01 01 01 0010 11
01 01 01 01 01 11
001   001 010   101

000 1   0   1   001 00   0
0 0 0 0 0 11 0 0 0 0 101
0   0   0   0   01 0   0   0   00   0   0

CC+ & V-ENT

Espace enstatué de pâles marbres, parc
Semé de feuilles, d'amoureux, d'enfants, qui voient
Insubmersibles les navires qu'ils envoient
Flotter : « NEC MERGITUR ! », ô schooners « Cutty
Sark ».

D'invisibilité le Soleil mieux que snark
S'élide empoussiéré — les marronniers s'y noient —
Jaune, suzecolor, où moineaux se nettoient
Pour forniquer sous l'Éros nu bandant (son arc).

Paris automobile et ses rumeurs s'enrouent
De feux, d'éclairs, de cris, brûlent, griffent, secouent
Un ciel exacerbé qui se courbe sur l'Ouest ;

Y grimpent les jets d'eau des fontaines qui plient
Envolés en murmure, humiliés du lest
De gravité : le vent et l'eau se mésallient.

LE PORCELET EN PORCELAINE

Un sonnet rimé et co-rimé. Soit sonnet et co-sonnet.

La notion de co-rime.

L'anté-rime est un antonyme de la rime qui utilise la fonction de la rime comme marque de la fin de vers. La notion de co-rime *se sert de la situation de la rime comme segment final d'un mot, le mot-rime.*

Deux mots ou deux segments phoniques seront dits co-rimants si leurs débuts sont phoniquement équivalents, ou plus exactement si leurs segments initiaux, considérés isolément, riment entre eux.

Un rectangle à quatre poteaux
Blanc des moissons et du battage
La rivière au bas du cottage
L'embarcadère des bateaux.

Dans le silence des coteaux
Vacarme de moteurs, ratage
Et la pluie qui fait son potage
Des feuilles aux dents des râteaux.

C'est l'éden de banlieue en pire
Où le temps étend son empire
Automne, automne sans été :

Pour la dissolution mentale
Fixer, de son rose aimanté
La luminosité étale.

DE THÉODORE, VIERGE ET MARTYRE

Composition diérétique

Sonnet oulipien (au lecteur avisé :
Jouetien le vers, mais généralisé)

Argument : *On rapporte en divers lieux que, sous le règne de Dioclétien Théodore, une jeune vierge chrétienne, ayant refusé d'abjurer sa foi et de sacrifier aux Dieux païens fut par Diane livrée aux appétits honteux, bestiaux et gloutons d'une soldatesque, excitée à mal faire par sa nature mauvaise et la promesse d'une forte récompense ; ce que commente le poète aux quatrains de son sonnet.*

Cette affreuse punition s'étant révélée insuffisante, Diane transmit la malheureuse, palpitante mais respirant encore, à Dionysos qui, l'ayant mise à rouer sur la roue d'Ixion sacrée, en bois d'yeuse, la proposa ensuite à des lions grecs qui avaient jeûné neuf jours. Mais ils ne purent pas profiter de cette aubaine car une musique céleste fit s'élever la sainte au Ciel pour y être soignée parmi les Bienheureux. C'est cette scène que les tercets du sonnet racontent au présent de narration.

Sous Dioclétien ta passion pieuse
Fouetta ces tueurs médiocres pions
Idiots, vicieux, niais qu'à millions
De Louis, d'opiums, Diane furieuse

Hier fit s'allier (ô ruine odieuse)
Souhaitant, pour jouir, ta violation.
Piètrement fuir l'humiliation ?
Non ! tu dis, pietà : liesse glorieuse !

Au rouet d'Ixion d'yeuse hiératique
Pour ta miette[1] en vain, oui, j'ouïs[2] : tu miaules
Du grand Dionysos diététicien

1. variante : viande.
2. scandez : ou-i j'ouïs ou oui j'ou-ïs.

Lion, cruel lion, lion ionien!
Violons, violons, vielles et violes
Théodore Là-Haut élevez d'un Cantique.

Sources principales : *La Suida, Lucien, Aelius Aristide, Pausanias, Quintilien, Photius, Arion, Dion Cassius, Diodore de Sicile, Dioscorides, Héliodore, Herodian, Hippias, Ion de Chios, Priscien, Simplicius, Suétone, Synesius de Cyrène, Syrianus, Théon de Smyrne, Timocréon de Rhodes, Corneille (passim).*

UN SONNET DE WILLIAM SHAKESPEARE PASSÉ AU CORRECTEUR ORTHOGRAPHIQUE

When tau thé sessions of sweet saillant thought
I saumon pu remembrante of things pat
I sikh thé lac of manie a thing I sought,
And with olé wons New ail mi Dar cimes baste.
Thon chan I dorant an elle, unused toi flow,
For pressions friands nid in death's dentelles night,
And Jeep affres levons long zinc cancales won,
And Oman th'expense of mana a vanished sight.
Thon cent I grive ta grivelantes forgeons,
And heavily front won taux won tell oser
Thé sac accourt of fore-bemoaned Oman,
Whist I ne paie as if ont paie beffroi.

But if thé hile I think on thé, Dar friand,
Hall lasses are restaure, and saurons end.

LE SONNET LE PLUS LONG

Les bluffs, bourgs, breaks, cairns, catchs, chairs,
champs blonds, chants, cracks, *cœurs*,
Les chiens chauds, chintz, clamps, clercs, clowns,
coings, couacs, couics, crawls gloussent,
Les croups, deuils, djinns, doigts blancs, drains,
drills, drings, fjelds, fjords moussent,
Les flancs clairs, flashs, flairs, fleins, fleurs, flirts,
freins, fronts, fruits, chœurs,

Les plombs courts, points, quarts, rhumbs, scalps,
sceaux, schahs, schuss, scouts, sœurs,
Les glands gourds, grooms, groups, heurts, hourds,
ketchs, knouts, khmers, groins poussent
Les krachs, krafts droits, nœuds, ouests, plaids,
plains, plants, pleurs, lairds toussent
Les sculls, skiffs, skunks, slangs, sloops, smashs,
sparts, spaths lourds, sports, mœurs,

Les sphinx froids, stands, sticks, stocks, stouts,
strass, stress, thrips, toasts croissent,
Les tourds, trains pleins, traits, tramps, tricks, trolls,
troncs, trusts, tracts froissent

Les whists, yachts, sprats, christs teints, scheiks, sprints, speechs, scripts, schlass, treuils

Les spleens schlass, stricts, sketchs, schnocks, scratchs, schlichs, schlamms, pschents, schnouffs chuintent
Les grands chants, courts, droits, francs francs, fruits, plaids, stands, schnaps suintent
Les bricks, chotts, drifts, flushs, quartz, kraals, mounds, smalts, speiss, wharfs, seuils.

CHANDELLE

Chandelle je te vis, oui, je te vis, Chandelle
Chandelle je te pris, oui, je te pris, Chandelle
Chandelle je te tins, oui, je te tins, Chandelle
Chandelle tu fus suif, oui, tu fus suif, Chandelle

Chandelle tu fus mèche, mèche tu fus, Chandelle
Chandelle tu fus blanche, blanche tu fus, Chandelle
Chandelle tu fus droite, tu fus droite, Chandelle
Chandelle tu fus haute, tu fus haute, Chandelle

Chandelle tu fondis, quoi ! tu fondis, Chandelle
Chandelle tu coulas, quoi ! tu coulas, Chandelle
Chandelle tu fumas, quoi ! tu fumas, Chandelle

Chandelle tu brillas, ah ! tu brillas, Chandelle
Chandelle tu croulas, ah ! tu croulas, Chandelle

Chandelle tu mourus, ah ! tu mourus, Chandelle,
Chandelle oh ! Chandelle

On admirera la difficulté vaincue : tous les mots-rimes et tous les mots qui antériment sont le MÊME MOT *!*

SANS DÉFAUT

Un sonnet sans défaut vaut bien tel long poème
nous dit, presque, Boileau, qui veut également
qu'on n'y répète rien, aucun mot. C'est dément,
absurde, fantastique, idiot, oulipien même.

Accepter ce diktat ? Je ne vois pas comment
faire pour respecter sa contrainte. Quel thème
choisir ? Il serait facile certainement
d'accumuler substantifs, verbes, (chrysanthèmes

lexicaux sur le suicide des expressions
poétiques naturelles), prépositions
(choix peu commode hors articles) ; ces univers

langagiers m'offrent une liste très petite
de mots-outils. Chacun, dès que saisi, j'évite.
L'épreuve se termine au quatorzième vers.

LA DI DA

Sonnet fatrasique

Tu te souviens de Lady Di
Tu te souviens de Dalida
De Gaspard de Besse, un bandit
Et du docteur Hastings Banda

Qu'est-ce au juste que l'organdi ?
Et ta capitale, Ouganda ?
Tu sais que Nerval se pendit
Et qu'on craint pour le grand Panda

Je ne connais pas Katmandou
Je ne connais pas Saint-Mandé
Je ne sais pas comment, quand, d'où

J'ai sorti ce gluant candy
Si je le suce au Lavandou
Je ne l'aurai plus en Vendée

D'APRÈS GERTRUDE STEIN

"I think I won't
I think I will
I think I will
I think I won't

I think I won't
I think I will
I think I will
I think I won't"

I think I didn't
I think I did
I think I did

I think I didn't
I think I did
I think I did

SEONNT

CMOME L'ONT DES CRHUEERHCS DE CGADMIBRE PVRUOÉ
PAR DE LA ROEIFXLEN ET BUEOACUP D'EEXCPNÉERIS
IL ITMRPOE TERS PEU QU'EN UN MOT SIOT BLRLOIUÉ
L'ORRDE DES LEERTTS PVORUU QU'ELELS SNOEIT PERTÉNSES

DNAS LUER MOT ET SUUORTT QUE RNEESTT IENÉCGHNAS
LA PCLAE DE LA PRRÉEIME ET DE LA DREÈRINE
LRETTE. SI CES CNOONIDTIS SNOT VIIFSEÉÉR

ON PUET SNAS TORP D'ETFRFOS LRIE UNE PSHARE ERNÈITE

TLES SI JE LES EN CIROS SNOT LES FTAIS. LA ROASIN
EN SIEART QUE NROTE OIEL SIASIT GNLEOMBEALT
TUOT MOT. SNAS L'ÉEPLER NROTE EISRPT L'ADPNPERHÉE

CMOME UN TUOT. IL N'A PAS D'ARUTE RNEENMSEENIGT
BIEOSN PUOR DEÉRCFHFIR LE SNES, PUOR QU'IL LE RDENE
CILAR. IL S'AIGT D'UNE SOUIBTIATSIN

SONNET EN ÉMIRS

rimes : lo / ol; pate / tape; mort / trom; ant / tna : nie / ein.

C'était un grand as du vélo
Il ne faisait jamais d'épate
Mais il remportait mainte étape
En s'échappant au pied d'un col

Hélas (je sais, c'est du mélo)
Un jour, lisant Milarepa
Il chut à Châteauneuf-du-Pape
Honteux il sombra dans l'alcool

Il voulut se donner la mort
Par noyade sous le maëlstrom
Mais le tourbillon l'écartant

Il laissa sans cérémonie
Nouvel Empédocle son frein
Au bord du cratère d'Etna

JR

SONNETS IRRATIONNELS

CAPRICIEUX

sur quinze lignes célèbres de Musset

Nous sommes seuls, je suis jeune, vous êtes belle.
Si, contre un peu d'ennui, notre esprit se rebelle,
Malgré mille chagrins contre nous élevés,

Madame, accordez-nous la douceur d'un caprice.

Laissons-nous emporter, fascinés, captivés,
Par une heure d'oubli, parfum de mirabelle,
Pétales effeuillés, jasmins en ribambelle,
Jardins de ces plaisirs que nous avons rêvés.

Madame, accordez-vous la douceur d'un caprice.

Le plaisir ? Ce n'est pas le plaisir-sacrifice,
Aveugle et sans amour, que je vous offre ici.
C'est l'amour sans regret, sans peine, sans entrave,

Qui fait briller les yeux d'une lumière grave,
Et dont on garde au cœur le sourire adouci.

ROMANTIQUE

J'ai cru, toute une nuit, que ma vie et la vôtre
Allaient n'en faire qu'une, et qu'on dirait « la nôtre ».
Je l'ai cru, sans raison, jusqu'au petit matin.

J'étais comme un enfant qu'un sourire ensorcelle.

J'avais tort, je le sais, de rêver ce destin.
Mais on donne au destin des airs de bon apôtre,
S'il vous prête la mer, une femme et un cotre :
Comment garder d'aplomb sa tête et son latin ?

Sont-ils toujours ainsi ceux que l'on ensorcelle ?

Peut-on voir dans leurs yeux monter une étincelle ?
Tremblent-ils en faisant grincer le gouvernail ?
Pleurent-ils des sanglots graves de violoncelle ?
Maudissent-ils, debout, vers les étoiles, Celle
Qui les renvoie penauds à la niche, au bercail ?

LÉGER
ou : la valse du petit chien

Quand j'avais dix-sept ans, les filles de mon âge
Aimaient ceux de vingt-cinq, et mon Abencérage
Se morfondait tout seul, au soleil de minuit.

En ce temps-là, nous hululions « Vive la quille ! »

À vingt-cinq ans, les reines-rêves de nos nuits
Commençaient à aimer (évoque, ah, Bens ! et rage !)
Ceux qui sur nous avaient le fragile avantage
De leurs dix-sept printemps : dégoût, fureur, ennui.

Comment ne pas hurler, alors, « Vive la quille » ?

J'ai trente ans aujourd'hui, et les petites filles
Se mettent à loucher vers mon rude benjoin.
C'est pourquoi, de nouveau, mon œil s'allume et
brille :
Si j'ai couru après ma queue toute ma vie,
Il semble bien qu'enfin nous nous sommes rejoints.

AMOUREUX

Tu dis oui, tu dis non, tu dis n'importe quoi,
Et tu me ris au nez, et moi je reste coi

Comme un enfant de chœur qui, pris de court, bafouille,

Tant l'eau de tes regards trouble et glace mon sang.

Au pied des mots brûlants, ma pauvre voix se rouille,
Rengainant ses plus tendres traits en son carquois
De peur de faire naître un sourire narquois
Sur tes lèvres dorées que mon baiser ne mouille.

Mais l'eau de tes regards trouble et glace mon sang.

Je blâme le crétin morose et languissant
Que je suis devenu sans bien m'en rendre compte,
Le front glacé, la langue blanche et l'œil absent.
Comment pourrais-tu voir, en moi, plus qu'un passant ?
C'est ce qu'en gémissant, le soir, je me raconte.

NOSTALGIQUE

Je ne hanterai plus les graves officines
Où mes amis, tout doucement, prennent racines,
Racines que j'envie sous mes airs fanfarons,

Car, au-delà de tout, j'aime l'odeur des livres.

Si j'ai troqué la plume pour les mancherons
(C'est façon de parler, poétique et vaccine),
Si j'ai, dis-je, choisi les champs et les fascines,
Je n'ai pas renié mon sang d'écriveron :

Toujours, par-dessus tout, j'aime l'odeur des livres.

Ah, connaître à nouveau ce monde qui m'enivre !
Retrouver, chaque jour, mes cousins correcteurs !
Renifler le parfum froid des clichés de cuivre !
Revivre, enfin, la vie qui déjà m'a fait vivre,
Et, parbleu ! débarquer comme un triomphateur !

⋆

Le presbytère n'a rien perdu de son charme,
Ni le jardin de cet éclat qui vous désarme,
Rendant la main aux chiens, la bride à l'étalon :

Mais cette explication ne vaut pas ce mystère.

Foin des lumières qui vous brisent le talon,
Des raisonnements qui, dissipant votre alarme,
Se coiffent bêtement d'un chapeau de gendarme,
Désignant là le juste, et ici le félon.

Aucune explication ne rachète un mystère.

J'aime mieux les charmes passés du presbytère

Et l'éclat emprunté d'un célèbre jardin ;
J'aime mieux les frissons (c'est dans mon caractère)
De tel petit larron que la crainte oblitère,
Qu'évidentes et sues les lampes d'Aladin.

★

Les femmes de marins passent du rire aux larmes
Quand, brisant de la nuit les exquises alarmes,
La trompe de la mort secoue leur lit défait.

Pas d'amant qui n'ait son sursaut mutualiste !

Boutonnant son caban d'un geste stupéfait,
L'homme se rue devant les terribles vacarmes.
Lourde encor de sommeil, frissonnante et sans armes,
Sa silhouette vague étouffe son forfait.

C'est pousser un peu loin le sens mutualiste.

Je n'aurai pas autant la fibre socialiste :
Si ton mari calanche au sein des flots amers,
Je fermerai sur nous un grand drap fataliste
Et, caressant tes yeux d'un index réaliste,
Tirerai de ton corps mille étoiles de mers.

★

La charogne avancée fait du nez au vautour,
Mais, repu, le croqmort tire de l'aile autour
Du désert fulminant de sel et d'ébonite.

Ainsi, de mes débris tu t'éloignes gaiement.

Mon cœur sera bientôt cette blanche ammonite,
Coquille de calcaire à l'indécis contour,
Ramassée, rejetée, retrouvée tour à tour
Par les doigts lumineux d'un grave Sélénite

Que mes divers débris enrichiront gaiement.

Je n'ai pas très envie que mon enterrement
Prenne un air de folklore au musée des espaces.
J'aimerais mieux vivre et mourir petitement
Entre les bras menus de ton gouvernement,
Loin de la Croix du Sud, du sable et des rapaces.

JB

41 sonnets irrationnels, 1965.

SON « EST NON-ET »

Le titre est une « méta-contrainte » : il établit un lien entre la contrainte prosodique (traditionnelle) et les contraintes sémantiques qui découlent de la conjonction « non-et » (connue aussi sous le nom de « Symbole de Scheffer »), qui est une opération définie sur « l'ensemble des valeurs de vérité ». Sa table de Pythagore est :

	FAUX	*VRAI*
FAUX	*VRAI*	*VRAI*
VRAI	*VRAI*	*FAUX*

Ces valeurs engendrent évidemment les personnages Muver (Verum) et Sulfam (Falsum). L'action, elle, est déterminée par contrainte définie par Raymond Queneau dans ses communications du 26.12.1965 et du 19.1.1966 sous le titre « Ma relation x prend y pour z » *(cf. Oulipo, p. 62). En se reportant à ce texte on vérifiera que les première lignes nous faisaient un devoir de choisir cette contrainte. Il s'agit ici, bien entendu, de la relation : « x regardant y voit z ».*

Enfin les non-rimes de ce sonnet riment en somme à ceci : il se dit et se dédie tout à la fois.

SON « EST NON — ET »

Muver à son miroir perd sa propre personne ! !
Mulhier a d'autres yeux, Shantant n'a pas ce nez !
Ce n'est plus ton visage, ô Muver ! !
C'est Sulfam qui te fixe au travers du Teepol !

Tu fuis, Muver, tu fends ces rues où t'encombra
Du blues à Saint-Glinglin l'horrible métaphore ! !
Mais chez Sulfam à Rueil, qui t'accueille ? Un parent ?
Non ! tu te vois, Muver, en regardant cet homme !

Sulfam (de glace, lui, face à Muver en nage !)
Reconnaît ce Pierrot (qui le fixe, béat ! !)
Collabo du dimanche à la fleur au béret ! !

Or, Sulfam resté seul (pauvre enfant du Limon !)
Ne peut voir dans la glace (outre un piano à queue !)
Que, symbole de chef, « Herr » Muver au piano ! !

PB

QUAND VIENT LE SOIR

Sonnet « mots rimes ».

Ce que j'aime beaucoup, le soir au Grand Hôtel,
c'est le nom de l'hôtel écrit contre le ciel,
le néon blanc sur ses antennes, contre le ciel
gris vague et rose un peu, le nom du Grand Hôtel.

Il y a tant, le jour, de grouille et de familles,
il y a tant de cris, tant de petits Marcel,
qui couvrent le bruit des vagues — petits Marcel,
que quand s'allume Grand Hôtel, dodo familles ;

je retrouve pour moi la rumeur de la houle,
la chanson des requins, la rumeur d'une houle
de navires marins, cargos, cargos, goélettes.

À bord, scrutant le trafic, l'homme à la goélette
oublie l'appel du phare et lit, contre le ciel

gris vague et rose un peu le nom du Grand
Hôtel.

PF

Toi qui connais du monde, 1997.

DEUX SEXTINES

SEXTINE AVEC MOUCHE

d'abord nous rencontrons le premier poisson
là nous voyons tout prêt le premier ver
il s'ensuit ligne trois le premier hameçon
et à son tour le meilleur premier fil
qui en conséquence livre le premier pêcheur
avant que nous l'apercevions debout devant le pre-
mier lac

voici pourtant que le suit aussi le deuxième lac
et happe aussitôt le deuxième poisson
qui tel un appât pend au deuxième pêcheur
comme jeté sur un deuxième ver
au deuxième repos en la personne du fil
à ce deuxième vide humain d'hameçon

maintenant court le troisième un hameçon
causal et happe pour cette raison le troisième lac
qui frétille sur le faux troisième fil

car le troisième est un long et synthétique poisson
et juste là-dessus se dresse le troisième ver
sortant du sommeil au troisième faux pêcheur

là nage dodu un quatrième pêcheur
et rêve d'un dodu quatrième hameçon
et néglige le piquant du quatrième ver
à la vibration lâche du quatrième lac
il rêve d'une proie grasse le quatrième poisson
oui maintenant dans l'eau douce au quatrième fil

mais nous voyons tout prêt le cinquième fil
happer le cinquième pêcheur
qui ne se détache pas du cinquième poisson
car celui-ci sur un cinquième et soyeux hameçon
pendulaire et rattrapé par un cinquième lac
amateur se contente de friser sur le cinquième ver

mais oh déjà se meut le sixième ver
alléché par un fumet de sixième fil
avec le sixième et final anti-lac
tordu par-dessus le sixième pêcheur
enroulé tout au long sur le croit-on petit et sixième
    hameçon
du dimanche au sixième poisson

invité au bain et comme alors le septième poisson
il arrive nous rencontrons tout prêt le septième ver
encore avant l'insolite septième hameçon

MÉTABOLISME PROGRESSIF DANS UNE SEXTINE

là six ça lors se voit
voit là six ça lors se
ça lors se voit là six
se voit là six ça lors
lors se voit là six ça
six ça lors se voit là

six fois lors se voit là
là six fois lors se voit
lors se voit là six fois
voit là six fois lors se
se voit là six fois lors
fois lors se voit là six

fois tel se voit là six
six fois tel se voit là
se voit là six fois tel
là six fois tel se voit
voit là six fois tel se
tel se voit là six fois

tel me voit là six fois
fois tel me voit là six

voit là six fois tel me
six fois tel me voit là
là six fois tel me voit
me voit là six fois tel

me voit près six fois tel
tel me voit près six fois
près six fois tel me voit
fois tel me voit près six
six fois tel me voit près
voit près six fois tel me

prend près six fois tel me
me prend près six fois tel
six fois tel me prend près
tel me prend près six fois
fois tel me prend près six
près six fois tel me prend

si ça lors se là voit
voit là six fois tel se
six fois tel me près prend

OP, trad. MG

L'AUTRE, SONNET

Sonnet homophonique.

Sonnet pas la peine
Sonnet pas important
Sonnet pas grand-chose
Sonnet pas rien

Sonnet pas grave
Sonnet pas sérieux
Sonnet pas nécessaire
Sonnet pas l'heure

Sonnet pas trop fameux
Sonnet pas bien méchant
Sonnet pas la mer à boire

Sonnet pas lui
Sonnet pas moi
Sonnet l'autre

PF

SONNET PONCTUÉ

Virguleuh point virgul' point d'interrogation
Virguleuh point-virgul' trois points de suspension
Virgul' virgul' deux points ouvrez les guillemets
Point virgul' point final fermez les guillemets

Point virgul' point virgul' point point point virgul' point
Point point point point deux points ouvrez les guillemets
Point virguleuh point point point point virguleuh point
Points de suspensillon fermez les guillemets

Entre tirets virgul' ouvrez la parenthèse
Virgul' virguleuh point fermez la parenthèse
Virguleuh deux points point d'interrogasillon

Virgul' virguleuh point point d'exclamassillon
Point point virguleuh point point d'interrogation
Point d'interrogation point d'interrogation

HLT

Zindien, 2000.

SEXTINE
ÉPHÉMÈREMENT POLYGLOTTE

voilà une sextine française-anglaise :
this is an english-german sestina :
oh eine deutsch-rumänische sestine :
iata si sextina române-ruseasca :
äto — russko-italjanskaja sestina :
eccola una sestina italian-italiana :

comme stai, italian-francese sestina.?
comment ça va, sextine française-russe ?
russko-anglijskaja sestina, kak poshiwajesch ?
how are you, english-romanian sestina ?
tu ce mai faci, sextina româno-germana ?
deutsch-deutsch sestine, alles in ordnung ?

danke bestens, deutsch-italienische sestine !
grazie, benissimo, italian-rumanesca sestina !
foarte bine, sextina româno-frantuzeasca !
merci, excellent, sextine française-anglaise !
thank you, splendidly, english-russian sestina !
spassiba, prekrasno, russko-russkaja sestina !

no russko-nemezkaja sestina prekrasnej!
aber die deutsch-englische sestine ist schöner!
but the english-italian sestina is more beautiful!
però la sestina italiana-francese è piu bella che tu!
mais la sextine française-roumaine est plus belle!
dar sextina româno-romàna e si mai frumoasa!

unde e cea mai frumoasa sextina româno-ruseasca?
a gde she samaja prekrasnaja russko-franzuskaja sestina?
mais où se trouve la plus belle sextine française-allemande?
wo aber ist die schönste deutsch-italienische sestine?
ma dove si trove la piu bella sestina italiana-inglese?
but where is the most beautiful english-english sestina?

long live the english-romanian sestina!
traiasca sextina româno-italiana!
evviva la sestina italian-russa!
da sdraswujet russko-nemezkaja sestina!
es lebe die deutsch-französische sestine!
vive la sextine française-française!

la sextine française-anglaise est morte
long live the english-italian sestina
ma la piu bellissima è la sestina sestina-sestina

OP

SEXANAGRAMMATINE

La sexanagrammatine est un poème anagrammatique en forme de sextine, c'est-à-dire composé de six strophes de six vers, suivies d'un envoi en trois vers, chaque vers étant doté, en final, d'un mot-rime se retrouvant dans toutes les strophes selon la permutation d'Arnaut Daniel.

Par ailleurs, le fait qu'il s'agisse d'un poème anagrammatique implique que les mêmes lettres, exactement, se retrouvent en genre et en nombre dans tous les vers du poème.

Rappelons au passage que si l'humanité ne se compose que de deux genres, le féminin et le masculin, les lettres de l'alphabet français comptent, quant à elles, 26 genres, ce qui offre d'admirables opportunités dans la permutation.

Les deux sexanagrammatines ci-dessous présentées ont été composées à partir respectivement d'un titre de Marcel Bénabou Pourquoi je n'ai écrit aucun de mes livres, *et d'un titre de Paul Fournel,* Histoire véritable de guignol.

POURQUOI JE N'AI ÉCRIT AUCUN DE MES LIVRES

Musique à lui jouer, rapide — ver conscient
souvent encore ici rimera plus judaïque
Dieu masque l'incinéré — ça prive toujours —
ce souvenir, court, déjà. Sa ruine implique
ce peu qu'il en dit croire où un vers jamais
écrivit ce journal, ride ou spasme unique,

sa juvénilité mûrie, corps à décor unique
mosaïque au pire jeu, livre dur, conscient —
il risque contre vide une coupure jamais
écorce neuve sur l'inspiration judaïque —
une case, sa jointure, découvrir implique
la devise panique. Un crime crie toujours.

Crâne ici dupliqué, âme inverse, toujours,
à se vomir s'accroît de peu l'injure unique.
Un jour crevasse cet adieu noir : implique
psaume, aile juridique, verrou conscient
où ma nuée vit, inscrire le corps judaïque,
rosier, doucë épreuve qui n'inclut jamais

coupe sûre. Le cri ouvert n'indique jamais
ce vide qu'il incarne, rame, puise toujours —
terre, on prie — s'accumule, vision judaïque,
mince réprouvé, Judas, l'Iscariote unique —

pique, ajoure, divise la rumeur. Conscient
jadis ouï voûte, sa récurrence n'implique

aucun acte ni série. J'ouvre *Dors*, implique
croisé, percé ou truqué, le nu divin, jamais
réalisé, jumeau perdu. Qui voir, conscient ?
Un spleen cadavérique rime ici toujours
promis, cru, devient race, jalousie unique
— ris — remue la survie, conception judaïque,

simple source t'incarne, ou rire judaïque
jaune, ce corridor su ténu. Sa vie implique
trame, œil vu du japon, crise, crise unique
punique tire sur un cercle ovoïde jamais
nié, animé, l'accès pur, véridique, toujours
à lire, ou réprimé jusqu'au vide conscient.

À suivre conscient, le mur judaïque, proie
toujours vue, racine de racines implique
cœur jamais pris, cœur évident, l'unique.

HISTOIRE VÉRITABLE DE GUIGNOL

Roue dirigiste, vent bigle, holà !
On vide le bahut. Toise. Le grigri
boite. Déloge, virginal hirsute —
avenir sidéré hublot, il gigote,

vibre, irise de nuit le Golgotha.
L'huître à gogo, dentier visible,

gorge la hernie du toit visible,
et reste Virgile bigoudin. Holà!
Dire rêve bis, inutile Golgotha,
lion, hibou et vestale de grigri,
l'horrible divine saute, gigote.
Bigre, digne, la vie, loto hirsute,

te blinde, viragologie hirsute
à lire du ghetto ignoré, visible
bovin — s'étriller, hue, dia, gigote.
Vers idiot, il te gruge bien. Holà!
L'avoine se botte, hile du grigri,
visite bridée, lire un Golgotha :

ébriété, il ruse. Divin Golgotha,
givre, tain, bolide, le go hirsute,
hostile et vain, boude le grigri.
Hooligan, guérit d'être visible.
Bègue très indigo, vire-t-il? Holà!
Sel ni bidet, le hourvari gigote.

L'été sourd, l'inhibé vrai, gigote,
divisé, rien biture, le Golgotha.
Glotte de gibier, insu ivre — holà! —
ô grille à vin de gibet, ô hirsute

gîte. Toréer un hidalgo — visible —
vous habite : élide-t-on le grigri ?

Le saint Boole dévêtu, hi ! grigri.
Libido sur ventre la hie gigote,
gag entouré d'hilarité visible,
virus de bénitier, lie, Golgotha !
il étage, bridge, violon hirsute,
vingt bides, rouge litière. Holà !

Tu obéis, holà ! le grigri devient
hirsute, l'aboli gigote. Devenir
Golgotha, tue. Visible. Rien dire.

MG

SEXTINE AVEC ANAGRAMMES

Les « mots-rimes » sont anagrammatisés.

Tout au bout du sillon, les mots, ce sont des ancres
arrimant au papier les vers les plus agiles.
Leur choix m'est imposé, chevauchement d'étains
sur un vaisselier blanc que parfait la céruse
ou mieux le kaolin. Mots-rimes, émeris,
hors du sable vaseux où vit la néréis,

rendus obscurs et fous des baisers de vos reines
qui vous flattent le col comme à de vieilles carnes,
votre anagramme vient — cette fois la merise —
au rang déterminé, en bout d'aile des aigles,
un vers maquillé, mais de parfaite césure :
les soupirs de la fée ou les cris de la sainte.

De celle-ci le grain de peau est satiné,
avant que de sentir, du bûcher, la résine,
de l'autre, le regard est blanc, l'orbite creuse,

et le poème dit la tempête des crânes
qui le plus loin possible éjectent les algies.
Les significations qui s'y verraient mirées

n'auraient pas raison de conclure à leur misère.
La forme a sa raison, j'y tiens et j'y tenais,
et j'y tiendrai, et m'y chauffais, comme y gelais.
Le vers, au bout d'un temps, se déroule serein
par la voix, le papier, les planches, les écrans.
L'hémoglobine sourd des extrêmes curées.

Si la permutation des finales écrues
obligeant à sortir l'idée de sa remise
engendre quelque sorte inédite de nacres
(mot reconnu de la « poésie »), les ténias
moins attendus sont là, aussi. Le vers serine
le sens à son lecteur qui se sent de la glaise,

mobile, ensorcelé, embauché pour les liages,
déductions, coq-à-l'âne ou détours. L'eau sucrée
n'est pas de l'océan où nage la sirène,
et si sel il y a, ces rimes non rimées
en perdront leur saveur trop douce de tisane
et leurs arrière-goûts de petits bonbons rances.

Après que tu cernas le dessin du lisage,
étant hanté j'entais les pensées non reçues
sur nul mot réémis par la voix qui s'insère.

JJ

SAINTE CATHERINE

Canevas d'une n-ine régressive narrative.

I

Gong, drink, pluie, mer ;
Chiffre, colle, code, sphinx ;
Musiques, chaussures, bouchon, récolte ;
Le mal, le train, le rami, la lettre.

La grêle augmente l'urgence de la récolte.
Le vent du désert déferle sur la mer.
Des contrats les loueurs sont tenus à la lettre.
Jour et nuit on se réfugie au Sphinx.

Une jeune attend sans espoir une lettre.
Son frère est censé rentrer pour la récolte.
Le monde autour d'elle prend l'aspect d'un sphinx.
Elle voudrait se jeter comme une bouteille à la mer.

Le désir de vie, de mater le sphinx,
Lui rappelle un ami du frère. Elle oublie la lettre.
Elle le déniche loin des tonnerres de la mer.
Le blé se couche avant l'heure de la récolte.

Entre la mer et le Sphinx
La récolte d'une lettre.

II, 1

En début de soirée l'air est secoué par un gong,
Simple et lugubre signal de l'heure du drink,
Inutile pour les habitués et dans les jours quand la pluie
Dilue petitement l'âpreté de la mer.

C'est un soir de vent, de tonnerre et de pluie.
Cela la frappe comme un batteur son gong.
Cela plonge en elle comme un Boeing dans la mer.
Ce n'est qu'une invitation à prendre un drink.

Pour se réfugier elle s'enfuit vers la mer.
Elle se sent trempée par les spasmes de la pluie.
Elle veut se dissoudre en lui comme un glaçon dans un drink.
Elle veut trembler dans ses mains ainsi qu'un gong.

Elle revient le trouver pour accepter le drink.
Il lui raconte sa vie au bord d'une autre mer.
Ils dînent, ils montent, et c'est timbale et gong.
Le lendemain, c'en est fini du tonnerre et de la pluie.

Elle le cherche au son du gong, à l'heure du drink.
Il a dû partir vers d'autres pluies, vers l'autre mer.

II, 2

Elle regarde sa vie comme un impénétrable chiffre.
On ne lui a tout appris que pour lui poser une colle.
Elle scrute son passé pour en sortir un code.
Elle finit ses journées au bar du Sphinx.

Le monde autour d'elle suit bien un code,
Indifférent à elle, peut-être à tous (cet autre chiffre).
Terre et mer déploient une monotonie de sphinx.
Hommes et femmes se meuvent dans un bain de colle.

Elle ne fuit ni ne recherche les autres, le soir au Sphinx.
Elle refait un mot à son frère, en vérifiant le code.
Il lui reste de toute cette journée un goût de colle.
Elle rêve d'un lieu où vivent le sorcier et le chiffre.

Elle se lasse de ses lectures, dont aucune ne colle
Au besoin de trouver une réponse pour son sphinx.
Elle se décrit son énigme sans l'expliquer (ainsi un chiffre
Prendra une allure banale : cela fait partie du code).

Mais le chiffre reste une colle.
Elle se plie au code du Sphinx.

II, 3

Certains soirs elle se laisse envahir par les musiques
Qui font déplacer sur la terrasse kickers et chaussures.
Elle ne danse pas souvent ayant peur de faire bouchon.
Son frère lui avait juré de rentrer avant la récolte.

Il n'a pas écrit. Sans lui il lui manque un bouchon
De raccord. Que peuvent lui dire ces sociables musiques
Si ce n'est que seule, elle ne pourra jamais faire la récolte
Ni de vie ni d'amour. La voilà dans ses seules chaussures.

Elle décide de s'en aller sans attendre la récolte,
Mais pour sa chambre l'agence reste aussi ferme
qu'un bouchon.
Un vent du désert met du sable dans les chaussures
Et hurle à travers ses fenêtres d'impitoyables
musiques.

Elle passe des journées à fixer ses chaussures.
On dit qu'une menace de grêle fait craindre pour la
récolte.
Elle pense nager vers l'horizon et les douces
musiques
De la mort, mais cela, c'est plus fort que de jouer
au bouchon.

Elle ne veut plus de musiques ni de chaussures.
« Mets-y un bouchon. De la mer fais ta récolte. »

II, 4

À la fin elle en a assez de pleurer sur son mal.
Elle tiendra jusqu'au jour de son départ par le train.
Elle déniche quelques voisines pour jouer au rami.
Elle fait un programme de sorties suivi à la lettre.

Ainsi donc un jour, pendant une partie de rami,
Elle pense à un ami : peut-il soulager son mal ?

L'ami de son frère. Elle fait partir la lettre
Sans grand espoir. Ses jours iront leur train.

Mais c'est par retour de courrier qu'arrive la lettre.
Elle prend congé de ses amies du rami,
Elle changera son billet pour le premier train.
Elle a vite fait ses bagages. Disparu le mal.

Elle voit le blé couché par la fenêtre du train.
Elle retrouve sa joie en relisant la lettre.
Elle sait que ce n'est pas pour toujours qu'est fini le
 mal.
Elle s'amuse en jouant seule un semblant de rami.

Le mal disparaît le temps d'un train.
Le sommeil suit le rami. Dans ses mains, la lettre.

HM

Sainte Catherine, 2000.

SEXTINES

L'AGRANDISSEMENT

Sextine à anagrammes croissantes.

Il n'a même pas essayé la fac
Dans cet an deux mil
Deux de notre ère, avec un seul ver
Dans le nez, rien qu'une ode
Dans la tête, dans le ventre du ris
De veau vieilli. Il alla au bal,

Où il regarda un DJ qui bêla
Des bulles de salive sur son frac,
Tant pis pour ce triste sire.
Ensuite il vit la fille. Elle lima
Un ongle sous un spot doré.
Cela lui rappela soudain un rêve

Né dans une lointaine forêt verte.
Sans hésiter il se mit à sa table

Sans se donner la peine de rôder,
Sans jouer la coutumière farce,
Sans vouloir passer pour un malin
Au risque de subir la risée.

La boîte s'appelait La Sirène.
Dehors il se mit à venter.
Il se sentit un petit animal
Enchaîné à un fruste établi
D'un réparateur de fiacre ;
Oserait-il même de loin adorer

Cette fille dont la beauté pourrait adorner
Une vie déjà belle ? Et puis son père résigné
À ne jamais le voir se fiancer
Ni lui succéder, résigné à la revente
Qui allait lui permettre de quitter son tablier
(« Mais c'est là un cercueil en fer que tu me laminas ! »).

Mais la fille voit en lui le vainqueur du milanais.
Il sait déjà comme elle lui répondra.
Il ne lui laissera pas le temps de se rétablir
Avant de se proposer comme le seigneur
Qui la mènera à l'amour que tous les deux révèrent.
Le seul problème serait plutôt : comment financer ?

LA NUIT DU VIN

Sextine à synonymes.

Boire du vin donne, éventuellement, un vrai plaisir :
Éventuellement, puisqu'il y a plusieurs façons d'aborder l'acte ;
Vrai, puisqu'il y a aussi de faux plaisirs qui puissent en résulter,
Et au-delà des faux plaisirs des conséquences sans doute indésirables.
Tout cela on le sait d'avance ; mais ici comme ailleurs, le savoir vaut peu.
Parler d'un acte est trop simple : il s'agit d'une suite d'actes, d'un processus.

S'arrêter de boire du vin abolirait toutes ces questions ; mais c'est là un programme
Qui entraîne un ensemble de suites qu'on ne peut guère qualifier de délassement,
D'ailleurs les agréments qu'on peut en tirer se manifestent goutte à goutte
Et parfois très tard — trop tard, dirais-je — après que l'on est engagé dans cette action
Redoutable, qui paraît même souvent comme franchement répugnante
Quand on pense aux soulagements abandonnés et aux désagréments qui vont suivre.

Il serait peut-être plus utile, plutôt de s'obliger à progresser
Sur cette piste ardue, de dénombrer les parties qui constituent l'enchaînement
Implicite dans la boisson (du vin, s'entend), où toute idée de ce qui est regrettable
Apparaît loin de son début : au début tout n'est que pur bonheur,
L'idée même du vin qu'on va savourer d'abord, ensuite la série de démarches
À accomplir : choix de la bouteille, en la débouchant, le premier soupçon

De joie en humant le liège coloré, un premier regard un rien
Appréhensif en jugeant de sa couleur, sa clarté, puis découvrir ce qui va en sortir
Peu à peu, en commençant cette série immuable et lente de gestes
Remplis de désir : le glouglou doux du vin versé, puis selon l'immuable rite
Le lever du verre sous les narines qui connaissent, si tout va bien, un premier épanouissement
Suivi d'une petite gorgée roulée entre langue et palais, moment le moins déplaisant

Peut-être, avant celui d'avaler une première fois : là, rien, absolument rien de désagréable,

On est sans doute au-delà de tout jugement, c'est
une jouissance aveugle et brève
Suivie de près ou d'un peu moins près d'une nouvelle satisfaction
Lorsque, le goût toujours parfumant bouche et nez,
la sève du vin va se répandre
Dans le sang, dans les chairs, dans les pensées.
Alors il n'y a qu'à recommencer la manœuvre,
En faisant attention, si l'on est assez sage, de ne pas
accélérer l'activité.

Hélas, en buvant, on devient moins sage, c'est peu
dire. Sa pratique
Réfléchie se dissout imperceptiblement, on ne sent
rien d'incommode
Pendant deux verres, trois verres, quinze verres,
mais enfin on remarque que les mouvements
De ses pieds et de sa langue ne correspondent que
d'une façon médiocre
À ses intentions, les amis ont des airs au mieux
résignés, et on ne peut que continuer
Comme un condamné sur cette pente où dormir et
oublier seront les seuls soulagements.

Boire du vin : plaisir d'abord, action
Où progresser peut finir dans le déplaisant,
Bref, sombrer dans une nuit sans mouvement.

L'AMÉLIORATION

Sextine où les « mots-rimes » sont soumis à la méthode S + 7.

Pour Marie Chaix

Dieu créa l'homme et sous ses pieds posa la terre.
Au-dessus de sa tête il déploya la tente du ciel.
Pour ses yeux il suspendit dans la tente une lampe de feu.
À ses poumons il prodigua une grande quantité d'air.
Pour son esprit il écrivit sur la nuit un livre en étoiles.
Dans son cœur il insuffla l'azote de la foi.

Tout cela, les hommes l'ont vite transformé en folie.
Voulant cuisiner l'univers ils l'ont réduit en terrine.
Aux portes de la sagesse ils ont dansé en étourdis
Et fait leur petite salade avec des feuilles de ciguë.
Chacun se donne l'air de se promener à son aise,
Arborant avec fierté ses dents ou son nouveau feutre,

Mais ces faux-semblants cachent mal le fiasco
Qui comme un étai branlant se trouve toujours au fond
De nos constructions savantes, en dépit de tout ajustage.

Les terres de nos passés sont enfouies sous des tessons
Que nous analysons ironiquement pendant nos soirées au ciné-club,
Celles qui nous laissent à la sortie avec des idées d'étranglement.

J'envie les chevaux fougueux luisants sous les étrilles ;
J'envie dans sa patience le chien qui ne sait être que fidèle ;
J'envie le corbeau persévérant qui croasse sans circonlocution ;
J'envie les éphémères qui surgissent dans l'eau d'une fondrière ;
Je n'envie pas l'énergumène partant dans un tête-à-queue
Parce qu'il cherchait pour sa compagne sur le siège arrière un album

Et qui subira mort ou blessures ou les conséquences de l'alcotest.
Je ne m'envie pas moi-même qui m'extasie sur des étymologies
Telle «jeans» venant de Gênes et ne sens pas le serré du textile.
Pourquoi ne me trouvé-je jamais derrière les heureuses images, fifre
À Bâle, herborisateur à l'aube en montagne à la fonte

Des neiges, savant découvrant une grande évidence,
comme la circulation

Du sang ? Après moi je ne laisserai que de la cisaille
Et des invisibles rêves, aussi purs que des équations
d'algèbre,
Dont les frissons m'inspirent une amertume de
forçat
Et qui font naître des espoirs qui ne sont qu'éva-
cuations ;
Que me reste-t-il sinon rêver encore une sorte de
fil,
Dont je tisserai en guise de sagesse un impossible
théorème ?

Tu n'es pas venue sur terre pour me faire boire de
la ciguë.
Tu ne tolères pas le fiasco ; tu ne te contentes pas
d'un album.
Tu seras mon étymologie, et ce n'est pas celle de
« forçat ».

HM

SEXTINE DE NAIN

Sur un vélo petit, en pleine pist', un nain
Just' au-dessus de lui, un parapluie de deuil
Modèle grand format qu'il tient droit comme un toit.
Si l'on se fie au temps, si l'on en croit la carte,
Nous sommes à Paris de la France le sein
Dont le charme remplit les refrains et les scies.

Précisément, il vient chez le marchand de scies
Musicales car il est artiste ce nain.
L'artisan attentif lui mesure le sein.
D'une trop longue scie il faut faire le deuil
Il la lui fera courte et il lui tend sa carte :
« Revenez dans dix jours si ne tombe le toit ».

Heureux comme un roi, il crie sa joie sur le toit.
Il sait que le public vibre aux sons de la scie.
Il va de-ci de-là, semant partout sa carte,
Laissant en grand format sa mimique de nain,
Proposant ses chansons pour baptême et deuil,
Les yeux levés au ciel et la main sur le sein.

Il se prend à rêver d'une veuve aux gros seins
Qui, pour pleurer son mort, l'embauche sous son toit,
Et voici notre artiste à l'occasion du deuil
Jouant des petits airs sur sa petite scie,
Des airs tristes, des airs sombres, des airs de nain,
S'éclipsant quand la famille brasse les cartes,

Selon l'usage qui veut qu'on tire les cartes
Pour l'avenir des morts accueillis dans le sein
De Dieu. L'artiste se retire à pas de nain.
La fortune lui vaut automobile à toit
Ouvrant, équipée d'un coffre-fort pour la scie
Et peinte en rose et noir comme naissance et deuil.

Mais la vie est souvent triste comme un long deuil,
Juste avant son concert, l'inspecteur veut sa carte
De travail. Pas de carte, il confisque la scie.
Le nain hurle et supplie, se déchire le sein,
L'inspecteur lui promet pour dix-quinze ans un toit.
Arrêtée la musique. Finis les jeux de nain.

PF

TÉRINES VARIÉES OU TÉRINES À TRIOLETS

Térine nature.

LE ROUGE ET LE NOIR

C'est à patients petits coups de rouge
Que l'on parvient à sè rendre noir
À défaut, ce qui fait l'affaire est le blanc.

On peut, dès l'aube, démarrer à blanc,
Mais il faut être prudent pour ne pas se mettre tôt dans le rouge.
Si par hasard cela advient, pensez au café noir

Qui se montre excellent pour effacer le tableau noir
De l'ivresse. Mais attention ne vous croyez pas pour autant blanc
Le gendarme au ballon vous guette au prochain feu rouge.

Térines avec un triolet (eau, gaz, électricité).

En mille neuf cent soixante-sept, résultat d'une enquête
Soixante-sept pour cent du quinzième arrondissement des habitants
Quand ils tournent le robinet voient couler de l'eau

Un nombre plus petit à l'autre robinet entend siffler le gaz
C'est pas moi qui le dis c'est une autre enquête
Qui a soigneusement interrogé chacun des habitants

Car ils sont friands de questions du quinzième arrondissement les habitants
Puisqu'on sait aussi que quatre-vingt-quatre pour cent ont l'électricité
En cette même année. C'est écrit noir sur jaune dans une vieille enquête.

⋆

Donnez-nous notre pigeon quotidien, bon Père,
Qu'il conchie vaillamment la selle de mon vélo
C'est sa passion sournoise car il chie en volant

Le traître. Il n'est pas sans malice car toujours en volant

Après avoir conchié le père, voilà qu'il conchie le fils !
De rage, je m'élance à le suivre, empoignant mon vélo,

Bien sûr, je reste soigneusement en danseuse sur ce vélo,
Pour des raisons qu'on peut comprendre et je serre fort le volant
Mais le pigeon s'envole méprisant, ailes en croix, mimant le Saint-Esprit.

⋆

C'est parce qu'ils ont le ventre gris clair
De l'exacte couleur de l'air de Paris
Qu'ils sont rois de Paris les pigeons

Mais ces oiseaux variables que sont les pigeons
Ont aussi le dos et les ailes gris moyen
De la couleur précise des toits zingués de Paris

Ils ont aussi la couleur des mystères de Paris
Et s'y confondent, les mystérieux pigeons,
Puisque sous les reflets violets, leur robe est bien gris sombre

⋆

Boursouflé, unijambiste, pouilleux, le pigeon biset,
Rat volant, traîne ses tiques molles dans la langueur capitale
Dans les caniveaux et les poubelles, il fait son gros marché

Squatteur, cavernicole et troglodyte, il loge à bon marché
Sous la même ennuyeuse corniche, se rêvant voyageur,
Et sème aux quatre vents un champignon sournois, peine capitale,

Qui pousse dans les poumons éreintés des mémés de la Capitale.
Elles paient volontiers 400 euros de PV pour avoir acheté du grain au marché
Et l'avoir semé sous son bec afin d'engraisser ses rêves de colombe

Térine à double triolet.

Voici qu'arrive sur la scène, en premier, le mari
Il a senti souffler sur la maison le vent de la passion
Il faut dire qu'ici on ne rit pas avec les amours

On les prend au sérieux, on en fait grandes délices,
Voici que survient maintenant la femme
Échevelée, marquée au désordre de la passion

Ce qui l'anime ainsi et lui ouvre les bras ne peut être que la passion
Pure, celle qui fait silence et qui lance les orgues
Il serait de bonne mise en scène, à présent, de voir entrer l'amant

Térine à triple triolet.

Quand je descends au bistrot de mon coin, le matin,
Je croise le boucher qui vient livrer le jambon et le steak
C'est son heure et c'est celle des premiers coups de blanc

L'été, les raffinés de l'aube préfèrent le rosé
Les sages, eux, sirotent le café et attendent midi
Pour boire en picorant au comptoir une assiettée de frites

Ils repoussent d'un doigt dédaigneux la garniture salade
Et passent aux choses sérieuses en commandant du rouge
En principe, ils tiendront la couleur jusqu'au soir.

PF

TROIS TÉRINES

3 est le premier nombre qui ait commencement, milieu et fin, le premier parfait, celui par lequel se définissent l'Harmonie et le Tout.

LÉON ROBIN,
La pensée grecque et les origines de l'esprit scientifique

Vous estes tres-parfaict, ô grand nombre ternaire.

JEAN DE LA CEPPEDE

III

Machaut chantait que sa fin
était son commencement,
et le contraire. Au milieu,

rien qui dise qu'un milieu
trouve en entre deux sa fin,
l'an de son commencement.

Bouge le commencement
qui passa par le milieu
comme y eut passé la fin.

II

Le Tout naît par le milieu.
Il jette un œil à la fin,
un œil au commencement.

Harmonieux commencement
symétrique à son milieu
comme à celui-ci la fin.

(C'est ici que vient la fin,
proche du commencement
du poème du milieu.)

I

3 a le commencement :
1. Il a, 2, le milieu.
Il est lui-même la fin.

3, de tout, conte la fin,
tout près du commencement,
si tant est qu'est un milieu

le parfait juste milieu
mis au plus près de la fin
comme du commencement.

JJ

POÈMES AVEC PARTENAIRES

Redondes.

Casque, les oreilles dans la *notte*
ou, par un mot de la *musica*
le « nocturne », qui est la *nebbia*
non dansante, dense, en *musica*
que ce soit le grand jour ou la *notte*.

Pourquoi se construit la *musica*
plus fermement que fait la *nebbia*
poétique (souvent) ? C'est la *notte*
théorique, l'épaisse *nebbia*
que vient éclaircir la *musica*.

Compter les atomes de *nebbia*
ou les moindres points noirs de la *notte*
ou les noires de la *musica*

ou les moutons traversant la notte
sort le poème de la *nebbia*.

Lisbonne — Madrid, le 7 juin 2000
avec trois mots italiens proposés par Nicola Lecca
notte : *nuit* ; musica : *musique* ; nebbia : *brouillard*

Un pied en l'air, je suis *bedremmeld* :
cet escalier, est-il en *meerschuim*
ou en mousse de bain ? La *reeuw*
me gagne. De beurre ou de *meerschuim*
l'escalier ? je reste *bedremmeld.*

Je veux dire solide *meerschuim*
comme on fait les pipes. La *reeuw*
elle, n'est pas du tout *bedremmeld*
dans les pores de la peau, *reeuw*
de mort ou de rut, de la *meerschuim*

avant pétrification, *reeuw*
qui trahit le sapiens *bedremmeld.*
Si l'escalier est bien en *meerschuim*
dure et non en sable, *bedremmeld*
je ne suis plus : j'essuie ma *reeuw.*

Bordeaux, le 10 juin 2000
avec trois mots néerlandais proposés
par Kamiel Vanhole (Belgique)

bedremmeld : *hésitant (ayant peur de franchir un seuil)* ; meerschuim : *écume de mer*; reeuw : *transpiration (d'angoisse d'un mourant ; d'une chienne en chaleur)*

D'avoir peint les mangeurs de *sieniä*
un soir d'hallucinations, *Van Gogh*
se coupa au rasoir un *varvas*.
C'est là une autre vie de *Van Gogh*
que j'ai lue dans un plat de *sieniä*.

Pour le faire manger à *Van Gogh*
Gauguin mit dans l'huile le *varvas*
en l'entourant de quelques *sieniä*
psilocybine ou truffe, *varvas*
chauffant la perception de *Van Gogh*.

Quand la douleur parut au *varvas*
la gangrène y fixa ses *sieniä*
rendit bien moins mobile *Van Gogh*
qui, ne ramassant plus les *sieniä*
songe à trancher un autre *varvas*.

Bordeaux, le 10 juin 2000
avec trois mots finnois (deux ?) choisis

par moi, dans La constellation du fou *d'Anita Konkka, à sa demande* sieniä : *champignons* ; Van Gogh : *Van Gogh* ; varvas : *orteil*

Je reprendrais bien du *dashuri*
beurré sur un morceau de *bukë*
le goûterais en toute *liri*
alternant le craquant du *bukë*
grillé et le doux du *dashuri*.

Aussi capital que le *bukë*
est le bouquet de notre *liri*
l'énergie de notre *dashuri*
le lyrisme de notre *liri*.
Personne ne vit que de *bukë*.

Chaque jour, je pétris ma *liri*
attends que lève le *dashuri*.
Si je peux acheter le *bukë*
c'est plus dur avec le *dashuri*
et plus encore avec la *liri*.

Lille, le 15 juin 2000

avec trois mots albanais proposés par Fatos Kongoli
dashuri : *amour*; bukë : *pain*; liri : *liberté*

Quand il fallut créer le créole
les dieux coupèrent la canne à sucre
et la pressèrent dans leur baignoire.
Accouches-y, tu n'es pas en sucre,
nage et vagis de façon créole.

Mais les dieux fondent. Ils sont en sucre
eux, bus qu'ils furent par leur baignoire
quand il fallut fonder le créole.
Et le vidage de la baignoire
était ralenti par tout ce sucre.

On pouvait la voir, cette baignoire
dans un écomusée du créole
avant la chute des cours du sucre
dont la douche fut froide aux créoles.
Et l'eau très rare dans la baignoire.

avec trois mots pris dans les titres de
Raphaël Confiant

Se gargariser de poésie
demande une potion de poèmes
de fabrication matrimoniale.
La décoction de simples poèmes
diffuse une odeur de poésie

dans la pièce où l'on fait les poèmes
la confiture matrimoniale
et la soupe aux choux. La poésie
qui est d'urgence matrimoniale
tient la contraception des poèmes

pour un vrai devoir matrimonial
civique, afin que la poésie
respire sous le flot des poèmes
et se reconçoive poésie
dans l'indécence matrimoniale.

avec trois mots pris dans les titres de
Michel Deguy

On m'a dit qu'il n'y a pas de chant
qui tienne devant l'Himalaya.
Je n'en crois rien. Tout en haut du monde
dans le froid froid de l'Himalaya
je pense qu'il suffit que le chant

soit modeste, alors l'Himalaya
pliera les genoux jusqu'à ce monde
chaud chaud, celui que la voix du chant
sort, par ruse, de l'immonde monde.
Pas de raison que l'Himalaya

ait l'œil congelé devant ce monde
l'oreille de bois devant ce chant.
Les orteils bleus de l'Himalaya
ils rosissent sous le sang du chant
comme il en est partout dans le monde.

avec trois mots pris dans les titres
*d'*André Velter

C'est toujours un peu tard que tu pleures
emmailloté dans ton habit bleu
qu'aura maculé de brun la guerre
de sang tout encroûté, de gros bleu.
C'est sur la bêtise que tu pleures

poilu, soldat de dieu, casque bleu
sur les désastres des grandes guerres.
S'il reste du carburant, tu pleures
encore sur les petites guerres
celles pour les débutants, la bleu-

saille, enfin sur les moyennes guerres.
Et toi, là, qui par contre ne pleures
pas, tu en redemandes des bleus
des coups, des plaies, des bosses. Tu pleures
de ne les rendre qu'en temps de guerre.

avec trois mots pris dans les titres de
Frank Venaille

JJ

Poèmes avec partenaires, 2002.

UNE SCIE

Redonde.

Tu me demandes comment est ton sein
Comment ? Comment ? Dis comment. Tu me scies
Tu me demandes comment est ton sexe
Comment ? Comment ? Dis comment. Tu me scies
Si je dis que j'aime beaucoup ton sein

Comment beaucoup ? Dis comment ? Tu me scies
Tu me demandes comment est ton sexe
Je te réponds qu'il est beau comme ton sein
Impossible ! Regarde bien mon sexe
Comment est-il ? Dis comment. Tu me scies

Si je dis : « j'aime regarder ton sexe »
Tu me réponds : « tu n'aimes pas mon sein »
Comment est-il ? Dis comment. Tu me scies
Quand je ferme les yeux, je vois ton sein
Quand j'ai les yeux fermés je vois ton sexe

PF

LA BÊTE À PAULINE ERRE DANS SON BESTIAIRE

Pantoum en holorimes (soit des vers qui riment de bout en bout, deux à deux) conçu à partir du Bestiaire *de Guillaume Apollinaire.*

Orphée le troupeau étique décompense
les tortues les chevaux défilent
ce minimal Orphée divertit Jésus
l'autodrome adhère part en deux souris et

les torts tuent l'écheveau des fils
le lion tenait la hase Aréthuse
l'auto-dromadaire par en dessous riait
l'alibi sautait gloria des hiboux

le lit honteux naît là hasard et t'use
le chapeau cède les conins
là l'ibis ôté gloria dei bout :
lâches, nier le pas — pillons !

le chat possède l'écho nain
le serpent siffle faut qu'on pêche la chèvre est
la chenille et le papillon
mets d'usage noue la seiche l'encre

le sert pensif le faucon pèche lâche et vraie
la moue charrie si près puces à l'oreille
méduse à genoux l'assèche l'ancre
la sauterelle est chou au Messie, reine —

la mouche a ri six prépuces à l'eau rayent
en roux l'éléphante hommasse hémophile
las auteur elle échoue oh mes sirènes
les creux vissent les carpes tant tendres

enroulez les fantômas et mots filent
le paon proteste y cule de colombe et gueule
l'écrevisse l'écart peut entendre
les bœufs dos du paradis, l'ébat des dauphins

le pampre aux testicules deux colons bégueules
or, fait le trou poétique, dès qu'on pense
les bedeaux du pas radient les bas des dos fins
ce minime alors fait dix vers — 'tit Jésus !

MG

ORIENT EXTRÊME

Quenoum, fusion du pantoum et de la quenine.

Regarde vers l'est
Regarde vers l'ouest
Regarde l'extrême
Regarde le médiocre
Regarde vers le nord
Regarde vers le sud
Regarde la moyenne
Regarde ni l'un ni l'autre

Entre cette masse moyenne
Et les crimes de l'est
Regarde ni l'un ni l'autre
Regarde vers l'ouest
Regarde vers le sud
Où on frôle l'extrême
Où on perd son nord
Regarde le médiocre

Où on perd son nord
Entre cette masse moyenne
C'est le cœur du médiocre
Et les crimes de l'est
Où on frôle l'extrême
C'est la mort de l'autre
Dans la folie du sud
Quand la raison se couche à l'ouest

Dans la folie du sud
Dont la limite se trouve au grand nord
Quand la raison se couche à l'ouest
Sans faire grimper la moyenne
C'est la mort de l'autre
C'est le cœur du médiocre
C'est la naissance de l'extrême
Qui dégouline de l'est

C'est la naissance de l'extrême
Dans la chaleur du sud
Qui dégouline de l'est
Dont la limite se trouve au grand nord
Dans la nuit du médiocre
Où le soleil n'atteint jamais l'ouest
L'un embrasse l'autre
Sans faire grimper la moyenne

L'un embrasse l'autre
Avec cet extrême
De ma langue plutôt moyenne
Dans la chaleur du sud
Où le soleil n'atteint jamais l'ouest
Où la raison se couche à l'est
Dans la nuit du médiocre
Derrière une fenêtre exposée au nord

Dans cette lumière médiocre
Je cherche à dénicher l'autre
Derrière une fenêtre exposée au nord
Avec cet extrême
Où la raison se couche à l'est
De ma langue plutôt moyenne
Virant rougeâtre comme l'ouest
Avec la mañana du sud

Virant rougeâtre comme l'ouest
Dans cette lumière médiocre
Avec la mañana du sud
Je cherche à dénicher l'autre
Regarde la moyenne
Regarde vers le nord
Regarde vers l'est
Regarde l'extrême

IM

POÈMES-SANDWICHES

DIRE

Je t'aime à ne savoir quoi dire
  Dire qu'il y a des gamins qu'on cogne
Alors je dis juste je t'aime
  Juste parce qu'on est en rogne
Et je m'en veux et je m'en veux
  Contre le monde et contre soi
De te le dire tant et si mal.

BOIS

Les gamins du charbon de bois
  Bois ton biberon au chocolat
N'ont pas de riz à la cannelle
  Toi, tu vas à la maternelle
Meurent avant d'avoir vingt ans
  On a le droit d'être un enfant
De misère et d'épuisement.

INSPECTEUR GADGET

Y paraît que les gosses, ça se souvient pas bien.
Et parfois je me dis Si je mourais demain
Je serais une photo, un bout de vidéo
Des livres pleins de mots
On te dirait C'est lui
 Toi, tu ne dirais rien.
Quand je fais des efforts, tout ce qui me revient
De mes cinq ans à moi
C'est Sylvain et Sylvette que je lisais au lit
Les billes sur la moquette,
Un cheval à ressort,
L'arrière d'une Ami 6,
 et encore.
Sur le canapé rouge, on a posé la couette
Bien bordée dans les coins pour éviter les plis
Et toi, sur mes genoux, tu bois ton biberon.
On a mis la télé pour Inspecteur Gadget
Je respire tes cheveux et j'embrasse ton front
Et alors je me dis Si je mourais demain
Tu te rappellerais quoi ?
Ton papa à lunettes
Le goût du chocolat
Ou bien la musiquette
 « Eh-là-qui-va-là, Ins-pec-teur Gad-get !
 Eh-là ça va pas, hou-hou ! »

HLT

Zindien, 2000.

LA LAMPROIE

Dizain saphique à la lionnaise avec rimes initiales et terminales.

Au Régent Le Lionnais, docte inventeur de la méthode.

L'UNE se love autour de l'autre et lèche LA
LUNE ocre. Leur hulotte ulule un dernier LA.
MAIS leur valet larvé leur livre une LAMPROIE,
METS hideux propre aux reins que l'amour met EN PROIE.
ELLES, pour la flairer, dénouent leur ENTRELACS.
AILES roses, leurs doigts dans sa chair ENTRENT, LAS.
LEUR langue, à redouter la pointe d'une ARÊTE,
LEURre encore un instant leur désir et S'ARRÊTE,
TANDIS qu'issu du monstre un parfum d'OCÉAN
TEND, DIScret à masquer leur fumet malsÉANT.

Mercredi vingt-six décembre mil-neuf-cent-soixante-deux

AMS

Oulipo, *La Littérature potentielle*, 1973.

QUELQUES DIZAINES DE DIZAINS

Dizain aux vers permutables ; tous les vers peuvent occuper toutes les places.

Je débarque parfois dans ma ville déserte
Encore enveloppé des ruses du printemps
Le feu du ciel alors s'est éteint brusquement
Au-dessus de la craie qui poudre les fleurs vertes
Les rues muettes me regardent sans me voir
La vie s'est réfugiée au profond des miroirs
On entre en souriant dans le berceau de l'ombre
Quel cadavre la nuit ne reprend son essor
Pour retrouver l'enfant survivant aux décombres
Tout est rêve et la vie et l'amour et la mort

MB

MORALE ÉLÉMENTAIRE

Isis sombre	Fruit vert	Animal tacheté
	Néologismes clairs	
Fleur rouge	Attitude transparente	Étoile orangée
	Sources claires	
Forêt brune	Sanglier roux	Troupeau bêlant
	Arbre clair	

Un bateau
Sur l'eau
Seulabre
Suit le courant
Un crocodile
Mord la queue
En vain

Isis ocre	Statue meuble	Totem abricot
	Néologismes clairs	

Guenilles moulues	Hardes mentales	Pensées râpées
	Pages tournées	
Concepts éraillés	Lambeaux raisonnés	Laques verbales
	Pages roussies	
Sols érodés	Monnaies frustes	Mots délabrés
	Pages fanées	

La rouille rouille
la clé des clés
Des vanités
Auront souillé
Les vers frappés
Dans le passé
Où tout s'embrouille

Guenilles mentales	Hardes verbales	Mots délabrés
	Pages tournées	

La girafe a mis son pied sur l'escabeau pour atteindre les feuilles les plus basses d'un arbre au tronc nu. Le soleil jette de petites taches sur son col plus grand que nature, cependant qu'elle s'escrime sur la dernière marche du meuble. Une échelle serait bien préférable, mais où la trouverait-on dans un pays plein d'arachides et d'ours blancs. Le vieux cantonnier donnerait bien un conseil, mais sa voix est tellement cassée que le son de ses paroles ne pourrait atteindre l'ouïe de l'animal perché. Lequel redescend de son socle, assez satisfait tout de même de sa cueillette. Il sait jusqu'où il peut aller trop loin.

À onze heures cinquante-neuf minutes comme à vingt-trois heures cinquante-neuf minutes, la fin approche. L'aiguille marche avec précaution vers les ultimes secondes ; à chaque fois, elle fait les mêmes gestes. L'instrument ne comporte pourtant aucun carillon et tout s'effectuera dans le silence. Glissant avec fermeté sur la patinoire gelée du temps, la plus grande atteint son but. Elle ne s'arrête point là et continue sa course, si et seulement si l'animateur a bien remonté le système. On peut alors regarder avec satisfaction le parcours accompli. Pour en arriver là, il aura fallu remuer ciel et terre.

RQ

Morale élémentaire, 1975.

PETITE MORALE ÉLÉMENTAIRE PORTATIVE

Mois pensif Toit pentu
Soie
Nœuds noués Vœux voués
Œufs

Je sais nous
n'est plus
il y a île
et aile

Pensée tue Pensée tue
Toit

*

Tige érectile Siège éjectable
Pollinisation
Fuite gentille Poupée gonflable
Con

Ça a toujours
kekchose
d'extrême
un poème

Piège gonflable Pièce facile
Gond

*

Ciel standard Pays sage
Plat
Gomme mentale Niente phénoménal
Plat

De rien
à rien
il n'y a qu'un pas
ou presque

Ciel mental Paysage Phénoménal
Standard

FF

TOMBEAUX DE PÉTRARQUE

COBLA I

Ou le soleil mange les étoiles dans l'aube
ou dans la neige tes cheveux prendront rive
comme les vents aux fleuves liés de glace
si des écueils   but amer de ma voile
une lumière   de collines   entre branches
m'écarte neuf   j'aborde au cours d'un bois
contre la lune   dans tes bois c'est le soir
pas une fleur   que la trame   de ces notes
poisse la nuit comme rimes   à la mort

COBLA II

Poisse des fleurs   ou dans le style joyeux
si la forêt   d'un seul jour sur la terre
s'éveille force   de ces vers qui voient l'air
vibrer des yeux   s'emplir d'années-laurier
qu'ainsi la pente   (la nuit jette les eaux

à ces vallées   soit de pluie soit de brume)
partout légère   (c'est le prix de ce lieu
nommé le port mais sans navires) : la vie
la nôtre Temps du ciel gavé de feuilles

COBLA III

Dans ces collines   montre le temps aux feuilles
qui sont ces rimes   ses pleurs   je suis joyeux
d'avoir son but   le port   car toute vie
aussi d'étoiles   en forêts de la terre
espère un cours   et légère en son lieu
lavé de flamme   prend sa force   depuis l'air
criant   les fleuves   toutes vallées sont brume
où tes cheveux   ont les yeux du laurier
il sert les bois   par la pente   de ses eaux

COBLA IV

Découpe la nuit   là des soirs de la lune
devant le ciel   là branches dans sa lumière
durant des années   une rive sous la neige
si c'est ton style   mais de mort liées nuits
balaie de pluie   ou glaces sifflant de vents
ou de navires   crevées voiles sur écueils
dépêtre tes vers   notes sonnant soient fleurs

vautrées au jour   depuis l'aube couvre terre
qui seule a prix telle entrée en bois neuf

COBLA V

Partout légère   c'est le prix qu'ici neuf
paya la pente   une nuit sous la lune
quand la forêt   d'un vrai jour fit soleil
le notre temps   borde ciel   toi lumière
asservie force   qui va vers   gommés fleurs
compte tes yeux   pour d'autres années la neige
l'évide port   en navires où d'écueils
s'effrite pleurs   est-ce un style et les nuits
cédées vallées   qui disent pluies les vents

COBLA VI

Car la glace la broie   brume en maint fleuve
que précoce bois sans lieu qui n'a plus cours
bâilleuse mort   d'un poing joyeux sans rimes
retire au soir   et les eaux restent bois
outrés de voile   ma vie presque le but
interne l'aube   fait que terre fait qu'étoiles
vues de la rive   au laurier sans cheveux
ensablent branches   feuilles de ces collines
ferrées de notes   et l'air où elle rame

COBLA VII

Entends mes vers   ils ont note mais pas âme
comment la pluie   gratte glace sur les fleuves
ou bien le ciel   paît branches en des collines
et fait le prix   d'un bois où n'a plus cours
après année   la rive des verts cheveux
j'en fais mon style   mort à moitié de rimes
je happe jour   freine aube jusqu'en étoiles
frappant la nuit   arrime soir des bois
de tes navires   la voile qui n'a de but

COBLA VIII

Brillons la vie   et sans écueils au port
cumulons l'air et les fleurs dans la force
des longues eaux   une lune suit la pente
pliant la brume   ni les vents aux vallées
pas plus la terre   qu'un soleil prés forêt
signe de feuilles   ni la lumière sans temps
ni moins joyeux   pour ces nuits de cent fleurs
ton rare lieu   rouvert neuf pour légère
t'entrer laurier   frottée de neige sans yeux

COBLA IX

Jamais la rive   ni le laurier n'a d'yeux
que pour la voile   reprenant vie au port
n'aura de bois   en ce lieu que légère
table de notes   en tuyaux d'air à force
d'être la mort   la mort aux joyeux pleurs
coudra de soir   muet d'eaux nues en pente
et si branches plongent feuilles de temps
sortent glace   si la brume des vallées
tranche l'aube   si la terre tremble forêts

X TORNADA

Si la terre   bouclier d'étoiles de neige
mange tes yeux   que la pluie que la glace
arme ma vie   il y aura ce but
épais joyeux   peut-être nuits tes rimes
d'ici la mort

Pour une description des contraintes de ce poème, qui est de l'Oulipo-hard, on consultera le nº 124 (2006) de la revue franco-allemande Lendemains, *de Tübingen.*

JR

N/S

N/S

X

Back home
and the letter-pad
attendant
le simple toucher du
sunshine
on table
ou ma main dérisoire
de noirceur

De retour à la maison
et le bloc-lettre
waiting for
the simple touch of the
soleil
on table

while my derisive hand
blackens in

XI

Where the cheerful claim of your tongue
still clicks without the slightest
accent de repentir
ta partie sombre encombrante se pointe
and licks its dish dry
abandonne à d'autres
dripping and tallow only that
parce que capables de lumière

Là où l'appel joyeux de la langue
claque encore sans le moindre
hint of repentance
the messy darker side of you casts up
et nettoie son assiette en la léchant
leaving for others
graisse et suif seulement ça
because they give light

XLV

À mieux y regarder
sages fall from the sky like hail stones

wisdom thunders
il n'y aura pas de meilleure
fois que cette fois-là
pas de plus tranchant nirvana
than the puddle that
hails me at my feet

Taking a closer look
des sages tombent du ciel comme des grêlons
la sagesse détonne
there will be no better
time than this time
no more decisive nirvana
que la flaque d'eau qui
me salue à mes pieds

LVIII

Je presque
empire
colonising
these
unaccentuated lines
les pertes additionnées
les trous
left in the canvas

I'm nearly
empire
colon
de ces
vers sans accents
losses added
holes
dans la toile

LXI

À la minute
achève
there then here this
instant
court
pour
the rains the rains
of the north

This very minute
ends
là alors ici cet
instant
court
verse
la pluie la pluie
du nord

LXVIII

Même multipliant
les points de vue toujours
ce sera pour nous
a weird (and I mean weird) moment
a free ride on
le train fantôme
shutters snapping
at fingers hooked over eyes

Even multiplying
the viewpoints it will always
be for us
un moment bizarre (et comment)
un tour offert dans
the ghost train
avec ses lames qui claquent
sur les doigts accrochés aux orbites

S/N

XIX

Sur le front
starlight means that

la visibilité est moindre
le cheminement
from word to word
lunges about
in this unthriller
de poche

On the forehead
la lumière des étoiles fait que
visibility dips
the path
de mot à mot
chancelle à tâtons
dans cette série blanche
paperback

XLIX

Life forgets
tout et prend l'alphabet pour
innocent diversion
une fois de plus ignorant
so-called heart-ache
ou trop grande confiance
entame une nouvelle
immersion in slime

La vie oublie
all and mistakes ABC for a
diversion innocente
dumb once more to
un soi-disant chagrin d'amour
or too much trust
opens a fresh
immersion dans la vase

LI

Where is the reason
qui nous a fait
(none found here
sous le ciel indécis
or here either
underground
et sans lampe frontale)
naître ?

Où est la raison
meaning we
(aucune trouvée ici
beneath the indecisive sky
ici non plus
sous terre
without a miner's lamp)
are born ?

LXVIII

A window clacks
for no apparent reason
heat slithers
(dans le rêve : point distant
est-ce un bateau ?)
and she turns in her sleep
cherchant loin sa petite
banquise privative

La fenêtre claque
sans raison apparente
la chaleur ondule
(in the dream : is that distant
point a boat ?)
et elle se retourne dans son sommeil
searching afar for her
personal ice bank

FF et IM

TIERCÉ NOUVEAU DE L'OULHIPPISME

Lorsque la hulotte ulule : Ou!
Je m'horripile dans mon lit
Puis j'évoque sur mon pipeau

Un Chinois vêtu de pilou
Qui trempe à plus de mille li
Trois poils de martre dans un pot

Et peint sur soie un docte loup
Dont le regard sénestre lit
La formule à changer de peau

Pour mieux voler je ne sais où
Vers un archange mal poli
Méditant les trous d'un drapeau

Tandis que Tintin et Milou
Las de voir le temps faire un pli
Prennent refuge à l'Oulipo.

AMS

Oulipo, *La Littérature potentielle*, 1973.

HAÏKU-KU LA PRALINE

Mon petit garçon
Tu es mon petit garçon
Mon petit garçon

HLT
Zindien, 2000.

ANIMAUX

SARDINOSAURES

LE SARDINOSAURE

Il était une fois une petite sardine frétillante, la plus frétillante d'un banc de petites sardines frétillantes, qui frétillaient de-ci de-là dans la mer qui danse le long des golfes clairs, frétillaient dans tous les sens avec des reflets d'argent. Un jour elle en eut assez de frétiller ainsi au milieu de toutes ces compagnes, et elle décida de partir, toute seule, dans le vaste océan. Elle nagea, nagea, et voilà qu'elle arriva à l'Équateur. L'Équateur, c'est une grande ceinture de cocotiers autour de la taille de la terre. Devant l'Équateur, pataugeant dans l'eau jusqu'au menton, mangeant une énorme salade faite d'herbe verte et d'algues noires, se trouvait un dinosaure. Un gros dinosaure pas méchant du tout, un brontosaure peut-être. Il était long de trente mètres, il avait une longue queue, un dos couvert de belles écailles, une toute petite tête et une toute petite cervelle. La petite sardine vit le gros dinosaure qui broutait sa salade pensivement et pensa : comme il est beau ! et le dinosaure vit la petite sardine qui frétillait avec des reflets d'argent et pensa : comme elle est mignonne ! La petite sardine fut amoureuse du gros dinosaure qui fut amoureux de la petite sardine. « Je t'aime » dit la petite sardine. « Je t'aime » répondit le gros dinosaure. Il avait une toute petite tête et une toute petite cervelle mais l'ouïe très fine.

Six mois plus tard, un dimanche, les habitants de la ville de Marseille descendaient la Canebière et un Marseillais dit à une Marseillaise : « Savez-vous ce qui arrive ? une sardine bouche le Vieux-Port. » La Marseillaise dit : « Ce n'est pas une sardine, c'est un dinosaure ! »

Ils avaient un peu tort tous les deux et ils avaient un peu raison tous les deux. C'était le fils de la petite sardine et du gros dinosaure qui bouchait l'entrée du Vieux-Port de Marseille, le sardinosaure.

LES COLIBRIQUES

Tous les matins je descends dans mon jardin
Il est entouré d'un mur rouge, rouge, de deux mètres de haut
Quand je m'approche du mur avec mon arrosoir on entend des pépiements
Des pépiements, des pépiements, et des claquements de bec

Des plumes éclatantes vertes, vertes, sortent du mur
rouge, rouge
De mon arrosoir je verse du nectar de fleurs dans
chaque bec
De mon mur bâti en colibriques

LES HIBOULEAUX

Dans les immenses forêts de la Sibérie orientale il y a une clairière. Dans cette clairière il y a un bois d'hibouleaux. Le hibouleau est un bouleau à tête de hibou. On dit aussi que le hibouleau est un hibou à pattes de bouleau. Quand vient la nuit noire sur la Sibérie orientale et en Sibérie orientale les nuits sont particulièrement noires, les hibouleaux s'envolent. Toute la nuit ils volent entre les nuages noirs. Ils volent jusqu'à la Forêt-Noire et se posent au sommet d'un burg. Dans les vallées torrentielles, au pied des escarpements, comme dit Wolfram von Eschenbach, les chevaliers bardés de fer, visière baissée, passent quêtant le graal. Mais, sur les remparts, à la clarté de la lune qui met de l'argent sur leurs feuilles et sur l'écorce de leurs troncs, les hibouleaux lisent Lulle et ululent.

LA FOUGERBOISE

Dans les vastes étendues sablonneuses d'Afrique occidentale on rencontre parfois entre les dunes, bondissant sur ses grandes pattes graciles, la timide fougerboise. Ce petit rongeur-rhizome agite en l'air sa queue aux larges frondes aériennes d'un vert profond qui répandent partout leurs spores, à la saison des amours.

LE SAPINSON

Au fond des sombres, profondes, immenses, énigmatiques forêts de la Norwège, le voyageur qui se hâte entre les arbres noirs et silencieux, pressé d'atteindre son auberge avant la tombée de la nuit, entend parfois, au détour du chemin, venir à lui une musique joyeuse. C'est le sapinson qui chante. Son tronc, ses branches sont couvertes de plumes multicolores et sous chacune de ses feuilles un petit bec s'ouvre d'où s'élancent de délicieuses et suaves harmonies. Le voyageur s'arrête alors et remercie le Seigneur d'avoir, avec l'aide de l'Oulipo, créé cette merveille, le SAPINSON[1].

1. *Le Bergen Snow Finch Firs Ensemble*, accompagné des Petits Chanteurs oulipiens à la gueule de bois, a enregistré un choix de vieux Noëls nivernais.

LE VAUTOURTERELLE

Une ombre surgit sur le haut plateau. Elle danse et l'herbe à son passage se couche. À vive allure, l'ombre évolue, comme un train dans la nuit. Soudain, elle s'immobilise. La terre tremble. Sur le plateau, chacun retient son souffle. L'ombre se fait plus précise, elle s'immobilise. Une marmotte siffle pour donner l'alerte, et ses congénères se cachent du mieux qu'elles peuvent. Les escargots rentrent leurs antennes et se précipitent dans leurs terriers. Les agneaux se blottissent sous les brebis. Les chamoiseaux glissent leur bec sous leurs sabots avant. L'ombre se rapproche. On entend le lent battement des immenses ailes. Voilà l'ombre noire immense qui recouvre le plateau.

Alors lentement, le vautourterelle se pose et cueille entre ses serres acérées un edelweiss. Car si le vautourterelle a l'envergure et la vitesse du vautour, il a la douceur et la délicatesse de la tourterelle ; et c'est pour orner son aire que le vautourterelle vient de cueillir un edelweiss.

LA MANTILOPE RELIGIEUSE

En voilà des manières !

La mantilope religieuse femelle galope dans la steppe à la recherche d'un mantilope religieux mâle.

En voici un qui passe, justement. La mantilope religieuse femelle, plus rapide, n'a pas de mal à le rattraper. De ses yeux larmoyants, le mâle implore la clémence et la mansuétude de la femelle. Mais cette dernière ne se laisse pas prendre à ces diversions classiques, et impose un coït immédiat. Le mâle s'exécute : il sait déjà ce que va lui coûter cette pratique unique.

À peine l'acte consommé, la femelle se retourne et se rue sur son compagnon d'un instant, mâchoires en avant, et plante ses crocs dans le bas-ventre de l'infortuné. C'est ce qu'on appelle *la grande mort*, où le râle de plaisir se transforme instantanément en râle d'agonie, dans d'horribles souffrances propres à cette espèce très particulière.

Alors la mantilope religieuse femelle galope dans la brousse et va déposer les organes fumants devant le vipère supérieur et l'éphémère supérieure (qui bientôt s'en régaleront), lesquels lui demandent de réciter douze Ave en pénitence.

LE HOMARCASSIN

Il en a vraiment marre
De porter ses stupides mocassins
Achetés hier à la Samar,
Le Très Grand Magasin
Car ça lui fait mal aux panards,

— Ses orteils jouent les spadassins —
Et ces accessoires barbares
Sont ceux d'un fantassin.
Il les lui faut ôter dare-dare
Et se mettre les pieds dans un bassin
Si possible empli de canards
Ou de simples poussins.
Cette douleur le désempare
Quand il voudrait tant un coussin
Pour qu'enfin ses pieds se réparent
Du tumulte assassin
Au sein des mocassins.
Comme c'est étrange et bizarre
Ce désir d'un gros traversin.
Oh, la douleur l'égare,
Le pauvre homarcassin.

LE KIWISTITI

Le kiwistiti
Est un simple fruit
Vert, et vert aussi.
Qui, oui,
Provient d'Australie,
Mais pousse aussi
Dans le Midi.
Quand le kiwistiti
S'ennuie

Ou quand il est endurci
Il se balance, de-ci
De-là, et rejoint par ici,
Grand merci,
La branche que voici :
Il est alors adouci.
Pour faire ceci
Le kiwistiti
Par la queue sapristi
Se balance sans souci
Et s'élance ainsi :
Il a réussi !
On dit par-là, ou par-ci
Que le kiwistiti
Danse le twist iti-
Nérant, mais si !
Les kiwistitis
Évoluent graci-
Eusement par bandes de six
Ou parfois dix.
Quand le mois d'août roussit
Tous les fruits,
Les kiwistitis
De soleil abrutis,
Tombent en confettis.

Ci-gît six p'tits kiwistitis.

L'ESCARGOÉLAND

Avec ses deux ailes
Qui traînent à terre
Comme des haltères
Au bout de bretelles,
L'escargoéland
Jamais ne se presse :
Il sait que sans cesse
L'escargoéland.

LE CACHALOTARIE

Un cachalot d'excellente composition
Rencontre un jour une otarie à la nature heureuse.
Par timidité, chacun cache à l'au-
Tre son bonheur si simple et si beau,
Mais leur enfant, qui hérite aussitôt de leurs joviales natures,
Se met à rire, mais à rire, encore plus fort que cela,
Et plus il avance en nage,
Plus il rit, plus il rit, plus il rit, encore plus fort que cela.

Les savants et les spécialistes
Se penchent et s'interrogent
Sur ce caractère peu commun.
Ils ont à l'animal donné
Le nom de cachalotarie.

LA VIPERROQUET

La viperroquet est un animal cruel. Elle fixe longuement sa proie de la fente minimale de ses yeux immobiles, elle attend le moment propice, elle savoure la peur qu'elle inspire, et elle fond soudain. La victime est pétrifiée, mais la viperroquet ne la tue pas : elle veut laisser croire à un match entre deux adversaires de force équivalente, match qu'elle entend gagner, la vipère aux points, OK ? Alors, elle se contente d'une morsure légère, et elle récidive, par psittacisme. Elle rejoue la scène, jusqu'à ce que la victime se consume des attaques répétées, et des morsures qui sont à chaque fois un peu plus douloureuses. Une fois la victime sans vie, la viperroquet la regarde méchamment, et s'éloigne à grands pas, l'air satisfait et suffisant.

LE TIGRENOUILLE

Le tigrenouille est un superbe animal, à la robe fauve, fendue de bandes noires qui brillent au clair de lune comme une bête au vent de la nuit. Mais le tigrenouille est carnivore, il lui faut trente kilos quotidiens de chair fumante et fraîche. Alors le tigrenouille s'approche par exemple d'une antilope, évalue la distance, se détend brutalement et saute comme une catapulte. Car le seul moyen de locomotion du tigrenouille est le saut. Or le tigrenouille est un piètre calculateur, il évalue mal, il ne sait pas anticiper l'évolution de ses proies. Le tigrenouille est un sauteur malhabile. Et le plus souvent, le tigrenouille se retrouve les quatre fers en l'air, ou le museau aplati sur la terre sèche. Lorsque le tigrenouille reprend ses esprits et se remet droit sur ses pattes, la proie s'est sauvée depuis longtemps, et le tigrenouille paraît aussi sot qu'une nouille.

On m'a raconté qu'en Australie, on organise secrètement des combats de tigrenouille contre kangourou : il paraît que c'est irrésistible, car le kangourou prend pour jeu ce qui est de la survie même de son adversaire. Et que le kangourou gagne systématiquement par épuisement du tigrenouille qui saute au fur et à mesure de plus en plus mal et de plus en plus maladroitement.

On a bien tort de vouloir en rire, car le tigrenouille est une espèce en voie de disparition ; et si l'on n'y prend garde, on ne pourra bientôt plus du tout se moquer du tigrenouille.

LA PIE

Monsieur et Madame Pie sont curieusement peu assortis : lorsque sur le lit Monsieur Pie se met en rond, ses mains touchant le bout de ses pieds, Madame Pie parvient à se loger triangulairement, pieds et mains selon un diamètre de Monsieur Pie et les fesses touchant le bord de ce rond.

Dans cette étrange position, Monsieur et Madame Pie ont eu une fille qu'ils ont décidé d'appeler Rabindranath ; mais ils se sont ravisés et, pour faire plus court, l'ont appelée Tagore, comme une hypothèse nue issue de ce rapport.

LES PIES

Les pies sont de peureux volatiles, qui se cachent volontiers quand il pleut sous le ventre des vaches. L'eau ruisselant sur le cuir mammifère dégoutte sur les pies, imprègne les plumes et coule blanche sous les pies. Recueilli dans des seaux, ce blanc nectar est conseillé aux enfants en pleine croissance.

Quand les pies s'sont tirées, il faut lait boire.

LES PIES

Pour se prouver leurs bons sentiments réciproques, les pies échangent des plumes. Ce qui prouve que les pies s'tolèrent.

LES PIES

Nous sommes au XIIe siècle. Drôles de phénomènes que ces pies agressives qui s'installent sur les poutres et les solives des bâtiments, tout particulièrement les chefs-d'œuvre architecturaux et qui attaquent le bois de coups de bec, de coups de bec répétés jusqu'à ce que l'étincelle jaillisse enfin du frottement. Combien de lieux saints, combien de baptistères n'ont pas ainsi été détruits sous le bec railleur de ces pies enragées ?

Bientôt repérées et pourchassées, les pies romanes sont en voie d'extinction.

LA PIE-PANTHÈRE

Le chasseur chasse. Il cherche la pie-panthère. Et la pie-panthère se cache. C'est l'ordre naturel des choses. Le chasseur est furieux. Il écume de rage. Il promet à la pie-panthère un sacré passage à tabac.

Il arrive parfois que le chasseur trouve enfin une pie-panthère.

Il n'est pas rare alors qu'il la bourre et qu'il l'allume.

LE RHINOCÉROSSIGNOL

Voici le rhinocérossignol, cette bête grosse comme le villol (ce dernier vit en ville, différemment de son confrère) présente cette drôle de corne proéminente en plein bec. Et, comme il entend exprimer désir et joie, il se met à siffler : l'éminente corne est percée de sept orifices, ceci permet de sonner les notes do ré mi sol si (le rhinocérossignol doit être très expérimenté s'il espère siffler les sept notes).

Rhinocérossignol, comme tes sons sonnent! Comme tes mélodies sont belles! Elles semblent être de Pergolèse, de Chopin, voire de Prokofiev. Ton sifflet émerveille Terpsichore.

Siffle, siffle encore, je te prie.

L'OKAPIE

Ôte donc okapie ton képi, ton chapeau, ta kippa, belle okapie, OK? Décapote-toi, mets ta cape au piquet et claque-nous tes airs de pipeau, tes airs d'époque, tes airs de pacotille qui clapotent comme des bécots. Pendant qu'on picore, papilles picotantes, les coquilles opaques de coco, les colchiques aux cols chics et le kapok à picots qu'on pique à Pâques à Vladivostok contre quelques kopeks. On t'écoute tout ébaubis, porcs-épics pires qu'au Pecq, et les quat'copies de porcs-épics (oh la coquine apocope) qui sont nos p'tits (copie d'apocope) et qui ont la colique dans les coquelicots ou les brocolis. On danse la polka, belle okapie, comme un colloque épique dans les épis et les coques.

Qui donc est l'okapie qui claque à nos képis ?

L'ÉCREVISSE

L'écrevisse aboie.

JR et OS

LES OPOSSUMS CÉLÈBRES

LES BREBEATLES

Dans le zoo de Liverpool,
entre Abbey Road et Penny Lane,
on peut admirer la laine
de quatre ovins dans le vent.
Ce sont les brebeatles,
   yeah, yeah, yeah.
Les brebeatles ont les poils longs,
et bêlent de jolies chansons :
« Imagine qu'il n'y ait pas d'enclos,
pas de gardien, et pas de zoo »,
et avec eux, les animaux
font « Obladi » et « Oblada ».
Les brebeatles mangent tant d'herbe
qu'ils croient parfois voir dans le ciel
Lassie avec des diamants.
Ce sont les brebeatles,
   yeah, yeah, yeah.

L'ESCARGOGOL ET L'ESCARGORKI

L'escargogol et l'escargorki
d'un pied alerte déambulent
parmi les bouleaux verts et gris
sur les berges de la Kamenka.
L'escargogol est de Souzdal,
mais ses affaires l'amènent à Moscou.
— Comment va votre charmante fille Nina ?
demande l'escargorki.
— Bien, Vladimir Ivanovitch,
répond l'escargogol.
Mais notre vieille domestique Olga
rampe de plus en plus mal.
— C'est bien triste,
soupire l'escargorki.
Puis ils devisent sur la paix et sur la guerre,
et sur les méfaits du tabac.
Mais midi sonne au monastère,
ils ont l'estomac dans le talon.

LE BALEINSTEIN

De la mer de Béring
à l'océan Indien,
vit le baleinstein,
un mammifère marin

vraiment très très malin.
Le baleinstein calcule sur ses fanions
sa célèbre équation :
$E = mc^2$,
où E est l'eau salée
et mc^2, la masse du cétacé
portée au carré,
ce qui fait beaucoup
mais tout est relatif.
Le baleinstein n'a pas l'air
mais il se nourrit en théorie
de particules alimentaires.

LE HOMARILYNMONROE

Le homarilynmonroe
fait jouer dans les courants
la pourpre des volants
de sa robe corail.
Lorsque la mer est chaude,
« Pou-pou-pidou ! »,
la femelle homarilynmonroe
jette un cri d'amour à la ronde
vers les vagues où dansent les mâles,
car ceux-ci préfèrent les ondes.
On l'attrape facilement
en faisant briller un diamant,
le crustacé sous somnifère.

Au jour de votre anniversaire,
dégustez du homarilynmonroe,
que vous aurez mis au frigo,
quoique certains l'aiment chaud.

LE COBRASPOUTINE

Sur les icônes de Kazan,
où l'enfer est d'or et de flamme,
on peut voir le cobraspoutine
ricaner au milieu des morts.
Son sifflement blasphème Dieu,
ses écailles autour des yeux,
longues et fines, lui dessinent
une barbe noire hirsute.
Quand le cobraspoutine ondule,
qu'il roule son regard de fou,
la terreur pétrifie le grand zoo de Moscou.
On raconte que la tsarine,
par les nuits sans lune ou d'orage,
se fait enfermer dans sa cage
tant elle craint qu'on assassine
son amour de cobraspoutine.

HLT

Les Opossums célèbres, 2007.

LES ANIMAUX D'AMOUR

LE LÉMURIEN À CIRER

Qui c'est qui s'en tamponne
Qui s'en moque et qui s'en fout
Qui c'est qui piétine son petit
Écrase sa maman son papa
Son prochain et qui va son chemin
Sans se retourner
Qui saute haut
Bras écartés
Qui danse
Et qui ne veut rien voir
De ses deux yeux de billes
C'est le lémurien à cirer
Commun sur l'île rouge
Et se moquant de tout
Animal désastreux
Tissé d'indifférence
Qui n'a rien à brosser
De sa propre engeance

Qui danse en se moquant
Lémurien à cirer
Du tout

LA BALEINE FRAÎCHE

C'est assez curieux
Mais la baleine fraîche
Ce cétacé curieux
Est un animal heureux
Il suffit qu'elle ouvre la gueule
Qu'elle entrouvre ses fanons
Pour que les crevettes
Enchantées par sa baleine fraîche
Se ruent en bancs entiers
Pour se faire goinfrer
Ainsi la baleine fraîche
Qui ne crie point famine
Porte-t-elle un mystérieux sourire
Aux heures de la nuit et du jour
On le voit bien sur les photos
Elle bâille juste un peu chaque matin
Chaque midi et chaque soir
Quand l'appétit lui vient

LE CERF LES FESSES

Contrairement au mouton à grosses fesses
Son cousin
Contrairement au bon coco fesses
Son voisin
Le cerf les fesses est un couard
Toujours inquiet toujours trouillard
Jamais quiet jamais peinard
Il craint pour ses grands bois dans les basses branches
Il craint pour ses sabots dans le marigot
Il craint pour son zizi quand il biche
Il craint pour sa panse quand il broute
Avant de manger il goûte
Il chipote il picore il fait sa pécore
Il craint l'épine pour son cuir
Le vent pour ses frisettes
Le froid pour son échine
Il est étroit il est serré
On le reconnaît de dos

LE MOUTON NOIR

Dans le troupeau de moutons rouges
Candide sait reconnaître le mouton noir
Dans le troupeau de moutons beiges
Panurge sait reconnaître le mouton noir

Il se tient à cheval dessus
Car ce mouton prend tout sur les reins
Il est cheval il est bourrique
Il prend pour le troupeau
Les pieds aux fesses
Les coups de trique

TSÉ PAS MOI TSÉ L'AUTRE

Elle est sournoise la mouche
Elle pique au passage
Et se fait oublier dans une intense sieste
Quand le dormeur éveillé
La montre du doigt
Elle dit tsé pas moi
Comme il ne se souvient pas bien
Tout sucré de sommeil
Et l'esprit hésitant
Il croit la reconnaître pourtant
Elle ajoute tsé l'autre
En se retournant

LE PERROQUET DES BRUMES

Le perroquet des brumes
A de beaux yeux tu sais
Il dit

Embrasse-moi embrasse-moi
De sa voix de perroquet des brumes
Un rien éraillée
Quand le brouillard se déchire
On voit qu'il est vert
Et que ses beaux yeux brillent
En bleu tu sais

LE BŒUF À LA COQUE

Il faut compter
Trois bonnes minutes
Pour cuire le bœuf à la coque
Il faut ensuite le planter dans le bœuftier
Posé au centre de l'assiette
Lui couper la cabêche
Y tremper sa mouillette
En manger l'intérieur
Et garder pour la fin
Le filet
Qui est le meilleur
Il est recommandé de laisser
Sur le bord de l'assiette
Les cornes
Et les écales de la coquille

LE GECKOMMUNISTE

La tête à l'envers
Il colle à ses principes
Il n'est pas du genre à décrocher
Le geckommuniste

LE BOXER À RIEN

Encore une bouche inutile
Un mauvais gardien
Un chasse rien
Un peur des vaches
Un fuit le mouton
Un rapporte pas
Un trop court en gueule
Pour tenir un journal
Un baveux inutile
À quoi sert le boxer
Demande le sage
Le boxer à rien

PF

LES ANIMAUX DE PERSONNE

LE MAKI MOCOCO

Le Maki Mococo
son kimono a mis
pour un goûter d'amis
Macaque et Okapi
L'Macaque vient d'Macao
L'Okapi d'Bamako.

Le Maki Mococo
fait goûter ses amis
pas de macaronis
mais d'un cake aux kiwis
quart de lait de coco
Cacao ou coca
Dans des bols en mica

« Qui joue au mikado ? »
dit l'Maki Mococo

le Macaque dit oui
l'Okapi ne dit mot.

L'Macaque est un coquin
l'acolyte Okapi
est du même acabit
Le Macaque qu'a un coup
pour gruger les gogos
rafle tous les kopeks
du Maki Mococo.

« Ah, mais quoqu'c'est quoqu'ça ? »
dit l'Maki Mococo
« ton bien est mal acquis »
le Macaque dit « quoi ? quoi ? »
« Qui ? qui ? » dit l'Okapi.

Le Macaque démasqué
par l'Maki Mococo
prit sa kalachnikoff
acquise à Malakoff
de Pépé le Moko
qu'en canne il maquilla
c'est kif kif Chicago

Mais l'Maki Mococo
au menton les boxa
le Macaque est K.O.
l'Okapi dans l'coma.

« Ah mes jolis cocos
comme vous êtes comiques ! »
dit le Maki Mococo
saisissant son kodak
pour immortaliser
cette scène à jamais
en un bel emaki
à vendre sur les quais
Conti ou Malaquais
et qu'on ne l'oublie plus

Le Maki Mococo
est né à Mexico
il s'appelle Dudu.

LE COLOCOLO

« Chère maman, chère sœur
je suis à la colo
c'est le Colocolo
qui est notre moniteur

il a 65 centimètres
de la queue au museau
toute blanche est sa tête
il est vraiment très beau

amoureuses nous sommes
du beau Colocolo
sa fourrure un peu jaune
rayée noir sur le dos

au début nous étions treize
avec le Colocolo

Y avait Line
y avait Tine
y avait Justine et Sabine

y avait Bette
y avait Miette
y avait Yvette et Rosette

y avait Nane
y avait Liane
y avait Éliane et Josiane

et y avait Thérèse
au début nous étions treize

le Colocolo emmène
chaque jour une de nous
il vont courir dans la plaine
mais je ne sais pas où

quand il revient à la colo
il a des plumes plein la gueule
je serai bientôt toute seule
avec le Colocolo »

LE BOA

— allô le boa ?
allô, le boa ?
— no. Mahaut, la corbeau
— allô, pas boa ?
— no no croa croa
— quoa ?
— no no no pas boa croa croa croa mao la corbo
— je voa
où ça le boa ?
— quoa ?
— à Bloa ? à Troa ? à Foa ? à Groa ? à Quincampoa ?
— no no croa croa
à Goa
— à Goa ?
— cé ça
orevoa

— allô, le boa ?
— cé moa
— cé toa ?
— cé moa

é ki ça, toa ?
— Colas l'koala
— ah ça va ?
— ça va
— é cé pouqoa ?

— je vous téléphone au nom de l'association culturelle des koalas iroquois du dakota, de l'idaho et de la presqu'île de Kola
— Dakota ? Idaho ? mé cé froa la ba cé pa cho lao
— je continue : des koalas fanas des saunas du Montana, nabots du Laos, pas beaux de St Malo, pieds-bots de Détroat, robots Gauloas, cabots Galloas, hautboas à Levalloas, aux aboas à Arboas, badeaux de Cordoba, danseurs de rumba à Cuba, pêcheurs de gambas du Manitoba et de la Bidassoa
— soit !
— Monsieur Booz le boa vous avez gagné notre tombola !
— gagné qoa ?
— un paquebot
— ah !
— un rabot
— ah !
— un lavabo
— ah !
— un turbot, un sabot, un jabot, un barbeau (truité)
— oh !

— un escabeau, un flambeau, un lambeau
— ah ! oh !
un jambonneau ?
— no !
— et encor qoa ?
— un bouddha, du Gouda, du soba,
des noa
et un bocal de troa foa gras d'oa
(premier choa)
ça vouva ?
— chsui pantoa
oh oh ha ha Hourrah hourrah cé la bamboula, cé la nouba
tentença madam' boa ?
— ouah ouah
— eh aboa pa !
— mé cé la joa

— allô le boa
j'tenvoa tout ça sous un moas à goa
ça t'va ?
— j'te croa
— ciao booz mon beau, mon bon boa
— ciao colas mon coco mon koala

cé l'émoa ché lé boa
tout à sa joae le boa prend un broc et le broae
tout à sa joae il s'envoae trois œufs à la coque à la foas

les boas avalent un boeuf de surcroat
ils ont soaf

les boa vont tout droa sur leur toa de bois
au poa dé boa le toa ploa

kèskon boit ? du cocoa ?
pour moa un moka
un coca et un cola
e pour toa
un' badoa
un doa de vodka
oh
ah

la ho la ho au ho du baobab le boa boit.

JR

Les Animaux de personne, 2004.

POÈMES POUR CHIENS

M. Houzeau raconte l'anecdote suivante : « Un campagnard des environs était venu me visiter dans la cabane que j'habitais alors au Texas. Un de mes chiens, de race indienne croisée, était couché à mes pieds, roulé sur lui-même, et sommeillait. Ma conversation avec mon visiteur durait depuis près d'une heure. Tout à coup, je vis le chien lever la tête comme s'il se réveillait en sursaut et me regarder d'un air d'interrogation. Je crus un instant qu'il sortait d'un rêve : mais, en réfléchissant aux derniers mots que j'adressais à mon voisin, je découvris que la syllabe d'un mot, alliée à la première syllabe du mot suivant, composait le nom de l'animal. Cette coïncidence, qui ne m'avait pas frappé dans la conversation, avait suffi pour attirer l'attention du chien. »

Zaborowski, L'Origine du langage, *Felix Alcan, s.d. (1904).*

POUR LE CHIEN D'OCTAVE MIRBEAU

Rusé comme un renard,
À cheval sur mon hippocampe

Aladin goguenard,
Je vais m'en mettre plein la lampe.

POUR LE CHIEN DE LOUIS PERGAUD

Un kil de rouge, un camembert,
Cela suffit dans la musette,
Quand avec mon ami Robert
Nous partons sur nos bicyclettes.

POUR LE CHIEN DE JEAN GRENIER

Le paysan laboure et le vigneron taille,
Courbés sur la charrue, sur le cep et la faux,
Mais le fier bûcheron au-dessus des murailles
Grimpe sur son échelle et les arbres taille haut.

POUR LE CHIEN DE COLETTE AUDRY

Cette chienne berger se prend pour un oiseau ;
Elle court, elle danse, on dirait une almée,
Elle n'aime rien tant que les jeux des jets d'eau,
Car elle sait qu'elle est sous la douche calmée.

POUR LE CHIEN DE JULES ROY

Quand j'ai vu paraître ce heaume,
J'ai cru que ce n'était qu'un jeu ;
Et j'ai tant ri de ce fantôme,
Que je me suis mis à dos l'feu.

POUR LE CHIEN DE JACQUES BRENNER

Nous irons sur la mer quand viendra la marée
Et nous amarrerons le canot à l'amer ;
Il vaut mieux qu'une barque, elle soit amarrée
Quand après le reflux haute est l'eau de la mer.

POÈME POUR LA MEUTE

J'aime que le barman soit légèrement dingue
Au point qu'il ait déjà sa futaille honoré
Avant de me servir. J'approuve qu'il se fringue
À la mode du jour. J'admire aussi qu'il crée

Un cocktail au liquide à la teinte d'azur :
Ce qu'il a d'olfactif me monte à la narine.
Et délicatement posant mon verre sur
Un piédouche carré, le loufiat se débine.

CINQ AUTRES CHIENS

Mon père était chasseur il adorait ses chiens
Il me parlait souvent de ceux qu'il avait eus
Un setter un cocker que je n'ai pas connu
Un laverack je crois un épagneul breton
Tous ceux qu'il posséda au cours de mon enfance
Il allait le matin seul en bras de chemise
Tôt pour les caresser avant de déjeuner
En jouant avec l'un je me fis un accroc
Blanc de trouille j'étais et me fis attraper
Mon père me traita même de gourdiflot
Insulte que jamais je n'ai plus entendue
Mais dont je ressentis l'effet de boomerang
Plus tard quand je me fis une autre déchirure
Dont encore aujourd'hui je ne suis pas guéri.

FC

LES CHATS

Alexandrin greffé.

Les amoureux fervents des matins triomphants
Aiment également dans le cabinet noir
Les chats puissants et doux comme des chairs d'enfants
Qui comme eux sont frileux dans les froides ténèbres.

Amis de la science et de Pasiphaé,
Ils cherchent le silence et les cris de la fée.
L'Érèbe les eût pris au soir à la chandelle,
S'ils pouvaient au servage adorer l'Éternel.

Ils prennent en songeant cette mâle gaîté
Des grands sphinx allongés au Théâtre Français,
Qui semblent s'endormir aux feuillets souvent lus ;

Leurs reins féconds sont pleins d'un reste de verdure,
Et des parcelles d'or d'une profonde nuit
Étoilent vaguement des vols qui n'ont pas fui.

MB

LE CHANT D'AMOUR GRAND-SINGE

Un corpus lyrique méconnu
recueilli, traduit et commenté par Jacques Jouet

Zor hoden tanda
Kagoda bolgani
Rak gom tand-panda
Yato kalan mangani
Kreegh-ah yel greeh-ah
Kreegh-ah zu-vo bolgani
Greeh-ah tand-popo
Ubor zee kalan mangani

Le poème qui précède est écrit en langue grand-singe. En voici une traduction :

Dans la forêt sombre
Où vas-tu, gorille ?
Tu cours sans un bruit
Cherchant la femelle singe.
Méfie-toi d'amour
Attention, gorille
Un amant meurt de faim

De soif, d'espérer la jambe d'une femelle de grand-singe.

La langue grand-singe a ceci de particulier qu'elle ne comporte qu'un lexique de moins de 300 mots. En l'absence de toute indication, il faut considérer que la syntaxe est au gré de l'utilisateur, ainsi que la prononciation et que la prosodie.

On trouve ce lexique français-singe et singe-français dans l'ouvrage de Francis Lacassin *Tarzan*, Éditions 10-18, Paris, 1971. Francis Lacassin y précise ceci :

« Ce lexique établi par Edgar Rice Burroughs lui-même après compilation de ses propres œuvres a été publié par ses soins en 1939 dans l'introuvable brochure *The Tarzan Clans of America*.

Depuis lors, il est devenu le guide de l'amateur éclairé, et l'instrument de travail officiel des artistes et auteurs successifs de la bande dessinée.

Il est ici publié pour la première fois en français par autorisation spéciale. Copyright by Edgar Rice Burroughs, inc. 1971. »

Les grands-singes, selon Burroughs, sont proches du gorille par la force, mais beaucoup plus évolués sur le plan de l'intelligence.

C'est à la mamelle d'une grande-singe (une grande-singe au grand cœur de grand-singe) que le petit Lord Greystoke, orphelin de père et mère humains échoués quelque part en Afrique équatoriale, acquiert la force de l'espèce d'adoption, tandis que l'intelligence britannique et innée repoussera en lui comme un roseau indestructible[1]. C'est du moins ce que dit à peu près Burroughs.

Tarzan, né dans la jungle, vécut un an avec sa mère humaine, qu'il entendit lui parler en anglais, lui raconter sans doute des histoires anglaises. Il vécut un an avec sa mère et son père anglais, et quand mourut d'ennui et d'inaccoutumance sa mère anglaise dans la cabane de fortune, il vécut encore une nuit et la moitié d'un matin avec son père humain, toujours anglais, mais complètement désespéré.

Adopté par Kala (en langue grand-singe, celle qui détient « kal », le lait), Lord Greystoke devient Tarzan, « Tar-zan », ce qui veut dire, exactement, « blanche peau », mais je n'ai pas l'intention de raconter ici l'histoire rebattue de ce *Baron perché* équatorial.

Voici plutôt un deuxième chant d'amour. Et cette fois, je commencerai par la traduction. On verra que ce poème grand-singe s'adresse à l'homme, donc sauf erreur au lecteur lui-même.

1. Au mépris de toutes les conclusions expérimentales que le XIXe siècle accumula sur les enfants sauvages.

Noir cousin de grand-singe, mon ami,
Arrête-toi sous l'arbre, pour convoler.
Ton cœur est en miettes d'avoir trop tué
Retrempe-le dans le nid noir de la forêt.
La rivière, elle est humide,
La rivière qui mange le bâton,
Humide aussi la langue dans sa hutte.
Allons, jette ta sécheresse et jette le fusil.

Gomangani yo
Dan do par kalan den
Thub tul bundolo
Vo wala go vo hoden
Gom-lul eho-lul
Gom-lul popo balu-den
Eho-l'l lus wala
Aro tand-lul pand-balu-den

Comme l'indique le titre de ce mémoire : *Un corpus lyrique méconnu : le Chant d'amour grand-singe*, de façon très dominante, la thématique de la poésie grand-singe est amoureuse. Mais on trouve aussi une quantité appréciable de chants de cueillette, le grand-singe étant, par nature, plutôt pacifique et végétarien. Je ne cacherai pas non plus que certains de ces chants d'amour ressortissent à diverses perversions carnivores, zoophiliques trans-espèces, voire malheureusement xénophobes et exterminatrices. Qu'on ne s'attende pas que je brosse des grands-singes un tableau trop idyllique. S'ils ne sont, en général, ni des cannibales ni des Caliban, ni de bons anges ni de sales bêtes, n'oublions jamais qu'ils sont capables de tout, puisqu'ils sont capables de poèmes.

Mais revenons au chant d'amour, et par exemple à celui-ci :

Voo-voo ta
Voo-dum rep tand bzee
Yo kalan sheeta
Zu-kut koho gu zu zee
Bzan tor tand-utor
Bzan tor ta-pal rand-ramba
Tand-utor gugu zut
Eho-nala ta tand amba

Je chante à voix haute
Car je n'ai vraiment pas le pied à la danse.
J'aime la femelle léopard
Sa grotte chaude, et son ventre, et sa jambe.
Un poil de la bête rend courageux
Le poil de ma bête que j'ai arraché à son mont.
J'ai le courage du dedans et du dehors
Et des plus hauts sommets je ne descendrai plus.
(…)

JJ

LA LOI DES SÉRIES

EXERCICES DE STYLE OULIPIENS

TRANSLATION

Dans l'Y, en un hexagone d'affouragement. Un typhon dans les trente-deux anacardiers, chapellerie modeste avec coréopsis remplaçant la rubellite, couchette trop longue comme si on lui avait tiré dessus. Les gentillesses descendent. Le typhon en quêteur s'irrite contre un voiturier. Il lui reproche de le bousculer chaque fois qu'il passe quelqu'un, tondeur pleurnichard qui se veut méchant. Comme il voit une placette libre, se précipite dessus.

Huit hexagones plus loin, je le rencontre dans la courbe de Roncq, devant la gargouille de Saint-Dizier. Il est avec un cambreur qui lui dit : « Tu devrais faire mettre un bouton-pression supplémentaire à ton pare-chocs. » Il lui montre où (à l'échantillon) et pourquoi.

LIPOGRAMME

Voici.

Au stop, l'autobus stoppa. Y monta un zazou au cou trop long, qui avait sur son caillou un galurin au ruban mou. Il s'attaqua aux panards d'un quidam dont arpions, cors, durillons sont avachis du coup ; puis il bondit sur un banc et s'assoit sur un strapontin où nul n'y figurait.

Plus tard, vis-à-vis la station Saint-Machin ou Saint-Truc, un copain lui disait : « Tu as à ton raglan un bouton qu'on a mis trop haut. »

Voilà.

HOMOPHONIQUE

Ange ouvert m'y dit sur la pelle à deux formes d'un haut obus (est-ce ?), j'à peine sus un je nomme (ô Coulomb !) avec de l'adresse autour du chat beau. Sous daim, il entrepella son veau à zinc qui (dix hait-il ?) lui maraîcher sur l'évier ex-pré. Mais en veau (hi ! han !) une pelle à ce vide ici près six bêtas à bandeau non l'a dit ce cul : Sion.

Un peuple hue tard jeune viking par relais de vents la garce (un l'a tzar) ! Un nain dit « vi eus lu », idoine haie dès qu'on scelle à peu rot pot debout. Hon !

DÉFINITIONNEL

Dans un grand véhicule automobile public de transport urbain désigné par la dix-neuvième lettre de l'alphabet, un jeune excentrique portant un surnom donné à Paris en 1942, ayant la partie du corps qui joint la tête aux épaules s'étendant sur une certaine distance et portant sur l'extrémité supérieure du corps une coiffure de forme variable entourée d'un ruban épais entrelacé en forme de natte — ce jeune excentrique donc imputant à un individu allant d'un lieu à un autre la faute consistant à déplacer ses pieds l'un après l'autre sur les siens se mit en route pour se mettre sur un meuble disposé pour qu'on puisse s'y asseoir, meuble devenu non occupé.

Cent vingt secondes plus tard, je le vis de nouveau devant l'ensemble des bâtiments et des voies d'un chemin de fer où se font le dépôt des marchandises et l'embarquement ou le débarquement des voyageurs. Un autre jeune excentrique portant un surnom donné à Paris en 1942 lui procurait des avis sur ce qu'il convient de faire à propos d'un cercle de métal, de corne, de bois, etc., couvert ou non d'étoffe, servant d'attacher les vêtements, en l'occurrence un vêtement masculin qu'on porte pardessus les autres.

ANTONYMIQUE

Minuit. Il pleut. Les autobus passent presque vides. Sur le capot d'un AI du côté de la Bastille, un vieillard qui a la tête rentrée dans les épaules et ne porte pas de chapeau remercie une dame placée très loin de lui parce qu'elle lui caresse les mains. Puis il va se mettre debout sur les genoux d'un monsieur qui occupe toujours sa place.

Deux heures plus tôt, derrière la gare de Lyon, ce vieillard se bouchait les oreilles pour ne pas entendre un clochard qui se refusait à dire qu'il lui fallait descendre d'un cran le bouton inférieur de son caleçon.

RQ

Exercices de style, 1947.

UN CONTE À VOTRE FAÇON

Ce texte soumis à la 83ᵉ réunion de travail de l'Ouvroir de Littérature Potentielle s'inspire de la présentation des instructions destinées aux ordinateurs ou bien encore de l'enseignement programmé. C'est une structure analogue à la littérature « en arbre » proposée par F. Le Lionnais à la 79ᵉ réunion.

1. Désirez-vous connaître l'histoire des trois alertes petits pois ?

Si oui, passez à 4.
Si non, passez à 2.

2. Préférez-vous celle des trois minces grands échalas ?

Si oui, passez à 16.
Si non, passez à 3.

3. Préférez-vous celle des trois moyens médiocres arbustes ?

Si oui, passez à 17.
Si non, passez à 21.

4. Il y avait une fois trois petits pois vêtus de vert qui dormaient gentiment dans leur cosse. Leur visage bien rond respirait par les trous de leurs narines et l'on entendait leur ronflement doux et harmonieux.

Si vous préférez une autre description, passez à 9.

Si celle-ci vous convient, passez à 5.

5. Ils ne rêvaient pas. Ces petits êtres en effet ne rêvent jamais.

Si vous préférez qu'ils rêvent, passez à 6.

Si non, passez à 7.

6. Ils rêvaient. Ces petits êtres en effet rêvent toujours et leurs nuits sécrètent des songes charmants.

Si vous désirez connaître ces songes, passez à 11.

Si vous n'y tenez pas, vous passez à 7.

7. Leurs pieds mignons trempaient dans de chaudes chaussettes et ils portaient au lit des gants de velours noir.

Si vous préférez des gants d'une autre couleur, passez à 8.

Si cette couleur vous convient, passez à 10.

8. Ils portaient au lit des gants de velours bleu.

Si vous préférez des gants d'une autre couleur, passez à 7.

Si cette couleur vous convient, passez à 10.

9. Il y avait une fois trois petits pois qui roulaient leur bosse sur les grands chemins. Le soir venu, fatigués et las, ils s'endormirent très rapidement.

Si vous désirez connaître la suite, passez à 5.

Si non, passez à 21.

10. Tous les trois faisaient le même rêve, ils s'aimaient en effet tendrement et, en bons fiers trumeaux, songeaient toujours semblablement.

Si vous désirez connaître leur rêve, passez à 11.

Si non, passez à 12.

11. Ils rêvaient qu'ils allaient chercher leur soupe à la cantine populaire et qu'en ouvrant leur gamelle ils découvraient que c'était de la soupe d'ers. D'horreur, ils s'éveillent.

Si vous voulez savoir pourquoi ils s'éveillent d'horreur, consulter le Larousse au mot « ers » et n'en parlons plus.

Si vous jugez inutile d'approfondir la question, passez à 12.

12. Opopoï ! s'écrient-ils en ouvrant les yeux. Opopoï ! quel songe avons-nous enfanté là ! Mauvais pré-

sage, dit le premier. Oui-da, dit le second, c'est bien vrai, me voilà triste. Ne vous troublez pas ainsi, dit le troisième qui était le plus futé, il ne s'agit pas de s'émouvoir, mais de comprendre, bref, je m'en vais vous analyser ça.

Si vous désirez connaître tout de suite l'interprétation de ce songe, passez à 15.

Si vous souhaitez au contraire connaître les réactions des deux autres, passez à 13.

13. Tu nous la bailles belle, dit le premier. Depuis quand sais-tu analyser les songes ? Oui, depuis quand ? ajouta le second.

Si vous désirez aussi savoir depuis quand, passez à 14.

Si non, passez à 14 tout de même, car vous ne le saurez pas plus.

14. Depuis quand ? s'écria le troisième. Est-ce que je sais moi ! Le fait est que je pratique la chose. Vous allez voir !

Si vous voulez aussi voir, passez à 15.

Si non, passez également à 15, car vous ne verrez rien.

15. Eh bien ! voyons, dirent ses frères. Votre ironie ne me plaît pas, répliqua l'autre, et vous ne saurez rien. D'ailleurs, au cours de cette conversation d'un ton assez vif, votre sentiment d'horreur ne s'est-il

pas estompé ? effacé même ? Alors à quoi bon remuer le bourbier de votre inconscient de papilionacées ? Allons plutôt nous laver à la fontaine et saluer ce gai matin dans l'hygiène et la sainte euphorie ! Aussitôt dit, aussitôt fait : les voilà qui se glissent hors de leur cosse, se laissent doucement rouler sur le sol et puis au petit trot gagnent joyeusement le théâtre de leurs ablutions.

Si vous désirez savoir ce qui se passe sur le théâtre de leurs ablutions, passez à 16.

Si vous ne le désirez pas, vous passez à 21.

16. Trois grands échalas les regardaient faire.

Si les trois grands échalas vous déplaisent, passez à 21.

S'ils vous conviennent, passez à 18.

17. Trois moyens médiocres arbustes les regardaient faire.

Si les trois moyens médiocres arbustes vous déplaisent, passez à 21.

S'ils vous conviennent, passez à 18.

18. Se voyant ainsi zyeutés, les trois alertes petits pois qui étaient fort pudiques s'ensauvèrent.

Si vous désirez savoir ce qu'ils firent ensuite, passez à 19.

Si vous ne le désirez pas, vous passez à 21.

19. Ils coururent bien fort pour regagner leur cosse et, refermant celle-ci derrière eux, s'y endormirent de nouveau.

Si vous désirez connaître la suite, passez à 20.

Si vous ne le désirez pas, vous passez à 21.

20. Il n'y a pas de suite, le conte est terminé.

21. Dans ce cas, le conte est également terminé.

RQ

Oulipo, *La Littérature potentielle*, 1973.

VOICI L'OULIPO…

Voici l'Oulipo que François Le Lionnais a créé.

Voici les joyeux membres de l'Oulipo que François Le Lionnais a créé.

Voici les travaux des joyeux membres de l'Oulipo que François Le Lionnais a créé.

Voici les livres où sont imprimés les travaux des joyeux membres de l'Oulipo que François Le Lionnais a créé.

Voici les éditeurs des livres où sont imprimés les travaux des joyeux membres de l'Oulipo que François Le Lionnais a créé.

Voici les relevés annuels des éditeurs des livres où sont imprimés les travaux des joyeux membres de l'Oulipo que François Le Lionnais a créé.

Voici les comptables qui établissent les relevés annuels des éditeurs des livres où sont imprimés les travaux des joyeux membres de l'Oulipo que François Le Lionnais a créé.

Voici les jolies secrétaires des comptables qui établissent les relevés annuels des éditeurs des livres où sont imprimés les travaux des joyeux membres de l'Oulipo que François Le Lionnais a créé.

Voici les enfants des jolies secrétaires des comptables qui établissent les relevés annuels des éditeurs des livres où sont imprimés les travaux des joyeux membres de l'Oulipo que François Le Lionnais a créé.

Voici les nouveaux oulipiens que deviendront les enfants des jolies secrétaires des comptables qui établissent les relevés annuels des éditeurs des livres où sont imprimés les travaux des joyeux membres de l'Oulipo que François Le Lionnais a créé.

Voici les travaux des nouveaux oulipiens que deviendront les enfants des jolies secrétaires des comptables qui établissent les relevés annuels des éditeurs des livres où sont imprimés les travaux des joyeux membres de l'Oulipo que François Le Lionnais a créé.

Voici les lecteurs des travaux des nouveaux oulipiens que deviendront les enfants des jolies secrétaires des comptables qui établissent les relevés annuels des éditeurs des livres où sont imprimés les travaux des joyeux membres de l'Oulipo que François Le Lionnais a créé.

Voici les lunettes des lecteurs des travaux des nouveaux oulipiens que deviendront les enfants des jolies secrétaires des comptables qui établissent les relevés annuels des éditeurs des livres où sont imprimés les travaux des joyeux membres de l'Oulipo que François le Lionnais a créé.

Voici les opticiens qui ont vendu les lunettes des lecteurs des travaux des nouveaux oulipiens que deviendront les enfants des jolies secrétaires des comptables qui établissent les relevés annuels des éditeurs des livres où sont imprimés les travaux des joyeux membres de l'Oulipo que François le Lionnais a créé.

Voici les propriétaires des magasins des opticiens qui ont vendu les lunettes des lecteurs des travaux des nouveaux oulipiens que deviendront les enfants des jolies secrétaires des comptables qui établissent les relevés annuels des éditeurs des livres où sont imprimés les travaux des joyeux membres de l'Oulipo que François le Lionnais a créé.

Voici le pompier qui éteint le feu chez les propriétaires des magasins des opticiens qui ont vendu les lunettes des lecteurs des travaux des nouveaux oulipiens que deviendront les enfants des jolies secrétaires des comptables qui établissent les relevés annuels des éditeurs des livres où sont imprimés les travaux des joyeux membres de l'Oulipo que François Le Lionnais a créé.

Voici la fiancée du pompier qui éteint le feu chez les propriétaires des magasins des opticiens qui ont vendu les lunettes des lecteurs des travaux des nouveaux oulipiens que deviendront les enfants des jolies secrétaires des comptables qui établissent les relevés annuels des éditeurs des livres où sont imprimés les travaux des joyeux membres de l'Oulipo que François Le Lionnais a créé.

Voici le gendarme qui est le frère aîné de la fiancée du pompier qui éteint le feu chez les propriétaires des magasins des opticiens qui ont vendu les lunettes des lecteurs des travaux des nouveaux oulipiens que deviendront les enfants des jolies secrétaires des comptables qui établissent les relevés annuels des éditeurs des livres où sont imprimés les travaux des joyeux membres de l'Oulipo que François Le Lionnais a créé.

Voici la femme du colonel du gendarme qui est le frère aîné de la fiancée du pompier qui éteint le feu chez les propriétaires des magasins des opticiens qui ont vendu les lunettes des lecteurs des travaux des nouveaux oulipiens que deviendront les enfants des jolies secrétaires des comptables qui établissent les relevés annuels des éditeurs des livres où sont imprimés les travaux des joyeux membres de l'Oulipo que François Le Lionnais a créé.

Voici les grands enfants de la femme du colonel du gendarme qui est le frère aîné de la fiancée du pompier qui éteint le feu chez les propriétaires des magasins des opticiens qui ont vendu les lunettes des lecteurs des travaux des nouveaux oulipiens que deviendront les enfants des jolies secrétaires des comptables qui établissent les relevés annuels des éditeurs des livres où sont imprimés les travaux des joyeux membres de l'Oulipo que François Le Lionnais a créé.

Voici les amis qui accompagnent les grands enfants de la femme du colonel du gendarme qui est le frère aîné de la fiancée du pompier qui éteint le feu chez les propriétaires des magasins des opticiens qui ont vendu les lunettes des lecteurs des travaux des nouveaux oulipiens que deviendront les enfants des jolies secrétaires des comptables qui établissent les relevés annuels des livres où sont imprimés les travaux des joyeux membres de l'Oulipo que François Le Lionnais a créé.

Voici le Forum des Halles où sont assis les amis qui accompagnent les grands enfants de la femme du colonel du gendarme qui est le frère aîné de la fiancée du pompier qui éteint le feu chez les propriétaires des magasins des opticiens qui ont vendu les lunettes des lecteurs des travaux des nouveaux oulipiens que deviendront les enfants des jolies secrétaires des comptables qui établissent les relevés annuels des éditeurs des livres où sont imprimés les travaux des joyeux membres de l'Oulipo que François Le Lionnais a créé.

Enfin

Voici l'Oulipo-Rococo au Forum des Halles où sont assis les amis qui accompagnent les grands enfants de la femme du colonel du gendarme qui est le frère aîné de la fiancée du pompier qui éteint le feu chez les propriétaires des magasins des opticiens qui ont vendu les lunettes des lecteurs des travaux des nouveaux oulipiens que deviendront les enfants des jolies secrétaires des comptables qui établissent les relevés annuels des éditeurs des livres où sont imprimés les travaux des joyeux membres de l'Oulipo que François Le Lionnais a créé.

FC

LES AMNÉSIQUES N'ONT RIEN VÉCU D'INOUBLIABLE

Quarante-neuf réponses à la question « À quoi tu penses ? »

À quoi tu penses ?

Je pense que quand j'étais gosse, j'écrivais au Père Noël, et qu'aujourd'hui encore, il m'arrive d'imaginer les trois souhaits que je souhaiterais voir exaucés si je rencontrais une fée.

À quoi tu penses ?

Je pense que l'oreille absolue existe, mais pas le nez absolu, ni l'œil absolu, ni même le sexe absolu, et au demeurant, je me demande ce que ça pourrait bien être si ça existait.

À quoi tu penses ?

Je pense que, non, Mathausen n'est pas un opéra de Wagner.

À quoi tu penses ?

Je pense que je suis incapable de résister à une femme à qui je plais, et je m'en moque d'être un type facile.

À quoi tu penses ?

Je pense qu'un mensonge se trahit souvent au fait qu'on le raconte chaque fois avec les mêmes mots.

À quoi tu penses ?

Je pense qu'en roulant sur l'autoroute, on aperçoit de très jolis châteaux, où l'on aimerait bien habiter. Et puis on se rappelle qu'ils sont près de l'autoroute.

À quoi tu penses ?

Je pense que si le parfum est le plus puissant évocateur de souvenirs, c'est que le nez est plus près du cœur que les yeux.

À quoi tu penses ?

Je pense que personne ne s'étonne de la présence de monologues au théâtre, alors qu'il n'y a tout de même que les dingues qui parlent tout seuls.

À quoi tu penses ?

Je pense que je ne sais jamais si les autres aussi te trouvent jolie.

À quoi tu penses ?
Je pense que le Soleil n'a pas la moindre idée de ce qui se passe sur la Terre, la nuit.

À quoi tu penses ?
Je pense qu'il s'est passé plusieurs années entre le moment où j'ai compris que j'allais mourir et celui où j'ai compris que j'allais d'abord vieillir.

À quoi tu penses ?
Je pense qu'avec un peu d'imagination, on a du mal à rester fidèle, mais qu'avec énormément d'imagination, ce doit être possible.

À quoi tu penses ?
Je pense que je n'ai pas beaucoup d'imagination.

À quoi tu penses ?
Je pense que j'ai déjà dit à une fille que je n'étais pas libre tel jour, mais que le lendemain, d'accord, juste pour lui faire croire qu'il n'y avait pas qu'elle dans la vie, alors que justement, si.

À quoi tu penses ?
Je pense que mon pantalon est propre depuis si longtemps qu'en fait il est certainement sale, et que je n'ai pas vu l'instant précis où la transition s'est effectuée.

À quoi tu penses ?

Je pense que lorsque je reçois un postillon visible sur ma manche, je me comporte toujours comme si de rien n'était.

À quoi tu penses ?

Je pense que c'est curieux, ces filles qui s'habillent pour qu'on les remarque, mais pas pour qu'on les regarde.

À quoi tu penses ?

Je pense que je suis souvent sexuellement attiré par des femmes que je n'oserais jamais présenter à mes amis.

À quoi tu penses ?

Je pense que j'aimerais bien me refaire faire le nez, mais, si possible, que ça ne se voie pas assez pour qu'on m'en fasse la remarque.

À quoi tu penses ?

Je pense que c'est un plaisir étrange que de guetter la femme qu'on aime dans la foule qui descend d'un train, de la reconnaître et de se rendre compte que ce n'est pas elle, qu'on s'est trompé.

À quoi tu penses ?

Je pense que je commence toujours à douter quand trop de gens sont d'accord avec moi.

À quoi tu penses ?

Je pense que dans les quinze secondes où l'on partage un ascenseur avec une jolie femme, il est presque impossible de lui faire la démonstration de son intelligence, de son charme et de son humour.

À quoi tu penses ?

Je pense que « se réveiller la nuit et habituer ses yeux à la pénombre » pourrait être une définition de la vie.

À quoi tu penses ?

Je pense qu'il vaut mieux être aimé pour sa fortune, la beauté ne prend pas 5 % par an.

À quoi tu penses ?

Je pense que je ne passe jamais une soirée avec une femme sans penser ne serait-ce qu'un instant à une autre femme.

À quoi tu penses ?

Je pense que la théorie des graphes permet de prouver que n'importe qui dans le monde connaît personnellement une personne qui connaît personnellement une personne qui connaît personnellement une personne qui connaît personnellement le président des États-Unis. Comme quoi.

À quoi tu penses ?

Je pense que si j'étais une fille, je serais fascinée par le sexe des garçons.

À quoi tu penses ?

Je pense que ce que j'aimerais beaucoup, c'est pouvoir aller vers une fille, dans une soirée, et lui dire, sans mentir parce que ce serait mon nom, "My name is Bond. James Bond".

À quoi tu penses ?

Je pense que j'aime bien écouter la radio dans le noir, surtout les chaînes qui parlent dans une langue étrangère.

À quoi tu penses ?

Je pense que j'aime bien, chez le coiffeur, discuter des avantages de mon métier imaginaire : agent d'assurances, professeur d'anglais, ou camionneur.

À quoi tu penses ?

Je pense que contrairement à Gina Lollobrigida dans Notre-Dame de Paris, la vraie Esmeralda avait forcément du poil aux pattes.

À quoi tu penses ?

Je pense que la couleur de tes yeux doit être 574, dans le nuancier Pantone.

À quoi tu penses ?

Je pense que j'aimerais bien, au moins une fois dans ma vie, posséder le courage et l'à-propos de mes personnages lorsque j'ai envie d'aborder une femme.

À quoi tu penses ?

Je pense que, lorsque je suis confronté à un décolleté généreux, je dépense une énergie démesurée pour fixer la femme dans les yeux, alors que peut-être, ça ne la dérangerait pas trop que je regarde ses seins.

À quoi tu penses ?

Je pense que, tu m'as bien regardé, moi et la schizophrénie ça fait trois.

À quoi tu penses ?

Je pense qu'il est certains journaux qu'on ne cite jamais sans omettre de préciser discrètement qu'on les a lus chez le coiffeur ou chez le médecin.

À quoi tu penses ?

Je pense qu'il m'arrive de plus en plus souvent de ne plus me souvenir du nom d'un écrivain ou d'un artiste. Pas plus tard qu'hier, c'était avec je ne sais plus qui.

À quoi tu penses ?

Je pense qu'il doit bien exister des cafards cinglés auxquels les autres ont peur de parler.

À quoi tu penses ?

Je pense que je suis toujours surpris de découvrir, au hasard d'un miroir de rue, à quoi je ressemble, vu de loin.

À quoi tu penses ?

Je pense que c'est facile d'être modeste, surtout quand on a des raisons de ne pas l'être.

À quoi tu penses ?

Je pense que si tu m'aimais autant que moi je t'aime, je t'aimerais moins et que si je t'aimais autant que toi tu m'aimes, toi, tu m'aimerais plus.

À quoi tu penses ?

Je pense qu'il m'arrive de parler tout seul, mais jamais lorsque je suis vraiment seul.

À quoi tu penses ?

Je pense que si j'avais un marteau, tout autour de moi finirait par ressembler à un clou.

À quoi tu penses ?

Je pense que le problème des dictionnaires de

synonymes, c'est qu'il n'y a jamais de synonymes, et pourtant j'en ai deux.

À quoi tu penses ?

Je pense qu'un jour j'ai fait croire à une fille que je m'intéressais à son métier, alors que pas du tout, mais alors, pas du tout.

À quoi tu penses ?

Je pense que je ne sais pas ce qui est préférable, être un écrivain célèbre l'année prochaine ou un écrivain célèbre l'année dernière.

À quoi tu penses ?

Je pense que si je devais un jour faire la quête dans le métro, les premiers temps au moins, je vérifierais s'il n'y a pas une ancienne connaissance dans le wagon.

À quoi tu penses ?

Je pense que si je me laissais pousser la moustache, ça me rajeunirait peut-être de dix ans, vu qu'il y a vingt ans, ça me vieillissait d'autant.

À quoi tu penses ?

Je pense que c'est dingue, les amibes doivent se diviser pour se multiplier.

HLT

Les amnésiques n'ont rien vécu d'inoubliable, 1998.

À SUPPOSER...

À supposer qu'on me demande ici d'occuper un espace réservé — petit, suffisant — au moyen de quelques lignes et d'une idée derrière la tête, pour ne pas dire une pensée, qui auraient quelque chose à voir avec une activité toute de violence et de délicatesse contre la paresseuse et violente nature, activité dite en langue française « la lecture », je choisirais de ne pas entonner une quelconque déploration sur ce qui serait sa prétendue perte de vitesse et surtout de n'en pas chanter le moins du monde l'éloge autrement qu'en tentant de développer, en amont du moment où tes yeux la parcourent, une bonne phrase, constructible, construite et constructive, une seule phrase bien méandreuse, anastomosée, futile, dont la seule gloire ambitionnée serait de parvenir à ressembler, comme deux gouttes d'eau se ressemblent, à un corps intègre autant que traversé, sûr de lui-même autant que visité, non défensif, c'est-à-dire le contraire du hérisson des départementales qui ne connaîtra jamais de la roue que le côté le pire, et qui finira par s'imposer, notamment par son rythme sans pareil qui ne sera définissable qu'en référence à un autre *À supposer*…

À supposer qu'on me demande ici de dire ce qu'est exactement un « à supposer », je commencerais à obéir à cette injonction en mentionnant le fait que le premier poème à longue phrase unique que j'ai composé avec ce démarreur (il s'occupait des piquets de hasard ou branches de retenue qu'on trouve sur les rives des cours d'eau et singulièrement après qu'ils ont fini de déborder) n'était pas pensé pour être la première fois de toute une série et moins encore pour fonder une forme, celle que je commence à voir aujourd'hui clairement — je veux dire clairement dans sa petite confusion même, à savoir que si dans la suite j'ai eu recours souvent à des « à supposer », c'était dans des situations de commande, je dirais même d'enquête : « Nous faisons un numéro spécial sur le thème de *La première fois*, accepteriez-vous d'y contribuer ? » de sorte que cette forme, initialement peut-être imaginée, pour contrer Baudelaire, comme une mise sous contrainte du poème en prose (la phrase est unique, est le vers, est un long monostique de prose que la voix prononçante déroule sans passage à la ligne ou virage en épingle à cheveux), s'enrichit d'un deuxième lieu de la mise en contrainte et en forme, ce deuxième lieu étant celui, disparate, de l'essai, forme dont Littré dit dans son dictionnaire qu'il est un « ouvrage dans lequel l'auteur traite sa matière sans avoir la prétention de dire le dernier mot », et dont il me plaît infiniment qu'elle soit née, mais alors le plus artisanalement comme le plus conceptuellement du monde d'une étreinte de la poésie métrologique et de la réflexion.

À supposer que pour la première fois je me sois mis à réfléchir à *la première fois*, je n'aurais pu cacher mon agacement de voir accolé à cette idée de première fois celle de fois unique, ces deux fois-là contraires étant réunies dans une communauté désastreuse plutôt que choisie, passée sitôt que présente, et que la langue approche par l'adjectif « mort-né » mais que pourtant elle accomplirait mieux par un « né-mort » qu'à l'écran mon correcteur d'orthographe souligne hélas d'une ondulation rouge, situation quasi paradoxale qui, par exemple, conduirait à rajouter un item à une liste de type perecquien, « titres de films impossibles » : *Titanic, le retour*, la première fois de ce voyage qui est à la fois le premier et le dernier, le voyage né-mort, tandis que je lancerais bien l'idée d'un scénario fixe du roman d'amour (comme il y a « la chambre close » dans le roman policier) qui serait désigné sous le nom de code de « la seule fois de l'amour », et raconterait la vie d'un personnage qui n'aimera qu'une fois, ni plus, ni moins, et qui, avec son amour, ne fera l'amour qu'une fois, ni moins, ni plus, tous les romanciers du monde se sentant le devoir d'écrire leur « seule fois de l'amour » (qu'on considère par conséquent que cet « à supposer » lance la contrainte sémantique et la série, avis aux amateurs, j'ai le sentiment de nous voir tous ici partir pour un concours comme les marins du Vendée-Globe en le port des Sables-d'Olonne), conscient que je suis toutefois que la deuxième, la troisième, la treizième et la énième fois — de l'amour ou de tout autre chose — ne sont nullement des répétitions sottes, dérisoires ou inenviables, aussi vrai que dans le vers « *Je suis hanté.* L'Azur ! l'Azur ! l'Azur ! l'Azur ! » aucun des quatre « l'Azur » ne ressemble aux trois autres, en particulier puisqu'ils portent des noms différents : le premier, l'antépénultième, le troisième et l'ultime, Mallarmé qui entre parenthèses aurait été autrement inspiré de proposer : « Je suis hanté, hanté, hanté, hanté : l'Azur. »

JJ

À supposer, 2007.

FROMAGE OU DESSERT ?

Peut-être,
si l'on réunissait toutes les phrases
interrogatives, toutes les questions
posées de par le monde, depuis que
le monde est monde,
finirait-on par
entendre une réponse ?

CHAPITRE XXXVII

Que vais-je dire ? Par où commencerai-je ? Souvenir, souvenir, que me veux-tu ? Ne vois-tu que le jour se passe ? Est-ce une vie antérieure qui me poursuit de ses parfums ? Qui es-tu ? Grand Dieu, pourquoi suis-je moi ? Chi lo sa ? Subrécargue, qui es-tu ? Est-ce que tu n'en as pas assez d'être une hachure entre les hachures ? Est-ce toi grand-père est-ce toi tonton ? Où suis-je ? Quelle heure est-il ? Que songes-tu, mon âme emprisonnée ? Pourquoi me dites-vous cela ? Pourquoi pas ? Doukipudontan ? Marché aux puces ? Champs d'épandage ? Ou, tout simplement, poubelle ? Avant que je t'oublie, maman, veux-tu me croire ? De quoi s'agit-il ? Qu'en pensez-vous ? Qu'ès aco ? Quid novi ? Pourquoi warum ? T'as vu l'heure ? Bonjour, et puis quelles nouvelles ? Tenez, peut-être savez-vous Ce que c'est qu'une âme hypocondre ? Dis, Gros lot, où veux-tu donc tomber ? Où sont passées mes pantoufles ?

Que choisir ? Las, où est maintenant ce mépris de fortune ? As-tu jamais été foutu de sortir une connerie que t'aurais trouvée à toi tout seul ? Mais faut-il interpréter jusqu'à la lie ce qui est d'évidence ? N'y a-t-il rien dans ce rien ? Qu'est-ce que la mort ? Qu'est-ce que le mot mort ? Qu'est-ce que le mot mot ? Qu'est-ce que le mot homo ? Que sais-je ? Est-ce de l'Art ? Ou du cochon ? Ne te dépoteras-tu jamais de la matière ? Qu'attendez-vous ? Accusé, avez-vous quelque chose à ajouter pour votre défense ? Monsieur l'Avocat général, vous a-t-on déjà dit au cours de votre honorable carrière, que vous aviez une parfaite tête de cocu ? De quoi, de quoi ? Allô ? Peut-il être à la bonne, ayant dans le croupion Le pronostic des fumerons perdant patience ? Tu te rends compte ? Quelle orchidée ? Vous ne lisez donc pas les journaux ? C'est vrai, non ? Quousque tandem abutere, Catilina, patienta nostra ? Objets inanimés, avez-vous donc une âme ? Comment ça marche ? Ne l'ai-je pas déjà dit ? Faut-il vous faire un dessin ? Et avec ça, madame ? Faut-il vous l'envelopper ? Quel est ce roi dérisoire qui règne Sur un seul être et ne le connaît pas ? Homme, n'as-tu jamais goûté de ton sang, quand par hasard tu t'es coupé le doigt ? Pourquoi cette sérénité ? Aurais-tu la clé des problèmes Qui nous font, frissonnants et blêmes, Passer le printemps et l'été ? L'Existentialisme est-il un humanisme ? Faut-il brûler Kafka ? Qui a cassé le vase de Soissons ? Qu'est-ce que la littérature ? Pourquoi des philosophes ? On peut cogner, chef ? Parlez-vous franglais ? Aimez-vous Brahms ? T'as pas cent balles ? Mais qui voit qui entend qui parle ? Répondrais-tu si tu le savais ? Qu'est-ce qu'un crétin ? Qu'est-ce qu'une harpe ? Que sont mes amis devenus ? Qui sait si les fleurs nouvelles que je rêve Trouveront dans ce sol lavé comme une grève Le mystique aliment qui ferait leur vigueur ? Qu'alors y faire ? Eh bien, dit Moriarty, êtes-vous satisfaits maintenant ?

Qu'est-ce à dire et pourquoi ce tortueux, cet interminable paragraphe ? Cœur à l'instinct soûl, reclus à trône inutile, Corsaire coulant secourant l'isolé, tu crains la course intruse ? Pourquoi n'irions-nous pas cueillir des airelles, des embrunes et des myrtilles pour la compote de tante Ingrid ? Mourir pour la patrie ? Faut-il voir, dans ce phénomène physiologique, une intelligence supérieure à l'ordinaire instinct des mammifères ? Courent-ils ? Courez-vous ? Courons-nous ? Court-elle ? Cours-tu ? Cours-je ? Qui ne fait châteaux en Espagne ? Que se passe-t-il ? Tu te grouilles, oui ou merde ? Nom de nom qu'est-ce encore que ce bonhomme-là ? À qui ai-je l'honneur ? Dans ce flot de littérature ma doué ma doué dans ce flot de littérature qu'irai-je qu'irai-je pêcher ? Quis ? Quid ? Ubi ? Quibus auxiliis ? Cur ? Quomodo ? Quando ? Est-ce que vous croyez aux médecins, vous ? Si tu allais prendre un bain ? Quels sont les obstacles que je vais rencontrer sur ma route ? Quo vadis ? Raymond Roussel connaissait-il « Coco » ? Et que sais-tu du soleil ? de la lune ? Et que sais-tu des astres, que sais-tu ? Quel temps fait-il à Paris ? Paris brûle-t-il ? Choisirais-je le Nord Ou le Pays des Vignes ? L'innocent paradis, plein de plaisirs furtifs, Est-il déjà plus loin que l'Inde ou que la Chine ? Où va le travail humain ? Où passer nos jours à présent ? Parmi les éclats incessants de la hache devenue folle à son tour ? Fuir ? Où aller, par ce printemps ? Te souvient-il, ô mon âme, ô ma vie, D'un jour d'automne et pâle et languissant ? Connais-tu le pays où fleurit l'oranger ? Et qui, dans l'Italie, N'a son grain de folie ? Beau chevalier qui partez pour la guerre, Qu'allez-vous faire Si loin d'ici ? Où vas-tu, Basile ? Bleu ou à point ? La ruse, c'est ce qui contourne, mais contourner la ruse ? Pour qui sont ces serpents qui sifflent sur nos têtes ? Pourquoi dans un groupe de badauds, y a-t-il toujours un petit pâtissier ? N'y aurait-il pas, qui sait ? des esprits baladeurs en l'ambiance, insubstantiels ? Qu'est-ce qu'ils peuvent bien nous dire ? Sont-ce encore des bergers ? D'où vient l'astre ? où va le chien ? La pierre voudrait se soustraire aux lois de la pesanteur ? Ah, neigeait-il ainsi dans le ventre de la baleine ? Qu'est-ce qu'un auditoire ? Qui te rend si hardi de troubler mon breuvage ? Tu tiens vraiment à monter à l'échelle ? Est-ce bien nécessaire ? Maman, les p'tits bateaux qui vont sur l'eau ont-ils des jambes ? Faut-il réagir contre la paresse des voies ferrées entre deux passages de train ? Dites-moi, qu'y a-t-il de plus protéiforme que le cheval ? Moins ça rate, K emballé ? Quelle était la couleur du cheval blanc d'Henri IV ? Pourquoi ne peut-on dire des vers à l'oreille de son cheval ? Ami, entends-tu le vol noir des corbeaux sur la plaine ? As-tu vu la casquette du père Bugeaud ? Entendez-vous dans les campagnes rugir ces féroces soldats ? Taxi, êtes-vous libre ?

Amants, heureux amants, voulez-vous voyager ? Mangeront-ils ? Où est-ce que Mme Schwann a pu aller pêcher ce monde-là ? Pourquoi qu'a dit rin ? Que faisiez-vous au temps chaud ? Et ta sœur ? C'est-y toi qui t'appelles Émilienne ? Et comment le faut-il cet or, Mademoiselle ? le faut-il taché de sang ? ou taché de larmes ? faut-il le voler en gros avec le poignard ? ou en détail, avec une charge, une place, ou une boutique ? Quel âge as-tu ? N'est-ce pas ? Comment vas-tu yau de poêle ? Rodrigue, as-tu du cœur ? Plaît-il ? Aimerais-je ? Ai-je aimé ? Aimais-je ? Aimai-je ? Aimé-je ? Et merde ? Qu'ouïs-je ? Qu'entends-je ? Quand allons-nous nous marier, nous ma-rier, nous ma-rier ? Où est donc le jeune mari Que vous m'aviez promis ? C'est combien ? Jusqu'où ne serais-je pas monté ? Tu m'aimes ? Gros comme quoi ? Y a-t-il quelqu'un, ai-je dit, y a-t-il quelqu'un dans ce lit ? Personne n'est venu en mon absence ? Qui peut-ce être ? Amour, peut-être, ou, de moi-même haine ? Vous m'avez compris ? Que me conseilliez-vous, mon cueur ? Suis-je le premier qui ait renoncé à l'ambition pour suivre la pente d'un amour effréné ? Où laissé-je égarer mes vœux et mon esprit ? Chanterez-vous quand serez vaporeuse ? Belle, vous dites vrai, mais se pourrait-il faire De voir un si beau con et ne le foutre pas ? Baiserai-je, papa ? Pourquoi pas une bergère allemande ? Vous n'avez rien à déclarer ? Et des comme ça, vous en avez déjà vues ? Musique, maintenant que la morale flanche, tu ne vas pas me lâcher ?

Qu'est-ce qui fait de l'art une valeur éternelle malgré son historicité ? Veillé-je ? Suis-je encore endormi ? Ai-je gardé mes yeux de sommeil, ces yeux devant lesquels de lumineux espaces se reculent indéfiniment, et qui suivent les espaces ? Mais où sont les neiges d'antan ? Pourquoi donc cet empire de la mort ? Quelqu'un va-t-il prendre enfin la défense de l'infini ? Già aggeggi, Joe ? Lequel ? Qu'est-ce que t'as pas dit ? Dix pataquès ? Que vous en semble ? Qu'est-ce que tu vois dans le ciel du puits ? As-tu trouvé ta Croix dans le désert des Cieux ? Loup, y es-tu ? M'entends-tu ? Qui a peur de Virginia Woolf ? To be or not to be ? Qui vive ? Où sont entrés mes ouragans ? C'était seulement ça ? Du papier ? Du papier pour torcher les derrières ou pour envelopper côtelettes premières ? Du papier pour flotter au courant des ruisseaux ou que l'on va trouer aux guichets des métros ? Esprit, es-tu là ? Pourquoi dit-on souvent qu'un appartement est haut de plafond et jamais bas de plancher ? De quoi suis-je coupable ? Si la mort n'est pensable ni avant, ni pendant, ni après, quand pourrons-nous la penser ? Je le sais aussi bien que vous, mais la fantaisie n'excuse-t-elle pas toutes les inexactitudes ? La mémoire n'est-elle pas un engagement pour le futur comme elle est une fidélité au passé ? Qui nous guérira de vivre ? Pourquoi faire simple, quand on peut faire compliqué ? Monsieur ne retire pas son petit gilet ? Est-ce une tombe qui supporte mes membres alourdis ? Est-ce parce que nous avons du monde ? Pourquoi rouvrir, à une page quelconque, avec un empressement blasphématoire, l'in-folio des misères humaines ? Que s'est-il passé ? Mort, où est ta victoire ? Quand te tues-tu ? Pour qui sonne le glas ? Ainsi, toujours poussés vers de nouveaux rivages, Dans la nuit éternelle emportés sans retour, Ne pourrons-nous jamais sur l'océan des âges Jeter l'ancre un seul jour ? Hélas ! quel miel jamais n'a laissé de dégoûts ? Quelle mer n'a point de tempête ? La nuit aussi est grande, mais que peut-elle ? Notre mot éternel est-il : C'était écrit ?

(À suivre)

FC

LA VIE DU MÉTALLURGISTE

En souvenir de la variation de Georges Perec sur les noms de métaux.

ÉNONCÉ

Depuis que j'ai appris à faire des trous dans une tôle, on ne me prend plus pour un naïf, on ne me traite plus d'imbécile ou d'ahuri. Aux vacances, pour reprendre des forces, je retourne à mon village et je m'y promène. Je salue d'un coup de chapeau les pauvres ruraux qui s'enivrent doucement à l'estaminet en buvant du vin blanc mélangé de cassis. Quand on voit ma tête coiffée à la dernière mode, les dames, même d'un certain âge, ressentent un émoi intime ; les jeunes adolescentes, derrière les vitres, dressent leurs petits seins et se savent du sexe. En ville, je travaille à la chaîne, c'est vrai, je vis à l'hôtel, les femmes de la police qui surveillent le stationnement n'hésitent pas à glisser sous l'essuie-glace de ma voiture leurs avis de contravention. Qui vit en ville comme Astérix le Gaulois, doit se méfier. Mendiant, on te laisse tranquille, serais-tu soûl. Mais si tu te bats, les coups pleuvent, ton visage est atrocement tuméfié. Plus qu'un cambrioleur, tu risques les balles, parfois le sang coule. Repoussé dans une encoignure, tu reçois une grenade dans le bas-ventre. La malchance te poursuit. La lutte terminée, tu n'as rien de plus qu'avant. Les salaires, c'est le rocher de Sisyphe. On est toujours dupés.

VARIATION SÉMANTIQUE SUR DES NOMS DE FRUITS

Depuis que je manie la fraise, je ne suis plus une poire, on ne me traite plus de courge ou de gland. Aux vacances, pour me refaire la cerise, je retourne à mon arbouse et je m'y baguenaude. Je salue de mon melon les cornichons qui se pistachent au café à coups de blanc-cassis. Quand je montre mon citron coiffé à la banane, les dames, jusqu'aux plus mûres, ont la figue moite et le teint framboise ; les fruits verts, derrière leurs baies, frémissent des mandarines et de l'abricot. En ville, je travaille à l'achaine, c'est vrai, je vis à l'alberge, les aubergines me collent des amandes. Kiwi en ville, comme Aptéryx le Gaulois, doit se méfier. Mendiant, aurais-tu un coup de chasselas, on te laisse tranquille. Mais si tu te bats, des châtaignes te tombent sur la coloquinte, des pêches écrasent ta pomme comme une tomate. Plus qu'un caroubier, tu risques des pruneaux, parfois le raisin coule ; repoussé dans un coing, tu reçois un ananas en pleines noix. La guigne. Et à la fin, des dattes, ou, si tu préfères, des nèfles ! Les salaires, c'est le rocher de ziziphe. On est toujours marrons.

NA

LA QUI FLANCHE

Au commencement, Dieu créa le ciel et la quoi déjà ? Notre Père qui êtes aux quoi, déjà ? Je vous salue, Marie, pleine de quoi déjà ? Roland est preux et Olivier est quoi, déjà ? Que sont mes amis devenus que j'avais de si près tenus et tant quoi, déjà ? Mignonne, allons voir si la quoi, déjà ? Mieux est de ris que de larmes écrire pour ce que rire est le propre de quoi, déjà ? Je pense donc je quoi, déjà ? Amour, amour, quand tu nous tiens, on peut bien dire « Adieu, quoi, déjà ? » Plutôt souffrir que mourir c'est la devise des quoi, déjà ? L'homme est un roseau, mais un roseau quoi déjà ? Rodrigue, as-tu du quoi, déjà ? Liberté, Égalité, quoi déjà ? Le petit chat est quoi, déjà ? Qu'allait-il faire dans cette quoi, déjà ? Un seul être vous manque et tout est quoi déjà ? La Déclaration Universelle des Droits de quoi déjà ? Les sanglots longs des violons de l'automne bercent mon cœur d'une langueur quoi déjà ? Longtemps, je me suis couché de bon quoi déjà ? La chair est triste, hélas, et j'ai lu tous les quoi déjà ? Les plus désespérés sont les chants les plus quoi déjà ? Le jour n'est pas plus pur que le fond de mon quoi, déjà ? Le capitalisme est l'exploitation de l'homme par quoi, déjà ? Nous ne sommes rien, soyons quoi, déjà ? Je vous souhaite d'être follement quoi déjà ? T'as de beaux quoi, déjà ? E = mc quoi, déjà ? Le pont de la rivière quoi, déjà ? Dieu ne joue pas aux quoi, déjà ? L'amour, c'est l'infini à la portée des quoi déjà ? Toute ma vie, je me suis fait une certaine idée de la quoi déjà ? Je souhaite la victoire de la quoi déjà ? Paris humilié, Paris martyrisé, mais Paris quoi déjà ? Si ma tante en avait, on l'appellerait quoi déjà ? Faites l'amour, pas la quoi, déjà ? I can get no quoi, déjà ? Faut dire que c'est plutôt une boisson de quoi déjà ? Nous sommes tous des Juifs quoi déjà ? La cimaise, ayant chaponné tout le quoi déjà ? Eh là qui va là, inspecteur quoi déjà ? L'inconscient est structuré comme un quoi, déjà ? Que la force soit avec quoi déjà ? C'est roulé à la main sous les quoi déjà ? La maladie où l'on oublie tout, c'est la maladie de quoi déjà ? Je me souviens qu'en 1978 Georges Perec a écrit quoi déjà ? L'Ouvroir de Littérature quoi déjà ?

HLT

Zindien, 2000.

X PREND Y POUR Z

La contrainte a été définie par Raymond Queneau (voir La Littérature potentielle*). Nous allons systématiser cette définition.*

DÉFINITION STRICTE

Considérons un énoncé qui lie trois actants (par exemple trois personnages). Chaque instance valide de cet énoncé définit un triplet : l'ensemble des trois actants qui le satisfont. L'ensemble des triplets forme ce que les mathématiciens appellent une loi de composition interne (comme l'addition, le « ou » logique, etc.). Comme, dans les exemples qui nous occupent, l'univers des actants possibles est fini, on peu exhiber la loi de composition par sa table de Pythagore.

Exemple : soit l'énoncé formel
A s'adressant à B l'appelle « C ».

Dans une situation normale on aura (si les actants se nomment P1, P2, P3, P4) la table triviale :

	P1	*P2*	*P3*	*P4*
P1	P1	P2	P3	P4
P2	P1	P2	P3	P4
P3	P1	P2	P3	P4
P4	P1	P2	P3	P4

Dans le cas où l'énoncé formel est celui proposé par Queneau, les tables non triviales correspondent à des situations de vaudeville, de marivaudage, d'asile d'aliénés, etc.

Il est difficile, avec un tel énoncé, de construire des univers plausibles où la table de Pythagore de la loi de composition associée à l'énoncé ait des propriétés algébriques intéressantes (groupe abelien, par exemple).

Aussi est-il conseillé de construire d'autres énoncés générateurs de telles lois.

Georges Perec a proposé les relations

x estime que y est z
x croit que y aime z

pour répondre aux quatre problèmes posés par Raymond Queneau dans son étude (voir *La Littérature potentielle*, p. 64).

Exemples :

La révolution toujours et encore

	a	*b*	*c*
a	a	b	c
b	b	c	c
c	c	c	c

	a	*b*	*c*
a	a	c	c
b	c	b	c
c	c	c	c

— Soyons clair, dit l'anarchiste. L'anarchie c'est l'anarchie, le babouvisme c'est le babouvisme et le castrisme c'est le castrisme !

— Tu es beaucoup trop simpliste, mon vieux, dit le babouviste. C'est ce que tu appelles l'anarchie qui est le vrai babouvisme ; le babouvisme tel que tu le conçois n'est que du castrisme…

— Et le castrisme…

— Là, tu as raison, le castrisme, c'est le castrisme !

— Vous me faites bien marrer, dit le castriste ! Anarchie, babouvisme, castrisme, tout ça c'est du kif : du castrisme, rien que du castrisme, encore du castrisme.

— Foutaise, dit l'anar. Que babouvisme et castrisme soient du kif castriste, je m'en balance. Mais l'anarchie, c'est l'anarchie.

— Mon œil, dit le babouviste : que tes petits anars aillent rejoindre les petits rigolos castristes, vous êtes bien tous les mêmes, mais les babouvistes, ça c'est des babouvistes !

— Vous me faites marrer, dit le castriste, derechef : tout ça c'est du castrisme.

Histoires de cœur I

	a	*b*	*c*	*d*
a	a	a	a	a
b	a	a	a	a
c	a	a	a	a
d	a	c	a	b

Tout le monde savait qu'Amélie n'aimait qu'elle-même. D'ailleurs, Amélie était persuadée que le monde entier n'aimait qu'elle. Il est vrai que Brunehaut et Caroline étaient très amoureuses d'Amélie. Tout le monde savait que Caroline aimait Amélie. Pour Brunehaut, c'était un peu différent. Désirée pensait que Brunehaut aimait Caroline, et même elle en était très malheureuse, car elle, elle aimait Brunehaut, mais Brunehaut, non seulement elle ne savait pas que Désirée l'aimait, mais elle était persuadée que Désirée aimait Caroline.

des hommes. Car il aimait Antoinette et il était persuadé qu'Antoinette, et la grande Béa aussi, n'en pinçait que pour la petite Denise. La petite Denise, Charles avait dans l'idée qu'elle lui aurait bien couru après, mais ça ne lui faisait ni chaud ni froid.

En fait, la petite Denise, si elle aimait quelqu'un, c'était elle-même et c'était tout. D'ailleurs elle pensait que les trois quarts de l'humanité étaient comme ça. Peut-être la grande Béa en pinçait-elle un peu pour Antoinette, mais en tout cas, Antoinette c'était la vraie narcissique. Quant à Charles, Denise était sûre qu'il s'en tirait très bien tout seul et que son nombril l'intéressait bien davantage que toutes les personnes du beau sexe.

GP

Oulipo, *Atlas de littérature potentielle*, 1981.

	a	*b*	*c*	*d*
a	c	c	d	a
b	c	c	d	a
c	d	d	a	c
d	a	a	c	d

Antoinette en pinçait pour Charles.

Elle était vachement jalouse de la grande Béa, parce qu'elle pensait que la grande Béa en pinçait aussi pour Charles et elle était la plus malheureuse des femmes parce qu'elle était persuadée que Charles n'avait d'yeux que pour Denise, alors que Denise, d'après Antoinette, elle avait des mœurs particulières et elle en pinçait pour elle, ce dont d'ailleurs elle se fichait pas mal, ah la la.

C'était vrai, remarquez, que la grande Béa elle en pinçait aussi pour Charles, et Antoinette elle lui aurait volontiers crêpé le chignon parce qu'elle était sûre qu'Antoinette avait des vues sur Charles, et en plus, le Charles en question, la grande Béa aurait mis sa main au feu qu'il ne rêvait que de Denise, cette petite gouine qui — elle en était sûre — soupirait après Antoinette. En somme, dans l'esprit de la grande Béa, les choses auraient pu s'arranger : il aurait suffi que la petite Denise réussisse à séduire Antoinette, et peut-être qu'à ce moment Charles l'aurait remarquée, elle, la grande Béa.

Mais, à vrai dire, Charles était le plus malheureux

LA FEMME DE NAPOLÉON

	x	*y*	*z*
x	x	y	z
y	y	x	z
z	x	x	«z»

x : Napoléon ; y : un homme qui se prend pour Napoléon ; z : la femme de y.

Napoléon tombe amoureux de la femme de l'homme qui se prend pour Napoléon. La femme a toujours cru que son mari était Napoléon, qu'elle était donc la femme de Napoléon, condition qu'elle veut conserver à tout prix, quitte à changer de Napoléon.

La seule constante est la femme, puisque Napoléon la considère comme étant sienne, et l'autre homme croit qu'elle est la femme de Napoléon.

HM

Oulipo, *Atlas de littérature potentielle*, 1981.

ROMANS

ROMAN 1

C'est l'histoire d'un homme qui rencontre une femme et qui en tombe amoureux. La rencontre a lieu dans un sympathique bar de quartier comme on en voit encore dans les régions populaires de Paris. Au premier coup d'œil, il sait que c'est elle, son Amélie. Il la trouve belle comme le matin, fraîche comme la rosée, joyeuse comme une fête. Il entreprend de lui faire une cour traditionnelle marquée d'un peu de fantaisie. Il lui offre un bouquet de fleurs qu'elle abandonne sur la table du bistrot. Il lui apporte des bonbons qu'elle croque à peine. Un garçon de café pathétique leur apporte deux coupes de champagne qui leur font perdre un peu la raison…

Elle se fait prier, comme il est de bon ton puis se laisse embrasser sous le porche obscur d'une grande maison.

Fou de joie, l'homme se précipite dans l'immeuble où il vit pour dire son bonheur à sa concierge et pour lui confier son perroquet pendant qu'il part quelques jours en voyage avec sa neuve bien-aimée.

Les voici au bord de la Manche à la découverte de l'amour. Il la serre et la serre dans ses bras jusqu'à l'user et elle se laisse serrer avec parfois un brin de lassitude qui lui voile le regard. Il sent en elle le poids d'un mystère, la lourdeur d'un secret.

Un soir, au moment où le soleil tombe dans la mer, elle lui avoue qu'elle est la mère d'un petit garçon placé en nourrice et qui n'a point de papa. Une larme coule sur sa joue délicieuse. Le sang de l'homme ne fait qu'un tour : il veut voir l'enfant tout de suite. Elle hésite, elle se tâte, elle pleure beaucoup. Ils partent.

Les voici dans un obscur quartier de corons. Après avoir longuement hésité entre des maisons toutes semblables, ils entrent dans un sordide appartement plongé dans une demi-obscurité. Là tout n'est que crasse et désordre. Une femme échevelée reçoit des coups d'un ivrogne sous le regard terrorisé d'un petit bonhomme qui n'a même plus la force de hurler.

L'homme s'indigne. La femme se précipite pour prendre l'enfant. L'ivrogne s'interpose. Il faut lui donner le magot pour qu'il lâche le marmot. Une bagarre s'ensuit : l'ivrogne menace de frapper l'enfant avec un tisonnier. La harpie saute sur la jeune mère en la traitant.

L'homme se jette dans la mêlée, se saisit de l'enfant, prend un coup de tisonnier sur la tête et retourne l'arme contre son agresseur.

L'ivrogne est à terre, un tisonnier planté dans le cœur, sa veuve échevelée est à genoux près de lui. L'enfant est dans les bras de sa mère que l'homme entraîne par la main. Les trois s'enfuient.

La vie à trois s'organise dans le petit appartement de l'homme. Non sans mal car la jeune femme ne s'entend pas bien avec la concierge. Son enfant est allergique au perroquet et la concierge ne veut plus le garder. L'enfant est souvent mutique et se tient rencogné.

L'homme a souvent des pertes de mémoire à cause des coups de tisonnier reçus sur la tête.

La vie est pourtant tranquille en apparence et il est heureux de sa femme et de son petit garçon. Il va au travail régulièrement jusqu'au soir où l'on frappe à sa porte. Il ouvre. Deux policiers se tiennent sur le palier.

ROMAN 2

C'est l'histoire d'une fille mère qui passe le plus sombre de son temps dans un bistrot sordide des faubourgs de Paris. Elle y tue des journées entières devant un petit noir, faisant de l'œil tristement aux ivrognes locaux pour boucler ses fins de semaine. Elle a abandonné son enfant à un couple de thénardiers qui lui pompe le peu d'argent qui lui reste. Le père de l'enfant a disparu et encore n'est-elle pas très sûre de son identité. Elle avait le choix.

Un soir sinistre, un homme entre dans le bar, s'accoude au comptoir et soudain la voit. Son visage se transforme. Elle rit intérieurement de l'effet qu'elle lui fait.

Il s'approche timidement d'elle et entreprend de lui faire une cour d'adolescent. Il lui apporte des fleurs (elle a horreur des fleurs qui lui déclenchent des allergies), il lui offre des bonbons dont elle ne veut pas à cause de sa ligne. Il lui dit des mots gentils. Il est nunuche. Elle ne le trouve pas très attirant et franchement pas drôle.

Elle n'en a vraiment pas envie, mais de guerre lasse elle se laisse embrasser sous le porche de la maison voisine. C'est à peine s'il ose la toucher.

Il lui propose deux jours au bord de la mer et elle ne dit pas non parce qu'elle n'a pas souvent l'occasion de sortir.

Sur place, dans leur petit hôtel, il se montre gourmand d'elle mais elle laisse faire. Elle a l'habitude. Les fleurs du jardin et l'herbe fraîchement coupée lui font monter les larmes aux yeux. Elle parle distraitement de son fils, comme elle le fait avec tous ses amants de passage, dans l'espoir de gratter quelques sous pour la pension. L'homme s'enflamme et veut à tout prix aller chercher l'enfant.

Elle tente de réfréner son ardeur, mais rien n'y fait. Elle se demande bien ce qu'elle va faire de ce gosse à Paris. En douce, elle téléphone aux thénardiers de préparer un accueil musclé s'ils veulent conserver leur pension.

Ils arrivent au coron, le môme chiale de terreur, thénardier brandit son pique-feu, la vieille s'arrache les cheveux. Ils en font un peu trop. Thénardier cogne sur la tête du type et ce grand mollasson se transforme en furie et lui troue la bedaine.

Et les voilà partis avec le gamin.

La vie s'organise à Paris dans le petit appartement du type. Pas question de garder son infâme perroquet. Il n'a qu'à rester avec l'odieux canari de l'immonde concierge. La jeune femme abandonne le gosse à la loge dès que le type a tourné les talons et retourne dans son troquet pour se refaire un peu d'argent de poche. Le garçon la voit revenir avec un sourire qui fend sa bouille pathétique. Dans le journal elle lit que la police a conclu à un règlement de comptes entre ivrognes dans l'affaire du meurtre au tisonnier.

Cette conclusion ne l'arrange pas. Comment va-t-elle se débarrasser de ce type amoureux qui la colle et qui tente par tous les moyens de séduire son gosse ?

Les semaines passent et, un après-midi béni, au

bistrot elle fait de l'œil à un type en imper mastic. Elle l'entraîne sous le porche voisin et, pendant qu'il la trousse, il lui confie qu'il est inspecteur. « J'ai des choses à raconter qui pourraient vous intéresser », dit-elle entre deux soupirs.

ROMAN 3

C'est l'histoire d'une des dernières concierges des quartiers populaires de Paris. Une des rares à ne pas encore avoir été remplacée par un digicode. Fidèle au poste dans sa loge, elle voit défiler tout le petit monde de l'immeuble, du quartier. La vie entre chez elle par bribes : les gens vont et viennent, les événements minuscules composent le puzzle de son quotidien. Elle reconstruit l'histoire des uns et des autres d'après les lambeaux que la vie lui donne.

Elle se lamente chaque jour de devoir monter des lettres d'amour dans les étages avec ses mauvaises jambes, elle qui vit seule depuis des lunes. Elle se plaint du bruit dans l'escalier, elle surveille les fournisseurs qui viennent livrer, elle retient ceux dont le visage lui est inconnu pour qu'ils ne montent pas dans les étages. Elle sait se montrer désagréable avec les mauvais coucheurs et douce avec les locataires qui savent reconnaître ses mérites.

Elle partage ses joies, ses peines et ses découvertes avec son canari qui siffle dans sa cage devant la fenêtre de la loge. On jurerait qu'il comprend tout, cet animal !

Soudain, c'est la petite vie tranquille du monsieur du troisième qui semble basculer. Il chantonne en montant les escaliers, il descend avec un bouquet à la main, avec un paquet de bonbons... La concierge est tout excitée car cela sent l'amour à plein nez. « Enfin un amoureux dans l'immeuble, dit-elle à son canari, le monde va prendre des couleurs. »

Le monsieur en question a noué une belle cravate jaune. Il ne porte plus son vieux pull-over. Le voici maintenant en veston. « Sa dulcinée doit être de la Haute ! »

Et puis un matin il se précipite dans la loge, son perroquet à la main. « Gardez-le-moi quelques jours s'il vous plaît c'est une question d'amour ou de mort. Il fera équipe avec votre canari. »

Elle accepte le perchoir au nom du romantisme, demande le mode d'emploi et regarde disparaître son locataire chantonnant.

« Il y en a qui ont de la chance », dit-elle au perroquet qui répond « Pas tant qu'ça ! » d'une voix si désagréable que le canari se presse les ailes sur les oreilles.

La routine de l'immeuble reprend jusqu'à la nuit où le monsieur revient, échevelé, serrant contre son cœur un garçonnet et traînant derrière lui une femme quelconque au regard vide.

La concierge lui tend ses clefs et lui demande de remonter son perroquet. Trop tard, il est déjà au deuxième étage.

Cette nouvelle locataire est une mauvaise femme. Il ne faut pas longtemps à la concierge pour s'en convaincre. Elle ne veut pas reprendre le perroquet et, dès que le gentil monsieur est parti au travail, elle file, abandonnant le gamin dans la loge. La concierge ne dit trop rien parce que le gamin arrive toujours avec un gros billet et un gentil sourire. On s'y attache à ces gosses.

Elle se tient sur le pas de la porte pour suivre la femme des yeux. Elle donnerait cher pour savoir où elle s'en va passer ses jours.

Un matin tôt, deux policiers arrivent. Ils lui montrent leurs plaques et demandent l'étage du monsieur. Un quart d'heure plus tard ils redescendent avec le monsieur et la dame. Le gamin descend en pleurant sur leurs talons et se glisse dans la loge.

« Et qu'est-ce que je fais du gamin ! » crie la concierge sur le pas de la porte en regardant partir le fourgon.

« Pas tant qu'ça ! » répond le perroquet.

ROMAN 4

C'est l'histoire d'un canari qui vit et chante dans une loge de concierge dans un quartier populaire de

Paris, un canari typique de cette région tempérée dans une cage de 50 × 30 × 30. Un canari de concierge avec une coiffe brodée sur sa cage.

Ses journées se suivent et se ressemblent, au moins vues de l'extérieur : petit déjeuner de graines, eau fraîche, bavardage avec la concierge penchée sur son café. Premier contact avec le réseau pigeons et le réseau moineaux. Information sur les passages annoncés pour la journée : un V de cigognes en direction du Sud, un V d'oies cendrées. On redoute aussi l'installation définitive d'une famille de pies au-dessus de l'immeuble voisin. Sinon, rien de bien exceptionnel, de la corneille noire, de la mésange nonnette, du pouillot véloce et du bruant zizi, les habituels compères.

Pendant que la concierge est dans l'escalier, le canari se fait le bec sur son os de seiche, le plus précieux de ses outils. Il travaille la forme de son bec, son aigu, son pointu. Il en fait la parfaite trompette qui lui permet de pousser son chant inimitable qui perce les murs de l'immeuble, qui troue les vitres et monte au sommet du pays des oiseaux. Sa liberté.

Le gros événement de sa vie c'est l'arrivée du perroquet « Pas tant qu'ça ! ». Un jour le monsieur du troisième déboule avec le monstre et le plante là à deux pas de sa cage. C'est trop. L'odieux animal est libre sur son perchoir avec une simple chaînette attachée à la patte. Il est vert et rouge, menaçant. Il a l'air bête. Lorsqu'il tire au maximum sur sa chaîne, il peut atteindre la réserve de graines du canari qui ne le supporte pas. Bête et voleur.

Il faut dire que les perroquets ne parlent pas la langue des oiseaux et qu'ils vivent donc dans un monde intermédiaire, un monde d'incompris non comprenant.

Une atmosphère poisseuse s'installe dans la loge.

Le canari active tout son réseau pour suivre le propriétaire du perroquet à la trace et accélérer son retour. Des mouettes le signalent au bord de la mer. Elles se soulagent sur son chapeau. Un hibou l'annonce dans le Nord et se poste sur le rebord de la fenêtre d'un coron. Ce qu'il voit l'horrifie et il s'envole dans la nuit poussant des cris d'orfraie.

L'homme revient avec une femme et un garçon. Le canari a une bouffée d'espoir. Hélas, ils ne reprennent pas le monstre « Pas tant qu'ça ! ».

Suit une période de bataille pendant laquelle le perroquet reste malgré les assauts de la concierge.

Le réseau hirondelle, qui est en contact direct avec la police, prévient le canari que ça sent le roussi pour le monsieur du 3e. Une vraie tuile. Que fait-on des perroquets en cas d'incarcération ? Sont-ils passibles des mêmes peines que leur maîtres. « Pas tant qu'ça ! » hurle-t-il bêtement.

Le canari passe une période de stress intense durant laquelle on craint pour sa vie. Il perd son goût du chant, ses plumes ternissent et tombent en tourbillonnant sur le fond de sa cage… Qui le tirera de ce mauvais pas ?

C'est le petit garçon ! Abandonné de tous dans la loge, il ne cesse de se lamenter. « Quand reviendra donc ma maman ? Dans un mois ? Dans un an ? » et le perroquet répond invariablement « Pas tant qu'ça ! ». Exaspéré le garçon lui décoche un direct du droit qui le sèche pour le compte. Le canari retrouve sa paix, sa voix et son bel habit jaune.

ROMAN 5

C'est l'histoire d'un petit garçon né de père inconnu dont la mère et le beau-père ont été jetés en prison pour l'avoir arraché aux griffes d'un couple de tortionnaires qui en avaient la garde.

L'enfant qui a assisté à toute la bataille et qui a vu le pique-feu planté dans le cœur du méchant monsieur est né sous le signe de la violence. Il est buté, fermé, brutal. C'est un sale gosse.

Le jour de leur arrestation sa mère et son nouveau beau-père l'abandonnent chez la concierge de l'immeuble, une immonde grosse salope avec un canari à moitié pelé.

Lorsqu'il demande quand reviendra sa maman, seul le perroquet lui répond un stupide « Pas tant qu'ça ! ». D'un direct du droit réflexe, il envoie le perroquet *ad patres*. Un bref instant de silence. Le canari se remet à chanter. L'enfant tombe à genoux devant le cadavre vert, se prend la tête entre les mains et décide tout à trac de devenir bon.

On le retrouve quelques semaines plus tard. Il a demandé l'autorisation à Mamie-Concierge d'aller attendre sa maman à sa sortie de prison. Cette dernière, en effet, après un accord secret avec la police, est relâchée après quelques semaines de détention. Il l'embrasse sur le trottoir, la serre entre ses bras au point qu'elle est obligée de se dégager. Il demande des nouvelles de son presque-papa et promet de lui écrire fidèlement chaque semaine. Sa mère est soulagée de savoir qu'il n'y aura plus de perroquet à leur retour à la maison.

On retrouve le garçon quelques années plus tard. Il est devenu un bel adolescent rayonnant de bonté. Il donne la main à sa maman sur le trottoir en face de la sortie de la prison de la Santé. C'est le grand jour. Son presque-papa est libéré. Sa maman fait la gueule mais il sait que cela ne durera pas.

Ils sont autour de la table familiale et le garçon raconte comment le couple de tortionnaires de sa petite enfance l'envoyait chaque jour chercher du charbon au fond de la cave noire comme un four alors que l'appartement était chauffé au gaz depuis bien longtemps... Malgré cela il est retourné pendant ses vacances dans le coron et il a retrouvé avec émotion sa tortionnaire. Elle est devenue bonne et douce et d'ailleurs elle se tient modestement derrière la porte d'entrée en compagnie de son amie Mamie-Concierge et il serait opportun de les faire entrer pour une réunion de la famille au complet.

Quelques mois plus tard, il vient tout juste de recevoir son Prix d'excellence et rentre en sifflotant à la maison. Au passage, Mamie-Concierge lui remet une lettre arrivée pour lui. Il monte et l'ouvre soigneusement sur la table de la cuisine. À l'intérieur, une feuille avec des lettres découpées dans le journal, sans trace ni signature. « Et si c'était ta mère qui avait donné ton beau-père aux flics ? J'ai la preuve. »

Il se prend la tête entre les mains. Sa mère est-elle une salope ? Doit-il venger son beau-père ? Doit-il sauver sa mère envers et contre tout ? Doit-il démasquer le corbeau ? Où est le bien, où se cache le plus grand mal ? Son crâne est une tempête.

ROMAN 6

C'est l'histoire d'un garçon de café mélancolique dans un petit bistrot sordide d'un quartier populaire de Paris. Un garçon sans histoire et sans vie comme il en existe tant. Une histoire lente. Un garçon qui essuie les verres au fond du café et qui a rien d'autre à faire que de rêver. Il sait qu'il est le dernier de sa race, le dernier tablier noir et qu'il mourra avec son rade pourri fréquenté par des vieux boulistes qui passeront à la prochaine bourrasque.

Il entretient une passion pour les nuages qui défilent au-dessus du Sacré-Cœur et il les décrit longuement avec une minutie ennuyeuse qui l'enfonce encore davantage dans la mélancolie. Stratus, cumulus, cumulo-nimbus, cirrus, tout y passe et lentement.

Son seul rayon de soleil c'est la dame qui vient passer là le clair de ses journées. Elle arrive à pas de souris et s'installe toujours à la même place. Elle est, selon lui, la plus belle femme du monde et c'est pour cette raison qu'il ne parvient pas à lui adresser la parole. Il a mille fois tenté de lui décrire un cumulus de première, de l'attirer près de la vitre, mais en vain. Elle reste toujours la belle inaccessible.

Il a beau mettre toutes les intentions sexuelles quand il lui lance son rituel «Je vous remets ça ?», rien n'y fait. Elle ne le voit pas.

Elle guette tous les autres en revanche. Et elle ne laisse rien au hasard. Prostituée occasionnelle. Chaque fois qu'elle disparaît, il se précipite pour regarder par la porte de derrière le moment où elle se fait peloter sous le porche. Chaque fois c'est un coup de poignard.

Il ne sait même pas lui proposer cet amour-là. Ils n'en sont dignes ni l'un ni l'autre. Il lui écrit des lettres houleuses qu'il ne signe pas. Il déverse des tempêtes d'amour, des flots de désir, des nuages de passion sur elle. En vain.

Sa vie s'étire en un ennui de guimauve et rien n'avance ni ne recule. Alors il écoute, il enquête, il veut tout savoir d'elle. Il lit les journaux, les scandales, les faits divers, les meurtres. Il parle avec les policiers qui passent. Il invente, il enjolive, il fait du vrai. Il sait maintenant de source sûre qu'elle a eu un fils et qu'elle l'a abandonné. Il a deviné que le gars qui n'osait pas la toucher sous le porche en pinçait pour elle. La concierge en prenant son café lui a dit qu'ils étaient partis au bord de la mer. Il a suivi le drame du coron. Il sait comment le tisonnier a percé le cœur froid du bonhomme. Il sait l'immense tristesse des amours difficiles. Il sait qui tenait ce tisonnier. Lorsqu'il lit dans les nuages, il voit le regard pathétique de l'enfant. Il sait que l'homme à l'imperméable qui a passé la main sous la jupe de la fille est un policier. Il sait que tout cela est trop pour lui.

Il sait que le soir est venu. Il découpe les mots dans le journal, il les colle sur la feuille blanche, il colle le timbre sur l'enveloppe, il jette l'enveloppe dans la boîte. Il se sent noir corbeau comme la nuit et il avale la fiole entière de gardénal.

ROMAN 7

C'est l'histoire d'un bouquet de fleurs abandonné sur la table d'un petit café dans un quartier populaire de Paris. Un petit bouquet comme on en trouve à la sauvette au coin des rues. Pensées, violettes, pois de senteur. C'est un bouquet offert dans la chaleur d'un amour naissant, un bouquet que l'urgence d'une étreinte a fait abandonner sur place.

Un bouquet que le garçon de café mélancolique ramasse et plante distraitement dans un verre sur le comptoir.

C'est un bouquet que l'enfant vole sur le comptoir lorsqu'il vient arracher son père à son dernier pastis. C'est un bouquet qui dégouline sur le chemin de la maison entre les doigts de l'enfant.

C'est un bouquet qui illumine le visage de la mère un instant avant que la longue face d'ivrogne du père encadrée dans la porte ne l'attriste à nouveau.

C'est un bouquet que la mère lance dans la cour le lendemain matin, après le départ du petit à l'école, parce qu'elle est allergique aux fleurs et qu'elle a assez de raisons de pleurer dans la vie.

C'est un bouquet que la concierge ramasse avec l'idée de le jeter dans la poubelle en pestant contre les locataires négligents.

C'est un bouquet qu'elle pose en attendant sur la table de la loge parce que le facteur porte à l'instant le courrier. C'est un bouquet qu'elle retrouve un moment plus tard et qu'elle fourre un instant sous son nez.

« Ca pue », dit-elle à son canari.

« Pas tant qu'ça ! » répond le perroquet.

C'est un bouquet mis à sécher tête en bas dans la loge d'une concierge au-dessus de la cage d'un canari. C'est un bouquet qui sèche en tournant sur lui-même.

C'est en fin de compte un bouquet de fleurs séchées déposé juste avant son arrestation par un jeune homme bon et généreux sur la tombe de sa mère. Il vient tout juste de la tuer sauvagement pour sauver l'honneur trahi de son assassin de beau-père.

PF

LA MÉMOIRE DES GOUTTES D'EAU

On recherche par quatre tentatives successives le libellé d'un proverbe ou d'un théorème oublié : le rythme est retrouvé, puis des syllabes coalescentes perlent et coulent sur la cinquième ligne ; et ça y est, c'est gagné !

Le dicton dit ça :
Qui perd *chat* paie*ra*
Six *bon*ites de thon
*A*vec deux *bon*s bats.

À BON CHAT BON RAT

Le président émergent *est parfait, s'il ne con*sent, ni trou de sécu, ni antidote tordu
Les brocanteurs des *berges* sont honnêtes, s'ils ne col*port*ent, *ni trou*vailles inventées, *ni anti*quailles volées
Un épi*graphe* sur vergé est surfait, s'il ne ment pas, ni préfère l'*impair*, ni antidate de travers

Cette *multi*tude *de* vierges est refaite, si elle ne jouit, ni des poches d'un frère, ni des *trou*sses d'*un père*

UN MULTIGRAPHE DE BERGE EST PARFAIT, S'IL NE COMPORTE, NI TROU IMPAIR, NI ANTITROU IMPAIR

PR

COLLECTION D'ANTONOMASES

(cinquante-trois pièces)

1. Photographie noir et blanc représentant Franz Kafka se faisant expliquer la procédure à suivre pour se faire rembourser une note de frais par l'Éducation nationale.

2. Eau-forte représentant François-René de Chateaubriand décidant brusquement de mettre un terme à son régime végétarien.

3. Photographie de fin de repas (un peu floue) où l'on peut reconnaître François Barême essayant d'établir avec précision l'addition de chacun.

4. Vase grec avec bas-relief représentant Platon faisant clairement comprendre à une jeune femme qu'il reste malgré tout de bois.

5. Buste de Syphilus, pâtre grec, se demandant quel peut bien être l'origine de ce petit bouton.

6. Statue de Job, tentant de faire le fier devant sa femme et ses amis qui lui reprochent sa résignation.

7. Photographie noir et blanc de Joseph S. Klaxon, âgé de six ans, soufflant dans sa petite trompette.

8. Fusain sur papier représentant Jean Nicot, allongé dans l'herbe sèche.

9. Buste d'Alexandre le Grand déclamant un poème à sa propre gloire en vers libres, et se demandant si on ne pourrait pas trouver mieux.

10. Huile sur bois représentant François Mansart, en visite chez son voisin, et se cognant la tête dans une poutre mal placée.

11. Huile sur toile représentant Joseph de Montgolfier buvant un petit ballon au bistrot avec son frère Étienne.

12. Porcelaine de Saxe représentant Antoine-Auguste Parmentier, se brûlant les mains avec une pomme de terre bouillante, avant de la piétiner !

13. Portrait du marquis Fulbert de Plessis-Praslin se rendant encore chez le dentiste, en raison d'une nouvelle carie.

14. Encre de chine figurant ce libertin de comte Étienne de Silhouette tentant bien inutilement de se cacher derrière un rideau éclairé.

15. Aquarelle représentant Alexis Godillot en permission, marchant pieds nus sur la plage d'Étretat.

16. Gravure présentant Adolphe Gibus prenant une claque de sa mère parce qu'il s'est assis sur le chapeau de son père.

17. Aquarelle représentant Ambrogio di Calepino furieux de voir le vent emporter ses notes prises sur des feuilles volantes.

18. Eau-forte représentant le marquis Donatien de Sade faisant preuve avec la petite Justine d'une certaine brutalité.

19. Photographie représentant le comte de Cardigan, devant la gare Saint-Lazare, un de ses amis lui recommandant de boutonner haut sa veste de laine sans col.

20. Camée monté sur chaînette en or figurant un portrait de Dulcinée se demandant ce que Don Quichotte peut bien lui trouver.

21. Affiche présentant Pantalone dans sa scène de l'acte II, où il se ridiculise une fois de plus en perdant sa culotte.

22. Conférence de Nicolas Chauvin, enregistrée sur disque 78-tours, expliquant pourquoi la vraie pizza se fait avec du camembert.

23. Héliographe en couleurs véritables d'Eugène Poubelle, devant son immeuble, ses ordures ménagères dans une main, et se demandant où les mettre.

24. Photographie de Rudolf Diesel, porte des Lilas à neuf heures du matin, et s'interrogeant sur l'origine de cette mauvaise odeur.

25. Gouache sur papier représentant M. François Belot, à la retraite, hors d'haleine après une longue partie de balle au prisonnier.

26. Article découpé dans le journal *Le Temps*, où le signataire, Jean Guillemet, s'approprie sans vergogne plusieurs formules qui ne sont pas de lui.

27. Retable du XIIIe siècle montrant notre Seigneur Jésus-Christ en visitation à Lyon et décidant de goûter le saucisson.

28. Miniature arabe représentant le mathématicien Mohamed Ibn Mussa Al-Khorazmi, à l'âge de quatorze mois, mettant le pied droit devant le pied gauche, puis le pied gauche devant le pied droit, puis le pied droit devant le pied gauche, etc.

29. Huile sur bois représentant Louis de Béchamel, entouré d'une armée de cuisiniers, à qui il répartit les tâches.

30. Buste de Sosic essayant, sur les conseils de Jacques Jouet, un bonnet blanc, puis un blanc bonnet.

31. Fresque représentant Georges-Frédéric Strass, fils de joaillier, décidant, au désespoir de ses parents, de se faire vitrier.

32. Statue en marbre rose de Titus Flavius Vespasianus, saisi en plein Rome d'une irrépressible envie de pisser.

33. Gravure sur bois représentant Nicolas Machiavel venant de trouver une idée absolument diabolique pour vendre son dernier roman.

34. Huile sur bois représentant John Lynch, fermier de Virginie, se demandant ce qu'il pourrait bien faire avec cette corde.

35. Photographie de Louis Braille écrivant à Samuel Morse qu'il n'a pas vu depuis fort longtemps.

36. Fontaine représentant Laïus, père d'Œdipe, tenant un si long discours à son fils que ce dernier, fatigué, finit par le tuer.

37. Peinture au lavis représentant le comte Alessandro Volta décidant, dans le cadre d'une expérience scientifique, de mettre les doigts dans la prise.

38. Mosaïque murale représentant le Dieu Pan faisant du bruit dans les forêts afin de semer l'épouvante.

39. Image d'Épinal représentant John Montagu Sandwich, excédé, demandant à sa femme : « Dites-moi, ma mie, où avez-vous rangé les fourchettes ? »

40. Photographie représentant l'abbé Clément décortiquant avec difficulté des mandarines.

41. Héliogravure représentant Samuel Colt et John Browning, inventeurs américains, tout près d'en venir aux mains.

42. Négatif photographique de Friedrich Dober, employé de la fourrière, rechignant à tuer ce si gentil chien au poil ras et dur, et décidant de le ramener chez lui.

43. Pastel gras représentant Alexander Garden offrant des fleurs à la future Madame Garden tout en lui expliquant que, non, son patronyme n'est pas un pseudonyme.

44. Statue du géant Atlas complètement perdu en banlieue nord, et incapable de replier une carte routière.

45. Buste de Joseph Guillotin, consultant un médecin pour un torticolis.

46. Icône représentant Judas regardant par un trou dans la porte pour voir si ce ne serait pas Jésus qui aurait frappé, par hasard.

47. Reportage vidéo présentant un ouvrier de Limoges, anonyme, recevant par la poste et avec accusé de réception une lettre à en-tête de son entreprise et qui ne lui dit rien de bon.

48. Statue de l'empereur Olibrius se demandant comment devenir célèbre.

49. Statue du dieu Hermès trouvant un ouvrage d'alchimie absolument incompréhensible et décidant de se lancer dans la maroquinerie.

50. Huile sur bois représentant Pierre Corneille vivant un drame au dessert, parce qu'il hésite entre une charlotte aux poires et une crème brûlée.

51. Huile sur toile représentant Dante Alighieri ne trouvant pas les mots devant un tableau de Capaleto qu'il trouve à la fois effroyable et grandiose.

52. Photographie instantanée montrant le satrape Latis en train d'argumenter sur la meilleure manière de qualifier un membre de l'Oulipo et proposant oulipien, qui, ajoute-t-il, précise heureusement l'idée de puissance.

53. Enfin, reportage vidéo de presse représentant Nicolas Sarkozy tenant dans sa main une balle en plomb enrobée de plastique.

HLT

NAÎTRE

AVANT DE NAÎTRE

avant de naître y a le silence le vrai
avant de naître y a le noir mais total
avant de naître y a une dalle mais astrale
avant de naître y a les gaz de mère
avant de naître y a la musique des gens
avant de naître y a le goût du chocolat
avant de naître y a la voix du père
avant de naître y a un moment de panique
avant de naître y a pas peur de mourir
les bébés regardent le monde ou bien ils tètent
les bébés ont les yeux ouverts aveugles peut-être
les bébés chient dorment rechient redorment rere-
 chient reredorment puis
les bébés ne voient que dalle peut-être toi
les bébés sont adorables regarde il te ressemble
 tellement
les bébés pèsent sûrement plus lourds que l'enclume
les bébés c'est la vie celle qui bave

les bébés te réveillent cinq six fois la nuit
les bébés te niquent tes beaux seins en tétant
les enfants crient font chier au centre de loisirs
les enfants se bousculent au supermarché et puis merde
les enfants non accompagnés sont interdits dans ce magasin
les enfants martyrs y en a tellement et alors
les enfants rois seront vite découronnés et bien fait
les enfants savent pas la chance qu'ils ont
les enfants marchent pas ça traîne bordel de merde
les enfants mangent pas ça grignote putain de merde
les enfants une bonne gifle ça a jamais nui
les préados existent maintenant ils ont pris leurs marques
les préados moi ça existait pas à l'époque
les préados c'est pénible comme les mômes quoi
les préados c'est pas encore vraiment chiant comme
les préados qui sont devenus des vrais ados mais
les préados démarrent faut avoir de la patience alors
les préados commencent à se faire des tatouages puis
les préados commencent à se faire des piercings puis
les préados sortent leur tête trouée de l'enfance
les ados les vrais répondent plus vite que ça
les ados vous emmerdent et plus grave que ça
les ados baisent s'embrassent tombent amoureux comme ça
les ados tombent enceintes amoureusement aussi facilement que ça

les ados larguent leurs copines enceintes fastoche comme ça
les ados vous narguent des vieux cons comme ça
les ados boivent vident les bières vodkas comme ça
les ados se droguent rien à foutre de ça
les ados SMS en disant quoi toi moi ça
les jeunes adultes sont écoutez-moi bien exigeants quoi
les jeunes adultes choisissent longuement très longuement leurs vêtements
les jeunes adultes sélectionnent longuement plus longuement leurs chaussures
les jeunes adultes hésitent beaucoup en choisissant un sandwich
les jeunes adultes se téléphonent pour décrire leurs sandwichs
les jeunes adultes se téléphonent pour décrire leurs chaussures
les jeunes adultes se téléphonent se décrivent en téléphonant
les jeunes adultes se moquent des gens qui téléphonent
les jeunes adultes dépriment se font mal se suicident
les adultes disent plus rien mais crient des fois
les adultes manient mal leurs portables les jeunes rigolent
les adultes tu vois c'est le père Noël
les adultes disent ta gueule connard mais avance bordel

les adultes non consentants sont priés de s'abstenir
les adultes chialent devant *Les feux de l'amour*
les adultes boivent du vin crient finis ton eau
les adultes sont lâches misérables arrogants dépendants pitoyables courageux
les adultes de nos jours partent en couille quoi
les vieux trichent pas mal en rattrapant leur jeunesse
les vieux sont jamais là quand on leur téléphone
les vieux disent qu'on ne leur téléphone jamais
les vieux touchent une retraite que moi je finance
les vieux râlent parce qu'on sait plus bosser
les vieux il faut les tuer dès la naissance
les vieux jouent des coudes en prenant le métro
les vieux disent que tout existe maintenant mais tout
les vieux dépriment glissent dans le silence des adieux
les morts nourrissent la terre la mer le ciel
les morts font plus chier que par leur absence
les morts sont là au cimetière au nom seulement
les morts sont ni présents ni absents sous terre
les morts sont aussi présents qu'absents sur terre
les morts c'est bientôt toi moi lui elle
les morts sont aussi chiants qu'un enfant roi
les morts sont aussi dissipés qu'un parent alcoolique
les morts c'est le silence précisément le vrai

IM
Plouk Town, 2007.

LSD

La littérature sémo-définitionnelle, ou LSD, *est une extension de la* littérature définitionnelle *: dans un énoncé donné, on remplace chaque vocable signifiant (substantif, adjectif, verbe, adverbe) par une de ses définitions et on réitère l'opération, mais on prend soin de choisir des définitions* inattendues.

EXEMPLE 1

« La marquise sortit à cinq heures. »

« Le toit avancé soutenu par des piliers fut mis en vedette à l'heure du thé. »

« La couche supérieure qui touche à son terme sans familiarité avec les fourches patibulaires est la sentinelle exacte qui croît à la Chine. »

EXEMPLE 2

« Le presbytère n'a rien perdu de son charme ni le jardin de son éclat. »

« Le conseil des prêtres assistant l'évêque a corrompu la femme qui se noie dans ses illusions, dans ce pays fertile en manifestations violentes. » (Justine de Sade*).*

MB et GP

LA VIE MODE D'EMPLOI
TABLE DES MATIÈRES

RAPPEL DE QUELQUES-UNES DES HISTOIRES RACONTÉES DANS CET OUVRAGE

(Le chiffre renvoie au chapitre où cette histoire apparaît, généralement pour la première fois, mais pas forcément dans sa totalité.)

Histoire du riche amateur d'opéra, 52.

Histoire de la secte des Trois Hommes Libres, 3.
Histoire du sergent-chef qui mourut en Algérie, 35.
Histoire du soldat de première classe le plus décoré d'Océanie, 79.
Histoire du squelette manchot, 67.

Histoire des trois voyous assassinés, 84.

Histoire du violoniste jaloux, 95.
Histoire du vieux domestique qui accompagna son maître autour du monde, 15.

GP

La Vie mode d'emploi, 1978.

UN COUP DE FIL
PEUT SAUVER UNE VIE

Contrepèteries Canada Dry.

> La vallée de l'Erdre abonde en sites pittoresques
>
> PIERRE LAROUSSE

1. Les Italiens ne chantent pas dans les Pouilles.

2. La femme de l'archéologue aime les fouilles sérieuses.

3. Vous êtes bien bon avec votre marotte !

4. Le vieux marin calfate son trimaran avec une serpette.

5. J'ai la caisse défoncée ! s'écrie l'emballeur anglais.

6. La communiante a mis la main sur le tronc de saint Crépin.

7. L'abbesse en ricanant touche le front de l'évêque.

8. Le singe de la baronne trempe son biscuit dans le lait d'ânesse.

9. Frottez-moi ce lard, dit la charcutière : il est bien salé.

10. La calèche s'emballe sur la pente de Barbizon.

11. Tiens ? voilà l' facteur !

12. Gardes ! Saisissez-vous de l'ordonnance du maréchal des logis trompette.

13. Retournons voir de près ce dompteur de puces.

14. Quel sale temps !

15. Le pape rit des frasques de la petite Ginette.

16. Sans vous, dit la caissière, je vendrais bien mes flans aux pommes.

17. J'ai une tarte fine pour la vicomtesse, dit la cuisinière au séminariste écossais.

18. La fissure gagne l'écurie des étalons.

19. J'aime la marine, sans pourtant aller au quai.

20. Refaites-moi donc ce salut militaire, beau blond.

21. Une partie fine ne vaut pas Cythère.

22. Elle me l'a redit, textuel.

23. Juste une petite frite, mademoiselle Joséphine ?

24. Fermez la porte sur le gond, petite friponne.

25. Le fourreur a décousu sa pelisse.

26. Les pèlerins de La Mecque ont du foin arabe.

27. Les estaminets sont pleins de bouillon.

28. Tripotez-moi les doigts, jolie bergère du Tarn.

29. Les petites avocates perdent le procès de Madame Aline.

30. Chouette, j'ai un franc suisse !
(*Variante :* Chouette, j'ai un franc belge !)

31. Montrez-nous votre plomb, monsieur le curé.

32. Sacrebleu, s'écria le roi en soulevant le cornet de Sabine.

33. Remettez cette crevette dans le saloir, j'ai la mine froide.

34. Soignez vite vos frissons avec ma grosse boîte, dit le potard de la rue de la Paix.

35. La planteuse de Cuba aime les bananes sèches.

36. Les polytechniciens calculent la longueur du rond.

37. Servez-moi vite un sorbet lisse et bien chaud !

38. Le chemin de fer frotte sur les rails du pont.

39. Où habites-tu, vieux cochon ? C'est à Penne ou à Laval ?

40. Soulevez ce véhicule à l'arrêt.

FC

TU TE SOUVIENS... ?

Un jeudi 29 juin, se rendant à l'anniversaire de MB, et dans l'idée de lui offrir le *Je me souviens* requis, VB et AFG ont composé, non pas un ou deux *Je me souviens* tels que MB en attendait, mais une forme de jeu, sorte de *Je me souviens conjugué* que lors du trajet qui les menait jusqu'à la rue de Rochechouart, elles ont surcomposé avec la règle du poème de métro.

Entre deux stations, le joueur A songe à un souvenir.

La rame arrêtée à quai, le joueur A l'énonce à l'adresse de son partenaire, le joueur B, sous la forme d'un — Tu te souviens de... ?

Si la réponse est négative, et tandis que A recueille par écrit la trace du souvenir qui n'a pas rencontré d'écho, c'est au joueur B qu'échoit de préparer et de jouer le coup suivant du jeu de mémoire.

Les deux joueurs ne sauraient descendre de la rame pour changer de ligne ou pour sortir du métro qu'ils ne se soient trouvé un souvenir commun.

Si, par surprise, il leur arrive de s'en trouver un avant la station projetée pour leur changement ou le terme fixé à leur voyage, alors ils doivent descendre de la rame à la station qui aura vu leur convergence intempestive.

Si c'est une simple station, ils attendront le métro suivant et reprendront alors la partie.

Si c'est un nœud, une digression s'impose : ils devront changer de ligne quitte à recomposer leur itinéraire.

Elles convinrent de procéder ainsi, demandant à tour de rôle, — *Tu te souviens… ?*, jusqu'à trouver une chose dont elles pourraient dire : — *Nous nous en souvenons*.

Ce jeu est un jeu stratégique : en même temps qu'il compose un autoportrait, il exige d'imaginer, de supposer ce dont l'autre peut bien avoir (ou pas) le souvenir.

Le métro n'est pas le seul cadre possible de cette forme qui peut se jouer sur n'importe quel réseau ou graphe préexistant : un réseau de lignes de métro, les rues d'une ville, ou leurs plans…

On peut d'ailleurs aussi bien :

— jouer en l'absence d'une structure de graphe préexistante : c'est la partie elle-même qui génère alors *ex nihilo* son graphe,

— jouer sans se déplacer physiquement aucunement, c'est le principe du *TTS de table*,

— jouer comme on joue aux échecs, à distance, en s'envoyant des TTS par SMS.

On peut enfin envisager de traiter selon la forme dramatique ce jeu parti du *Tu te souviens* qui déterminerait dès lors une séquence de répliques. Les énoncés — c'est-à-dire le choix des lieux de mémoire — participant à la caractérisation des personnages ; les stratégies de divergence et de convergence structurant la logique d'une intrigue.

TTS MODÉRÉMENT ROMANESQUE, PAR SMS

— Tu te souviens d'une chanson qui disait « Dans la maison vide, dans la chambre vide »… ?

— Non.

Te souviens-tu de Jeanne Moreau rasant les murs dans *La Notte* ?

— Non.

Tu te souviens d'elle en tenancière de bordel dans *Querelle* ? Elle chantait *Each one kills the thing he loves*.

— Non.

Et tu te souviens de son rire infini, de la voiture à la maison, dans *Les Amants* ?

— Non.

Mais te souviens-tu, toi, des rues où elle erre dans la nuit d'*Ascenseur pour l'échafaud* ?

— Non, je ne connais que la musique du film.

Je ne me souviens plus du premier opéra que j'ai entendu. Et toi ?

— Moi non plus, je ne me souviens plus. Tu ne dors pas encore ?

Tu te souviens du premier alexandrin dont tu as su, vraiment su, que c'était un alexandrin ?

— Non, j'ai cherché en vain la nuit dernière.

Tu te souviens du vers de *Bérénice* dans *Aurélien* ?

— Oui.

Et tu te souviens du roman et du film (très chiants) de Duras où ce même vers apparaît ?

— Non, sans doute ni lu ni vu.

Tu te souviens de Sami Frey et Delphine Seyrig disant la recette de la soupe aux choux ?

— Non (j'aime pas la soupe aux choux).

Tu te souviens de Seyrig dansant en robe du soir dans *India Song* (du film, il n'y a que la danse et la musique qui vaillent) ?

— J'aimerais dire que oui, mais est-ce cette danse, dans ce film ? Je ne me souviens pas.

Te souviens-tu de *Laissez-moi, je vous en supplie* dans *L'Année dernière* ?

— Je ne suis pas sûre de vouloir m'en souvenir. Mais toi, veux-tu te souvenir de ce que son amant (?) lui répond Vous vs dérobez encore ?

— Non, je ne me souviens que de travellings de plafonds et de voix.

Je ne me souviens pas de celui qui joue l'homme. Et toi ?

— Et moi ? Bien sûr q jnmsp… Tout ce dont jms c'est qu'il y a un personnage d'amant (putatif) qui dit VV dérobez encore. Mais est-ce là se souvenir ?

TTS de Clélia Conti devenue chanoinesse ?

— […]

— Es-tu partie dans *La Chartreuse de Parme* ? quand tout m'ennuie, Stendhal m'enchante encore.

— Non, non, pas d'ennui : pb de mémoire externe !

— [...]

— Non, je ne m'en souviens pas. Il aurait fallu que *La Chartreuse* ne me tombe pas des mains.

TTS de Sami Frey, les mains sur le guidon, pédalant Je me souviens ?

— [...]

— Est-ce toi qui m'a appelée ? Tu ne joues plus ?

— Si, je joue ! Mais ta mémoire sature. Te réexp. les SMS d'hier dans l'ordre inverse.

Je me souviens n'avoir jamais vu Sami Frey pédaler.

Dommage pour Stendhal : tu es encore trop jeune pour en apprécier le charme...

Alors tntsp d'une promenade en barque sur le lac de Côme, ni de l'échelle jusqu'à la fenêtre de la chambre de Mme de Rênal ?

J'aime bien l'idée de saturer ta mémoire de tts. Il y en a un qui sature la mienne... TTS de O balances sentimentales ?

— Tu ne sais plus auquel je réponds, l'ordre du temps s'est défait : les messages sont arrivés parfois en plusieurs exemplaires, parfois incomplets.

Non, je ne me souvenais pas et j'ai triché, consulté ma mémoire externe et bien sûr je me souviens, mais pas de cette ligne centrale.

Et toi, TTS de la diérèse dans Musicienne du silence ?

— Non, et je ne sais pourquoi, mais pour la 1re fois depuis q ns jouons, le défaut d'un souvenir me fait souffrir.

Sans mémoire ext., roulant étendue dans l'ALVA princeps, je ne peux pas même tricher.

Nos mémoires défaillent et nos machines défont toutes nos mesures.

— Jnmsp du lac de Côme mais jms de l'échelle de J. Sorel. Oui, ma tête est vide, comme celles que décrivait JR. TTS de ce texte de JR aux têtes sans mémoire ?

— Arrêt en gare. Quai 6 désert, je fume à la porte du wagon 9, arrêté au repère V, songe à l'étendue de nuit jusqu'à demain, me dis q'il faudrait q tu dormes.

TTS des chambres où tu as dormi, enfant ?

— Et toi, dans ton train de nuit, TTS de Nuit sans date rue Saint-Jacques, noire, très noire ?

— Oui (même si je ne saurais pas le dire de tête — vide —).

AFG et VB

OPÉRAS-MINUTE

PECTORAL I

(pectoral I)

Un plombier utilise un outil pour couper un tuyau (sa partie défectueuse), qu'il remplace par un autre tuyau, qu'il fixe par action de soudure (il se sert d'un petit chalumeau et de fil à souder). Je ne peux pas croire que ce soit aussi simple que ça. *Il faut abandonner le plan de cette pyramide cette pyramide n'est plus une pyramide il n'y a plus de pierres pour cette pyramide il est des pyramides moins pyramides que cette pyramide qui font de meilleures pyramides que cette pyramide cette pyramide n'est pas une pyramide cette pyramide n'est pas.*

PECTORAL II

(pectoral II)

x : *C'est la lune ici là* ↗

y : *Où ça là ?*

x : *Ici* ↗

y : *Là ?* ↗

x : *Oui là* ↗

y : *Oh Et ça là ?* ↙

x : *Quoi ça ?*

y : *Oui ça là* ↙

x : *Ça c'est son reflet le reflet de la lune* ↙

y : *Ah*

DIEU

	(dieu)
	Il faudrait
… pour chasser tous les obstacles	davantage de dents
	360° de vision
	paire d'ailes
	sort d'invisibilité
	force herculéenne
	omniscience/potence
	sens du contact
	don de prophétie
	cœur de rechange
	moyen de transport adéquat
	pouvoir de lévitation
	vitamines
	bonne réserve de pemmican
	inspiration
	lumière
	abécédaire
	monnaie d'échange

FRONTAL

(frontal)

↓ J’avance masqué

Puis je écrire que j’avance masqué ?
Suis-je masqué ? Est-ce que j’avance ?
Est-il possible d’avancer lorsqu’on est masqué ?
La répétition de ces mots, *avance* et *masqué*, ne tient-elle pas davantage du surplace ?
La phrase *je fais du surplace masqué* est-elle ridicule ?
Pourquoi ? Est-il ridicule de porter un masque ?
Est-il ridicule de faire du surplace ?
Écrire que je fais du surplace masqué me permet-il d’avancer ?
N’y a-t-il pas là contradiction ?
S’il n’y a pas contradiction, puis-je dire que la phrase *j’avance en faisant du surplace masqué* constitue une bonne description ?
De quoi ?

FF

Opéras-minute, 2005.

CIRCONSTANCES

VŒUX

« Vœux : il s'agit de petits textes, généralement fondés sur des variations homophoniques, tirés à une centaine d'exemplaires et envoyés à mes amis à l'occasion de la nouvelle année. »

GAMINE DE BLOUSE

Brève anthologie du jazz américain

DAVE BRUBECK
— Je déteste la femme de mon fils ! D'abord elle est maigre à faire peur !
— Pour te consoler, dis-toi que c'est elle qui te fait bouffer...

KENNY CLARKE
Au lendemain de son procès, Cauchon rendit visite à Jeanne dans sa cellule.
— Ce n'est pas contre toi, lui dit-il, que ma fureur s'est exercée. Ma haine n'est pas dirigée contre

Jeanne, mais contre l'Arc que tu as osé lever sur nous !

JOHN COLTRANE
Je connais un homme qui erre, sans trêve, sans répit. Il est toujours habillé d'une vieille redingote et porte un faux col jadis blanc, que les années ont jauni.

MILES DAVIS
Quelle différence y a-t-il entre la moutarde AMORA et la moutarde MAILLE ?
Aucune, sinon que le couvercle de l'une se décapsule alors que celui de l'autre se dévisse.

DUKE ELLINGTON
Un oppositionnel tente de convaincre un de ses camarades de cellule :
— Ne crois pas ce que tes dirigeants te racontent ! Mets-toi en colère ! Demande-leur où est la « Juste Ligne » du Parti !

ELLA FITZGERALD
Dans une maternité une femme se plaint. Elle voulait avoir un fils, mais c'est sa voisine qui en a eu un tandis qu'elle accouchait d'une fille !

ERROL GARNER
Va à l'Aventure ! Mais va où même l'Illuminé n'ose aller !

STAN GETZ

Menacé par les terribles mouches du sommeil, un âne s'en tira par un habile stratagème : il se mit à faire des culbutes qui amusèrent tant les mouches qu'elles ne pensèrent plus à le piquer.

DIZZY GILLESPIE

— Comment faire savoir discrètement à cet homme que nous avons eu le même analyste ?

— Ton analyste, avait-il un signe particulier ?

— Pas que je sache. Ah, si ! Il était très fier de ses gilets.

— Eh bien ! Voilà un mot de passe tout trouvé.

BENNY GOODMAN

Est-il une chose au monde meilleure que la nourriture miraculeuse envoyée aux Hébreux dans le Désert ?

COLEMAN HAWKINS

C'est le drame dans l'Atelier 15. Car on y fabrique de la colle et il s'y produit des émanations toxiques.

WOODY HERMAN

Il n'y eut pas que ces Hébreux qui furent sauvés par la Manne. D'autres connurent pareil miracle : ils traversaient un désert aride, où ne poussaient que des touffes de houx. Mais, le jour suivant, le houx devint pain !

THELONIOUS MONK
L'histoire de Guillaume Tell est très différente de ce que raconte la légende.
En fait, Guillaume Tell rata la pomme et tua son fils.
Méprisé de tous et chassé de partout, Guillaume Tell voulait à tout prix se racheter. Un jour, des villageois à la fois railleurs et apitoyés posèrent sur un pieu une vieille housse et le défièrent de l'atteindre. Guillaume visa, tira, mais, décidément malchanceux, manqua cette cible pourtant grosse !

GERRY MULLIGAN
— Je viens d'écrire un poème, mais je cherche une rime au mot « Tsigane ».
— As-tu pensé aux voyous polonais ?
— Bon sang ! Mais tu as raison !

CHARLIE PARKER
J'assistai un jour à une lecture de René Char. Je crus d'abord qu'il lisait, mais je m'aperçus bientôt que ses yeux ne regardaient pas les lignes du livre posé sur la table, et qu'il connaissait parfaitement ses poèmes.

OSCAR PETTIFORD

— Tu as vu cet autocar !
— Il est vraiment minuscule !
— Je me demande quelle est sa marque ?
— Mais voyons, c'est un Ford !

BUD POWELL

Un biologiste vient de réussir une extraordinaire expérience : un accouchement *in vitro*, réalisé, non sur un animal entier, mais sur un petit morceau de derme !

CECIL TAYLOR

L'abbé Faria donna à Edmond Dantès, non seulement le secret de Monte-Cristo, mais de quatre autres îles regorgeant également de trésors. Et il lui demanda de garder ces secrets pour lui tout seul.

LENNIE TRISTANO

Qu'y a-t-il de plus triste qu'un nid tombé d'un arbre : couronne de brindilles que nul oisillon désormais n'habite ?

FATS WALLER

Le couturier Jacques Fath était connu pour ne jamais être à l'heure dans les raouts ; mais un soir il se montra on ne peut plus ponctuel : il faut dire que ce jour-là, il était soûl comme une grive !

COOTIE WILLIAMS
Un prêtre ouvrier m'a fait cette déclaration :
— Avec ma soutane, je ne rassemblais pas les fidèles autour de ma Foi. Mais mon bleu de travail les unit !

LESTER YOUNG
Freud fit un jour un lapsus tout à fait freudien. Il était en train de discuter avec Jung et Ferenczi : Ferenczi parlait tout le temps, et Freud voulut lui demander de laisser un peu la parole à l'autre. Mais il fit exactement le contraire !

⋆

KEITH JARRETT
Comment ? Que se passe-t-il ? Je me suis trompé dans l'ordre alphabétique ! Il est vraiment temps que je m'interrompe !

SOLUTION

D'hâve bru, becte !
Qu'haine ne nie que l'Arc !
Jaune col traîne
Maille se dévisse
Dis : Où qu'est ligne ? Tonne !
Elle a fils, je râle

Erre où l'Hagard n'erre
Cet âne égaie tsé-tsé
Dis-y : Gilet « Psy »
Béni goût de manne
Colle émane au Quinze
Houx d'hier : manne
Tell honni housse manque
J'ai rimé : Hooligan !
Char lit par cœur
Oh, ce car petit ? Ford !
Bout de peau vêle
Ces îles, tais l'or
Le nid, triste anneau
Fath, soûl, à l'heure
Coutil, oui, lie âmes
Laisse taire Jung !

Qu'est-ce ? J'arrête !

GP

Vœux, 1989.

VŒUX

Meilleurs bœufs
dit le pâtre
Meilleurs deux
dit le matheux
Meilleurs feux
dit l'amoureux
Meilleurs gueux
dit le hère
Meilleurs jeux
dit l'enfant
Meilleurs meuhs
dit la vache
Meilleurs nœuds
dit le marin
Meilleurs peus
dit l'ascète
Meilleurs queux
dit le Maître
Meilleurs vœux
dit celui qui n'a rien d'autre à faire.

PF

CORRESPONDANCE

LETTRE 1

Je viens de recevoir ta dernière lettre et j'y réponds immédiatement. Tu me demandes si j'ai bien reçu ta dernière lettre et si j'ai l'intention d'y répondre. Je me permets de te faire remarquer que l'envoi de ta dernière lettre fait que la lettre que tu m'as envoyée précédemment n'est plus désormais ta dernière lettre et que si je réponds comme je suis en train de le faire à ta dernière lettre, je ne réponds pas à celle qui est maintenant ton avant-dernière lettre. Je ne peux donc satisfaire à la demande que tu me fais dans ta dernière lettre. J'observerai par ailleurs que ta dernière lettre ne répond pas, contrairement à ce que tu affirmes (je te cite : « J'ai bien reçu ta dernière lettre et j'y réponds immédiatement ») à la lettre où je te demandais, si je ne m'abuse (mais je ne m'abuse pas, j'ai les doubles), si tu avais bien reçu ma dernière lettre et si tu avais l'intention d'y répondre. En l'absence d'éclaircissements et de réponses de ta part sur ces deux points auxquels j'attache (à bon droit je pense) une certaine importance, je me verrai, à mon regret, obligé d'interrompre notre correspondance.

LETTRE 2

Je n'ai pas encore reçu ta prochaine lettre mais j'y réponds immédiatement. Tu m'y demandes si j'ai bien reçu ta dernière lettre et si j'ai l'intention d'y répondre. Tu te demanderas peut-être comment, n'ayant pas encore reçu ta prochaine lettre, je peux savoir que tu m'y demandes si j'ai bien reçu ta dernière lettre et si j'ai l'intention d'y répondre. La réponse est simple : toutes tes lettres, et celle-ci sera la trois cent dix-septième (je les ai toutes, ainsi que les doubles de toutes mes lettres) commencent par : « As-tu reçu ma dernière lettre ? Si oui (et je serais fort étonné que tu ne l'aies pas reçue encore (si c'était le cas, fais-le-moi savoir)), as-tu l'intention d'y répondre ? ». C'est ainsi que commençait la première lettre que j'ai reçue de toi. C'est ainsi que commençait la deuxième, la troisième, et ainsi de suite jusqu'à ta dernière lettre, la trois cent seizième. Raisonnant donc par induction, j'en déduis que ta prochaine lettre commencera comme les précédentes. Je me considère en conséquence autorisé à y répondre comme si je l'avais dès maintenant reçue.

Et je te réponds comme suit : Je viens de recevoir ta dernière lettre et j'y réponds immédiatement. Tu me demandes si j'ai bien reçu ta dernière lettre et si j'ai l'intention d'y répondre. Je me permets de te faire remarquer que l'envoi de ta dernière lettre fait que la lettre que tu m'as envoyée précédemment n'est plus désormais ta dernière lettre et que si je réponds comme je suis en train de le faire à ta dernière lettre, je ne réponds pas à celle qui est maintenant ton avant-dernière lettre. Je ne peux donc satisfaire à la demande que tu me fais dans ta dernière lettre. J'observerai par ailleurs que ta dernière lettre ne répond pas, contrairement à ce que tu affirmes (je te cite : « J'ai bien reçu ta dernière lettre et j'y réponds immédiatement ») à la lettre où je te demandais, si je ne m'abuse (mais je ne m'abuse pas, j'ai les doubles), si tu avais bien reçu ma dernière lettre et si tu avais l'intention d'y répondre. En l'absence d'éclaircissements et de réponses de ta part sur ces deux points auxquels j'attache (à bon droit je pense) une certaine importance, je me verrai, à mon regret, obligé d'interrompre notre correspondance.

LETTRE 3

Je viens de lire ta première lettre (elle date du 23 novembre 1960. Tu m'as donc écrit, en moyenne, depuis cette date, une lettre toutes les six semaines deux tiers (il n'y a jamais eu d'intervalle de moins de six semaines et de plus de sept entre deux de tes lettres) et quelque chose m'a frappé. Tu m'écrivais (je te le rappelle, au cas où tu l'aurais oublié) : « As-tu reçu ma dernière lettre ? Si oui (et je serais fort étonné que tu ne l'aies pas reçue encore (si c'était le cas, fais-le-moi savoir)), as-tu l'intention d'y répondre ? ». Or, je n'ai aucune trace, dans mes archives, où je conserve de manière systématique et absolue toutes les lettres que je reçois, et des doubles de toutes celles que j'envoie, je n'ai aucune trace, dis-je, d'une lettre de toi antérieure à celle du 23 novembre 1960, dont je viens de te rappeler la première phrase. Ni, d'ailleurs, ce qui est au moins aussi troublant, de cette lettre de moi à laquelle tu fais allusion au milieu de ta lettre du 23 novembre 1960 qui, dans mes archives, porte, de ma main, inscrit en haut à gauche du quart de feuille 21 × 27, format dont tu ne t'es jamais départi pendant toutes ces années, au crayon, le n° 1. Pourtant, je me souviens on ne peut plus clairement de l'arrivée de ta lettre du 23 novembre 1960 (je venais de rentrer chez moi après une réunion de travail avec des amis). L'écriture m'était inconnue, ainsi que la signature, Q.B., (je ne connais toujours pas, après quarante ans, autre chose de ton nom que tes initiales). Je t'ai répondu immédiatement, et notre correspondance, quarante ans plus tard, dure encore. Comme tu me dis, dans cette même lettre, celle du 23 novembre 1960, que tu conserves dans tes archives des doubles de toutes les lettres que tu envoies comme de toutes celles que tu reçois (information que tu ne manques pas de répéter (je le remarque en relisant notre correspondance) dans toutes, je dis bien toutes tes lettres), tu as certainement conservé le double de celle dont tu parles au commencement de la lettre du 23 novembre 1960. Tu pourras donc éclaircir aisément ce petit mystère.

LETTRE 4

Je n'ai rien reçu de toi depuis sept semaines. Que se passe-t-il ?

LETTRE 5 (FRAGMENTS)

Je viens de recevoir (enfin !) ta dernière lettre et j'y réponds immédiatement. Tu me demandes si j'ai bien reçu ta dernière lettre et si j'ai l'intention d'y répondre…

…

P.-S. — tu me demandes comment je répondrai à ta prochaine lettre s'il n'y a pas de prochaine lettre. Gros malin, va ! Rien n'est plus facile…

JR

Oulipo, *Pièces détachées*, 2007.

C'EST EN DES CENDRES QUE L'AN SE CLÔT

Oh, la jolie collection de trente jours qui clôt l'an, tel un Oncle Noël qui descendrait du toit dans la conduite de sortie sur les toits des gaz issus des rondins qui rougeoient dans l'âtre telles de lentes douceurs qui glisseraient en s'en allant.

C'est une curieuse saison de l'année, celle de l'entrée de chacun d'entre nous en une action hésitante et lente.

Il y a déjà longtemps que les châtaignes ont chu, et la chute des zones caduques est un écho intérieur et silencieux à nos sens, et nous conduit à des actes lents, qu'on dirait alanguis. L'agitation est déclose, aurait dit Ronsard. Chacun dès lors se retourne sur soi, et c'est le temps de l'étude intérieure.

On songe aussi à un auteur qui aurait rétréci l'éclat sonore de ses sonates, tel Liszt, le jeune et enthousiaste Liszt éclatant durant l'été dans les études qu'il joue en récital dans les salons, qui change dans le temps et à l'automne est soudain le Liszt taciturne, le Liszt ascète, l'austère Liszt…

•

Durant l'été, nous étourdissions-nous dans des actions étonnantes et lestes ? Joyeuses et enthousiastes ? Nous lancions-nous inconscients chaque jour dans des idées du jour ? Rajustions-nous nos essors à chaque instant ? Sautions-nous à tout instant tels des ressorts jaillissant tout soudain de leur cachette ? En tout cas, ce qui est sûr, c'est que nous allions en tout lieu sans compter notre temps, ni notre allant, ni notre énergie !

Alors qu'est-ce qui a changé ? Quelque chose a changé dans le temps, quelque chose a changé dans le ciel, dans la couleur du ciel, quelque chose qui déteint en nous. Une extinction non calculée. Les actes retiennent leur grandeur, leur coup d'État, euh, leur coup d'éclat, et c'en est jusqu'à l'éclat de nos désirs qui a terni.

Les cieux ôtent leur décoration automnale, c'est la décoloration, ils se changent en noir et gris. Des couleurs sans éclat, tout en nuances, des tons doux, des tons tout doux de tout temps, des tons tout en dégradés, de ces tons si doux que tout à l'entour a l'air de se coucher. Or, si les ors se sont couchés, ce sont encore d'excellents atours dont s'orne la Nature, tout en ôtant une à une ses couches, tel un oignon à la délicatesse saugrenue. L'été s'en est allé, aujourd'hui, c'est le Sacre de… le sacre de l'automne.

Alors, alors, la Nature à notre insu nous condamne un temps durant à restreindre notre ardeur, à ralentir notre action, à délaisser les grandes gesticulations et à nous contenter d'écarts ténus. La diction à son tour est ralentie. Et elle est ralentie ainsi que je le décris céans : cinq lettres de notre lot total seront interdites. Cinq consonnes. Il s'agit des lettres deux, treize et seize. La raison en est assez naturelle : ces trois lettres-là contraignent les zones roses et charnues qui assurent l'entrée et la sortie de l'air dans notre corps à se toucher quand on dit leur nom, ou au juste, quand on dit leur son. Il en est de la sorte quant aux deux autres lettres interdites, qui sont celles qui assurent la sortie de l'air chassé entre les dents du haut et la zone rose et charnue susdite du dessous.

Si donc ces cinq lettres-là, ces cinq *sons*-là sont interdits — car, en réalité, ce sont les *sons* qu'engendrent les cinq lettres qui sont interdits —, le discours qu'on entendra alors se dira sans que les dents du dessous aient à rencontrer celles du haut, et tout autant sans que les zones charnues se rencontrent ; ce sera dès lors un discours d'automne, un discours du gel, un discours de la glace. Et je dirais : un discours d'entriloque. Dois-je dire ici ce qu'est l'entriloquie ? L'entriloquie, disons-le ainsi, est un art qui a existé il y a cinquante ans, quarante ans, trente ans encore, et qui a cessé de nos jours. Naguère donc, ces artistes-là, les entriloques, allaient sur scène ; à côté d'eux un ourson, ou un jouet de cette nature, de temps en temps de taille réduite, et de temps à autre grandeur nature. Ai-je déjà signalé que je suis un adhérent de la société des accros du jouet ? Un de nos grands adhérents était Le Lionnais, on le sait. Jacques Jouet le sait surtout. Oh, je digresse, je digresse… Donc l'entriloque et son ourson sont installés sur scène et ils dialoguent entre eux. Ils disent tous deux des sons très distincts, et surtout quand l'ourson dit ses sons à lui, l'artiste, lui, l'écoute et on dirait — c'est sûr — qu'il se tait et qu'il écoute l'ourson qui lui cause ! Car tant que l'ourson cause, la gueule de l'entriloque reste inerte. Quant à l'auditoire, il est alors étourdi, ne sachant qui cause, qui donne ces sons étranges, ces sons dont l'origine et la source sont inconnues. Ah, c'est très étonnant ! Dans l'idée de susciter un tel résultat, on s'est rendu compte qu'il était nécessaire d'interdire les sons des cinq lettres susdites.

Alors ici, je rends compte de ce résultat, et, illustrant le temps de la saison, le temps lustrant la saison et la sorte de tranquillité oiseuse, le cocooning qui est l'identité de cette saison, je dis ce discours sans origine.

Et c'est là que les choses ont un tour inquiétant. Car un tel discours, un discours sans source, c'est en quelque sorte un discours sans auteur... sans auteur ! ! ! Alors qui c'est qui cause en la gueule de l'orateur si ce n'est l'orateur-auteur ? Si ce n'est lui c'est donc sa sœur ! Non, non, nenni, l'auteur, c'est sans sa sœur qu'il sort ces sons.

Or ces sons qu'il sort, l'orateur, ces sons si sots, si ce n'est lui qui les dit et si ce n'est sa sœur, qui c'est qui les dit, hein ? Certains ont des idées sur la question : ils croient être sûrs que c'est Dieu qui cause direct en sa gueule, à l'orateur (allô ? allô ? allô, rateur ? T'as tout raté !), hou là là, alors si c'est Dieu qui cause, on a tous intérêt à se tenir à carreau. Oui, ces sons ont tout l'air d'entretenir la grandeur, l'éloquence et l'aisance du Très-Haut. En tout cas, c'est ce que croient certains.

Or attention, si c'est Dieu qui cause en l'orateur, l'orateur et Dieu sont à coup sûr distincts ! Que chacun reste où il est et ça ira. Je n'ai aucune intention d'aller déranger le Très-Haut qui a des sacrés chantiers en cours. Et je ne souhaite que Dieu s'ingère dans nos affaires, s'ingère à coudre dans nos affaires, qui sont — ça c'est sûr — non essentielles. La grande question d'aujourd'hui est celle-là, je la dis tout haut et tout net : « Toutes nos gesticulations, ici sur terre, à nous tous, Dieu, est-ce que ça le chatouille, ou est-ce que ça le gratouille ? » Hein ?

Et je Lui saurais gré qu'Il nous le dise, si ça Le chatouille ou si ça Le gratouille.

Qu'Il nous le dise !

Et qu'on se le dise !

OS

IL PLEUT

(pièce logique)

— Je crois qu'il pleut, mais il ne pleut pas.

— Tu crois qu'il pleut et tu affirmes qu'il ne pleut pas ?

— Oui.

Je crois qu'il pleut mais je sais que je me trompe.

— Comment le sais-tu ?

— Là n'est pas la question. La question est : je crois qu'il pleut,

Mais j'ai tort.

— Qui dit que tu as tort ?

— Moi.

— Mais si tu as tort de croire qu'il pleut,

Si tu sais que tu as tort de croire qu'il pleut

Comment peux-tu croire qu'il pleut ?

Réponds-moi sincèrement.

— Il pleut ?

— Non.

— Tu vois !

— Je vois qu'il ne pleut pas. Mais je ne vois pas comment tu peux

Dire que tu crois qu'il pleut
Et comment tu peux
Dire en même temps que cette croyance est erronée. Je ne peux
Pas le croire.

— Je crois que je crois qu'il pleut et que je sais qu'il ne pleut pas.

— Bien.

— Si je crois que je crois ce que je crois, je le crois.

— Bien.

— Personne ne croit que et en même temps que ne pas.

— Que quoi ? que ne pas quoi ?

— N'importe quoi : qu'il pleut, par exemple.

— Bon.

— Si je crois que je crois à tort qu'il pleut,
Autrement dit si je crois qu'il pleut bien que ce ne soit pas le cas qu'il pleut,
Il s'ensuit que je crois que je crois qu'il pleut
Et au même moment que ce n'est pas le cas qu'il pleut
Et il s'ensuit alors que je crois simultanément qu'il pleut
Et qu'il ne pleut
Pas. Mais puisque personne n'a jamais cru en même temps qu'il pleuvait et qu'il ne pleuvait pas, il est impossible que je croie que je crois qu'il pleut

Tout en sachant qu'il ne pleut pas.
— En effet.
— Et pourtant je le crois.

— Tu crois quoi ?

De toute façon, il pleut.

JR

La forme d'une ville change plus vite, hélas, que le cœur des humains, 1999.

UN BILBOQUET D'ÉBÈNE À BOULE D'IVOIRE

Je dois l'avouer, la première fois que j'ai lu — ou peut-être après tout l'ai-je seulement, ce jour-là, entendu lire par un de mes amis (mais alors lequel ?), au cours d'une de ces doctes réunions où, un verre de vin à la main (plus exceptionnellement aussi ce pouvait être un verre de vodka ou de tequila), nous aimions, mettant en pratique l'idéal communautaire qui nous unissait encore (et qui ne trouvait guère d'autre occasion de se manifester dans nos vies trop confortables d'apprentis érudits), faire partager aux quelques élus de notre petite bande le plaisir de nos plus récentes découvertes littéraires, philosophiques ou artistiques — la première fois, donc, que j'ai lu ou entendu lire (ce détail au fond n'a pas grande importance, sinon en ce qu'il signale une bien singulière défaillance de ma mémoire) le fameux monologue du *Bilboquet* de Charles Cros (un écrivain dont le nom m'était si peu familier que j'avais encore quelques doutes sur la bonne façon de l'orthographier et de le prononcer), ce n'est pas le fou rire, réaction communément provoquée par cet étrange monument d'un humour dont je ne connaissais pas alors d'analogue, qui prévalut chez moi. Ma réaction fut beaucoup plus retenue. Ou même, à vrai dire, plutôt ambivalente.

Oh, bien sûr, j'ai ri. Difficile de faire autrement. Mais je n'aurais guère aimé que l'on me requît sur-le-champ de justifier mon rire. Je n'aurais su que dire, et n'aurais sans doute pas tardé, contrit et penaud, à ravaler mon hilarité. C'est que je ne parvenais pas, malgré les grosses ficelles d'une farce qui semblait n'avoir d'autre but que d'imposer les sempiternelles leçons de la défiance et de la dérision, à trouver ridicule le héros de cette histoire.

Souvenez-vous. C'est un homme habité d'une dévorante passion, un amateur enragé (jusqu'au fanatisme, et légèrement au-delà) de bilboquet. Il a élevé ce jeu innocent (consistant, comme chacun sait, à essayer de faire se rencontrer le bout rond d'une longue tige de bois et l'orifice, aménagé à cet effet, d'une grosse boule mobile) au rang d'art majeur. Mais, malgré des années de véritable ascèse, au cours desquelles il a accepté de bon cœur de subordonner chaque instant de sa vie aux exigences d'un entraînement forcené, il n'a pu atteindre les sommets de rigueur, de perfection, auxquels il aspirait. Et, avec un désespoir chaque jour accru, il découvre les vertigineux abîmes de son incompétence.

Pour moi, sans ignorer ce qu'une telle interprétation pouvait (aux yeux du moins de ceux qui semblaient le mieux connaître les arcanes de la pensée de Cros) avoir d'hérétique, voire de franchement incongru, je n'étais pas loin de trouver à ce personnage une pathétique grandeur, qui le hissait au rang des Sisyphe et des Don Quichotte, ou qui, plus justement encore, faisait de lui, attelé à la recherche obstinée d'une perfection qui ne le mène qu'au martyre, une sorte de Prométhée devenu à lui-même son propre vautour.

J'ignorais encore qu'il existait une première version de ce texte majeur, celle qui fut publiée dès septembre 1873 dans *La Renaissance littéraire et artistique*, alors que la version définitive n'est parue qu'en 1877 dans le recueil collectif *Saynètes et Monologues* (deuxième série). Mais lorsque je la découvris, quelques années plus tard, dans l'édition des *Œuvres complètes* de Cros chez Pauvert (un gros volume dont le format inhabituel, très proche du carré, et les multiples illustrations — notamment divers manuscrits reproduits en fac-similé — avaient d'emblée attiré mon intérêt), elle me parut de nature à conforter mon impression ancienne.

Cette version comprenait des fragments inédits. J'y relevai, avec la joie que l'on devine, des formules telles que : *être nul, c'est le but de tous les efforts des hommes* ou bien : *travaillez toujours, vous arriverez au découragement.* Formules dont le puissant pessimisme — outre qu'il anticipait quelques-unes des plus fortes maximes de la pensée marxienne (tendance Groucho bien entendu, celle qui n'a aucunement souffert, bien au contraire, de la réaction de rejet qui semble actuellement frapper la principale tendance-sœur) — semblait renvoyer directement à telle page de la correspondance de Flaubert ou, mieux encore, à l'essence même du message mallarméen. Dès ce moment, le doute à mes yeux ne fut plus possible.

Ce joueur de bilboquet, pour lequel ma sympathie fraternelle s'accroissait à chaque nouvelle lecture, ce perfectionniste au bras tétanisé par l'excès d'exercice, mais c'était depuis toujours, souterrainement, mon modèle, le parfait héros de mes rêves, aussi proche de moi que ceux qui étaient depuis des années mes deux plus fidèles compagnons de route, Frédéric Moreau et Frédéric Amiel. Je comprenais enfin pourquoi, dès notre première rencontre, j'avais réagi en face de lui (toutes proportions gardées bien sûr) comme Rousseau ou Musset devant le personnage d'Alceste.

Nos jeux, certes, n'étaient pas tout à fait de même nature. Mais ils diffèrent peut-être moins qu'on ne pourrait a priori le croire. Je ne tardai pas à découvrir, par exemple, que mon instrument ressemblait d'assez près au sien. C'était pour lui (vous vous en souvenez certainement, même si vous n'avez pas les mêmes raisons que moi d'être ému par ces sonorités) un bilboquet Schutzenberger en ébène à boule d'ivoire, c'est-à-dire un mince bâtonnet noir et une grande sphère blanche. Or, que faisais-je d'autre, moi aussi, et depuis tant d'années, que tenter, nuit après nuit, de favoriser la rencontre d'un peu de noir avec beaucoup de blanc ? De ce subtil dosage, le vieux poète persan Kisai (et Mallarmé bien après lui) avait fait l'essence même de l'acte d'écrire : un dosage dont je découvrais combien il était difficile à réussir. Si bien que je m'étais à la longue persuadé, comme mon héros, que l'on ne peut pratiquer l'art du bilboquet si l'on n'est pas parfaitement convaincu de son inaptitude radicale à en pénétrer même les premiers rudiments.

Il subsiste pourtant entre nous une légère différence, et c'est peut-être le seul avantage que me donne sur lui le long siècle qui nous sépare. Je ne m'attelle plus à la tâche de révéler à autrui, pour le désespérer ou pour le guérir, les profondeurs de l'art du bilboquet. Et même, je ne m'indigne plus de voir quelques garçonnets — novices à peine dégrossis, qui ignoreront toujours la nécessité d'unir un manche de Schutzenberger à une boule de Cascarini — se donner en spectacle comme des funambules et s'attirer, par une succession réglée d'acrobaties, l'admiration des foules somnolentes du jeudi soir.

MB

L'Infini n° 19, 1987.

BAOBABS LA VIE LA MORT

Le mot <u>baobab</u> donne son nom à cette contrainte. Écrivons-le en le découpant ainsi : ***ba-o-ba-b****. Le premier et le troisième éléments évoquent le mot* ***bas****, le deuxième le mot* ***haut****. Un « baobab » sur le mot baobab sera un texte saturé en syllabes contenant « haut » et « bas », soit littéralement, soit phonétiquement. Plus généralement, un texte saturé en syllabes contenant « vie » ou « mort » (ou les deux) sera un baobab sur la vie et la mort. Il y a deux sortes de baobabs :*

a) le baobab ordinaire, ou à contrainte molle, où la seule exigence est de caser le plus possible de syllabes caractéristiques dans le texte.

b) Dans le baobab strict, chaque occurrence de la syllabe « vi » est accompagnée d'une occurrence de la syllabe « mor » ayant le même contexte (à gauche ou à droite, ou de part et d'autre).

LA VIE, LA MORT

Qui a frappé Sodome et <u>Go</u>**morrhe** ? la **mort.** Et qu'a perdu Jean **Vig**<u>o</u> ? la **vie**

Que cherchait Giambattista **Vi**co dans les Co**mores** ?
la **vie**. Et qu'y a-t-il trouvé ? la **mort**.
La **mort** est là derrière la **vi**tre, prête à vous **mor**dre
Elle dessèche dans vos nez la **vi**ve **mor**ve
Voyez comme Elle tranche à **vif** vos chairs a**mor**phes
Elle va **mor**dant elle va **vi**dant
Elle va dé**vi**ssant tous les habitants de **Mor**sang (sur-Orge)
Pas de sur**vie** à sa **mor**sure, soyez-en sûrs !
Elle prend El**vi**s, et le **mor**celle
Elle a pris Hégésippe **Mor**eau et Théophile (de **Vi**au)
Et Paul **Mor**and, et Boris **Vi**an
Elle **mord**it comme une **mor**taise, Antoine **Vi**tez
Jeta **Vi**llon, l'enfant perdu, aux **Mori**llons
Elle vous sera pire qu'à **mort**-nés, gens a**vi**nés

À quoi bon boire du **Vi**ttel, vous les **mor**tels ?
Sans re**mords** bouffer andouilles de **Vi**re ?
À quoi bon pour sauver vos **vi**es, manger **mori**lles ?
Et vous gens de la ca**mor**ra, le ca**vi**ar ?
Déguste donc ta **mor**tadelle, bien **vi**te, Adèle !

À quoi bon vous de la banque **Mor**gan, fuir au **Vi**gan ?
Toi fiancée de Lamer**moor**, zieuter, ra**vie**, la mer ?
Écouter, toi, Val**more**, dis, du **Vi**valdi ?
Pas la peine d'aller à Gat**wick**, ni à **Mor**gat
À Nevers ou à Verviers, ah, never**more** !

À quoi bon partir en **vi**rée, dans la **Mo**rée (ravagée par l'armée égyptienne d'Ibrahim Pacha en 1827) ?

De mon sermon je ne dé**vie**, point n'en dé**mords**
Dès aujourd'hui, à mon a**vis**, pensez à **Mort**
Vous tous qui à la **vie mor**dez, par **Mort vi**dés
Je vous vois tous, pourris de **vi**ces, pires que des **mor**ses
J'entends Satan dire au **Mor**mon, tiens, prends mon **vi**t, **vi**te, il t'attend
Tous vous mourrez, oui, tous, **vi**ls, laids, gens de **Mor**laix
Il ne restera pas un **vi**vant dans le **Mor**van
Pour la **mort** point de **mor**atoire, même si on **vit** à Thouars
Vous serez plus froids que **mor**aines, dans les glaciers, gens de **Vi**enne
Elle va finir ma, ta **vie**, pourquoi jouer les mata**mores** !
Vous êtes faits, j'en suis ra**vi**, comme des rats **morts**.

Ô **mort**, **mort**, **mort**, toi qui t'empare et te pare des o**vi**pares comme des **vivi**pares
Qui déguste nos organes **vi**taux comme de la saucisse de **Mor**tault
Welcome in **Vi**enna comme dans la Sierra **Mor**ena
Salut

JR

SOLLICITUDES

Octavius J Cayley
Professeur d'algèbre non-associative, Université de Saint-Andrews (Écosse) at Lochgelly

Icosis Labru
Professeur de Théorie Symbolique des Nombres, Université Universelle (Paris)

VERS UNE THÉORIE DES SOLLICITUDES

1. Chacun de nous a en mémoire les poèmes émouvants que Franc-Nohain adressa en 1894 à trois de ses amis dont le comportement l'inquiétait. Pour ceux d'entre nos lecteurs qui les auraient oubliés, les voici :

I

Appétit vigoureux, tempérament de fer,
Member languit, Member se meurt — ami si cher,
Qu'a Member ?

II

Eh, Momille, bonjour ! comment va la famille ?
Le papa ?... la maman ?... tu pleures, jeune fille ?
Qu'a Momille ?

III

Je viens de rencontrer, allant je ne sais où,
Outchou, le professeur, qui courait comme un fou.
Qu'a Outchou ?

2. Avec l'encouragement (tacite) de François Caradec, OS et JR, de l'Oulipo, ont à leur tour composé des poèmes de même espèce, qu'ils nomment des « sollicitudes » (nous les désignerons ici par le mot sollicitudes*). Sur cette forme poétique complexe dont les règles ne sont pas encore tout à fait fixées nous présentons aujourd'hui quelques remarques.*

3. Examinons pour commencer les trois exemples fondateurs de la forme. Ils représentent la sollicitude pure, qu'on peut dire encore sollicitude classique.

4. Les dix commandements de la sollicitude classique :

1. Le poème est rimé.
2. Il compte 3 vers.
3. La formule de rimes est : a a a.
4. Les deux premiers vers sont des alexandrins.
5. Le dernier vers est trisyllabique.
6. Le dernier vers est une interrogation introduite par « Qu'a ».
7. L'interrogation du poème porte sur une personne dont le nom n'est pas un nom connu.
8. Il n'est question que d'une seule personne.
9. Le dernier vers est homophone d'un substantif concret.
10. Il n'y a pas de rapport sémantique évident entre les vers et le deuxième terme de l'homophonie (Le « camembert » n'a aucun lien apparent avec le mal dont souffre l'ami Member).

5. Les sollicitudes que nous livrent OS et JR ne sont pas toutes pures et classiques. Un grand nombre, sollicitudes modernes, violent une ou plusieurs des règles précédentes.

6. Définition — Les premiers vers des sollicitudes modernes sont appelés les prémisses. Le dernier vers des sollicitudes modernes est nommé la conclusion.

7, règle 1. Les sollicitudes modernes sont rimées mais ne respectent pas nécessairement les règles de la rime classique.

7, règle 2. Le nombre de vers des sollicitudes modernes est au moins égal à 2, souvent égal à 2, parfois égal à 3, de temps en temps égal à 4, exceptionnellement supérieur ou égal à 5.

7, règle 3. Les prémisses des sollicitudes modernes sont des octosyllabes ou des alexandrins.

7, règle 4. La conclusion des sollicitudes modernes est une interrogation ou une exclamation.

7, règle 5. La conclusion des sollicitudes modernes est une homophonie intégrale ou bien s'achève par une homophonie.

7, règle 6. Dans les sollicitudes modernes, il est question d'une personne (exceptionnellement deux). Le nom de cette personne ne figure pas dans les dictionnaires. Ce nom est présent à la fin de la conclusion des sollicitudes modernes. Ce nom peut apparaître dans les prémisses ou n'apparaître que dans la conclusion.

7, règle 7. L'homophonie présente en conclusion des sollicitudes modernes doit être d'un point de vue sémantique annoncée dans les prémisses. Ce commandement éloigne fondamentalement les sollicitudes modernes des sollicitudes classiques.

8. Toutes les règles 7 précédentes peuvent être exceptionnellement violées.

9. Remarque : On distingue

1.1. Les sollicitudes modernes classiques introduites par « qu'a ? »
1.2. Les sollicitudes modernes plurielles introduites par « qu'ont ? »
1.3. Les sollicitudes modernes passées singulières introduites par « qu'eut ? »
1.4. Les sollicitudes modernes passées singulières introduites par « qu'eurent ? »
1.5. Les sollicitudes modernes avec préfixe exclamatif.
1.6. Les sollicitudes modernes avec préfixe articulé, possessif ou démonstratif.
1.7. Les sollicitudes passées au participe du même nom.
1.8. Les sollicitudes monovocaliques qui ne s'écrivent (ou ne se prononcent) qu'avec une voyelle unique.

Ribou, qu'il est nerveux, il fonce, il court, il bout
Pourquoi veut-il chasser la huppe et le hibou ?
Qu'a Ribou ?

Ramel a l'air traqué par un destin cruel
Est-ce qu'à son dentier s'accroche un caramel ?
Qu'a Ramel ?

Allons, Amine, allons, ne fais pas cette mine
Et prends-moi ces cachets pour soigner ton angine
Vite, Amine !

Dans le fleuve en fureur, nageur que l'Escaut griffe
Serait-ce toi, Cogriffe, aux ébouriffés tifs ?
Est-ce Cogriffe ?

Lisson, petit Lisson, pleurant dans les buissons
As-tu, Lisson, perdu, perdu ton hérisson ?
Qu'a Lisson ?

Ils sont des centaines de mille
Lecteurs de Nothomb ou d'Angot
Leurs romans, on en cause en ville
Dans *Le Monde* ou *Le Figaro*
Mais qui lit Mandjaro ?

L'inquiétude l'étreint car il n'est pas rentré
Il est resté au pub, reviendra-t-il bourré ?
Elle attend en tremblant, elle guette muette
Est-ce son pas ? Sa clé ? Se dit Mère Luette
Est-ce Père Luette ?

QU'ONT-ILS DONC ?

L'arche est prête. Rien ne se passe.
Les animaux, ça les agace.
Et le patron boit du Gaillac
Avec ce gros bovin maniaque
Qui ne veut pas prendre sa place
Qu'a Noé ? qu'a Yak ?

Ce vieux vagabond en guenilles
Et qui nous fait danser en rond
Toujours joyeux, toujours luron
Est-ce pas Drille ?

Tmandou ne sait que faire
Avec tous ces hippies
Il pleure, il déblatère
Il crie des choz's impies
Qu'a Tmandou ?

Les grenades, uzis, brownings
Explosent ventres cœurs et têtes
Mais au sein de ce chahut dingue
Sa belle machine est muette
Qu'a Lachnikoff ?

À Pierre Dac

Suspendu à « geois de Calais »
Accroché à « bon-l'Archambault »

Et même aux basques de « la-Reine »
Privé de sens, privé d'amour
Toujours idiot, parfois pas laid
Mais s'efforçant de porter beau
Il erre comme une âme en peine
Qu'a Lembour ?

Bulaire a disparu
Il est pu dans la rue
Et moi je désespère
Où qu'est passé Bulaire ?
Tu es pati Bulaire ?

Certains sont auteurs Gallimard
Du Seuil, de Minuit, de Fayard
Du Théâtre Typographique
Mais qui édite Irambique ?

Quelle manie de projeter sans provocation
Jour et nuit et dans n'importe quelle condition
Des objets variés sur les ministres du culte
Qu'a Tapulte ?

Le grand Fka, le sorcier qui lit dans le moka
Semble tout déconfit en buvant son coca
Qu'a Fka ?

Lundi, mardi et mercredi
Jeudi, vendredi, samedi,

Zourdi nous opprime, bandit !
À bas Zourdi !

Ramba, Rambo femelle, a le moral très bas,
Serait-ce qu'attention à elle on ne fit pas ?
Qu'a Ramba ?

SECTION 1 :
SOLLICITUDES ORDINAIRES

Or ce pauvre T'mandou, d'habitude si doux
S'interroge aujourd'hui : pourquoi, quand, comment, d'où ?
Qu'a T'mandou ?

Oh, ce pauvre Nullard n'y connaît rien, en l'art
Des farces. Il confond le cochon et le lard.
Qu'a Nullard ?

Rabou, dont le grand frère aime écrire, est friand
De sa morbidité au style pas trop chiant.
Qu'a Rabou Djian ?

J'ai pourtant reconnu mon ami Nadadraille :
Il me dit que ce n'est pas lui, que je déraille !
Qu'a Nadadraille ?

Le bon Radec me dit que son nom vient du grec,
De même que *kopeck* ou bien *salamalec*.
Je crois qu'il veut aussi sec me clouer le bec.
Qu'a Radec ?

Ce pauvre Jallapin entasse ses copains
Aussi comprimés qu'en grenade les pépins.
Qu'a Jallapin ?

Le pauvre Caboudin ne voit pas le bout d'un
Pied quand il marche… oh zut ! Le voilà qui boude, hein !
Qu'a Caboudin ?

Ramazov ! Entre vous, votre père sous-off
Et vos trois frères fous, l'unisson est bof bof…
Qu'a Ramazov ?

Paule, fille de roi et de la Pompadour
Veut qu'on se tue pour elle au son des troubadours.
Qu'a P.D.P. ?

SECTION 2 : SOLLICITUDES AVEC PRÉFIXE ARTICULÉ, POSSESSIF OU DÉMONSTRATIF

La strophe que tu veux dédier au philosophe
Est bancale et ne sied pas plus au théosophe.
Qu'a ta strophe ?

La très belle Chnikov, qui veut jouer du Tchekhov,
A des pleurs en rafale au bal à Malakoff.
Qu'a la Chnikov ?

Soutra que j'aime tant fait lâcher, patatras !
La purée – maladroit – qui tache mes beaux draps.
Qu'a ma Soutra ?

SECTION 3 :
SOLLICITUDES PLURIELLES

Ça murmure et ça gronde au sein de tes stations
Qui montrent brusquement leur détermination.
Qu'ont tes stations ?

Ces fleurettes fanées, ces moches pâquerettes
Risquent de desservir ton amour pour Annette.
Qu'ont tes fleurettes ?

SECTION 4 : SOLLICITUDES PASSÉES
AU PARTICIPE DU MÊME NOM

Le pauvre K. en geôle a raté – c'est un cas –
Sa vie ou seulement son procès ? Quel tracas !
Qu'a raté K. ?

Pour protéger des coups son beau visage qu'orne
La pâleur, Corne a pris, redoutant qu'on l'écorne
Des algues, des onguents et de la salicorne.
Qu'a pris Corne ?

Kaze a caché des trucs – attention s'ils s'embrasent –
Sous sa ceinture. Qui, à la première occase
Le feront transformer en ogive d'extase.
Qu'a mis Kaze ?

La chair est triste hélas et il ne s'en repaît
Plus, il a lu, lu, lu tous les livres épais.
« J'ai tout lu j'ai tout lu » dit-il, non quel toupet !
Qu'a lu Maidelapet ?

SECTION 5 : AUTRES SOLLICITUDES

L'électricité sort à vif de par tes nerfs
Que t'arrive-t-il, toi que j'ai vu débonnaire ?
Qu'a tes nerfs ?

Ce singulier paraît singulier, partenaire,
Voyons ce que contient notre bon dictionnaire.
Qu'ont tes nerfs ?

Ah, Noble Majesté, vos vilaines lutions
Devraient être traitées au moyen d'ablutions.

Il aurait bien fallu que nous, Docteurs, lussions
Des ouvrages d'onguents, baumes et dilutions.
Sire qu'ont vos lutions ?

Oh, comme il est mignon ce beau chat souriant !
On dit qu'il miaule en russe et que c'est stupéfiant.
Cat (chat) tout riant ?

Tidgène my good friend dit qu'elle morigène
À coups de revolver de l'Ouest les indigènes.
Qu'a l'amie Tidgène ?

SECTION 6 : SOLLICITUDES AVEC PRÉFIXE EXCLAMATIF OU CONJONCTION DE COORDINATION

Eh bien Poulco pourquoi tous ces cocoricos ?
Depuis le Pacifique entends-tu leurs échos ?
Ah, qu'a Poulco ?

Il donne le tournis, ce diable de π,
Demi-rapport du tour au rayon, sans répit.
Oh, qu'a π ?

J'entends si fort les dents de Râ s'entrechoquer
Et je le vois toqué, tout près de suffoquer.
Ah je voudrais savoir tout ce qu'a Râ, O.K. ?

Ce bon prêtre Millot est proche du grillot
Il aime à raconter, sa foi mise au billot.
Donc qu'a Millot ?

JR et OS

TEXTES À EXPURGER

Comment écrire des textes moralement irréprochables pour l'enseignement de la lecture aux enfants

Préoccupé, comme nous l'avons toujours été, de préserver de la souillure les âmes pures et innocentes, en particulier celles des enfants qui ne savent encore lire qu'à haute voix, nous nous sommes récemment avisé qu'il ne suffit pas de supprimer, dans tous les textes qui risquent de leur tomber sous les yeux, les mots, les images, ou les idées susceptibles de les corrompre. Il faut aussi protéger leurs oreilles en les empêchant d'entendre toutes les combinaisons de sonorités qui pourraient provoquer les égarements de leur imagination, et qui risqueraient par conséquent de leur « donner des idées », comme on dit bien vulgairement ! Il convient donc de ne leur proposer, en particulier pour l'apprentissage de la lecture, que des textes soigneusement expurgés de tels assemblages de phonèmes. Un immense travail s'offre ainsi aux esprits généreux et courageux : corriger dans le sens que nous venons d'indiquer tout ce qui a été composé depuis l'invention de l'écriture, car rien n'est irréprochable du point de vue qui nous occupe, pas même les livres de morale, pas même les Saintes Écritures.

Pour préciser notre façon d'opérer, le mieux est encore que nous prenions un exemple, que nous choisirons d'ailleurs, non pour ses qualités littéraires, mais pour la densité des sonorités impures qui s'y trouvent insidieusement cachées.

TEXTE À EXPURGER

Au banquet de la société horticole

Le consul, content qu'on convie sa comptable au festin près des aubépines en fleurs, confesse que ses concombres, tels des cucurbitacées pourtant, ne sont pas d'une taille suffisante pour concourir avec les beaux cornichons qu'ont ses consœurs dans des compositions décoratives, et résistent mal à la conviction fantastique et aux contractions des mâchoires gourmandes, puis concupiscentes, de sa concubine.

EXPURGATION

(Barrer au crayon les sonorités indésirables)

Le con sul, con tent qu'on con vie sa comp table au fes tin près des (z)aub é pines en fleurs, con fesse que ses con com bres, tels des cu cu r bit acées pourtant, ne sont pas d'une taille suffisante pour con courir avec les beaux cor ni chons (1) qu'ont ses con sœurs dans des com positions dé cor (2) atives, et résistent mal à la con vi ction fant astique (3) et aux con tractions des mâchoires gourmandes, puis ċon cu pis centes, de sa con cu bine.

(1) ... *les beaux cornichons*. Une fois que nous avons jeté notre mouchoir sur ces deux dernières syllabes que nous ne saurions voir, que reste-t-il ? *Les beaux corps*, pernicieux pour la jeunesse, à supprimer.

(2) ... *décoratives*. Des corps, encore ! Biffons-les !

(3) ... *fantastique*. Une fois colmatée la fissure impudique, il subsiste un verbe tout aussi impudique en argot, surtout dans ce voisinage. Barrons !

TEXTE EXPURGÉ

Le sultan s'attable, hautain, près des haies en fleurs. Ses bretelles, des racées pourtant, ne sont pas d'une taille suffisante pour courir avec ses sœurs dans des positions hâtives, et résistent mal à l'action et aux tractions des mâchoires gourmandes, puissantes, de Sabine.

TEXTE À EXPURGER

Hommage à une jeune Suissesse éprise d'un habitant du Pays de Vaud et désireuse d'aider de son mieux les populations du Tiers-Monde dépouillées de leurs richesses par la voracité des nantis

Dès que (1) j'ai vu l'Vaudois (2), ça m'chatouille, ça m'chatouille énormément (3). J'espère m'occu (4) per des races tenues (5) dans un affreux dénuement (6) par d'indignes comploteurs qui les dépouillent totalement (7).

EXPURGATION

(1) *Dès que!...* quand une serait déjà de trop! Coupons-les!

(2) *J'ai vu l'Vaudois :* aveu cynique d'une pratique manuelle, ou plutôt digitale, condamnée formellement par la Bible. Excisons!

(3) *Ça m'chatouille :* tous les chatouillements, certes, ne sont pas coupables : on peut par exemple, sans manquer à la pudeur, être chatouilleux sur le point d'honneur. Mais est-ce le cas ici? De toute façon le son *chat(te)* est intolérable, en raison de son acception argotique si fâcheusement répandue! Que reste-t-il alors? La proclamation, aggravée par la réitération, d'une humidité tout intime, qu'une

jeune personne bien élevée devrait avoir à cœur de dissimuler à tous, et d'abord à celui qui en est la cause ! Drainons ces marécages !

(4) Aveu, dans les termes les plus crus, du vice qui causa la destruction de Sodome. À faire disparaître absolument.

(5) Que ces individus aux mœurs contre nature soient sans voiles ne fait qu'ajouter à l'horreur de leur crime. Biffons !

(6) Il faut supprimer aussi le *nu* inadmissible de *dénuement*. Il reste alors un malheureux *dément*. Qu'il soit affreux n'est pas une excuse pour abuser de lui… Faisons sauter cela !

(7) Non contents d'être doublement odieux par leur nom, ces *comploteurs* dénudent leur victime. Réduisons-les à néant !

TEXTE EXPURGÉ

____

____

____

____

____

(Comme on le voit, ce texte est réduit à zéro, ce qui est bien gênant pour un texte destiné à enseigner la lecture aux enfants ! Mais ce n'est pas parce que la tâche est difficile qu'il faut y renoncer. Redoublons d'efforts ! À l'œuvre !)

LE

LA CINQUANTAINE À SAINT-QUENTIN

I

Pendant le Festival de la Nouvelle, à Saint-Quentin, au mois d'avril 1986, j'ai fait une découverte assez désagréable.

Il faut vous dire que la maison où je vis, depuis quelques années, dans le Hurepoix, a une salle de bains toute petite. Au-dessus du lavabo, se trouve une armoire de toilette modeste, mais à trois portes, chacune munie d'un miroir dont le tain commence à s'écailler. Ce système de réflexion m'encadre, de haut en bas, depuis les deltoïdes jusqu'à la fontanelle. Sur le plan latéral, mes avant-bras, mes poignets et mes mains ne sont visibles que quand je les rapproche de mon thorax ou de ma figure. Cela me convient tout à fait puisque le seul moment de la journée où j'éprouve le besoin de me contempler, sans plaisir particulier d'ailleurs, est celui où je me fais la barbe.

Au mois d'avril 1986, à Saint-Quentin, les gentils

organisateurs m'avaient retenu une chambre dans un hôtel sympathique et confortable, où la salle de bains, plus petite encore que la mienne, comportait néanmoins une cabine-douche à portes battantes. Tout au bonheur de me débarrasser de la sueur du voyage et d'enfiler une chemise propre, je plongeai, dès mon arrivée, sous l'eau tiède.

En sortant de la douche, encore tout ruisselant, j'aperçus, à un mètre de moi, vissé contre le mur, un grand miroir en pied. Ce que j'y découvris m'épouvanta : cette peau pendante, ces chairs flasques, ces rides livides, ces mamelles pâteuses, ce pectoral avachi, ce nombril abattu, ce couturier pesant, cette bistouquette chagrine, ces pelotes flétries, *c'était moi* ?

Pour les cuisses et les jambes, cela pouvait encore aller : j'attribue ce sursis en partie à ma taille, qui favorise les membres inférieurs, en partie au fait que j'habite une maison à deux niveaux, si bien que je passe chaque jour un temps appréciable dans l'escalier.

Le premier moment de la stupéfaction franchi, je compris qu'il y avait plusieurs mois, et sans doute plusieurs années, que je ne m'étais pas vu, tout à la fois *in naturalibus* et *in extenso*. Sinon, il est clair que je me serais surveillé, voire que j'aurais pris des mesures.

Je me tournai le dos, me frictionnai avec ferveur et me rhabillai, autant dire les yeux fermés.

Je n'ai qu'un souvenir brumeux du programme que l'on nous avait réservé ce soir-là. L'événement essentiel, qui éclipsait tous les autres, mériterait presque une plaque de bronze sous les arcades de l'Hôtel de ville : c'est dans les rues de Saint-Quentin que, pour la première fois de ma vie, j'ai traîné ma nouvelle dépouille, celle du vieil homme. Laquelle n'était évidemment pas nouvelle pour les autres qui, s'ils ne me voient jamais tout nu, ont tout de même le loisir d'apprécier les modifications de ma silhouette sous tous ses angles. Cette considération n'arrangerait pas les choses : l'idée que tout le monde me savait depuis longtemps *comme ça* n'avait rien de réconfortant.

Je me souvins d'une conversation que j'avais eue avec Raymond Queneau quelques années avant sa mort, alors qu'il approchait de la septantaine. Nous avions, je ne sais pourquoi, parlé de la vieillesse et il m'avait confié qu'il ne s'était pas senti changer jusqu'à cinquante-cinq ans. C'est seulement alors qu'il avait observé qu'il se baissait moins facilement pour renouer ses lacets, qu'il prenait plus volontiers l'ascenseur, qu'il n'avait plus envie de courir après l'autobus.

Cela m'avait naturellement frappé, parce que chacun sait que les premiers, et les plus oppressants, poèmes de Queneau sur le vieillissement (comme *Vieillir*, *Tombe un an*, ou *Si tu t'imagines*) datent de la première moitié de sa quarantaine : son angoisse était donc bien métaphysique, et ne devait rien au délabrement de son anatomie.

Si ce souvenir minuscule m'a si violemment frappé à Saint-Quentin, au mois d'avril 1986, c'est que je venais d'avoir cinquante-cinq ans trois semaines plus tôt. Ainsi j'entrais tout simplement dans une nouvelle catégorie sociale : celle des barbons. Au fond, j'ai plus de chance que les contemporains de Molière, qui franchissaient ce seuil fatal à quarante ans — au moment même, notons-le, où Queneau écrivait mélancoliquement :

Ma jeunesse est finie
Ma jeunesse est partie
Je reste sur le cul
avec quarante ans d'âge
J'ai pris le pucelage
de la maturité

II

J'ai toujours pensé que les femmes sont ce qu'il y a de plus beau au monde. Pourtant, Dieu sait si j'aime les arbres, notamment les érables. Eh bien, les femmes sont encore plus belles qu'un bel érable. Certaines me font penser à un frêne, d'autres à un bouleau. Je ne saurais expliquer pourquoi. J'imagine que c'est à cause d'une certaine façon d'occuper l'espace, je veux dire : de se découper sur l'horizon.

Je ne saurais établir non plus mes préférences sur le plan formel en tout cas. Je ne puis choisir, en raisonnant, entre la grande blonde et la petite brune, la maigre châtaine et l'opulente rousse. Dès qu'une silhouette semble me faire rêver davantage, les autres surgissent autour de moi, me pressent et font chavirer mes craintives certitudes.

Le plus curieux, et le plus intéressant, c'est que l'éventail des âges se déplie chaque année un peu plus. Il fut un temps où, comme tous les jeunes gens, je ne prenais garde qu'aux femmes de moins de trente ans. Les autres ne me déplaisaient pas à proprement parler : elles étaient frappées de *transparence*.

(Je me souviens même d'un sentiment qui me paraît bien étrange aujourd'hui : je considérais comme intouchables, et quasiment taboues, les mères de famille, eussent-elles vingt ans[1].)

Au fur et à mesure que j'ai pris des rides et de l'embonpoint, ces sylphides ont acquis de l'opacité. Je me suis mis à les voir, et en relief. Il existe deux explications à ce phénomène. La première fait plaisir à tout le monde : c'est que les femmes sont de plus en plus jolies. (Pourtant, Dieu sait si, depuis quelques années, elles s'habillent mal : un tiers d'entre elles ressemblent à des sacs de pommes de

1. C'était alors assez rare, d'accord. Disons vingt-cinq.

terre à qui l'on aurait cousu des pattes.) La seconde est plus mélancolique : peut-être, avec l'âge, suis-je devenu moins difficile ? La vérité, comme il est ordinaire, participe sans doute de ces deux hypothèses, lesquelles ne sont pas contradictoires.

Ce n'est pas là une considération banale. Je trouve réconfortant de penser que, jusqu'à la fin de mes jours, où que j'aille, j'aurai toujours au moins un sujet de satisfaction : des jolies femmes à contempler.

JB

La Cinquantaine à Saint-Quentin, 1989.

VACHE EST LA VOISINE

L'autre soir j'étais au compère, assis près d'une voisine, vous savez, une de ces voisines qu'il faut supporter contre temps effarés.

Tenez, imaginez que vous soyez allé au compère écouter une nymphe aussi. Une nymphe aussi de Malheur, par exemple. Au rébus, votre voisine, vous n'y avez pas prêté attention ; mais elle a tôt fait de sortir de sa réserve et de vous faire sentir sa régence.

Est-ce qu'elle s'enduit au compère ? Est-elle là pour se faire remorquer ? Nul ne le sait. Quoi qu'il en soit, voilà qu'elle s'habite sur son piège. Elle remue. Et son piège grince, évidemment. Pire, il couine. On dirait qu'elle pousse de petits prix. Ou qu'elle glousse.

Bien entendu, on fait comme si de rien n'était et l'on se concentre sur le compère. La ratière est belle, les sonorités luisantes, les harmoniques chiches. Le chef se démène comme un beau fiable. Ça y est, on est dedans. Ça commence à être beau.

Tiens, elle a fait tomber quelque rose de sa cloche. Elle se penche, et commence à gargouiller par terre. Ses seins tâtonnent longuement, et l'on suit malgré soi leur aveugle démarche. Ah, voilà, elle l'a retrouvé. Et non, après eczéma, ce n'était pas ça. Alors elle se repenche, elle regargouille et retâtonne.

On la poudroie du retard ; elle nous ignore et se recale au fond de son piège.

Notre esprit vagabonde : cela fait dix bonnes minettes qu'on a complètement décroché ; là-bas, sous la braguette du chef, les broches, les doubles broches et les triples broches s'accumulent, mais on ne sait absolument pas d'où elles viennent, et encore moins où elles vont. On essaie de se raccrocher aux baises et aux véroles.

C'est alors qu'elle rapplique au ballot : elle sort le grand feu. C'est d'abord une simple déglutition. Le préambule, en somme. Et bientôt, elle se racle la forge. Oh, discrètement, bien sûr. Mais tout autour d'elle on n'a d'oseille que pour ce raclement. On dirait qu'elle a une cacahuète coincée au gond de la forge. Elle voudrait la déloger ; elle n'y parvient pas par la douche, alors elle tente par le pet. Elle renifle donc. Elle renifle parce qu'elle n'a pas de bougeoir. Et forcément elle n'a pas de bougeoir, puisqu'elle n'est pas allumée.

Bon, elle n'a pas de bougeoir, mais elle sait qu'il

peut lui arriver de pousser, au compère. Ça peut arriver à tout le monde. Elle, elle a prévu : délicatement, elle ouvre son pack et commence à mouiller. Oui, elle mouille dans son pack et en extirpe une bastille. Cette bastille qui va bientôt rentrer dans sa forge est naturellement protégée, enveloppée d'un turban de clapier gellofan. Alors, par zestes diaboliquement lents, elle déroule par ses extrémités la bastille qui tourne entre ses noix. Il s'ensuit des fruits minuscules, des croissements, des glissements subreptices qui parviennent par à-coups successifs et qui couvrent la nymphe aussi. Ce serait plutôt un concerto pour toux majeure.

On lui jette à nouveau des retards moires, des retards chargés de gaine, mais elle fait toujours pine de ne rien voir : elle veut profiter de la nymphe aussi, sans doute.

Ou alors, elle nous montre sa forge avec un zeste d'impuissance : elle nous fait comprendre qu'elle est vraiment dézobée.

Ça y est ! Elle suçote la bastille, et sa moue va passer.

Mais nous, on attend, naturellement. Comment ça qu'est-ce qu'on attend ? Mais on attend la prochaine teinte de cou, le prochain chuintement, reniflement, sifflement, borborygme, et l'on s'impatiente même qu'il n'arrive pas, car tant qu'on ne l'aura pas joui, on ne pourra pas profiter du compère.

Brusquement, elle éternue.

Alors là, on n'en peut plus. On sait que le compère est définitivement fourchu. On se tourne vers elle d'un seul bout, et, au comble de l'exaspération, on lui jette : « Mais baisez-vous donc à la fin ! Baisez-vous donc ! »

OS

Oulipo, *Pièces détachées*, 2007.

BALLADE POUR FLORENCE AUBENAS ET HUSSEIN HASSOUN

Florence Aubenas loin de nous enfermée
Hussein Hassoun dont nulz ne sçait destin
Ceste ballade est à vous destinée
Vous deulx tenuz en pays irakien
Si vieulx françois nous composons icy
Ce n'est point là estrange idée venue
Plus qu'ironie voyez là courtoisie
Car barbarie se doict d'estre vaincue

Florence Aubenas si tant emprisonnée
Hussein Hassoun dont rien ne nous est dict
Combat se mesne affin que reveniez
Tentez dormir lors tombe enfin la nuict
Mais quant jour vient, conservez certitude
Que vos amys sont mille et cent et plus.
Guardez cueurs haults malgrez la solitude
Car barbarie se doict d'estre vaincue

Florence Aubenas de drapouille vestue
Regard esteint, tant lasse estes parue

Prenez courage et supportez le sort
Que font durer paillaciers et serrors
N'estant de crime aulcun baillée complice
Toujours disant veritez droite et nue
Si estes là par bien grande injustice
Et barbarie se doict d'estre vaincue

Prince ou quesmand, chascun ici vous ayme
Hussein Hassoun et Florence Aubenas
Un poesme est, dict Queneau, chose extresme
Car barbarie se doict d'estre vaincue

HLT

LA BELLE HORTENSE

LE DERNIER CHAPITRE (DÉBUT)

Ceci est le dernier chapitre, tel que je suis en ce moment en train de l'écrire, à mon bureau, par une belle matinée de printemps. Pour composer le dernier chapitre, je me suis documenté ; j'ai lu les derniers chapitres de trois cent soixante-six romans, j'en ai déduit quelques règles que je vais m'efforcer de mettre en pratique.

En premier lieu, il faut un dernier chapitre. La lecture de tous les derniers chapitres de romans que j'ai lus m'avait donné l'envie de me dispenser de cette corvée, car on sent que c'est, pour la quasi-totalité de mes confrères, une corvée ; le moment décisif du roman se situe presque toujours à la fin de l'avant-dernier chapitre, et ce qui vient ensuite est nécessairement une retombée, un « anti-climax », comme disent les Anglo-Saxons.

Seulement voilà, il est très difficile de se passer d'un dernier chapitre : car, si on supprime le dernier chapitre pour terminer, en beauté, par l'avant-dernier chapitre, voilà que l'avant-dernier chapitre devient *ipso facto* le dernier chapitre avec l'inconvénient, majeur, que le coup de théâtre final, la conclusion d'accords symphoniques, la montée d'émotion que vous avez prévue se trouvant maintenant dans le dernier chapitre, l'avant-dernier chapitre tombe à plat, et le dernier aussi, puisque le lecteur ne peut se laisser prendre par la surprise et l'admiration que s'il sait que ce qu'il lit n'est pas le dernier chapitre, qu'il n'a certes pas l'intention de lire, mais qu'il s'attend quand même à voir, là, court, précédant la table des matières ou, à défaut, le mot FIN. Et si, tenant compte de ce fait, on décide de reculer encore d'un cran, ça ne sert à rien, sinon qu'on risque à la fin de se trouver avec zéro chapitre, ce qui est peu. Il n'y a pas alors de dernier chapitre, mais à quel prix.

Je me souviens à ce propos que j'avais pensé un moment à introduire dans le roman, en dessous du numéro d'ordre du chapitre et de son titre, un *résumé des chapitres précédents*, comme ça se trouve dans d'excellents romans que j'ai lus. Mais j'y ai renoncé pour la raison suivante, qui n'est pas sans rapport avec celle qui m'a fait abandonner l'idée de me passer d'un dernier chapitre : c'est le problème, dans ce cas, du *premier chapitre*. En effet, que mettre, au début d'un premier chapitre sous la rubrique *résumé des chapitres précédents* ? Rien ? Alors on crée une dissymétrie regrettable dans l'œuvre, qui la fera juger sévèrement par les critiques et les étudiants de *Phd* du Nebraska. Mon collègue, Stephen Leacock, dans son beau roman, *Gertrude, la gouvernante*, si je ne m'abuse, a cru trouver une solution au problème du résumé du premier chapitre en mettant simplement : « Premier chapitre : résumé des chapitres précédents : il n'y a pas de chapitres précédents. » C'est ingénieux, élégant, mais, je le crains, trop sophistiqué.

Un de mes amis, romancier d'avant-garde, Denis Duabuor, poussant l'idée de Leacock à l'extrême, a écrit un beau roman bâti sur ce principe. Le texte du premier chapitre dont le résumé est « Il n'y a pas de chapitre précédent » est : « *Il n'y a pas de chapitre précédent.* » On passe ensuite au chapitre 2. Le résumé du chapitre 1, placé au début du chapitre 2 est : « *Dans le chapitre 1, il a été raconté qu'il n'y avait pas de chapitre précédent.* » Le texte du chapitre 2 est, lui : « *Il n'y a pas de chapitre qui précède le chapitre précédent.* » C'est très beau. Malheureusement, n'ayant pu obtenir de contrat ni d'avance d'aucun éditeur pour son projet, Duabuor a renoncé, je crois, à l'achever, ce qui fait que j'ignore comment il aurait résolu le problème du dernier chapitre, qu'il n'aurait pas manqué de rencontrer à un moment ou un autre.

Mais revenons à nos moutons, …

JR

La Belle Hortense, 1990.

PATRIMOINE

LA MÉTHODE S + 7

(cas particulier de la méthode M + n)

*La méthode M+*n*, que l'on propose d'abord sous la forme encore limitée dite S + 7 (forme qui a donné à la méthode son nom), consiste à remplacer dans un texte existant (de qualité littéraire ou non) les mots (M) par d'autres mots de même genre qui les suivent ou les précèdent dans le dictionnaire, à une distance variable mesurée par le nombre des mots. Aussi S + 7 veut dire simplement que l'on remplace tous les substantifs d'un texte par le septième qui les suit dans un lexique donné.*

Cette méthode est évidemment une méthode à résultats variables. On peut en effet changer à l'occasion l'outil indispensable à son application. Ce seul changement suffit à entraîner les modifications les plus inattendues dans les résultats — la patience, l'application, l'honnêteté de l'opérateur restant égales d'ailleurs.

Cette méthode exige donc, en dehors de l'opérateur réduit à une fonction purement mécanique, un texte quelconque, choisi ou non parmi ceux réputés littéraires, et un dictionnaire, vocabulaire, glossaire ou lexique également quelconque.

La méthode dite S + 7 n'introduira des modifications que dans cette seule partie du discours. On prendra successivement chacun des substantifs que l'on rencontrera dans le texte élu et, après s'y être reporté dans le dictionnaire utilisé, on le remplacera par le septième nom commun que l'on aura trouvé qui l'y suit.

Il est possible de modifier cette méthode aussi bien dans la lettre qui la désigne que dans le chiffre qui la suit. Il n'est pas exclu non plus de la transformer en remplaçant le signe + par le signe –. Ainsi pourra-t-on concevoir une méthode S + 3, ou S – 7, un A + 14 ou un V – 13, dans lesquelles A désignera l'adjectif et V le verbe. Enfin, une méthode générale pourrait être désignée par M+n, *où M désigne la totalité des mots du discours et* n *l'infini des nombres*[1].

On voit que l'on s'est appliqué ici à élaborer une méthode permettant des applications pratiquement infinies à un même texte — où du moins le nombre des possibilités d'intervention dépasserait de beaucoup le temps d'exercitation d'un homme quel qu'il soit.

La faible quantité d'exercices jusqu'ici accomplis ne nous permet pas de faire des constatations très nombreuses ni généralisables sur les résultats obtenus. Nous pouvons toutefois remarquer que les textes tirés des journaux semblent introduire dans l'information quotidienne une résonance qu'elle ne laisse pas communément percer.

Les textes littéraires de qualité ne semblent pas améliorés — dans le sens artistique — par l'usage de cette méthode. Ils révèlent cependant des pouvoirs imprévisibles jusqu'à ce jour, et en tout cas ne semblent pas sensiblement dégradés par la manipulation. Au contraire, un texte de littérature usinière comme Caroline chérie *se diapre de nuances intéressantes : le passage «suggestif» au sens le plus banal prend une allure*

1. Cette extension de la méthode a été proposée par le Régent Le Lionnais à une session régulière de l'OuLiPo.

beaucoup plus osée, sans pour cela être plus explicite dans l'allusion grivoise.

Appliquée à des textes présentant dans l'ordre de la littérature traditionnelle la plus grande rigueur, cette méthode donne des résultats généralement aberrants mais plaisants, par exemple :

Nous promettons selon nos espoirs et nous tenons selon nos crapaudières.

La miroiterie de l'amphithéâtre, c'est de guérir.

La dynastie de nos pastiches ne dépend pas plus de nous que la dynastie de notre vigie.

Cependant il arrive que, des maximes, se dégage une potentialité tout à fait distincte des pouvoirs de conviction que la sentence originale avouait. Par exemple :

Nous n'avons pas assez de forêts pour suivre tout notre ralentissement.

L'intermédiaire qui aveugle les uns fait la lunette des autres.

L'essaimage ne saurait jouer longtemps la perte de la cohérence.

Si distinctes que soient ces propositions de celles publiées par La Rochefoucauld, elles demeurent cependant cohérentes à l'humanisme moralisant de leur auteur. Peut-être remarquera-t-on toutefois qu'elles le dégagent de sa mondanité et révèlent dans ses structures des énergies qui eussent pu le conduire vers l'objectivité de rapports moins moraux que de fantastique quasi-transcendantale.

EXERCICES EN S + 7

Textes du journal Le Monde *(du vulg. 6 mai 1961) traité avec le* Petit Dictionnaire Français-Anglais *(Hatier éd.)*.

I

Chaque fois que viole bénéficie d'un sandwich, la soie du cheveu français en profite pour organiser un important réveillon.

(Chaque fois que Vincennes bénéficie d'un samedi, la Société du cheval français en profite pour organiser une importante réunion.)

MARÉCAGE ALOURDI

Des privautés de bénitier ont eu lieu, aujourd'hui encore, mais les oiseaux ont été absorbés beaucoup moins aisément que le vélocipède.

(MARCHÉ ALOURDI)

(Des prises de bénéfices ont eu lieu, aujourd'hui encore, mais les offres ont été absorbées beaucoup moins aisément que la veille.)

Pas plus que la mise en officier du consulteur de 1958 n'a permis de mettre fin aux fainéants du requiem, pas plus sa mise en vélocité, grâce à l'artisan 16, ne suffira à faire un étendard fort.

(Pas plus que la mise en œuvre de la Constitution de 1958 n'a permis de mettre fin aux faiblesses de la République, pas plus sa mise en veilleuse, grâce à l'article 16, ne suffira à faire un État fort.)

II

LE MATHÉMATICIEN

À cette monnaie, elle laissa échapper une crinière. Une fortune soyeuse s'était jetée sur elle avec tant d'engagement, que prise au dépourvu elle avait roulé sur la gencive. C'était un très jeune éperon qu'elle avait caressé au mausolée en arrivant. Elle le flatta. Son cratère était de l'entendre aboyer, mais l'anniversaire ne poussa que des souriceaux amicaux et affectueux. Il promenait son petit tube humide sur la visière de la jonction. Elle en fut touchée. Elle appuya son textile contre la fraîcheur de la chiquenaude et doucement lui raconta à l'organisme qu'elle était bien malheureuse, que tout monsieur s'acharnait contre elle et que le plastron où elle était tombée était complètement fou. La chiquenaude lui répondait en la léchant violemment et elle ne put s'empêcher de rire devant l'étrange dicton qu'ils échangeaient.

JL

Oulipo, *La Littérature potentielle*, 1973.

UN PEU D'HISTOIRE LITTÉRAIRE À LA LUMIÈRE DE LA MÉTHODE S + 7

I

Dans son fameux exposé de la Méthode S + 7, publié dans Oulipo, *La Littérature potentielle*, 1973, Jean Lescure déclare, page 144 : « Les textes littéraires de qualité ne semblent pas améliorés — dans le sens artistique — par l'usage de cette méthode. »

À la relecture de cette conjecture pessimiste, il m'a semblé que toutes affaires cessantes il importait de prouver l'inexactitude de cette assertion et ce, pour la plus grande gloire de la Méthode S + 7 et de son inventeur.

II

Notons en premier lieu une évidence admirable :

Toute phrase comprenant un ou plusieurs substantifs est le S + 7 d'une autre phrase comprenant le ou les mêmes substantifs – 7.

Autrement dit, toute phrase comprenant un ou plusieurs substantifs est, qu'on le veuille ou non, un produit de la Méthode S + 7.

Autrement dit, la Méthode S + 7 est une méthode dont l'usage est extrêmement répandu depuis les origines de notre langue.

Autrement dit, toute phrase comprenant un ou plusieurs substantifs et qui est antérieure au premier S + 7 de Jean Lescure est un plagiat par anticipation de celui-ci et ce, en remontant jusqu'à la première phrase comprenant un ou plusieurs substantifs attestée dans notre langue… (Attention ! On se heurte là au difficile problème de l'œuf et de la poule : puisque toute phrase comprenant un ou plusieurs substantifs est le S + 7 d'une autre phrase, c'est bien la preuve qu'il ne peut y avoir de première phrase au monde, et on ne va pas en faire une maladie.)

III

Nous savons donc désormais que la Méthode S + 7 permet de produire la totalité des phrases comprenant un ou plusieurs substantifs, ce qui est évidemment assez méritoire pour une contrainte d'apparence aussi modeste.

Or, si toutes les phrases comprenant un ou plusieurs substantifs peuvent être produites par la méthode S + 7, il n'y a pas de raison de procéder autrement pour écrire, sauf à vouloir à tout prix se singulariser ; il n'y a pas de raison d'ignorer plus longtemps que le corpus littéraire dans son ensemble fut de la sorte fabriqué.

Ainsi, pour prendre un exemple qui ne surprendra personne, Flaubert, qui avait appris à écrire, n'avait pas longtemps balancé à transformer de balbutiants incipits de romans, tels :

Nous étions à l'étrille quand la providence entra…

ou bien :

Comme il faisait une chalcographie de trente-trois dégradations, la boulê Bourbaki se trouvait absolument déserte.

en leurs S + 7 devenus tellement célèbres qu'ils donnent l'impression fallacieuse d'être apparus sous sa plume tout seuls.

On mesure déjà, au vu de ces deux plagiats, que la Méthode S + 7 a bel et bien permis d'améliorer très sensiblement — et dans le sens artistique, chose qui n'indifférait pas Flaubert — la qualité d'une phrase.

Qui contestera que les vers :

Percé jusques au fonctionnalisme du cœlome
D'un attaché imprévu aussi bien que mortel…

ne soient sensiblement inférieurs (rythmiquement en tout cas) à leur S + 7 encore présent dans nos mémoires :

Percé jusques au fond du cœur
D'une atteinte imprévue aussi bien que mortelle...

IV

Mais quittons l'oiseuse question de la qualité pour noter qu'à l'évidence un réexamen des textes du passé à la lumière de la Méthode S + 7 est à même de renouveler radicalement l'étude, jusque-là si fastidieuse, des variantes, des sources et des premiers jets.

Dans les vers cités plus haut, nous surprenons Corneille en flagrant délit de baroquisme assez aigu, puisqu'il fait jouer l'organique et l'animal registre (le cœlome est une cavité interne des animaux supérieurs) pour nous entretenir des passions humaines en en situant le siège au lieu même d'un vide, d'un creux, d'une béance.

Certes, convaincre Corneille d'être un poète baroque ne constitue pas une bien grande révélation, mais que dire de Racine qui ne l'est souterrainement pas moins, et dans des termes on ne peut plus voisins, à l'occasion d'un vers fameux dont voici le S – 7 :

Le jouet n'est pas plus pur que le fonctionnalisme de mon cœlome.

Que dire de Musset lui-même :

Ah ! frappe-toi le cœlome, c'est là qu'est le génétisme.

Jean Morćas, encore :

Ton illyrien a blessé, comme d'un traînement rapide
Le for de mon cœlome.

On pourrait ainsi multiplier les exemples qui, tous, tendraient à démontrer l'inexistence *profonde* du classicisme, du romantisme, du symbolisme et de bien d'autres -ismes, pour ne conserver de l'histoire littéraire, en tout et pour tout, que le Baroque.

V

Et le surréalisme ? me direz-vous. Je m'attendais à la question.

Les surréalistes, eux aussi, à leur manière, recoururent à la Méthode S + 7, bien qu'ils aient tout fait pour qu'il n'en soit rien su.

Ainsi, lorsqu'ils décrivent la technique du « Cadavre exquis » dans le *Dictionnaire abrégé du surréalisme*, ils nous livrent la « ... *première phrase* [c'est moi qui souligne] obtenue de cette manière : "Le cadavre exquis boira le vin nouveau." ».

On voit déjà combien cette affirmation fait un peu légèrement fi de notre remarque liminaire qui démontrait qu'une première phrase était impensable, puisque toujours fille de son S – 7.

Mais quel est donc le S – 7, allons même, une fois n'est pas coutume, jusqu'à nous compliquer la tâche en hommage à ces jusqu'au-boutistes, quel est le S, A (substantif, adjectif) – 7 de la phrase « Le cadavre exquis boira le vin nouveau » ? Voici :

La cacographie express boira la villanelle notariée.

La cacographie express... autrement dit l'écriture automatique qui supposait qu'on ne fût pas trop à cheval sur l'orthographe, tellement ça allait vite.

... boira la villanelle... c'est-à-dire ne fera qu'une gorgée des formes fixes (on sait combien les surréalistes ont vitupéré contre elles).

... notariée. Les formes fixes seraient assimilables à la rhétorique figée de la langue des notaires.

Disons-le tout net : jamais les surréalistes n'ont défini plus concisément leurs objectifs théoriques tout en les contredisant dans la pratique. En effet, au terme de notre raisonnement, nous voilà bien obligé d'affirmer qu'à la source même du texte surréaliste se cache l'expression (qu'on pourrait dire *classique*, si le langage n'était encore une fois *baroque* à l'évidence) d'une pensée consciente et rationnelle dont la rédaction définitive en S + 7 n'est rien d'autre qu'un superbe et laborieux cryptage.

VI

La Méthode S + 7, on le voit, n'a pas fini de nous étonner.

D'autant que devient claire, au vu de tous les qualificatifs qui sont désormais à redistribuer, l'absolue nécessité de reprendre à zéro toute l'histoire littéraire.

Avant de nous engager dans cette tâche d'ampleur, nous ne manquerons pas de noter, pour finir, le statut d'exception du beau vers de Corneille qui échappe hautainement à nos considérations initiales :

Je vais les déplorer ; va, cours, vole et nous venge.

vers qui doit être considéré comme l'archétype du vers spontané, c'est-à-dire qui, du point de vue de la stricte Méthode S + 7, n'a pas été le fruit du labeur.

Nota bene : depuis l'*Atlas de littérature potentielle*, page 166, on sait que le S + 7 de la phrase :

Zwingli bichonna son zygoma avec une serviette-éponge.

est bien :

'Abd al 'Aziz ibn al-Hasan bichonna son abaca avec un servo-mécanisme.

JJ

LA CIMAISE ET LA FRACTION

S + 7 de « La cigale et la fourmi » de Jean de La Fontaine.

La cimaise ayant chaponné tout l'éternueur
se tuba fort dépurative quand la bixacée fut verdie :
pas un sexué pétrographique morio de mouffette ou de verrat.
Elle alla crocher frange
Chez la fraction, sa volcanique
La processionnant de lui primer
Quelque gramen pour succomber
Jusqu'à la salanque nucléaire.
« Je vous peinerai, lui discorda-t-elle,
avant l'apanage, folâtrerie d'Annamite !
interlocutoire et priodonte. »
La fraction n'est pas prévisible :
c'est là son moléculaire défi.
« Que ferriez-vous au tendon cher ?
discorda-t-elle à cette énarthrose.

— Nuncupation et joyau à tout vendeur,
Je chaponnais, ne vous déploie.
— Vous chaponniez ? J'en suis fort alarmante.
Eh bien ! débagoulez maintenant. »

RQ

Oulipo, *La Littérature potentielle*, 1973.

PERSONNAGE + 7

Extension sémantique de la méthode S + 7 : à l'aide d'un dictionnaire de personnages, on substitue aux héros du texte-source, le septième qui suit dans le dictionnaire.

EXEMPLE :

Hommes illustres + 7

Dans un recueil classique d'anecdotes, on choisit un texte riche en noms propres. Dans un dictionnaire encyclopédique on choisit *pour chaque personnage nommé dans le texte un nom* entre les 7 *noms propres de personnages du même sexe qui suivent dans l'ordre alphabétique, en unifiant les homonymes. Même chose avec les noms communs de personne.*

(Cette formule, moins rigide que celle du S + 7 lescurien, est la seule qui puisse garantir des résultats intéressants.)

Si le personnage de départ ne figure pas dans le dictionnaire, on l'insère à la place où il devrait être. Les autres substantifs restent inchangés. Dictionnaire employé : Petit Larousse en couleurs, éd. 1972. Marlène Dietrich *ne figure pas dans le Petit Larousse ; omission inadmissible et scandaleuse ; j'ai fait comme si elle y était.* Louis XV *: j'ai naturellement considéré tous les Louis du dictionnaire comme un seul Louis.*

Votre Majesté *: dans le dictionnaire, cette locution pourrait figurer parmi les abréviations : V.M. En effet, dans le tableau* Abréviations usuelles *aux pages 4-5 du P.L., V.M. ne figure pas, mais j'ai compté quand même 7 abréviations après la place qu'il aurait dû occuper, en recommençant par l'A après la lettre Z et j'ai choisi A.F.*

Chamfort, *Caractères et anecdotes* n° 867

Mme Desparbès, couchant avec Louis XIV, le roi lui dit : « Tu as couché avec tous mes sujets. — Ah ! Sire. — Tu as eu le duc de Choiseul. — Il est si puissant ! — Le maréchal de Richelieu. — Il a tant d'esprit ! — Monville. — Il a une si belle jambe ! — À la bonne heure, mais le duc d'Aumont, qui n'a rien de tout cela. — Ah, Sire, il est si attaché à Votre Majesté ! »

Marlène Dietrich, couchant avec H.P. Lovecraft, le romancier lui dit : « Tu as couché avec tous mes supermen ! — Ah ! smicard ! — Tu as eu Noam Chomsky. — Il est si puissant ! — Tu as eu Jean Richepin. — Il a tant d'esprit ! — Paul Morand ! — Il a une si belle jambe ! — À la bonne heure, mais Vincent Auriol, qui n'a rien de tout cela. — Ah, smicard ! Il est si attaché aux Allocations Familiales ! »

IC

Oulipo, *Atlas de littérature potentielle*, 1981.

LE SOUVENIR DE JEAN QUEVAL

Il pleuvait.

Je vis entrer Jean Queval
dans un cabriolet de la rougeur du bain,
dans le cachalot de la roulure du baigneur,
dans le cache-sexe de la roussette du bagnard,
dans le cacique de la routine du bafouillage,
dans le cadeau de la royauté de badaud,
dans le cadre de la rubrique du bacille,

dans un petit café de la rue du Bac.

Il portait, je le revois encore,
sur la tentacule une vaccination,
sur la tératologie une vacuité,
sur la terminaison une vaginite,
sur la terrasse une vaguelette,
sur la terrine une vaillance,
sur la tessiture une valériane,
bref, il portait sur la tête une valise.

Elle était vide.

— C'était, me dit-il,
pour se mettre à l'accessoire de la poignée
à l'accélérateur de la poésie,
à l'académie de la podologie,
à l'abstinence de la pochade,
à l'absolutisme de la pluviosité,
à l'abscisse de la pluralité,

c'était pour se mettre à l'abri de la pluie.

Quand il ne plut plus, nous sortîmes du bleu, du bled, du blason, du blanc, du bla-bla, du bitume, du bistrot,

et je le vis partir avec sa vasodilatation sur la thermos,
sa variole sur la thérapie,
sa varappe sur la théocratie,
sa vantardise sur la thaumaturgie,
sa vanille sur la texture,
sa valvule sur la tétralogie,

sa valise sur la tête en disquette de la stimulation du micron,
en dispense de la stérilité du microclimat,
en disjonction de la steppe du micmac,

en discrétion de la sténodactylo du miasme,
en discorde de la stéarine du meurtre,
en disciple de la statue du meuble,
en direction de la station du métro.

Pour moi,
cette justesse-là était discobole,
ce juron était dirigeable,
ce jurançon était direct,
cette jujube était diphtongue,
ce judo était dingue,
cette jouvence était dindon,

pour moi,
ce jour-là, c'était dimanche.

FC

LE VENT DE LA LANGUE

Les points cardinaux sont, on le sait, traditionnellement représentés par leurs initiales :

N
O E
S

Définition : lettres de vent

On appellera dans la suite de cet exposé les quatre lettres E, N, O et S, « lettres de vent ». Les autres lettres seront appelées « lettres calmes ».

Définition : intensité du vent

On appellera intensité du vent d'un mot (ou d'un groupe de mots) le nombre de lettres de vent qu'il contient.

Exemple :

L'intensité de deux est de un.

L'intensité de trois est deux.

L'intensité de dix est zéro.

1. NOTIONS GÉNÉRALES DE CALME ET D'AGITATION

Définition : mot calme

Un mot d'intensité nulle est dit « calme ».

Théorème :

Un mot calme n'est composé que de lettres calmes.

Exemple :

L'azur est calme. Le bruit est calme. Karl Marx est calme. Lady Di est très calme. M. Paul aussi.

Définition : mot agité

Un mot d'intensité non nul est dit « agité ».

Exemple :

La mer est agitée.

La paix est calme, la guerre est agitée.

Le baba est calme. Le junkie est agité.

Le Père, le Fils et le Saint-Esprit sont agités. Dieu est agité.

Brahma est calme, Vishnou est agité.

Le Mal est calme, le Bien est agité.

Théorème dit du pluriel :

Tout mot calme lorsqu'il est seul s'agite dès lors qu'il se retrouve à deux.

Exemple :

Le mari est calme, les maris sont agités.

·

Définition : mot très agité

On dira d'un mot agité qu'il est très agité si une lettre sur deux au moins qui le compose est une lettre de vent.

Exemple :

Le pied est agité, la hanche est agitée, mais la fesse et le sein sont très agités.

L'Oulipo est agité, l'oulipien est très agité.

Jacques Roubaud et Marcel Bénabou sont agités, mais Georges Perec et Luc Étienne sont très agités.

Dada est calme, Breton est très agité.

Définition : mot turbulent

On appellera « turbulent » un mot ne contenant que des lettres de vent.

Exemple :

Ainsi, les religieuses sont agitées, mais les nonnes sont turbulentes.

Le nonsense est turbulent.

Première conjecture de Lehman-Angelini

Le mot turbulent de langue française d'intensité maximale est le mot *nonsenses*, d'intensité 9.

Théorème :

L'ensemble des mots agités ne possède aucun élément commun avec l'ensemble des mots calmes.

2. L'ENSEMBLE A DES MOTS AGITÉS : NOTIONS GÉNÉRALES DE VENT

La présence au sein d'un mot donné de ces quatre lettres E, N, O et S permet également de définir un mouvement interne du mot dans une direction donnée.

Exemple :

OUI va à l'ouest.

NON va au nord, à l'ouest, au nord.

Définition : lettres opposées

Les lettres de vent S et N sont dites opposées, ainsi que les lettres de vent O et E.

Définition : vent d'un mot

Soit m un mot donné, on appellera « vent de m » l'orientation du déplacement au sein de m après avoir suivi successivement le sens imposé par les différentes lettres de vent.

Exemple :

Le vent du mot sud est sud.

Le vent du mot ouest est sud, celui du mot nord est nord-ouest, celui du mot est est sud-est.

Le vent du mot vent lui-même est nord-est.

Corollaire :

Le vent d'un mot calme est nul.

Autre formulation :

Lorsque le vent d'un mot (ou d'un groupe de mots) indique une direction donnée, on dira de ce mot qu'il « souffle » de cette direction.

Exemple :

Ainsi, le Sirocco souffle au sud-ouest.

Dieu et Diable soufflent de la même direction (proverbe chinois).

Définition : mots intimes

On appellera intimes des mots de même vent.

Exemple :

La rose, le lys et les orties sont intimes.

La mort et l'amour sont intimes.

Le vin et l'ivrogne sont intimes.

Le sable et le désert sont intimes.

Théorème :

Si A et B sont intimes et que B et C sont intimes, alors A et C sont intimes.

Exemple :

Le deuil et la larme sont intimes, le mariage et la larme sont intimes, donc le deuil et le mariage sont intimes.

Définition : mots contraires

Deux mots de vents opposés sont dits de vents contraires. On dira aussi qu'ils se contrarient.

Exemple :

L'amitié contrarie l'amour.

Dans Shakespeare (en v.o.), Romeo contrarie Juliet.

L'oignon contrarie le sexe.

Les filles contrarient le garçon.

HLT

LES HORREURS DE LA GUERRE

Drame alphabétique en trois actes et trois tableaux

PERSONNAGES

Le Capitaine Vainqueur.
L'Abbesse (d'origine auvergnate).
Joseph K.
Le Conducteur de la Berline.
Le Serveur du Mess (affligé d'un défaut de prononciation et par surcroît d'incorporation récente).
Soldats, Nonnes, Otages et Chevaux.

ACTE UN

La scène se passe dans la cour du couvent de H., en Transylvanie supérieure à la fin de la première Guerre Mondiale.

Le Capitaine Vainqueur a été chargé par l'État-Major de la Première Division d'Infanterie Légère de recruter des filles pour un Bordel Militaire installé au Pecq à l'usage des permissionnaires et convalescents de la Région parisienne.

Il demande à la Supérieure du couvent de lui donner ses

nonnes, la menaçant, si elle refuse, de faire fusiller quinze otages.

LE CAPITAINE VAINQUEUR
(dans un dernier appel à la bonne volonté de l'Abbesse)

— Abbesse ! Aidez !

L'ABBESSE (d'origine auvergnate)
(toujours pas décidée à se séparer de ses filles)

— Euh...

(elle sort)

Le Capitaine Vainqueur, furibard, donne l'ordre aux soldats de fusiller les otages.

LE CAPITAINE VAINQUEUR

— Eh ! Feu !...

Les soldats tirent. S'abattent les otages. Cependant revient l'Abbesse qui paraît avoir changé d'avis.

L'ABBESSE

— J'ai...

Mais soudain elle aperçoit l'amas trucidé des otages et, parmi, elle reconnaît le corps de son amant, Joseph K !

L'ABBESSE (d'origine auvergnate)

— Ah ! Chi-gît K !

Elle s'évanouit.

FIN DU PREMIER ACTE

ACTE DEUX

La scène se passe dans la cour de la caserne. Le Capitaine Vainqueur a fini par obtenir six nonnes. Il les a mises dans une berline à destination du Pecq. Il donne ses dernières instructions au Conducteur de la Berline.

LE CAPITAINE VAINQUEUR

— Et les mène au Pecq !

LE CONDUCTEUR DE LA BERLINE
(faisant claquer son fouet)

— Hue !

Mais une des Nonnes tente (maladroitement) de s'échapper.

LE CAPITAINE VAINQUEUR
(l'attrapant au passage, dans un grand éclat de rire sardonique)

— Eh ! Restez !

Il te la refout dans la berline puis fait signe au Conducteur qu'il peut derechef y aller.

LE CONDUCTEUR DE LA BERLINE
(faisant claquer son fouet)

— Hue !

La berline s'en va au petit trot tandis que le rideau tombe.

FIN DU DEUXIÈME ACTE

ACTE TROIS

La scène se passe au mess des Officiers où le Capitaine, sa mission accomplie, vient se désaltérer.

LE SERVEUR DE LA MESSE
affligé d'un défaut de prononciation

(croyant se faire bien voir en faisant une remarque anodine sur la clémence du climat)

— Vai doux.

LE CAPITAINE VAINQUEUR

(goguenard, lui montrant que ça ne prend pas avec lui et qu'il a tout de suite reconnu le conscrit de fraîche date)

— Bleu ?

LE SERVEUR DE LA MESSE

affligé d'un défaut de prononciation

(baissant la tête et acquiesçant, un peu honteux)

— Vai.

Le Capitaine Vainqueur boit de la bière dans de grosses chopes en grès.

Il est bientôt fin rond.

LE CAPITAINE VAINQUEUR

— Hic !

LE SERVEUR DE LA MESSE

affligé d'un défaut de prononciation

(se frottant les mains à l'idée du profit qu'il va tirer de la bibition de son supérieur hiérarchique)

— Six grès que z'ai !

Mais, tout rond qu'il soit, le Capitaine Vainqueur sait très bien combien de grès il a bu, ou, en tout cas, combien il va en payer.

— Deux !

Puis il roule sous la table tandis que, piteux, le Serveur de Mess (affligé d'un défaut de prononciation) retourne à ses verres. Le rideau tombe.

FIN DE L'ACTE TROIS ET DERNIER

GP

Oulipo, *La Littérature potentielle*, 1973.

NOUVELLES ABÉCÉDAIRES

INVENTAIRE

À brader : cinq danseuses en froufrou (grassouillettes), huit ingénues (joueuses) kleptomanes le matin, neuf (onze peut-être) quadragénaires rabougries, six travailleuses, une valeureuse walkyrie, x yuppies (zélées).

JUDÉOPHILE

« Allemand baroque… » critiquait David.

« Et fais gaffe… Hier : ici. Jeune : kleiner. »

Le marmot n'obéissait pas. Quelle raison secrète ? Tenant un vœu, Wilfried yiddishait. Zuperbement.

LES REVENENTES

Bercez ce désespéré, êtres femelles ! Gens hébétés, jetez kleenex ! Légers ménestrels, ne pensez que rêve, scène tendre : vert week-end, xére, zen...

ROUBAUD (PRINCIPE DE)

Alphabet : bizarre contrainte, difficile exercice. Faisons grimper hiérarchiquement (Inconcevable jeu khâgneux) les mots... Nœud oulipien, pourtant, que Roubaud (saoul) trancha. Un verre whiskey-xérès... Y zigzaguait...

TINTINOPHILE

Anthropopithèques ! Bachi-Bouzouks ! Coléoptères ! Doryphores ! Ectoplasmes ! Flibustiers ! Garnements ! Hurluberlus ! Iconoclastes ! Jocrisses ! Khroumirs ! Logarithmes ! Macaques ! Naufrageurs ! Olibrius ! Paltoquets ! Quadrumanes ! Rhyzopodes ! Sapajous ! Technocrates ! Uzbeks ! Végétariens ! Wisigoths ! Xylographes ! Yéménites ! Zouaves !

VOCALISANT

« À bas Carmen », décréta Édouard, fervent germanophile hilare. Ivre, je klaxonnais la mesure : « Nul… opéra pourri, quelle rasante stupide thématique… » Un virulent wagnérien xylophoniste yodla : « Zazou… »

HLT

TO SLEEP, PERCHANCE TO DREAM

On sait que les premiers lecteurs d'*À la recherche du temps perdu* ont objecté à la longueur de sa narration initiale des endormissements et des rêveries nocturnes (et diurnes) de son héros. Un monsieur qui passe quarante pages à raconter comment il se tourne et retourne dans son lit et use ses draps, use de même la patience de ses lecteurs.

Si la patience est un drap, quelle est la vertu qui fait office d'oreiller ?

Laissant de côté cette énigme, revenons au texte proustien dont l'habitude, cette grande falsificatrice, a changé pour nous la figure. Quel lecteur moderne ne s'extasie pas sur les délicates considérations œdipiennes du baiser de Maman à Combray ? On en redemande ! Et les critiques et les éditeurs sont obligeants, hélas !

Je soupçonne depuis longtemps le texte public, exotérique d'*À la recherche du temps perdu* d'être un faux. Un faux habile. Mais un faux tout de même.

Je soupçonne qu'il a fait l'objet d'une censure. Censure à laquelle Marcel lui-même peut-être aura prêté la main... Pour permettre la publication de son œuvre, pour avoir le Goncourt, pour avoir la paix... Censure que poursuivent, enthousiastes, les proustisants et les pâtissiers.

Cette censure aura défiguré le texte. Certains la compareront à celle que perce à jour le psychanalyste qui reconnaît, sous les figures mutilées et dispersées du rêve, le désir inconscient. D'autres aussi bien y reconnaîtront celle que l'interprétation analytique déploie dans sa reterritorialisation œdipienne des flux de la machine désirante.

J'ai proposé déjà, dans un roman, une stratégie de levée de la censure, c'est-à-dire une ouverture de la potentialité du texte proustien.

(Vous ne saviez pas que Proust était un auteur oulipien ? Vous croyez qu'à l'instar des mormons je baptise *post-mortem* et plonge dans la potentialité tout ce qui me tombe sous la main ?)

J'envisage à présent une stratégie supplémentaire, et soutiens que la seule lecture exacte du prélude onirique d'*À la recherche du temps perdu* peut se régler selon une machination onirique schizoïde.

Prenez les phrases du volume premier d'*À la recherche* : *Du côté de chez Swann*. La première s'énonce ainsi : « Longtemps, je me suis couché de bonne heure. » Je vous l'ai rappelée, à présent, je vous l'épelle :

L O N G T E M P S J E M E S U I S C O U C H É D E B O N N E H E U R E

Cette phrase est évidemment authentique. La preuve ? C'est que tout le monde s'en souvient.

La seconde est douteuse. Pourquoi ? Non seulement personne (hormis les marchands de literie) ne la connaît, mais en plus, *cette seconde phrase ne commence pas par un O*.

Citons ici le narrateur de *Sodome et Gomorrhe* :

> *Tout ce qui avait paru jusque-là incohérent à mon esprit, devenait intelligible, se montrait évident, comme une phrase, n'offrant aucun sens tant qu'elle reste décomposée en lettres disposées au hasard, exprime, si les caractères se trouvent replacés dans l'ordre qu'il faut, une pensée que l'on ne pourra plus oublier.*

La pierre de touche du décryptage proustien, c'est sa puissance mnémonique. Et l'acrostiche est un cryptage, et un cryptage qui répond, usuellement, sur un bord du poème, silencieusement, à cet opérateur mnémonique de l'autre bord, la rime.

Dispersé, désordonné dans le texte public disponible se trouve enfoui le texte proustien décomposé. Pour le recomposer (et le décoder), il suffit d'inscrire verticalement la formule, le sésame de l'incipit, dont la chaîne littérale formera l'acrostiche de la séquence proustienne authentique.

Authentique, c'est-à-dire inconsciente ou potentielle, comme vous voudrez. Je laisse de côté la question — difficile — de la différence entre l'Inconscient et la Potentialité ; j'userais votre patience ; nous sommes déjà dans de beaux draps. J'indique juste au passage quelques éléments de contraste :

— l'Oulipo n'est pas un divan,

— Jacques Lacan n'est pas un pseudonyme de Raymond Queneau,

— les lectures de l'Oulipo sont gratuites.

À la recherche du temps perdu est un cryptogramme dont la solution est acrostique. Nous savons donc assurément que si la première phrase est authentique, la 2e phrase commencera par un O, la 3e par un N, la 4e par un G, etc. Et que le texte ainsi recomposé nous offrira la version primitive de Combray. Celle que Proust n'a pu se résoudre à écrire en clair, pour d'évidentes raisons de sécurité.

Sur la base de cette illumination proprement insomniante, j'ai donc découpé et classé toutes les phrases de *Du côté de chez Swann* par ordre alphabétique, et remachiné la seule succession intelligible. La voici.

Longtemps, je me suis couché de bonne heure.

On avait bien inventé, pour me distraire les soirs où on me trouvait l'air trop malheureux, de me donner une lanterne magique dont, en attendant l'heure du dîner, on coiffait ma lampe ; et, à l'instar des premiers architectes et maîtres verriers de l'âge gothique, elle substituait à l'opacité des murs d'impalpables irisations, de surnaturelles apparitions multicolores, où des légendes étaient dépeintes comme dans un vitrail vacillant et momentané.

Ne commencez pas à chuchoter, dit ma grand' tante.

Golo s'arrêtait un instant pour écouter avec tristesse le boniment lu à haute voix par ma grand'tante, et qu'il avait l'air de comprendre parfaitement, conformant son attitude, avec une docilité qui n'excluait pas une certaine majesté, aux indications du texte ; puis il s'éloignait du même pas saccadé.

Tâchez de garder toujours un morceau de ciel au-dessus de votre vie, petit garçon, ajoutait-il en se tournant vers moi.

Et rien ne pouvait arrêter sa lente chevauchée.

Mon corps qui sentait dans le sien ma propre chaleur voulait s'y rejoindre, je m'éveillais.

Parfois, à peine ma bougie éteinte, mes yeux se fermaient si vite que je n'avais pas le temps de me dire : « je m'endors. »

Si, comme il arrivait quelquefois, elle avait les traits d'une femme que j'avais connue dans la vie, j'allais me donner tout entier à ce but : la retrouver, comme ceux qui partent en voyage pour voir de leurs yeux une cité désirée et s'imaginent qu'on peut goûter dans une réalité le charme du songe.

Je l'aimais, je regrettais de ne pas avoir eu le temps et l'inspiration de l'offenser, de lui faire mal, et de la forcer à se souvenir de moi.

Et puis, ce n'était pas tout : maman allait sans doute venir !

Maintenant je n'étais plus séparé d'elle ; les barrières étaient tombées, un fil délicieux nous réunissait.

Et à tous moments au fond d'elle-même une vierge timide et suppliante implorait et faisait reculer un soudard fruste et vainqueur.

Son cœur scrupuleux et sensible ignorait quelles paroles devaient spontanément venir s'adapter à la scène que ses sens réclamaient.

Un plaisir délicieux m'avait envahi, isolé, sans la notion de sa cause.

Il était trop tard, mon père était devant nous.

Sans le vouloir, je murmurai ces mots que personne n'entendit : « je suis perdu ! »

« Ce n'est pas comme cela que vous le rendrez robuste et énergique, disait-elle tristement, surtout ce petit qui a tant besoin de prendre des forces et de la volonté. »

« Oh ! ajoutait-il, avec ce sourire doucement ironique et déçu, un peu distrait, qui lui était particulier, certes il y a dans ma maison toutes les choses inutiles. »

« Un bonheur pour la France ! s'écria-t-il malicieusement en levant les bras avec emphase. »

Ce que je voulais maintenant c'était Maman, j'étais allé trop loin dans la voie qui menait à la réalisation de ce désir pour pouvoir rebrousser chemin.

Hélas ! Il n'y avait plus que des automobiles conduites par des mécaniciens moustachus qu'accompagnaient de grands valets de pied.

Eh bien ! dussé-je me jeter par la fenêtre cinq minutes après, j'aimais encore mieux cela.

Devant nous, dans le lointain, terre promise ou maudite, Roussainville, dans les murs de laquelle je n'ai jamais pénétré, Roussainville, tantôt, quand la pluie avait déjà cessé pour nous, continuait à être châtiée comme un village de la Bible par toutes les lances de l'orage qui flagellaient obliquement les demeures de ses habitants, ou bien était déjà pardonnée par Dieu Le Père qui faisait descendre vers elle, inégalement longues, comme les rayons d'un ostensoir d'autel, les tiges d'or effrangées de son soleil reparu.

Elle m'avait proposé aussitôt des voluptés particulières, dont je n'avais jamais eu l'idée avant de l'entendre, dont je sentais que rien autre qu'elle ne pourrait me les faire connaître, et j'avais éprouvé pour elle comme un amour inconnu.

Bientôt minuit.

On voit un oiseau voler dans le rose, il va en

atteindre la fin, il touche presque au noir, puis il y est entré.

Non ; de même que ce qu'il me fallait pour que je pusse m'endormir heureux, avec cette paix sans trouble qu'aucune maîtresse n'a pu me donner depuis, puisqu'on doute d'elles encore au moment où on croit en elles et qu'on ne possède jamais leur cœur comme je recevais dans un baiser celui de ma mère, tout entier, sans la réserve d'une arrière-pensée, sans le reliquat d'une intention qui ne fût pas pour moi — c'est que ce fût elle, c'est qu'elle inclinât vers moi ce visage où il y avait au-dessous de l'œil quelque chose qui était, paraît-il, un défaut, et que j'aimais à l'égal du reste ; de même ce que je veux revoir, c'est le côté de Guermantes que j'ai connu, avec la ferme qui est un peu éloignée des deux suivantes serrées l'une contre l'autre, à l'entrée de l'allée des chênes ; ce sont ces prairies où, quand le soleil les rend réfléchissantes comme une mare, se dessinent les feuilles des pommiers, c'est ce paysage dont parfois, la nuit dans mes rêves, l'individualité m'étreint avec une puissance presque fantastique et que je ne peux plus retrouver au réveil.

Né brusquement, et sans que j'eusse eu le temps de le rapporter exactement à sa cause, au milieu de pensées très différentes, le plaisir dont il était accompagné ne me semblait qu'un degré supérieur de celui qu'elles me donnaient.

En vain, tenant l'étendue dans le champ de ma

vision, je la drainais de mes regards qui eussent voulu en ramener une femme.

Hélas, c'était en vain (aussi) que j'implorais le donjon de Roussainville, que je lui demandais de faire venir auprès de moi quelque enfant de son village, comme au seul confident que j'avais eu de mes premiers désirs, quand au haut de notre maison de Combray, dans le petit cabinet sentant l'iris, je ne voyais que sa tour au milieu du carreau de la fenêtre entr'ouverte, pendant qu'avec les hésitations héroïques du voyageur qui entreprend une exploration ou du désespéré qui se suicide, défaillant, je me frayais en moi-même une route inconnue et que je croyais mortelle, jusqu'au moment où une trace naturelle comme celle d'un colimaçon s'ajoutait aux feuilles de cassis sauvage qui se penchaient jusqu'à moi.

Eh bien ! c'est du joli !

Une impression de ce genre, pendant un instant, est pour ainsi dire *sine materia*.

Rien que les petites frises des bordures, tenez là, la petite vigne sur fond rouge de l'ours et les raisins.

Et, essuyant mes larmes, je leur promettais, quand je serais grand, de ne pas imiter la vie insensée des autres hommes et, même à Paris, les jours de printemps, au lieu d'aller faire des visites et écouter des niaiseries, de partir dans la campagne voir les premières aubépines.

Remarques

Je me contenterai de noter :

1. Le caractère suffisamment déterritorialisé de cette séquence : Golo, le personnage de lanterne magique devient objet de désir, tout comme un village, un paysage ou une bougie (celle-ci, transparente allusion à la chanson enfantine « Au clair de la lune etc. ma chandelle est morte », qu'on imagine assez bien interprétée par B. Bettelheim à la grosse caisse et Françoise Dolto à la scie).

2. Que la bisexualité originaire du sujet s'y manifeste à plein : Maman et les mécaniciens moustachus, Guermantes et Roussainville (figuration provinciale de la Sodome biblique), le rose et le noir.

3. Que le branchement incestueux, péniblement codé par la police freudienne, opère sans tragédie.

4. Que la fonction paternelle y paraît sous un jour inédit, propre à épouvanter les tenants de l'ordre symbolique.

Vous pouvez commencer à découper votre Pléiade en petits morceaux et aller vous acheter des draps neufs.

AFG

COMPLAINTE

Carré lescurien à perverbes (perverbes : greffes de proverbes).

Chagrin d'amour dure toute une vie
Chagrin d'amour vit tout en dur
Chagrin de dur aime toute une vie
Chagrin de dur vit tout amour
Chagrin de vie aime tout dur
Chagrin de vie dure tout un amour

Amour de chagrin dure toute une vie
Amour de chagrin vit tout en dur
Amour de dur chagrine toute vie
Amour de dur vit tout un chagrin
Amour de vie chagrine tout dur
Amour de vie dure tout un chagrin

Dur de chagrin aime toute une vie
Dur de chagrin vit tout en amour
Dur d'amour chagrine toute vie

Dur d'amour vit tout un chagrin
Dur de vie chagrine tout amour
Dur de vie aime tout chagrin

Vie de chagrin aime tout dur
Vie de chagrin dure tout un amour
Vie d'amour chagrine tout dur
Vie d'amour dure tout un chagrin
Vie de dur chagrine tout amour
Vie de dur aime tout chagrin

HM

Oulipo, *La Bibliothèque oulipienne*, vol. 1, 1987.

ALEXANDRINS GREFFÉS

CHANT D'AUTOMNE

Bientôt nous plongerons hors du charnier natal ;
Adieu, vive clarté qui tombe des étoiles !
J'entends déjà tomber sentant sa mort prochaine
Le bois retentissant des souffrances humaines.

Tout l'hiver va rentrer dans le cabinet noir,
Haine, frissons, horreur, qui reviennent le soir,
Et, comme le soleil à la clarté des lampes,
Mon cœur ne sera plus amoureux d'une étoile.

J'écoute en frémissant des fleuves impassibles ;
L'échafaud qu'on bâtit s'énonce clairement.
Mon esprit est pareil à la tour abolie
Sous les coups du bélier de la mélancolie.

Il me semble, bercé d'un reste de verdure,
Qu'on cloue en grande hâte un triomphe sans gloire.
Pour qui ? — C'était hier une âme de vingt ans !
Ce bruit mystérieux c'est mon commencement.

HARMONIE DU SOIR

Pantoum.

Voici venir les temps où blanchit la campagne,
Chaque fleur s'évapore et me donne un baiser;
Les sons et les parfums longuement s'étendront;
Valse mélancolique où Margot a pleuré!

Chaque fleur s'évapore et me donne un baiser;
Le violon frémit mon semblable, mon frère;
Valse mélancolique où Margot a pleuré!
Le ciel est triste et beau comme un rêve de pierre.

Le violon frémit mon semblable, mon frère;
Un cœur tendre, qui hait l'irréparable outrage!
Le ciel est triste et beau comme un rêve de pierre.
Le soleil s'est noyé dans le champ des étoiles.

Un cœur tendre, qui hait l'irréparable outrage!
Du passé lumineux marche à travers les champs!
Le soleil s'est noyé dans le champ des étoiles.
Ton souvenir en moi vaut seul un long poème!

LE DORMEUR DU VAL

C'est un trou de verdure et le premier en France
Accrochant follement des feuilles et des branches
D'argent ; où le soleil étrange et pénétrant
Luit ; c'est un petit val que la blancheur défend.

Un soldat jeune, bouche au sourire si doux
Et la nuque baignant du sommeil de la terre
Dort ; il est étendu sous l'écorce des pierres
Pâle dans son lit vert qui ne bat que pour vous.

Les pieds dans les glaïeuls, comme un vol de gerfauts,
Sourirait un enfant sur des pensers nouveaux.
Nature, berce-le, cet âge est sans pitié.

Les parfums ne font pas cette obscure clarté.
Il dort dans le soleil, ô rage, ô désespoir
Tranquille. Il a deux trous qui reviennent le soir.

MB

LE *BOURGEOIS* VERSIFIÉ

Molière, Le Bourgeois gentilhomme*, II, 4*
traduit en alexandrins

MONSIEUR JOURDAIN

Il faut que je vous fasse enfin la confidence
Que je suis amoureux, et de toute évidence
La personne que j'aime et dont les qualités
Ne le cèdent en rien aux plus grandes beautés
Attend de moi l'envoi de quelques écritures
Sur un petit billet glissé sous ses chaussures.

MAÎTRE DE PHILOSOPHIE

Quant à moi, je n'y vois aucun inconvénient.

MONSIEUR JOURDAIN

Ce sera galant, oui.

MAÎTRE DE PHILOSOPHIE

(Peut-être un peu gnangnan…)
Sont-ce plutôt des vers, que vous voulez écrire ?

MONSIEUR JOURDAIN

Il n'en est pas question ! Des vers ? Vous voulez rire !

MAÎTRE DE PHILOSOPHIE

Ainsi, vous ne voulez que de la prose ?

MONSIEUR JOURDAIN

Non !...

MAÎTRE DE PHILOSOPHIE

(La peste soit du sot, bon pour le cabanon !)
Il faut, figurez-vous, que ce soit l'un ou l'autre.

MONSIEUR JOURDAIN

Pourquoi ?

MAÎTRE DE PHILOSOPHIE

Par la raison (il faut la faire vôtre),
Qu'on n'a, pour s'exprimer, que la prose ou les vers.

MONSIEUR JOURDAIN

Que la prose ou les vers ? Dans tout notre univers ?

MAÎTRE DE PHILOSOPHIE

Écoutez-moi, monsieur : tout ce qui n'est point prose

Est sans conteste vers ; bien sûr cela suppose
Que l'on peut renverser la propositi-on :
Le non-vers sera prose, et sans excepti-on.

MONSIEUR JOURDAIN

Qu'est-ce donc que je parle en ce présent moment ?

MAÎTRE DE PHILOSOPHIE

De l'excellente prose, incontestablement !

MONSIEUR JOURDAIN

Quoi ? quand je dis : « Nicole, apportez mes pantoufles
Et mon bonnet de ski, mes après-ski, mes moufles ! »
C'est toujours de la prose ?

MAÎTRE DE PHILOSOPHIE

Hé oui, monsieur.

MONSIEUR JOURDAIN

Seigneur !

Voilà plus de trente ans que, piètre bredouilleur,
Je disais de la prose en toute inconsci-ence !
Je vous suis obligé de votre complaisance.
Mais je vais revenir à mon petit billet.
Je voudrais seulement que, dedans, il y ait :
Me font mourir d'amour, vos yeux, belle Marquise.
Mais je le voudrais dit d'une façon exquise.

MAÎTRE DE PHILOSOPHIE

Mettez que le diamant de son œil a des feux
Que ne saurait calmer le pompier de ces lieux;
Que vous souffrez, dès l'aube et jusqu'au crépuscule…

MONSIEUR JOURDAIN

Non, non, non, non, non, non, ce serait ridicule,
Cherchez mieux, s'il vous plaît, je ne veux point cela.
Je veux ce que j'ai dit, sans plus de tralala :
Me font mourir d'amour, vos yeux, belle Marquise.

MAÎTRE DE PHILOSOPHIE

C'est un alexandrin plus froid qu'une banquise!

MONSIEUR JOURDAIN

Non! dedans mon billet, je ne veux que ces mots
Mais tournés à la mode, arrangés comme il faut!
Vous devez bien savoir, vous, qui vous dites maître
Les diverses façons dont on pourrait les mettre.

MAÎTRE DE PHILOSOPHIE

La première façon, c'est une chose acquise
Me font mourir d'amour, vos yeux, belle Marquise
Pourrait laisser la place à ces autres, voyons :
Ou *Marquise mourir vos yeux d'amour me font*
Ou *vos yeux me mourir Marquise font d'amour*

Ou *d'amour vos yeux beaux me font Marquise mour-*
Ir, et l'enjambement de cette désinence
De votre passi-on assure l'éminence.

MONSIEUR JOURDAIN

En voilà des façons… dites-moi cependant
Laquelle est la meilleure, a le plus d'ascendant.

MAÎTRE DE PHILOSOPHIE

Sans conteste, la vôtre, elle est la plus précise :
Me font mourir d'amour, vos yeux, belle Marquise.

MONSIEUR JOURDAIN

Je vous suis obligé de ce certificat
D'autant que je n'ai point mon baccalauréat.

JJ

BITNIC

La contrainte bitnic est une variante particulière de l'avion (elle-même abréviation du mot : abréviation). Elle consiste à prélever dans un texte relativement long un certain type de mots (que l'on peut juger, ou non, typiques du texte source) pour en former un autre texte, plus court, mais peut-être plus dense.

Dans l'échantillon ci-dessous, Bitnic est un avion de Britannicus, *tragédie de Jean Racine dont est présenté un résumé succinct à travers le relevé des interjections et des tournures exclamatives, de façon à extraire la quintessence (et le sens véritable) du très beau texte racinien.*

Pour donner plus de pureté à ce qui devient un poème, les noms des personnages, les didascalies, ainsi que l'indication des différentes scènes ont été délibérément supprimés.

Le texte est présenté en lignes de prose, plus commodes à la lecture, mais s'il devait être interprété au théâtre (ou au cinéma) il conviendrait de le disposer en colonne, selon ce qu'il est aussi, à savoir un dialogue poignant.

— Quoi ! — Quoi ! — Ah ! — Quel dessein ! — Ah ! — Mais quoi ? — Ah ! — Que dis-je ? — Quoi,

Madame ? — Quoi ? — Ah ! — Ah, Prince ! — Ah, dieux ! — Ah, Narcisse ! — Ah ! quelle âme assez basse… — Mais que vois-je ? — Vous ? — Que dis-je, aimer ! — Vous l'aimez ? — Quoi, Seigneur ? — Quoi, Narcisse ? — Quoi ! — Que dis-tu ! — Vous ! — Quoi donc ? — Non, non ! — Vous, Seigneur ? — Quoi, Madame ! — Ah, Seigneur ! — Vous ! — Ah ! Seigneur… — Moi ! — Ah, Seigneur ! — Ah ! cher Narcisse… — Quoi ! — Hélas ! — Quel accueil ! Quelle glace ! — Quoi, déjà ? — Ah, Seigneur ! — Quoi ? — Quoi ! — Que vois-je ! — Ah ! si je le croyais… — Madame ! — Eh bien ! — Quoi ? — Moi, Burrhus ? — Eh bien ! je me trompais… — Que dis-je ? — Ah ! — Dans quel emportement, Madame !… — Ah ! lui-même à mes yeux puisse-t-il se montrer ! — Quoi ? — Quoi ? tu ne vois donc pas… Albine ? — Que dis-je ? — Ah ! — Prince, que dites-vous ? — Hélas ! — Quoi ? — Eh bien ! — Mais que vois-je ? — Ah ! dieux ! — Eh bien ! il faut partir… — Ah ! — Quoi, cruel ? — Hélas ! — Combien de fois hélas ! — Ah ! dans ce souvenir… — Hélas ! — Ah ! n'en voilà que trop… — Que faites-vous ! Hélas ! — Eh bien, gardes ! — Que faites-vous ! Hélas ! — Que vois-je ? Ô ciel ! — Quoi, Seigneur ? Sans l'ouïr ? Une mère ? — Moi ? Ingrat ! — Ah ! — Ô ciel ! — Eh bien, donc ! prononcez… — Oui, Madame. — Quoi, Seigneur ? — Que dira-t-on de vous ? — Ah ! — Ô ciel ! — Ah, que demandez-vous ? — Quoi ? pour Britannicus…

— Quoi donc ? Qu'a-t-elle dit ? Et que voulez-vous dire ? — De quoi ? — Quoi ? — Quoi ? — Ah ! Madame… — Mais quoi ? — Hélas ! Si je vous aime ? — Quoi ? — Hélas ! — Ah ! Prince ! — Ah ! ma chère Princesse… — Quoi, Madame ? Quoi ? — Hélas ! à peine encor… — Ah ! si vous aviez vu… — Mais qu'est-ce que j'entends ? — Ô ciel ! — Ah ! Mon Prince ! — Quel attentat, Burrhus ! — Quoi ? — Dieux ! — Et qui, Madame ? — Moi ! — Madame ! — Hé ! Seigneur… — Ah, ciel ! — Ah ! Madame… — Hélas ! — Ah ! Madame ! Ah ! Seigneur ! — Quoi ! — Plût aux dieux que ce fût le dernier de ses crimes !

MG

TABLE DE NAIN

TABLE DE NAIN

Nain fois nain nain
Nain fois deuil deuil
Nain fois toit toit
Nain fois carte carte
Nain fois sein sein
Nain fois scie scie
Nain fois sexe sexe
Nain fois huître huître
Nain fois œuf œuf
Nain fois disque disque

TABLE DE DEUIL

Deuil fois nain deuil
Deuil fois deuil carte
Deuil fois toit scie
Deuil fois carte huître

Deuil fois sein disque
Deuil fois scie bouse
Deuil fois sexe carrosse
Deuil fois huître baise
Deuil fois œuf disque-huître
Deuil fois disque vin

TABLE DE TOIT

Toit fois nain toit
Toit fois deuil scie
Toit fois toit œuf
Toit fois carte bouse
Toit fois sein guinche
Toit fois scie disque-huître
Toit fois sexe vin et nain
Toit fois huître vin-carte
Toit fois œuf vin-sexe
Toit fois disque tendre

TABLE DE CARTE

Carte fois nain carte
Carte fois deuil huître
Carte fois toit bouse
Carte fois carte baise
Carte fois sein vin

Carte fois scie vin-carte
Carte fois sexe vin-huître
Carte fois huître tendre-deuil
Carte fois œuf tendre-scie
Carte fois disque garance

TABLE DE SEIN

Sein fois nain sein
Sein fois deuil disque
Sein fois toit guinche
Sein fois carte vin
Sein fois sein vin-sein
Sein fois scie tendre
Sein fois sexe tendre-sein
Sein fois huître garance
Sein fois œuf garance-sein
Sein fois disque cinglante

TABLE DE SCIE

Scie fois nain scie
Scie fois deuil bouse
Scie fois toit disque-huître
Scie fois carte vin-carte
Scie fois sein tendre
Scie fois sexe garance-deuil

Scie fois huître garance-huître
Scie fois œuf cinglante carte
Scie fois disque sois-sage

TABLE DE SEXE

Sexe fois nain sexe
Sexe fois deuil carrosse
Sexe fois toit vin et nain
Sexe fois carte vin et huître
Sexe fois sein tendre-sein
Sexe fois sexe garance-œuf
Sexe fois huître cinglante scie
Sexe fois œuf sois-sage-toit
Sexe fois disque sois-sage-disque

TABLE DE HUÎTRE

Huître fois nain huître
Huître fois deuil baise
Huître fois toit vin-carte
Huître fois carte tendre-deuil
Huître fois sein garance
Huître fois scie garance-huître
Huître fois sexe cinglante scie
Huître fois huître sois-sage-carte

Huître fois œuf sois-sage-bouse
Huître fois disque carte-vin

TABLE DE ŒUF

Œuf fois nain œuf
Œuf fois deuil disque-huître
Œuf fois toit vin-sexe
Œuf fois carte tendre-scie
Œuf fois sein garance-sein
Œuf fois scie cinglante carte
Œuf fois sexe sois-sage-toit
Œuf fois huître sois-sage-bouse
Œuf fois œuf carte-vin-nain
Œuf fois disque carte-vin disque

PF

TRADUCTIONS LIPOGRAMMATIQUES DE POÈMES BIEN CONNUS

VOCALISATIONS

A noir (un blanc), I roux, U safran, O azur :
Nous saurons au jour dit ta vocalisation :
A, noir carcan poilu d'un scintillant morpion
Qui bombinait autour d'un nidoral impur,

Caps obscurs ; Qui cristal du brouillard ou du taud,
Harpons du fjord hautain, rois blancs, frissons d'anis ?
I, carmins, sang vomi, riant ainsi qu'un lis
Dans la punition d'un courroux, d'un sanglot ;

U, vibrations, ronds divins du flot marin,
Paix du pâtis tissu d'animaux, paix du fin
Sillon qu'un fol savoir aux grands fronts imprima ;

O, finitif Clairon aux accords d'aiguisoir,
Soupirs ahurissant Nadir ou Nirvana :
— O l'omicron, rayon violin dans son Voir !

Arthur Rimbaud

NOS CHATS

Amants brûlants d'amour, Savants aux pouls glaciaux
Nous aimons tout autant dans nos saisons du jour
Nous chats puissants mais doux, honorant nos tripots
Qui, sans nous, ont trop froid, nonobstant nos amours.

Ami du Gai Savoir, ami du doux plaisir
Un chat va sans un bruit dans un coin tout obscur
Oh Styx, tu l'aurais pris pour ton poulain futur
Si tu avais, Pluton, aux Sclavons pu l'offrir !

Il a, tout vacillant, la station d'un hautain
Mais grand Sphinx somnolant au fond du Sahara
Qui paraît s'assoupir dans un oubli sans fin :

Son dos frôlant produit d'un influx angora
Ainsi qu'un diamant pur, l'or surgit, scintillant
Dans son voir nictitant divin, puis triomphant.

Un fils adoptif du Commandant Aupick

GP

Oulipo, *La Littérature potentielle*, 1973.

LA REDONDANCE CHEZ PHANE ARMÉ

Si l'on retient les sections rimantes (pas nécessairement réduites à un mot) de certains sonnets de Stéphane Mallarmé, on composera des poèmes haï-kaïsants qui, loin de laisser échapper le sens de l'original, en donneront au contraire, semble-t-il, un lumineux élixir, à tel point qu'on peut se demander si la partie délaissée n'était pas pure redondance.
Le manipulateur a choisi pour ce faire huit sonnets.

1. *Quand l'ombre menaça de sa fatale loi...*
2. *Le vierge, le vivace et le bel aujourd'hui...*
3. *Victorieusement fui le suicide beau...*
4. *Ses purs ongles très haut dédiant leur onyx...*
5. *La chevelure vol d'une flamme à l'extrême...*
6. *Le tombeau d'Edgar Poe.*
7. *Le tombeau de Charles Baudelaire.*
8. *Au seul souci de voyager.*

Quelques interversions et la ponctuation ajoutée ne paraissent pas devoir affaiblir la portée de la démonstration.

I

Fatale loi
de mes vertèbres :
plafonds funèbres
en moi

Séduire un roi
par les ténèbres
célèbres
de sa foi…

La Terre :
moins
mystère

Le génie
se nie
pour témoins

II

Coup d'aile ivre,
sous le givre,
aujourd'hui
pas fui !

La région où vivre
se délivre ;
l'ennui,
c'est lui,

Cygne
assigne
mépris
pris

Agonie
le nie

III

le suicide beau ;
tempête !
mon absent tombeau
s'apprête…

Même le lambeau
nous fête,
tête
sans flambeau.

La tienne,
re-tienne
en t'en coiffant,

tu la poses,
enfant
des roses.

IV

Leur onyx ?
lampadophore !
Le Phénix ?
amphore !

Nul ptyx
sonore
au Styx
s'honore.

Un or,
décor
contre une nixe,

encor
se fixe :
septuor !

V

À l'extrême,
déployer
un diadème.

Son ancien foyer,
toujours intérieur,
continue,
véridique ou rieur,
cette vive nue.

La femme
diffame
l'exploit
au doigt
qu'elle écorche,
torche…

VI

Change
nu
pas connu :
étrange !

L'ange
de la tribu,

sortilège bu,
noir mélange,
ô grief !

Un bas-relief
s'orne
d'un désastre obscur :
sa borne
dans le futur

VII

Anubis,
farouche,
bouche
pubis
louche.
Rubis
subis,
le réverbère débouche.

Dans les cités sans soir
se rasseoir
avec frissons
de Baudelaire
tutélaire,

nous en périssons.

VIII

Voyager
trouble.
Messager
double.

Caravelle
en ébats
bas.

Nouvelle
monotonement
ne varie :
Gisement,

pierrerie,
jusqu'au
pâle Vasco.

RQ

Oulipo, *La Littérature potentielle*, 1973.

DOS, CADDY D'AISSELLES

Palindrome phonétique du sonnet « El Desdichado » de Gérard de Nerval.

Fellah, décris-les, tes seins las de pire soûle,
Fédor, relie l'azur tour à tour lent du mot
Rond qu'hélas est vers traqueur — vingt fois de jet — et
Reine si l'âge n'a tout gros, là, dans vert et jais.

Haine : l'art d'Eusèbe éduque orge enroué : front. Mon
Rond, bille où, niant s'il eut bu, faire, où mou, jà, suit.
Lis ça : zéro ! l'âpre à Pan, le Youtre là et
les eaux des cœurs montent à temps et plaisent qui fleurent là.

Lis ! T'as dit « Merle happé » ? Lis : Zippo le moirant
Laisse au con maquis, toi, beau tondu, nuis l'Adam
Lit collant mais là, de noir : l'aye ! sot le porte !

Laisse tes cons ! Lutte ! Monte et mords l'étoile et ce mât
Lie borate où la natte est Kid à serein l'hep !
Les sauts qu'ont l'un : veuf, l'Hébreu n'était. Le suis-je ?

Gérard de Verlan

GP

ESSAIS DE LA MÉTHODE DU T.S. QUENEAU SUR QUELQUES-UNS DE SES SONNETS

Nous avons eu la curiosité d'appliquer la méthode proposée par le Transcendant Satrape Queneau dans son étude sur la Redondance chez Phane Armé *à ses propres et transcendants sonnets. Certains résultats nous ont paru dignes d'intérêt et nous les communiquons ci-dessous. Il s'agit de deux Sonnets qui ont paru dans le Cahier 21 (sur la Morale) ; les deux autres font partie du recueil* Sonnets *(éd. Hautefeuille, 3, rue Hautefeuille, Paris) que nous avions jadis recommandés à l'attention du Collège. Pour le dernier sonnet un effet de vers réguliers a été recherché. Il est à noter que, dans le Cahier 21, le Sonnet du Général Pittié qui jouxte ceux du T. Satrape, résiste au traitement. Le verbe militaire ne se laisse pas entamer, lui.*

L'ORDURE

Pardonner
La connerie.
Amant musqué,
Oh ! chierie !

Du juge bâté
L'ânerie :
Policier
En vaine vacherie.

Cureton brille,
Couillon il babille
Sa morale de con

Qui dégobille
D'une chenille
Mon cocon.

LE TEMPS DES OISEAUX

Voilà bien
Qui s'embourgeoise !
Comment ça vient ?
L'on merdoise.

Et son chien
Ou la framboise
Bons à rien
L'on apprivoise.

Un mammifère ?
De la terre
le pingouin ?

Un planisphère,
Ma sphère :
Tintouin.

QUI CAUSE ? QUI DOSE ? QUI OSE ?

Je n'ose dire,
Pas osé.
Le dire
Je n'oserai.

Dire
Réduirait.
Produire
Produirait.

Si je l'ose,
Courte pause,
Le quatrain,

Qui cause,
Qui ose
Une fin.

AMPHION GÉOMÈTRE

Le long d'un polyèdre
Le crible d'un rameur,
Navigant quadrupèdre
Débordant de vapeur.

L'envol de la mouèdre
Étalait sa mousseur ;
Surnageait un aèdre,
Caressait le rhéteur.

Poisons de sa corolle
Irisaient la vérhole
Au son d'un bilboquet.

Je n'étais plus explole,
Je n'étais plus topole :
L'èdre poli flottait.

Latis

Oulipo, *La Littérature potentielle*, 1973.

DICTÉE

Vous qui savez que toujours *vous*, comme d'ailleurs *toujours* et comme d'ailleurs *d'ailleurs* finit sur la lettre commençant *savez*, savez-vous que *savez* finit sur celle par où *zèbre* commence ? Si vous ne le savez, savez-vous que *commence*, tout comme *commençant* et comme *comme* même, redouble bien la lettre où commence ce *même* ? Savez-vous qu'en *d'ailleurs* on gémine la lettre qui commence le *la* et qui commence *lettre* (celle qu'encore on gémine en *celle*), qu'en *aussi* se redouble celle qui commence *se* ?

Non ? Vous ne savez pas ? Mais vous ne savez rien ?

Sachez donc que *sachez* finit comme *savez*, que la lettre qui finit *finit souvent* aussi finit, finit encore *commençant* et toujours se redouble en plein milieu de *lettre*, quand rien ne se gémine en *gémine* ou *milieu* et qu'on n'a jamais rien redoublé dans *redouble* !

Vous, par contre, risquez de redoubler souvent, si vous ne savez pas que *risquez* finit par où *zébu* commence et que *zèbre*, *zébu* et *même* n'ont pas sur l'*e* le même accent, mot lui-même dans lequel on gémine la lettre qui finit *donc*, quand celle encore qui commence *donc* m'a tout l'air de finir *quand*.

Oui, l'exercice est infini, même désespérant, puisque *infini* ne finit même pas sur le graphème qui finit *finit*, finit encore le mot *mot*, ainsi que le mot *accent* et que le mot *désespérant*.

Pardon, ai-je dicté *graphème* ? Ah ! vous ferez une faute, à moins que vous sachiez la graphie de ce *-phème*, qui n'est pas celle du *-fe* de faute. Non ? Vous ne la savez pas ?... Et que *mais*, comme *jamais*, finit comme *toujours* ?... et *pas* et *moins* et *dans*, comme *jamais*, toujours ? Non ? Mais, est-ce que vous savez quelque chose ?

Et *non* ? Est-ce que vous savez que *non* finit et commence toujours par ce qui finit *rien*, par ce qui finit *bien* ?

JJ

Des ans et des ânes, 1988.

QUELQUES LOCUTIONS INTROUVABLES

On applique à des locutions familières une méthode analogue à celle des perverbes, *et on fabrique de nouvelles locutions. Ainsi, avec « tirer le diable par la queue » et « bâtir des châteaux en Espagne », on obtient deux « locutions introuvables » : « tirer le Diable en Espagne » et « bâtir des châteaux par la queue ». On dote de cette manière la langue d'une grande quantité de locutions nouvelles, auxquelles il ne reste plus qu'à assigner une signification précise.*

L'ŒUF ET LA POULE

Mettre tous ses œufs en Espagne : s'entourer de précautions inefficaces.

Mettre tous ses œufs en poupe : prendre de gros risques.

Mettre tous ses œufs dans le plat : utiliser toutes ses ressources d'un coup.

Mettre tous ses œufs dans le jardin de quelqu'un : se montrer indiscret, s'imposer, être importun.

Tuer la poule dans le plat : attendre le dernier moment pour s'acquitter d'une tâche aussi désagréable qu'indispensable.

Tuer la poule devant les bœufs : faire un exemple.

Tuer la poule sur le feu : agir de façon précipitée.

Tuer la poule dans la bergerie : agir avec dissimulation.

MB

AU COMMENCEMENT ÉTAIT LE VERBE...

Il y a une vieille blague anglaise qui dit : “*In the beginning was the word and the word was aardvark*”. (« Au commencement était le mot, et le mot était *aardvark* ») — le premier mot, mis à part l’article « *a* », dans la plupart des dictionnaires anglais. Malgré plusieurs heures de recherches, je n’ai pas trouvé le terme français, s’il y en a un, pour *aardvark* ; je précise donc qu’il s’agit d’un quadrupède sud-africain, une sorte d’intermédiaire entre les fourmiliers et les tatous, et donc un membre de la famille des Édentés.

Mais, comme vous le savez tous, en France la version classique du début de l’Évangile selon Jean ne dit pas « le mot », ni même « la parole », mais « le Verbe » : « Au commencement était le Verbe, et le Verbe était avec Dieu, et le Verbe était Dieu... »

Il me semble intéressant que le français aime mieux le verbe que le mot et, bien que l’origine latine du mot « verbe », *verbum*, veuille dire justement « mot » et pas « verbe », supposons pour un instant que le premier mot, « qui était avec Dieu et était Dieu », fût précisément un verbe, et pas un nom, un adjectif, une conjonction, ou autre…

Cela n'est sûrement pas complètement dépourvu de logique : que s'est-il passé au commencement ? Dieu a agi, il a créé, il a fait ; et c'est seulement après qu'il a donné à Adam la tâche plutôt fastidieuse de nommer tous les animaux.

Donc, si le premier mot était effectivement un verbe, de quel verbe s'agit-il ? Si nous pouvions le retrouver, nous ferions un grand pas vers l'origine du langage. Car la langue anglaise est bien sympathique, mais sa proposition d'*aardvark* ne fera pas l'affaire. Même s'il a été nommé le premier par Adam, le verbe de l'action a bien précédé le substantif, comme nous venons de le voir. Donc quel était le premier verbe ?

Voici la réponse française à cette question : alphabétiquement, le premier verbe qui apparaît dans le Grand Robert, le Larousse, le Littré et compagnie est *abaisser*. Eh oui, ABC. Quelle coïncidence, n'est-ce pas ? Mais, mis à part sa géniale concordance abécédaire, est-il un choix adéquat ?

Je dirais que oui. Dieu s'est abaissé sur le chaos avant de créer l'ordre (relatif) que nous connaissons aujourd'hui, et par la suite Adam était obligé d'abaisser sa volonté devant celle de Dieu. La leçon pour Adam était triple : à la fois il apprit son premier mot, son destin d'abaissement et le début de l'alphabet.

Mais quel but peut avoir le langage sans communication ? Et, de préférence, communication entre les gens, et pas juste avec Dieu ou avec les animaux. Car, n'oublions pas que Adam était seul. Et le langage est surtout un jeu de désirs et de partage. Adam ne parlait pas encore, à vrai dire, parce que prier ou créer une liste de substantifs ne constitue pas ce que nous pourrions appeler une langue.

Un jour, se lassant de ses listes de substantifs, Adam commençait à répéter le seul verbe qu'il connût : « abaisser ». Malgré ses apparences d'homme physiquement mûr, mentalement il était bien sûr toujours un petit enfant et, comme pas mal d'enfants, il zozotait. Il se promena donc dans le jardin d'Éden en murmurant : « ah baiser ! ah baiser ! », puis abasourdi il s'abaissa sur la terre et s'endormit. Le Bon Dieu entendit ses paroles et, ayant mal compris ce qu'il voulait dire, créa la femme… avec toutes les conséquences que nous connaissons…

Ce qui semble prouver que :

a) le verbe était bel et bien au commencement de tout ;

b) les défauts de prononciation peuvent avoir des conséquences dramatiques ;

c) le français, contre toute attente, est la langue originelle parlée par Adam, et l'hébreu, le latin, etc., ne sont que de vulgaires plagiats par anticipation.

IM

GENÈSE, CHAPITRE DERNIER

1 Si fut achevé le ciel et la terre, et tout leur arroi.
2 Et acheva Dieu au septième jour son ouvrage qu'il
avait fait, et se reposa au septième jour de tout son
ouvrage qu'il avait fait, 3 et bénit Dieu le septième
jour, et le consacra, pour ce qu'il s'y était reposé de
tout son ouvrage qu'il avait créé et fait. 4 Or advint
que les hommes commencèrent à multiplier par le
monde et engendrèrent des filles 5 dont les grands
seigneurs, voyant que les filles des hommes étaient
belles, en choisissaient d'entre toutes qu'il prenaient
à femmes. 6 Et Dieu vit que la mauvaiseté des
hommes croissait et multipliait et que de jour en
jour ils n'adonnaient leur cœur qu'à penser et bras-
ser méchanceté. 7 Dieu vit que cela était mauvais
8 et il se repentit d'avoir fait l'homme au monde à
son image, de l'avoir fait mâle et femelle, 9 de l'avoir
béni croissant et multipliant et remplissant la terre,
et la domptant, et seigneuriant sur les poissons
aquatiques et oiseaux de l'air. 10 Et voilà dit Dieu je
leur ai donné toute herbe grenante qui est sur la

terre et tout arbre qui a fruit d'arbre et portant semence et voilà ce qu'ils ont fait. [11] Et il en eut le cœur dolent. [12] Et fit Dieu un tel déluge que crût l'eau sur la terre et tant et tant que l'homme fut défait de toute la terre. [13] Et Dieu vit que cela était bon. [14] Si fut fait de soir et matin le premier des derniers jours.

[15] Dieu dit : que les eaux couvrent toutes les plus hautes montagnes de dessous le ciel universel et les couvrent de quinze coudées par-dessus. [16] Que l'eau noie toutes les âmes vivantes, nageantes et oiseaux qui volent sur la terre par l'étendue de l'air. [17] Et noya Dieu les grands poissonars et toutes âmes vivantes que l'eau avait engendrées, chacune selon sa nature, et toute volaille ayant ailes, chacune selon sa nature [18] Dieu les maudit et les noya. [19] Et vit Dieu que cela était bon. [20] Si fut fait de soir et matin le second des derniers jours.

[21] Dieu dit : qu'il n'y ait plus aucunes lumières en l'étendue du ciel pour séparer le jour de la nuit. Qu'il n'y ait plus de signes, ni de saisons ni de jours. [22] Qu'il n'y ait plus de lumières en l'étendue du ciel pour éclairer sur la terre. Ce qui fut fait. [23] Et défit Dieu les deux grandes lumières, la plus grande réservée au gouvernement du jour, la moindre au gouvernement de la nuit, et aussi les étoiles. [24] Les effaça Dieu du ciel afin que rien ne sépare plus la lumière des ténèbres. [25] Et vit Dieu que cela était bon. [26] Si

fut fait de soir et matin le troisième des derniers
jours.
27 Dieu dit : que coure un vent par-dessus la terre
pour faire cesser l'eau. 28 Que soient bouchées les
fontaines de l'abîme et les bondes du ciel et que
cesse la pluie du ciel. 29 Et l'eau décrût, et l'on vit
les coupeaux des montagnes. 30 Et quand l'eau fut
écoulée de dessus terre et la terre déchargée de
l'eau, le sec réapparut. 31 Ainsi fut défait et raclé de
la terre tout ce qui y était, tant hommes que bêtes
et serpents et oiseaux de l'air. 32 Et vit Dieu que cela
était bon. 33 Si fut fait de soir et matin le quatrième
des derniers jours.
34 Dieu dit : qu'il n'y ait plus aucune étendue
entre les eaux pour séparer les eaux l'une de l'autre.
35 Effaça Dieu l'étendue qui séparait l'eau de dessous
l'étendue de l'eau de dessus l'étendue. 36 Effaça
Dieu le nom de l'étendue, qui était ciel. 37 Et vit
Dieu que cela était bon. 38 Si fut fait de soir et matin
l'avant-dernier jour.
39 Dieu dit : plus de lumière. Et lumière s'en fut.
40 Dieu vit que les ténèbres étaient bonnes. 41 L'esprit
de Dieu se balançait par-dessus les eaux. La terre
était néante et lourde. Ténèbres par-dessus l'abîme.
42 Dieu décréa le ciel et la terre. 43 Si fut fait de soir
et matin le dernier jour.

JR

LE CIEL MENTAL

Le ciel mental *est un homologue de* L'Instant fatal *de Queneau.*

Pour fabriquer un poème « homologue » d'un autre il faut dépouiller le poème source de tous ses Substantifs, Adjectifs et Verbes (SAV) pour les remplacer par d'autres, qui doivent être exactement de même nature grammaticale que ceux du poème source. Il y a par ailleurs obligation de respecter strictement la prosodie du poème source, qu'il soit ou non de type régulier.

Pour limiter le côté arbitraire, dans le choix des mots de substitution, il est recommandé de les puiser dans un corpus précis, choisi en fonction des possibilités de différenciation maximale du texte « homologue ». C'est le cas ici, où les mots sont tous tirés de trois volumes de Pierre Klossowski (choisi en raison de son style de type racinien, sévère et raréfié, à l'opposé de celui de Queneau), à savoir : Le bain de Diane, Le Baphomet *et* Roberte ce soir.

Quand nous aboutirons la phrase pour revers
dans un orbe de mots

au bout de nos pensées nos noms et nos repères
comme en ont tous les mots

puisque production noire on voudrait dans la sphère
enfermer tous les mots

avec séparation de blancheur singulière
qui ordonne les mots

quand la conscience nette on verra la matière
qui fait les creux des mots

des objets dans l'espace et le corps sous la pierre
visage pour les mots

lorsque le sens trop mat nudité prisonnière
qui assène les mots

et le spectre malin en fait secret pervers
essoufflement des mots

quand le Saint-Vit levé les syllabes légères
autant feignent les mots

et le jeu bien vécu la légende adultère
peu membrus sont les mots

nous voudrons agencer le sujet nécessaire
qui distingue les mots

plaquant notre regret sur notre commentaire
où pullulent les mots

lorsque l'esprit aura refermé les paupières
qui engendrent les mots

et donné notre voix aux pipeaux des mystères
ce qui grave les mots

remettant nos janus avec nos partenaires
nos illusions de mots

à ceux qui comme nous prononcés s'accentuèrent
se bégaient plus les mots

quand nous aboutirons la phrase pour revers
dans un orbe de mots

alors il nous faudra maladroits sagittaires
s'élancer comme mots

et savamment porter le mythe tutélaire
qui nous assigne aux mots

nous paraîtrons plier nos fantaisies premières
sur la couche des mots

et déshabituer d'une rigueur austère
les médiateurs des mots

tu te montres vouloir tu réponds à la sphère
qui engendre les mots

et tu réponds au vent bras froid du lapidaire
l'outrent vite les mots

tu réponds à l'aspect assourdi de la chair
qui excède les mots

et tu réponds au droit le fou ustensilaire
qui dirige les mots

on te répond à toi c'est ton futon ta serre
désormais tu es mots

de même que frelons stupres viols adultères
ne vois-tu qu'ils sont mots

et le bon roi Cadmos le réformé Luther
nom de dieu sont des mots

et non moins révérés les cendreux dignitaires
à leur tour déjà mots

et non moins rétractés le bougeoir la lumière
une foule de mots

puis tu deviens prêcheur et tu vas à la chaire
où insuffler les mots

après tu te repens et tu procrées des vers
fabriquant nouveaux mots

tu as un beau Carmel tu crées pour te refaire
en invoquant les mots

te voici inspiré tu t'établis ô frère
tu fécondes les mots

puis c'est la dormition sur le papier de verre
tu disperses les mots

priant et méditant longtemps tu considères
tu assembles les mots

jusqu'au soir où fini la phrase pour revers
souffle parmi les mots

s'efforçant d'aspirer l'orthodoxie dernière
qui n'est peu dans les mots

décidant d'abriter ce parfum solitaire
qui anime les mots

tu peux saisir enfin la démesure entière
qui t'assimile aux mots

grand spectacle ! haute vue ! puissance tutélaire
que gardent les mots car

toujours le ciel mental viendra pour nous abstraire

MG

ESSAI DE TRANSLATION SÉMANTIQUE DE LA FABLE I DE LA FONTAINE VERS LA FABLE II

Le Corbeau, ayant dansé
Tout l'Été,
Se trouva fort dépourvu
Quand Décembre fut venu.
Pas un seul petit morceau
De brie ou de livarot.
Il alla crier sa faim
Chez le Renard son voisin,
Le priant de lui prêter
Du chester pour subsister
Jusqu'en mars ou bien avril.
« Je vous paierai, lui dit-il,
Avant l'Août, foi d'animal,
Intérêt et principal. »
Le Renard n'est pas prêteur :
C'est là son moindre défaut.
« Que faisiez-vous au temps chaud ?
Dit-il à cet emprunteur.
— Nuit et jour à tout venant
Je dansais, ne vous déplaise.

— Vous dansiez ? j'en suis fort aise !
Eh bien ! chantez maintenant. »
À ces mots le Corbeau ne se sent pas de joie :
Il ouvre un large bec, le voilà qui aboie.
Le Renard, tout saisi, lui dit : « Mon bon Monsieur,
Apprenez que tout aboyeur
Rompt le tympan de celui qui l'écoute.
Cette leçon vaut bien un fromage sans doute. »

RQ

CONTE POURRI

Il était une fois un roi extrêmement méchant qui avait épousé une femme merveilleusement bonne. Ils n'avaient eu qu'une fille, qu'on avait nommée l'Ange Beige à cause de la couleur de sa peau, laquelle était du plus beau des beaux beiges qui fussent. Malheureusement, la pauvre reine était morte à la naissance de sa fille.

Voulant se remarier, le méchant roi trouva comme nouvelle femme une mégère aussi mauvaise que lui. Ils étaient tous deux si mauvais que les sept enfants qu'ils eurent ensemble furent tous nains. Pour se venger, les nains en faisaient voir des vertes et des pas mûres à l'Ange Beige, et s'amusaient régulièrement à lui piquer le derrière avec une quenouille rouillée.

Le roi, voulant tester l'obéissance de sa fille, se déguisa en pauvre mendiant, revêtu d'une peau de bête, la peau d'un pauvre âne qui avait coulé en voulant traverser la rivière avec un chargement d'éponges sur le dos. Et ce mendiant proposa à l'Ange Beige de lui acheter une pomme bien rouge et luisante, une délicieuse, en lui recommandant de ne surtout jamais la croquer. L'Ange Beige, qui n'y voyait pas malice, acheta la pomme et la posa sur le rebord de la cheminée. C'est là que la pomme lui fut volée par l'un des nains, du nom de Grincheux. Mais à peine eut-il croqué la pomme que Grincheux se transforma en un énorme rat. Le roi, se méprenant, crut que sa fille lui avait désobéi, et fit la leçon au rat. « Comment », dit-il, « si vous m'aviez écouté, mauvaise fille que vous êtes, vous eussiez seulement caressé la pomme, au lieu que de mordre en icelle ». Ce faisant, le roi caressait la pomme : un génie apparut alors, dans un grand fracas de verre brisé. « Tu m'as appelé », dit le génie de la pomme, « tu seras donc puni pour m'avoir dérangé », et, d'un coup de baguette magique, il transforma le roi en crapaud baveux.

À quelque temps de là, la grand-mère maternelle de l'Ange Beige tomba malade au point de devoir rester au lit pendant une semaine. Elle fit donc prévenir sa petite-fille qu'un petit beau de peur lui procurerait une secousse salutaire. L'Ange Beige, qui adorait sa mère-grand prépara tout un panier de pommes rouges, de haricots géants, de petits beaux de peur, et s'apprêta à traverser la forêt. Quand elle fut arrivée au plus profond de la plus sombre des sombres clairières, le crapaud baveux se dressa subitement devant elle et lui proposa une course jusque chez Mère-Grand : « Je passerai par ici », lui proposa-t-il insidieusement, « tandis que tu passeras par là ». Ainsi fut fait. Or l'Ange Beige avait grandi depuis le temps qu'elle était petite. Elle songea donc à disposer tout le long de son chemin des petits cailloux qui avaient alourdi ses poches. Et voilà pourquoi, allégée qu'elle était, elle put arriver la première chez Mère-Grand. « Tire la chevillette et la bobinette cherra », lui dit sa grand-mère. « J'n'ai pas le temps, j'fais la course », répondit l'Ange Beige tout en donnant un furieux coup de pied dans la porte qui sortit de ses gonds ; et l'Ange Beige, installée dans le lit de Mère-Grand, put toute à son aise avaler le crapaud quand ce dernier arriva tout essoufflé au pied du lit.

L'Ange Beige avait donc mangé son père, et, comme dit le dicton, « qui avale son père perd son aval ». Catastrophée, l'Ange Beige eut le temps, dans un hoquet, de rejeter un petit sabot du crapaud qu'elle venait d'ingurgiter. Il ne lui restait plus qu'à parcourir le royaume à la recherche du propriétaire véritable de ce petit sabot nabot. Au premier coup de minuit, le sabot commença à frémir ; au troisième coup de minuit, il eut vraiment peur. Au septième coup de minuit, il était affolé. Au treizième coup de minuit, le sabot eut si peur, mais vraiment si peur qu'il se transforma en citrouille, et si trouille qu'il se désintégra. Le rat grommela une vilaine injure : il était brusquement devenu un siroi, avec une longue queue d'écailles à partir du nombril. Le petit siroi aurait voulu crier, mais sa voix s'était volatilisée, comme si sa langue lui avait été coupée. Et le voilà qui gigotait comme un gigot au fond d'un bocal sans eau, en hurlant silencieusement son malheur. Hansel eut pitié de lui et le retira vivement du four où il commençait de se brûler les ailes ; puis il lui plaça un large pantalon autour de sa queue et lui offrit ses propres bretelles pour tenir le pantalon. « Je me souviendrai de toi, Hansel à bretelles », lui cria le petit siroi.

Or c'était maladroit, car ce pantalon avait été vendu à Hansel par d'étranges tailleurs qui lui avaient affirmé que seuls les imbéciles ne pourraient voir la merveilleuse étoffe de soie ; et comme de juste, après avoir été grassement payés, ils s'étaient enfuis. On disait d'eux : « Tailleurs ils étaient venus hier, aujourd'hui ils s'en allaient ailleurs. » Le petit siroi, lui, ne voyait rien autour de sa longue queue d'écailles, les soieries du siroi lui étaient invisibles, et il pleurait à chaudes larmes. Survint alors la si belle chatte du marquis de Carambar qui lui lut une de ses célèbres blagues imprimées sur l'envers du papier d'emballage. Le petit siroi rit si fort que le bruit de son rire le réveilla : Grincheux s'étira, se leva et constata qu'il était debout sur ses deux petites jambes de nain : heureusement, tout ceci n'avait été qu'un mauvais rêve.

Voilà pourquoi, l'Ange Beige, maintenant rétablie,

put enfin se marier avec son jeune et joli amoureux, qui s'appelait Bruno Bettelheim et qui commençait à se faire pousser une barbe aux curieux reflets bleutés. Au jour où je vous parle, l'Ange Beige doit gésir dans quelque placard obscur, en compagnie d'autres femmes, également découpées.

Et c'est bien dommage, car en d'autres circonstances, elle eût pu avoir été heureuse et avoir eu beaucoup d'enfants.

Toutefois, j'en doute car n'oublions jamais que ce qui est pire qu'un enfant dans une poubelle n'est pas deux enfants dans une poubelle, mais un enfant dans deux poubelles.

OS

JOCONDES

Variations de points de vue.

LE POINT DE VUE DE MURPHY

1. Tous les grands chefs-d'œuvre sont faits par erreur.

2. Commencez toujours par peindre votre tableau. Placez ensuite le modèle.

3. Dès qu'un tableau est peint, son modèle commence à lui ressembler de moins en moins.

4. Dans une séance de pose, les minutes sont précieuses et les heures sont perdues.

5. La perspective est un moyen technique d'arriver au pire des paysages avec confiance.

6. Les plus beaux modèles sont toujours occupés.

7. Vous ne pouvez pas dire ce qu'observe la Joconde en regardant ses yeux.

8. Plus la secrétaire du mécène est cordiale, plus

grands sont les risques que les concurrents aient déjà la commande.

9. Dites à quelqu'un que l'univers compte 300 milliards d'étoiles et il vous croira. Dites-lui que la Joconde vient d'être peinte et il devra la toucher pour en être convaincu.

10. La fonction principale d'un peintre est de rendre les choses difficiles au modèle et impossibles au restaurateur.

LE POINT DE VUE DU PORTEUR DE PORTABLE

— Allô ?…
— Ouais, c'est moi…
— Non, c'est moi, je te dis…
— Devine où je suis…
— Ouaiiis…
— Noon…
— Noon…
— Non plus…
— Dans un musée… Ch'suis dans un musée.
— Noon…
— Non plus…
— Le Louvre… Et ch'suis devant un tableau…
— Ouaiiis…
— Noon…
— Non plus…

— Le plus célèbre du monde…
— Putain fais un effort…
— La Jocoonde…
— Ouaiiis…
— Pas terrible, non…
— Noon…
— Noon…
— Et toi, là, t'es où ?
— Woh ? Tu déconnes ?

LE POINT DE VUE DE LA FEMME : « LE POINT DE VUE DES TONTONS FLINGUEURS »

— Sans être franchement malhonnête, elle est assez curieuse. On a dû arrêter les visites. Y'en a qui devenaient aveugles.
— Ah faut reconnaître, c'est du brutal.
— J'y trouve une touche d'ocre.
— Y'en a.
— Tu sais pas c'qu'y m'rappelle ? Cette espèce de diptyque qu'on voyait dans un musée de Bien-Hoâ, pas loin de Saigon. Et l'artiste, déjà, comment qu'y s'appelait, nom de Dieu !
— Le Titien.
— T'as connu ?
(Entre une jeune fille, qui s'approche du tableau.)
— Touche pas au châssis, salope !!

(Effrayée, la jeune fille sort de la salle.)

— D'la peinture à cet âge-là !

— Il avait son secret, Léo. 50 kg de modèle, un bois verni, et il te sortait un chef-d'œuvre trois étoiles au pinceau. Et c'est pour ça que je me permets d'intimer l'ordre à certains salisseurs de mémoire qu'y feraient mieux de fermer leur gueule.

— Z'avez beau dire… Y'a pas seulement de l'ocre. Y'a autre chose. Ça serait pas des fois de la terre de Sienne ?

— Y'en a aussi.

— Faut quand même admettre que c'est plutôt un tableau d'homme.

LE POINT DE VUE
DU MATHÉMATICIEN BOOLÉEN

Soit grand B l'ensemble des femmes brunes portant un filet de soie noire sur la tête,

soit grand I l'ensemble des personnes douées d'un sourire indéfinissable,

soit grand P l'ensemble des tableaux d'un peintre donné petit p.

Montrer que si l'intersection de grand I, grand B et grand P est la Joconde… … alors petit p est Léonard de Vinci.

LE POINT DE VUE DES DEUX MACHOS EN TERRASSE

— Tiens, celle-là, combien ? Douze ?

— La petite brune avec le fichu sur la tête, toute en noir ? Douze ? Tu pousses un peu dans la sévérité. Moi, je dirais quatorze, quinze. Elle a de jolis nichons, non ?

— Les nibards, passe encore… Mais t'as vu les guiboles ?

— Quoi, les guiboles ?

— Ben, regarde…

— Ah ouais, ouais, d'accord… O.K., douze, en étant sympa…

LE POINT DE VUE DU TRADEUR

La Joconde, après avoir connu un excellent début de séance à Sotheby's, a soudain plongé à l'annonce des résultats de Christie's, et a fini à moins 15 1/4. Bonne tenue en revanche de la *Cène* et de la *Vierge aux rochers*. Enfin, le *Baptême du Christ* s'est un peu effrité en fin de séance et les opérateurs ont dû se reporter sur le *Saint Jean-Baptiste*, qui a fini sur une hausse de 3 1/2.

LE POINT DE VUE DE 007

— Ne nous sommes-nous pas déjà rencontrés, Monsieur ?

— Cond. My name is Cond. Joe Cond.

LE POINT DE VUE DE L'AMATEUR DE JEUX TÉLÉVISÉS

— Monsieur Vinci ?

— Consonne.

— J. Madame Lisa ?

— Voyelle.

— O. Monsieur Vinci ?

— Consonne.

— C. Madame Lisa ?

— Voyelle.

— O. Monsieur Vinci ?

— Consonne.

— N. Madame Lisa ?

— Consonne.

— D. Monsieur Vinci ?

— Voyelle.

— E. Madame Lisa ?

— Consonne.

— Et N. Ce qui donne : J - O - C - O - N - D - E - N. Trente secondes. (...) Monsieur Vinci ?

— Euh, cinq lettres.

— Madame Lisa ?
— Pas mieux.
— Alors, c'est à vous Monsieur Vinci.
— CONNE. C, O, deux N, E.
— Maître Capelo ?
— Oui, CONNE, féminin de con, populaire pour idiot. Mais c'est dommage, il y avait six lettres : DONJON.

LE POINT DE VUE DE MARGUERITE D.

Derrière elle, il y aurait le paysage. Ça se verrait que le soir allait tomber. Elle, elle regarderait. Ça serait un regard et pourtant ce ne serait pas son regard. Ce pourrait être celui d'une truite.

Oui. Celui d'une truite.

Elle sourit. Un sourire qu'on ne peut pas définir. Un sourire qui dit qu'elle sourit.

Elle dit : Vous n'avez rien vu au musée du Louvre. Rien. Il dit : Rien. Je n'ai rien vu.

LE POINT DE VUE DE CYRANO

— Vous.... avez un sourire... euh... indéfinissable.

Cymona de Lisac, imperturbable, avec panache :
— Ah ! non ! c'est un peu court, jeune homme !

On pouvait dire... Oh! Dieu!... bien des choses en somme...

En variant le ton, — par exemple, tenez...

Résigné : à quoi bon triturer ses méninges,

Si l'on ne tire rien de ce sourire de sphinge...

Malicieux : parlez-vous quand vous faites la moue?

Flatteur : le rose est tendre à vos lèvres charnelles,

Portez-vous Enigma, de la maison Chanel?

Inquiétant : madame, si j'avais ce sourire,

Chacun m'accuserait d'être goule ou vampire.

Médisant : allons donc, ce sourire est factice

Ces dents n'ont jamais vu la pâte dentifrice.

Moqueur : mon cher amour, pourquoi fermer la bouche?

Avez-vous donc si peur de gober une mouche?

Anatomique : ce pli soucieux au coin des lèvres

Cache avec certitude une mâchoire de chèvre.

Médical : chère amie, ouvrez grand, je vous prie,

Que je vous fraise enfin cette affreuse carie.

Terrifié : camouflez, si vous pouvez, vos dents,

On sait que vous avez dévoré vos enfants...

Voilà ce qu'à peu près, mon cher, vous m'auriez dit

Si vous aviez un peu de lettres et d'esprit...

LE POINT DE VUE DE L'HÔTESSE DE L'AIR

Mesdames et messieurs,

Ladies and gentlemen,

Les issues de secours, signalées par un panneau Exit, sont situées de chaque côté du tableau au premier plan (pause), au centre (pause), et à l'arrière-plan (pause).

Emergency exits, on either side of the painting, are clearly marked by an Exit sign. They are located at the foreground, in the center, and at the background.

Les avant-bras de sécurité se croisent et se décroisent de cette façon.

Your security forearm is crossed and uncrossed like this.

En cas de dépressurisation du tableau, les châles en soie noire tomberont devant vous.

If there is a fall in the painting pressure, your black silk net will drop down in front of you.

Placez le châle sur vos cheveux et respirez normalement.

Place the silk net over your hair and breathe normally.

Merci de votre attention.

Thank you for your attention.

Je me souviens de « C'est moi que j'suis la Joconde, la Joconde, la Joconde », chanté par Paul Braffort (de l'Oulipo).

Je me souviens que la Joconde est une huile sur bois, et non une huile sur toile.

Je me souviens que, selon le peintre Henri Cueco, le tableau de Courbet *L'Origine du monde*, qui représente un sexe de femme, est la partie inférieure d'un diptyque dont le haut est la Joconde.

Je me souviens que Marcel Duchamp a dessiné des moustaches et un bouc à la Joconde, avant d'écrire en dessous, en toutes lettres, L. H. O. O. Q.

Je me souviens d'un poster qui représentait Mona Lisa en train de fumer un joint.

Je me souviens de « Mona Lisa Klaxon au téléphone », de Jacques Higelin.

Je me souviens que Marina Vlady est la sosie de Mona Lisa dans le film de Michel Deville, *On a volé la Joconde*.

Je me souviens que, comme disait Pierre Dac, « c'est en sciant que Léonard devint scie ».

Je me souviens que dans *Je me souviens*, de Georges Perec, il n'est jamais fait allusion à la Joconde.

Le sourire de la Joconde de Léonard de Vinci
L'énigme du sourire de la Joconde de Léonard
La résolution de l'énigme du sourire de la Joconde
L'impossibilité de la résolution de l'énigme du sourire
La question de l'impossibilité de la résolution de l'énigme
L'angoisse de la question de l'impossibilité de la résolution
La sueur de l'angoisse de la question de l'impossibilité
L'odeur de la sueur de l'angoisse de la question
La dissipation de l'odeur de la sueur de l'angoisse
La lenteur de la dissipation de l'odeur de la sueur
La mesure de la lenteur de la dissipation de l'odeur
L'outil de la mesure de la lenteur de la dissipation
Le chrome de l'outil de la mesure de la lenteur
Le reflet du chrome de l'outil de la mesure
La vision du reflet du chrome de l'outil
Le trouble de la vision du reflet du chrome
La guérison du trouble de la vision du reflet
Le succès de la guérison du trouble de la vision
Le siècle du succès de la guérison du trouble
Le début du siècle du succès de la guérison
Le Vinci du début du siècle du succès

Le Léonard de Vinci du début du siècle
La Joconde de Léonard de Vinci du début
Le sourire de la Joconde de Léonard de Vinci

HLT
Joconde jusqu'à cent, 1998,
et *Joconde sur votre indulgence*, 2002.

NOSTRATIQUE : CHANT DE GUERRE

Un linguiste contemporain, Merritt Ruhlen, par la méthode comparative portant sur les trente-deux familles attestées de langues humaines a retrouvé vingt-sept mots de la langue originelle, le pré-nostratique. Les langues du monde ont été rassemblées par les linguistes en familles ; et ces familles elles-mêmes en trente-deux familles de familles, qui sont : Khoisan, Nigéro-Congolais, Kordofanien, Nilo-saharien, Afro-asiatique, Kartvélien, Indo-européen, Ouralien, Dravidien, Türk, Mongol, Toungouse, Coréen, Japonais-ryukyuen, Aïnou, Guiliak, Tchouktchi-Kamtchatkien, Eskimo-Aléoute, Caucasien, basque, Burushaki, Iénisséien, Sino-tibétain, Na-dene, Indo-pacifique, Australien, Nahali, Austro-asiatique, Miao-yao, Daïque (kadai) Austronésien, et Amérinde.

Ces vingt-sept mots sont :

1. aja - *mère, parent féminin plus âgé 2.* bun(n)ka - *genou, courber 3.* bur - *cendres poussière 4.* chunga - *nez sentir 5.* kama - *tenir à la main 6.* kano - *bras 7.* kati - *os 8.* k'olo - *trou 9.* kuan - *chien 10.* ku(n) - *qui ? 11.* kuna - *femme 12.* mako - *enfant 13.* maliq'a - *sucer, téter, allaiter, poitrine 14.* mana - *rester (sur place) 15.* mano - *homme 16.* mena - *penser (à) 17.* mi(n) - *quoi ? 18.* pal - *deux 19.* par - *voler (dans les airs) 20.* poko - *bras 21.* puti - *vulve 22.* teku - *jambe, pied 23.* tik - *doigt, un 24.* tika - *terre 25.* tsaku - *jambe, pied 26.* tsuma - *poil, cheveu 27.* aq'wa - *eau*

Un corpus de textes en pré-nostratique gravés sur des défenses de mammouths conservés dans le permafrost à Verkoiansk en Sibérie se compose de quelques poèmes, chants et invocations sacrées n'utilisant que ces mots.

Grâce aux travaux du professeur Schmnemoniq, célèbre pour ses traductions de la Bible en proto-hébreu, et à ceux du père Risolnus, l'Oulipo a été en mesure d'en présenter au public quelques échantillons.

CHANT DE GUERRE

tik pal tik pal tik pal tik pal tik pal tik pal
tik pal tik pal tik pal tik pal tik pal tik pal
tik pal tik pal tik pal tik pal tik pal tik pal
tik pal tik pal tik pal tik pal tik pal tik
pal tik pal tik pal tik pal tik pal tik
pal tik pal tik pal tik pal tik pal tik pal tik
pal tik pal tik pal tik pal tik pal tik pal
tik pal tik pal tik pal tik pal tik pal tik
pal tik pal tik pal tik pal tik pal tik pal
tik pal tik pal

(traduction)

un deux un deux un deux un deux un deux un

deux un deux un deux un deux un deux un deux un deux un deux un deux un deux un deux un deux un deux un deux un deux un deux un deux …

JR

LIVRES

À PLUS D'UN TITRE

Variations homophoniques sur les titres de Queneau.

MAUVAIS GARÇON

Vendre les veaux
Courir les grues
Battre sa compagne

L'EXHIBITIONNISTE

Zizi dans le métro

LA TOUTE JEUNE FILLE

Marelle élémentaire

LES DERNIERS ROIS DE THULÉ

Les derniers gourds

FREUD (BIOGRAPHIE)

Gueule de père

CRISES DE FOI DANS LA MODE

Exorcismes de style

BENOÎT MANDELBROT (BIOGRAPHIE)

L'instant fractal

ROLAND TRAVY

Le chien et l'amant d'Odile

VIEUX SATYRE

Si tutu m'agite, fillette, fillette…

SAGESSE MACHISTE

On est toujours trop con avec les femmes

L'ASSOMMOIR

Le dimanche de la lie

RAYMOND ROUSSEL :
« COMMENT J'AI ÉCRIT
CERTAINS DE MES LIVRES »

Cent mille billards de poèmes
Cent mille pillards de poèmes

PF

BIBLIOTHÈQUES

BIBLIOTHÈQUE OULIPIENNE

Si tu les classes par couleurs
Sache que la Blanche est beige
Que le cadre rouge est orange
Mais que Folio est la bien blanche
Que la Noire est de jaune bordée
Que les Cahiers Rouges le sont
Que Cosmopolitaine est rose
Et que Garnier est jaune cru
Mais blanchit sous le Flammarion
Sache que le Poche se peint
Selon les jours et les auteurs
Qu'il se repeint aussi parfois
Selon les modes et les humeurs
Sache que Poésie est livide
Minuit n'a pas meilleure mine
Que Pléiade bascule au siècle
Du vert sombre au brun sinistre
Que Grasset est plutôt pisseux

Que le Mercure coule bleu
Et que d'alu est la fiction
Sache qu'aux enfants on donne
Les quadrichromies impeccables
Les rigidités du carton
Que leur Bibliothèque Rose
Est bien de ce métal et que
Leur Verte mérite son nom
Aux bêtes-célèbres on réserve
L'argent le brillant le doré
La barbouille et la gaufre
Songe que la B.O. enfin
Est couleur de coquille et qu'il
Fait bon y déposer son œuf

CLASSER À REDONDE

Si tu classes par couleurs tes livres
En arc-en-ciel le long du rayon
D'une bigarrée bibliothèque
Il te faut en connaître un rayon
Car on les barbouille fort les livres

Si tu classes à l'humeur ton rayon
Prends garde à cette bibliothèque
Qui pourrait n'avoir qu'un ou deux livres
La véritable bibliothèque
Chasse l'humeur au bout du rayon

Pour monter une bibliothèque
Il faut de la suite dans les livres
De l'abbé, du cédé, du rayon
C'est à ce prix que dorment les livres
Dans leur maison la bibliothèque

CLASSER EN TÉRINE RECUITE

Acharné à classer, fiévreux, chaque livre
Le rat va vient s'active entre les rayons
Il veut à chacun garantir son bon ordre

Celui dont l'alphabet seul donne l'ordre
Qui dans la nuit des temps range le livre
À la place où il doit dormir sur les rayons

Mais voilà que le rat se mêle les crayons
Qu'entre l'A et le Z il sème le désordre
Priant que d'alphabet enfin on le délivre

PF

LA DISPARITION : POSTFACE

Sur l'ambition qui, tout au long du fatigant roman qu'on a, souhaitons-nous, lu sans trop d'omissions, sur l'ambition, donc, qui guida la main du scrivain

L'ambition du « Scriptor », son propos, disons son souci, son souci constant fut d'abord d'aboutir à un produit aussi original qu'instructif, à un produit qui aurait, qui pourrait avoir un pouvoir stimulant sur la construction, la narration, l'affabulation, l'action, disons, d'un mot, sur la façon du roman d'aujourd'hui.

Alors qu'il avait surtout, jusqu'alors, discouru sur sa situation, son moi, son autour social, son adaptation ou son inadaptation, son goût pour la consommation allant, avait-on dit, jusqu'à la chosification, il voulut, s'inspirant d'un support doctrinal au goût du jour qui affirmait l'absolu primat du signifiant, approfondir l'outil qu'il avait à sa disposition, outil qu'il utilisait jusqu'alors sans trop souffrir, non pas tant qu'il voulût amoindrir la contradiction frappant la scription, ni qu'il ignorât tout à fait, mais plutôt qu'il croyait pouvoir s'accomplir au mitan d'un acquis normatif admis par la plupart, acquis qui, pour lui, constituait alors, non un poids mort, non un carcan inhibant, mais, grosso modo, un support stimulant.

D'où vint l'obligation d'approfondir ? Plus d'un fait, à coup sûr, la motiva, mais signalons surtout qu'il s'agit d'un hasard, car, au fait, tout partit, tout sortit d'un pari, d'un a priori dont on doutait fort qu'il pût un jour s'ouvrir sur un travail positif.

Puis son propos lui parut amusant, sans plus ; il continua. Il y trouva alors tant d'abords fascinants qu'il s'y absorba jusqu'au fond, abandonnant tout à fait moult travaux parfois pas loin d'aboutir.

Ainsi naquit, mot à mot, *noir sur blanc*, surgissant d'un canon d'autant plus ardu qu'il apparaît d'abord insignifiant pour qui lit sans savoir la solution, un roman qui, pour biscornu qu'il fût, illico lui parut plutôt satisfaisant : D'abord, lui qui n'avait pas pour un carat d'inspiration (il n'y croyait pas, par surcroît, à l'inspiration !) il s'y montrait au moins aussi imaginatif qu'un Ponson ou qu'un Paulhan ; puis, surtout, il y assouvissait, jusqu'à plus soif, un instinct aussi constant qu'infantin (ou qu'infantil) : son goût, son amour, sa passion pour l'accumulation, pour la saturation, pour l'imitation, pour la citation, pour la traduction, pour l'automatisation.

Puis, plus tard, s'assurant dans son propos, il donna à sa narration un tour symbolisant qui, suivant pas à pas la filiation du roman puis pour finir la constituant, divulguait, sans jamais la trahir tout à fait, la Loi qui l'inspirait, Loi dont il tirait, parfois non sans friction, parfois non sans mauvais goût, mais parfois aussi non sans humour, non sans brio, un filon fort productif, stimulant au plus haut point l'innovation.

Il comprit alors qu'à l'instar d'un Frank Lloyd Wright construisant sa maison, il façonnait, *mutatis mutandis*, un produit prototypal qui, s'affranchissant du parangon trop admis qui commandait l'articulation, l'organisation, l'imagination du roman français d'aujourd'hui, abandonnant à tout jamais la psychologisation qui s'alliant à la moralisation constituait pour la plupart l'arc-boutant du bon goût national, ouvrait sur un pouvoir mal connu, un pouvoir dont on avait fait fi, mais qui, pour lui, mimait, simulait, honorait la tradition qui avait fait un *Gargantua*, un *Tristram Shandy*, un *Mathias Sandorf*, un *Locus Solus*, ou — pourquoi pas ? — un *Bifur* ou un *Fourbis*, bouquins pour qui il avait toujours rugi son admiration, sans pouvoir nourrir l'illusion d'aboutir un jour à un produit s'y approchant par la jubilation, par l'humour biscornu, par l'incisif plaisir du bon mot, par l'attrait du narquois, du paradoxal, du stravagant, par l'affabulation allant toujours trop loin.

Ainsi, son travail, pour confus qu'il soit dans son abord initial, lui parut-il pourvoir à moult obligations : d'abord, il produisait un « vrai » roman, mais aussi il s'amusait (Ramon Quayno, dont il s'affirmait l'obscur famulus, n'avait-il pas dit jadis : « L'on n'inscrit pas pour assombrir la population » ?), mais, surtout, ravivant l'insinuant rapport fondant la signification, il participait, il collaborait, à la formation d'un puissant courant abrasif qui, critiquant *ab ovo* l'improductif substratum bon pour un Troyat, un Mauriac, un Blondin ou un Cau, disons pour un godillot du Quai Conti, du *Figaro* ou du Pavillon Massa, pourrait, dans un prochain futur, rouvrir au roman l'inspirant savoir, l'innovant pouvoir d'un attirail narratif qu'on croyait aboli !

GP

La Disparition, 1969.

, ; : ! ? ! ? ! ( ) [ ] .

I

Que soit posé et proposé ce qui suit :

Il est trop compréhensible et légitimement compensatoire qu'une personne contrariée dans le vécu de l'instant même se tourne vers l'époque naguère ou le cycle jadis à l'heure où le chant du coq et l'allégresse des cris des oiseaux précédaient déjà soit le point du jour soit son amorce de gloire et pour le dire d'un mot l'éveil de l'astre appelé soleil dans notre région française (point) (.).

Qu'est-ce à dire et pourquoi ce tortueux, cet interminable paragraphe ? Pour établir le record de la phrase la plus longue sans ponctuation autre que le point qui la parachève. Toutefois, en quoi est-ce là un record et ne pourrait-on faire mieux et beaucoup mieux ? Assurément oui, mais un record n'existe qu'une fois enregistré ; or on tiendra celui-ci pour enregistré, d'abord par le fait annexe de sa publication, ensuite et surtout parce que l'exploit, pour très modeste qu'il s'avoue, est consciemment dit par son auteur, assez de la même façon que le record du 100 mètres en Basse-Auvergne fut établi à quatorze secondes et trois cinquièmes (chronométrage manuel) en 1929 (en sabots, 3'59").

II

Il sera observé et accordé qu'un effort considérable fut fait par ce même auteur pour rendre la phrase en même temps intelligible et mélodieuse (sic). On remarquera qu'en effet les finales (autres que celles des mots-outils) ne sont pas répétées, quoique pouvant ici et là suggérer des semi-rimes (à l'oreille, guère à l'œil) ; leur relevé s'établissant comme il suit :

trop sible ment toire sonne riée cu tant même tourne poque guère cycle dis (disse) heure chant coq gresse cris seaux (zeaux) doivent point jour nonce gloire dire mot veil astre leil gion çaise.

Ce record annexe mérite d'être mis en relief puisque, si l'auteur avait voulu rendre compte du même phénomène en termes d'inintelligibilité cacophonique, il n'aurait pas manqué d'écrire ceci :

Il est trop évidemment arrêté et légitimement manifesté qu'un quidam contrarié dans sa réalité spongieuse quoique déméritée fasse marche arriérée vers le temps où tout aussi clairement il est remémoré à ses yeux étonnés dans l'heure où le chant d'un gallinacé et le gazouillement des différents perchés enfin réveillés annonçaient à ses sens renouvelés la proximité de l'astre montant dans le firmament de notre contrée enfin revigorée et lustrée au petit poil.

III

Mélodieuse ou cacophonique, l'opération a pour but — par raison démonstrative, indicativement poussée jusqu'au point limite — de dissoudre et annuler l'emploi de la virgule puisque les mêmes textes pourraient être reconstitués avec l'apport de ladite ; par exemple, comme ceci :

Il est bien normal que, étant contrarié dans la vie, on cherche diversion, sinon récompense, dans des souvenirs, par prédilection ceux de l'enfance, et notamment ceux de réveil, et c'est ainsi qu'on se rappellera, entre autres, le chant du coq, annonçant la fin de la nuit, ainsi nous disant que, incessamment, le soleil commencera sa remontée au ciel, et ce sera le jour.

Si quelque chose est ici montré, c'est seulement une confondante plasticité du langage bien faite pour remettre en cause tant d'écrits — scolaires et post-scolaires — d'un dogmatisme suspect.

Pour s'en tenir à cette composante annexe et subordonnée du langage qu'est la ponctuation — dont le mérite le plus clair est de fixer les harmoniques —, et pour dès l'abord n'envisager que la simple virgule, on voit qu'elle demeure suspendue à des décrets de rencontre. Qu'il soit loisible à chacun de l'employer plus ou moins n'est pas toujours bien perçu, simplement parce que sa double fonction — analytique et d'humeur — échappe à l'entendement de personnes qui la croient faite seulement pour isoler les propositions ou les simples éléments d'une suite énumérative : alors qu'à l'évidence elle sert aussi à fixer le rythme de la phrase, donc à mieux définir un style. Il ne s'agit pas simplement du libre usage dans le fractionnement de la phrase, c'est-à-dire d'un décompte du nombre de virgules employées — très variable suivant l'oreille intérieure de qui écrit ou écrivit — ; il peut s'agir aussi, bien plus significativement, d'un assemblage qu'on dira dévirgulé et qui remettra en cause la convention grammaticale. Si par exemple, dans une description voulue poétique (ou «poétique»; il ne s'agit pas de jugements de valeur, mais de montrer un usage différent des habituels), si donc il est écrit : « les dockers les marins », etc., il doit être assez clair à qui lit cette description qu'elle est voulue poétique (ou « poétique ») puisque les harmoniques suggérées par le renoncement à la virgule — par le « groupage » — la situent loin de la description naturaliste ou scolaire, laquelle exigerait l'emploi conforme de la « , », soit : « les dockers, les marins ».

Bien sûr, il est navrant de devoir expliquer — avec la lourdeur démonstrative qu'il y faut — ce qui devrait aller sans dire ; mais justement ne va pas du tout sans dire — en 1984, dans notre région française.

JQ

LE ROMAN DES ROMANCIERS

PRÉSENTATION

Le texte qui suit est extrait de la Bibliothèque oulipienne *n° 48 :* Les bibliothèques invisibles *(à voir et à ranger). Le fascicule n'était pas paru séparément, mais faisait partie du* volume 3 *édité par Paul Fournel chez Seghers en 1990. Le thème des bibliothèques « systématiques » fut repris par la suite à plusieurs reprises et trouvera un prolongement (peut-être définitif ?) dans une prochaine publication du Collège de Pataphysique.*

La Bibliothèque oulipienne *n° 130, parue en 2004 vulg. est une version remaniée et largement complétée du n° 48, à l'exception toutefois de la dernière section :* Le roman des romanciers *qui fut écartée à l'époque pour d'évidentes raisons de sécurité. J'ai pensé que la publication de cette anthologie était une occasion idéale pour rendre ce texte au vaste public qu'il mérite, en hommage (discret) à Ramon Gomez de la Serna.*

WALTER HENRY

La vraie machine littéraire sera celle qui sentira elle-même le besoin de produire du désordre, mais comme réaction à une précédente production d'ordre... une machine littéraire qui, à un moment donné, ressente l'insatisfaction de son traditionalisme et se mette à proposer de nouvelles façons d'entendre l'écriture, à bouleverser complètement ses propres codes. Pour contenter les critiques, qui cherchent les homologies entre faits littéraires et faits historiques, sociologiques, économiques, la machine en question pourrait adapter ses propres changements de style aux variations d'indices statistiques de la production, du revenu, des dépenses militaires, de la distribution des pouvoirs décisionnels. Elle serait une littérature capable de correspondre parfaitement à une hypothèse théorique, c'est-à-dire, en fin de compte, la littérature.

ITALO CALVINO

Parmi les propriétés caractéristiques du langage naturel, on doit attacher le plus grand prix à celle qui correspond à une observation de Jacques Roubaud (que je désigne souvent par Hypothèse des morphismes verticaux*) : il semble assuré que des articulations très semblables se manifestent aux différents niveaux de l'échelle des structures linguistiques et littéraires et que des grammaires d'unification puissent régir le niveau des épisodes aussi bien que le niveau des mots eux-mêmes.*

Existe-t-il alors des grammaires de bibliothèques *et peut-on imaginer des épisodes et des récits dont les constituants soient des livres — ou, tout au moins, des titres de livres ?*

S'il en était ainsi, on pourrait discerner, dans cet univers fascinant qu'est celui des bibliothèques, une double potentialité : celle de bibliothèques implicites *— comme celles que j'ai évoquées plus haut, mais aussi celle de* récits implicites *comme celui que je propose ici. Le lecteur trouvera peut-être* *quelque intérêt à rechercher les auteurs des ouvrages dont j'ai utilisé des titres.*

REGARDE, REGARDE TOUS LES BOUQUINS !

Je me souviens : 1984, l'année des roses, l'année terrible ; l'adieu à l'automne, un précoce automne, automne d'une femme !...

Les vacances d'un jeune homme sage. Sept fois sept jours, sept jours de liberté : un week-end à Zuydcoote (moi, j'aime pas la mer !), loin de Rueil, loin de Moscou (oublier Palerme !). Le 6 octobre, le 7 octobre, la dernière nuit... et le huitième jour, l'homme m'a raconté...

Les trois crimes de mes amis (les amis de Monsieur Paul, de si braves garçons !). L'ami Fritz, le camarade infidèle ; Bob Bantam, le grand Bob, l'homme de Londres, un professeur d'américain ; François le bossu, l'homme au complet marron ; Clérambard, l'homme à l'oreille cassée, l'étrange visiteur... Edgar, le camarade, un raté, l'amoureux de Line ; Pierrot mon ami, Pierrot des solitudes... mon ami le traître !

Les misérables, ils ont mangé la grenouille ! Une bonne pincée, fais-moi confiance ! Le magot en prise directe, on liquide, sans attendre Godot. Le crime, ça paie : le casse, vol d'un nid de bijoux (les bijoux indiscrets) : le scarabée d'or, les araignées d'or, le triangle d'or, une giclée d'or; la perle de l'empereur, le jeu des perles de verre, le cabochon d'émeraude, le bouchon de cristal (un diamant gros comme le Ritz : les diamants sont éternels), le jade du mandarin... Bousculez pas le magot!

Rapt, kidnapping dans l'intérêt des familles. Kidnap-party : l'enlèvement d'Hortense, la belle Hortense, la demoiselle aux yeux verts, une blonde grand sport, celle qu'on montre du doigt.

— Fais pas ta rosière : sois belle et tais-toi! — Cause toujours, mon lapin! — Comment qu'elle est : pas de mentalité! — Vous les entendez? — Ho! Méfie-toi des voyous, tendre femelle! — Du balai! — T'as pas honte, captive? Ôte-toi de mon soleil! — Parole d'homme, l'amazone s'amuse, un sacré culot! — Ça te la coupe? — T'es pas timbrée? — Basta, Bambino, ferme ta malle. — La garce! — Fais pas ton clown, oh collègue! — Oh ces amazones! On peut cogner, chef? Faut que ça craque! — O.K. Léon, à la cravache, elle en veut! Et que ça saute! — zzz... — Et avec ça, madame? — Vache de singe, qu'est-ce qu'on déguste! — J'aurai ta peau! — Ramenez-moi vivante! Va te rhabiller, tu peux crever! — Pas de boulettes, arrêtez le massacre! — N'étranglez pas trop! Tiens bon la rampe, Eva, t'endors pas! — Accidenti! Y a-t-il un docteur dans la salle? — Couche-la dans le muguet! — C'est râpé, frangin : oui, adieu, ma jolie! — Voyez le tableau : étrange créature, la bouche pleine de terre ! On n'en revient pas — Fallait pas commencer ! — Faites monter la bière !... Le corbillard de madame — Des immortelles pour mademoiselle ! — restez couverts, tout le monde se tire !

... Quel gâchis, inspecteur, tout le monde l'aimait !

Les diaboliques ! Ordre de tuer. À coup de poignard. Qui ? Les copains : Lewis et Irène, Antoine et Julie, Miss Harriet, tante Jeanne, Pierre et Jean... Pourquoi pas Evans, pourquoi pas Métrobate ? On tue et tu paies... une ténébreuse affaire !

Trop de femmes, celles qu'on prend dans ses bras : Annie la souris japonaise ; Ariane, la petite fille de Jérusalem ; Claire, la reine des pommes ; Mme Edwarda, ma mère ; Ida, l'épouvantable nonne, la madone des sleepings ; Marianne, la dame aux rubans mauves ; la banquière ; la femme de César (le petit César) ; Paulette, la gouvernante italienne. Les petites alliées ? Sirènes, sirènes, bonnes à tuer. P.U.T.E.S. Elles attigent. Garces de femmes (on est toujours trop bon avec les femmes !)...

L'éducation sentimentale ? Tristan et Yseult, Roméo et Juliette, les amants tourmentés, Paul et Virginie, l'amoureuse aventure. Édith et Marcel, amants, heureux amants, etc. Impostures et séparations, tragique remous : les crimes de l'amour, le mal joli. Côté cœur, c'est pas le pied : un drôle de cinéma, de quoi se marrer ! Risibles amours. En rire ou en pleurer ? Le partage du cœur, les cœurs utiles. Les sœurs Rondoli, les frères Jolidan, mariés jeunes pour s'amuser en ménage : partie carrée (des gens comme les autres : ils ne pensent qu'à ça !).

Un homme de trop : duo à trois, deux pour une, duo pervers. La petite dernière, Mademoiselle Dax, jeune fille, la première extase. La langue sauvée, croque en bouche : des jeunes y entrent, des fauves en sortent ! Père et fils à la cravache — Papa tu es fou, petit papa pourri ; si jamais tu m'entubes, la barbaque à papa... — Ah ! la famille... y a plus d'enfants, allez maintenant au lit !... Un viol si doux, une affaire intime : après vous mon général.

Faux départ... un raté, la dérobade, la panne, la débâcle. La machine molle ! Lorsque tes mains, les mains sales... dans la main de l'ange, main pleine, la main chaude, la main gauche (la câline inspirée, la femme gauchère)... fièvres, vertiges, frissons garantis : l'amour baobab, le muscle... fort comme la mort, le jeune amant, pris dans la glu ! Pouce, pas un poil de sec, juteux à souhait, n'y mettez pas votre nez !

Les aventures très douces de Timothée le rêveur : « Et moi, pourquoi j'ai pas une banane ? » Le petit Nicolas, les quatre petites filles ! — Comment fais-tu l'amour, Cerise ? — La confession impudique — « Gros câlin... à rebours : l'envers et l'endroit, à voiles et à vapeur, à contre-voie ! » La soutane aux orties, le moine, l'insatiable Don Bougre (gros dégueulasse : un prêtre marié)... la foire aux garçons ! Éloge de la fessée ; Barbe-Bleue, Satan and C°... Fumée d'opium, fantasmes... le troupeau de Clarisse : le bestiaire inconstant (à cause des chats), la chatte, la chatte rouge, le chat dans tous ses états, la queue d'une souris dans l'oreille d'un chat, l'âne culotte.

Jeux interdits : le baiser du serpent, la queue du scorpion, l'affaire du canari... le corbeau vient le dernier ! Les animaux de tout le monde : le parc aux cerfs (espoir du cerf), le lion (attention les fauves : je t'offrirai une gazelle), le félin géant (parfois je rêve que je suis un tigre), le lapin de lune, le perroquet de Flaubert, la baleine amoureuse, la truie, le doberman et le cobra, le fantôme du chimpanzé... et le singe devint con !

Bêtes et gens qui s'aimèrent : l'homme à cheval, (les chevaux l'aimaient), la jument verte, la femme au petit renard, la femme changée en renard... Au bonheur des chiens (Hécate et ses chiens, le chien jaune, le chien à la mandoline), le loup de Mervent : les béatitudes bestiales de Balthazar B.

La vie est dégueulasse, quelque chose noir, au plus noir de la nuit : la tache noire, la porte noire, la boule noire. L'incal noir, plus noir qu'un doberman, la boîte noire, l'aubépine noire, la tulipe noire, les orchidées noires, les anges noirs, le sang noir. Le musée noir : printemps noir, la colère noire, furie noire (le grand noir et le petit blanc)... la blonde était en noir ! La manière noire, l'œuvre au noir, le trou noir, noir sur noir… terreur noire : le temps du châtiment !

Je vous écris d'Italie : je tire ma révérence. Pas un mot à l'ambassadeur. La fuite en douce, là-bas, à l'autre bout du monde, sans espoir de retour. Midi, gare centrale ; 12 h 30 de Croydon, un alibi de dix minutes ; le train du soir, le train de 16 h 50, voiture 7 place 15. Fouette cocher ! Le train ne sifflera pas trois fois…

Recherché pour meurtre ! Les français me font rire. Comment rire en poussant un cri déchirant tout en restant beau ? Ne nous énervons pas : je ne suis pas coupable. Moi je… je m'appelle Jéricho, le saviez-vous ?… Ils ne m'auront pas.

Quitte ou double ! Je porte plainte. Insoluble ? Il manquait une preuve ? Voici le meurtrier, l'incroyable vérité : coincé l'introuvable, le mystérieux M. X.

Vous qui allez juger, pourquoi attendre le bourreau ? Bourreau, fais ton métier ! Attention, motus ! Autrement dit, pas un mot aux journaux !… Sait-on jamais, un crime peut en cacher un autre !

Vous pigez, vous saisissez ? Dites : je le jure !

Le mot de la fin ? À quoi bon…

Fin de chapitre

PB

RESTRICTIONS

TROIS TENTATIVES À LA LIMITE

1° POÈME COMPOSÉ D'UN SEUL MOT

FENOUIL

(1957)

2° RÉDUCTION D'UN POÈME À UNE SEULE LETTRE

T.

(1957)

3° POÈME BASÉ SUR LA PONCTUATION

:

1, 2, 3, 4, 5.

6 ; 7 ; 8 ; 9 ; 10.

12 ?

11 !

(1958)

On ne sait bien où conduit un chemin qu'en le parcourant ou, tout au moins, en y jetant un coup d'œil pour voir s'il se termine, à peu de distance, en cul-de-sac, ou s'il n'a pas de fin visible. Même les impasses ont leur intérêt ; il est de nous éclairer aussi bien sur les limites que sur les pouvoirs qui sont associés à telles contraintes ou à tels mécanismes.

Prenons le poème composé d'un seul mot. Combien de lecteurs le trouveront-ils parfaitement dépourvu d'intérêt et pour combien d'autres aura-t-il (comme pour l'auteur) une charge poétique ? Si une réaction d'émotion intense est hautement improbable, l'indifférence totale est-elle possible ? Ainsi l'expérience d'une tentative à la limite peut-elle nous aider à prendre conscience de ce qui se passe à une échelle plus large. À partir de combien de mots un poème est-il possible ?

J'ai bien peur que la réduction d'un poème à une seule lettre ne se trouve de l'autre côté de la limite permise. Mais on peut bien s'amuser, non ? De toute manière, l'auteur n'a pas voulu renouveler cette performance. Il abandonne à 25 de ses confrères le soin de constituer l'ensemble complet des 26 poèmes basés — à partir de l'alphabet latin — sur ce principe.

En poésie, comme en prose, la ponctuation joue un rôle mineur par rapport aux mots. Le troisième des poèmes ci-dessus constitue une tentative pour renverser ce rapport. C'est la ponctuation qui est chargée de faire vivre le poème, voire de susciter quelque surprise. Je n'irai pas jusqu'à prétendre que la ponctuation fait tout l'intérêt de ce texte ; mais elle y joue un rôle capital à partir du moment où l'on pourrait imaginer des variantes dans lesquelles les mots seraient remplacés par d'autres mots, l'effet recherché étant le même puisqu'il serait assuré par la ponctuation.

FLL

Oulipo, *La Littérature potentielle*, 1973.

LE POÈME D'UNE SEULE LETTRE : EXPLICATION DE TEXTE

À la page 174 de *La Littérature potentielle*, François Le Lionnais publia sa « Réduction d'un poème à une seule lettre », qui date de 1957 :

T.

À la page suivante, l'auteur ajoute ce commentaire :

> *J'ai bien peur que la réduction d'un poème à une seule lettre ne se trouve de l'autre côté de la limite permise. Mais on peut bien s'amuser, non ? De toute manière, l'auteur n'a pas voulu renouveler cette performance. Il abandonne à 25 de ses confrères le soin de constituer l'ensemble complet des 26 poèmes basés — à partir de l'alphabet latin — sur ce principe.*

Quiconque a connu notre regretté cofondateur ne doutera pas de sa volonté de « bien s'amuser ». Une question néanmoins s'impose : une intelligence si vive et si pénétrante pouvait-elle se contenter d'une boutade et exclure d'un travail même ludique les divers paramètres de la poésie qui dans son commentaire brillent par leur absence ? Notre scepticisme sur ce point sera renforcé par cette réflexion : c'est François Le Lionnais qui a quasiment inventé la notion d'Oulipo sémantique. Ce scepticisme sera enfin confirmé par la lecture du commentaire sur son « Poème basé sur la ponctuation » qui suit de façon immédiate et sans doute insinuante les remarques déjà citées :

> *(...) C'est la ponctuation qui est chargée de faire vivre le poème, voire même de susciter quelque surprise. Je n'irai pas jusqu'à prétendre que la ponctuation fait tout l'intérêt de ce texte ; mais elle y joue un rôle capital (...)*

Voilà ce qui nous livre un premier secret : la seule lettre du poème dont nous parlons ici n'est pas une lettre toute seule, mais une lettre suivie d'un point. La ponctuation transforme ce qui autrement serait une entité, suffisante même si mystérieuse, en une *abréviation*. À partir de là, nous n'aurons aucune difficulté à reconstituer l'ensemble caché et provocateur que l'auteur a réduit, à l'insu de tous, à un simple T.

L'abréviation T. — notez bien qu'il s'agit d'un T majuscule — représente couramment le mot *tourner* dans l'expression : T. S. V. P. Cette formule, pour celui qui comme François Le Lionnais s'intéresse à la philosophie et aux mathématiques, renvoie à son tour au texte préexistant :

J'ai inventé le mouvement perpétuel. T. S. V. P.

Se présentant sous la forme d'un feuillet où cette phrase est écrite des deux côtés, ce jeu bien aimé des collégiens constitue également un paradoxe tout à fait classique.

Le feuillet ainsi annoté devient en vérité une délicieuse machine qui, si on a suivi scrupuleusement son mode d'emploi, obligerait le lecteur (et ses successeurs dûment désignés par voie testamentaire) à consacrer à son fonctionnement un temps dépassant probablement celui nécessaire à la lecture des *100 000 milliards de poèmes*, la seule limite étant celle imposée par l'usure du papier.

Peut-on douter du plaisir qu'a pris François Le Lionnais pour réduire cette machine à mouvement perpétuel, où déjà l'abréviation joue son rôle, à sa représentation minimale, selon les principes d'économie mathématique et de suggestivité mallarméenne ?

Sa manière de procéder aura été d'une logique simple et sûre. Il est clair, par exemple, que l'explication « j'ai inventé le mouvement perpétuel » est superflue et doit tout de suite tomber : les seules lettres T. S. V. P. de chaque côté du feuillet suffisent à garantir le bon fonctionnement de la machine. Ensuite, les lettres S. V. P. s'élimineront presque d'elles-mêmes : la courtoisie qu'elles traduisent, touchante certes, mais n'ayant aucune place dans un énoncé scientifique ou poétique, est en tout cas sérieusement entamée du fait même que les mots qui l'expriment sont tronqués jusqu'à leurs initiales, par souci d'une « efficacité » qui ne doit rien à la courtoisie. Enfin, à celui qui sera capable de discerner l'ensemble du texte codé, la présence du « T. » de chaque côté du feuillet (ou de la page) paraîtra une pure redondance.

Voici donc en abrégé le processus de simplification qu'a suivi François Le Lionnais :

J'ai inventé etc. T. S. V. P.	des deux côtés de la page
T. S. V. P	des deux côtés de la page
T.	des deux côtés de la page
T.	d'un seul côté de la page.

Ainsi l'esprit ingénieux de notre cofondateur s'assura qu'il continuerait à se manifester parmi nous au-delà de sa mort physiologique.

J'espère que le modeste travail ici présenté inspirera d'autres études en profondeur des écrits de

François Le Lionnais, des écrits tels que « Poème basé sur la ponctuation », qu'il définissait comme étant « à la limite ». C'est certainement dans ces œuvres apparemment triviales (je parle des textes, non de la théorie qu'ils illustrent) qu'on trouve l'empreinte de sa pensée la plus probante, puisque la plus hermétique.

HM

Oulipo, *La Bibliothèque oulipienne*, vol. 3, 1990.

LA RIEN QUE LA TOUTE LA

Autre tentative à la limite.

À QUE

Vous vous vous, parce que nul dont ce aucune
Quand de ce (pour avec) et ce pourquoi jamais ;
Seulement le et les et déjà si quand nous
Au et contre ces qui d'où vous aussi vous des.

Quelque enfin, pas ne tant depuis tout après une
Car si du en auprès (comme un qui je pour vous).
Et même... Il en leur la plus que ce que je ne te
Maintenant et cela ou tel toujours sans très.

Là de les puisque vous, moins que pour dont, autour
Desquels celui ne parmi et jusqu'alors — non
Dans le de et par — la qu'il comme la et seuls

Désormais tu son donc ! et tu bien les ici
Mais grâce à lorsque sur dont un les des en eux
Tu Tu Tu à travers les nul dont ce aucune.

LE

FLL

Oulipo, *La Littérature potentielle*, 1973.

ALPHABETS

Ceci est un des cent soixante-seize textes du recueil Alphabets, *Galilée, 1976.*

Chacun des cent soixante-seize textes de ce recueil est un onzain, un poème de onze vers, dont chaque vers a onze lettres. Chaque vers utilise une même série de lettres différentes, quelque chose comme une gamme, dont les permutations produiront le poème selon un principe analogue à celui de la musique sérielle : on ne peut répéter une lettre avant d'avoir épuisé la série. Tous les poèmes ont en commun les dix lettres les plus fréquentes de l'alphabet français : E, S, A, R, T, I, N, U, L, O. La onzième lettre est l'une des seize lettres restantes.

La présentation typographique du texte visualise cette contrainte en donnant de chaque poème deux dispositions différentes : l'une est ordonnée en un carré de onze lettres sur onze, l'autre est libre et propose une sorte de traduction en prose du poème.

LANGESOURIT
ALORSGEINTU

NGLASTIREOU
GRELOTASUNI
ERSALUTONGI
SAITOLURNEG
OURANTLESIG
UIGNARTLESO
RTISANGELUO.
INTEUGRASLO
TIONASURGEL

L'ange sourit.
Alors geint un glas tiré où
grelot a su nier salut
On gisait.
Ô, l'urne, gourant le si guignart,
le sorti sang, élu, oint, eu, gras,
lotion à sûr gel !

GP

Alphabets, 1976.

LA CLÔTURE

Le principe de composition est analogue à celui qui est à l'œuvre dans Alphabets *(voir p. 667)*

XI

Tels où m'incarne, ô rictus,
l'absent lourd à ciel trop nu,
          si calme,
          transi ou cloqué,
          criant secours.
La fin trouble sciant maison :
lecture du clos,
art inscrit à l'enfoui clôture.

Sang

XII

Tu codas l'inertie d'un roc,
la soif creusant loin lacustre glaise, tronc furieux,
la constance du sort ligoté ;

nul cri.
Sables où, craintif, un astre cloue hors l'intact lac :
souvenir

XIII

Glace
où s'introduit l'an secret
où pli s'ancre à l'intrus choquant

Crois le ciment, sa lourdeur, son cal titanique

Lors,
clame construite pulsion :
racine (tu l'as), corps forçant lieu

XXVII

Car plus en toi s'unit l'archéologue
criant son écart, plus il saigne court.

La porte s'incurve : ni sa clôture, ni
blocus à ton désir tu.

L'accalmie (ton sûr port au silence
conquis) : l'art ?

LXII

Luis, contrainte à l'or succulent,
rasoir où stance illustre a coincé
nous l'artiste ciron,
l'Auteur
(son calicot sur aliénation)
cruel
(S.S. ? Lucre national et ru socialiste ?)

On crut au roc sénile, au sort incliné, au col
strict roulé sans trace (nouille ou crins,
tartine, cal ou sceau).

Son litron l'éructa, sinistre clou à la
tonsure
(cicatrisé : un loin coutelas, rature, clin,
ossature.)

L'inconsolé :
articulation crue sous la crétine nuit…

Alors ? Crois-en ta culture laconiste,
Oural inscrit, Lune, *Cosa nostra*,
le cuit (colin saur) et le cru.

GP

La Clôture et autres poèmes, 1980.

BELLES ABSENTES

Chacun de ces poèmes est une « belle absente » : il comporte autant de vers que les lettres du nom du destinataire ; on s'interdit d'utiliser dans le premier vers la première lettre du nom, dans le deuxième vers la deuxième lettre, et ainsi de suite.

À L'OULIPO

Champ défait jusqu'à la ligne brève,
J'ai désiré vingt-cinq flèches de plomb
Jusqu'au front borné de ma page chétive.
Je ne demande qu'au hasard cette fable en prose vague,
Vestige du charme déjà bien flou qui
Défit ce champ jusqu'à la ligne brève.

INQUIET, AUJOURD'HUI

Inquiet, aujourd'hui, ton pur visage flambe
Je plonge vers toi qui déchiffres l'ombre et
La lampe jusqu'à l'obscure frange de l'hiver :
Quêtes du plomb fragile où j'avance, masque
Nu, hagard, buvant ta soif jusqu'à accomplir
L'image qui s'efface, alphabet déjà évanoui.
L'étrave de ton regard est champ bref que je
Dois espérer, la flèche magique, verbe jeté,
Plain-chant qu'amour flambant grava jadis.

GP

Beaux présents, belles absentes, 1994.

LE BEL ABSENT

Ce texte a été composé suivant la technique dite de la « belle absente ».

Dans chaque vers (ou paragraphe), une des lettres du nom de Raymond Queneau apparaît en négatif : ladite lettre fait défaut, mais les vingt-trois autres sont au moins une fois présentes.

Vingt-trois oui, car c'est l'alphabet provençal (d'autres disent « latin ») que l'on a décidé d'utiliser, ignorant raisonnablement le k *et le* w, *acquisitions barbares et récentes. Toutefois, ces signes folcloriques apparaissent dans les deux vers où la « belle absente » est le* e *: coquetterie d'auteur dont on nous saura gré.*

À Raymond Queneau

Dans ces lieux que vous hantez gentiment, je le sens, depuis ce matin flamboyant de soixante-seize,
S'est brisé l'écho des rires généreux que vous jetiez pour nous sur le foyer des mots.

Nos plumes grinceront jusqu'aux soirs de nos vies, comme la flèche de bambou sur le papier de riz,

Sans plus éveiller ces graves et joyeux devis à quoi vous nous aviez si fort habitués.

Regardez, jeunes gens vertueux, ce qui flambe rue Casimir-Pinel, à Neuilly, Hauts-de-Seine !

La silhouette ambiguë du vague Crouïa-Bey cache le spectre jaloux des feux zooclastiques,

Un pauvriseur sexagénaire ôte son pince-nez et confie, à un poète imberbe, quelques feuillets jaunis, consacrés aux hétéroclytes,

Au fond d'une horloge aux aiguilles jumelles, Valentin, ancien zouave et voyante ingénue, immobilise le temps.

Ce temps, votre ombre noyée l'a maintenant rejoint. Ne le laissez pas s'arracher de vos doigts, le coq trop matinal brise la paix fragile des chapelles poldèves.

Ainsi, Roland Travy philosophait-il d'Argostoli à Zakynthos, aiguisant au whisky un transport furibond, jaloux autant qu'obscur.

Grave image, puisque le voilà tel qu'au creux de vous-même, ou de l'éther mythe, vous accepterez, beau joueur, de le faire revivre.

Aux Paradis, Cidrolin boira djinns wallons ou danois aquoivits.

Il dormira jusqu'à midi, puis lira du Grillon, troubadour inconnu, mais aussi — plus fort ! Jung

(Karl), Young (Thomas ou Donald), ainsi qu'Ainsi parlait Z.

Excusez-moi, je vous en prie : je ris, vous le voyez, dès que votre souvenir se présente, pour étouffer, bien sûr, un fichu serrement de gorge,

Le chiendent éternel exfoliera sans vert les cinq pétales de nos mains. Bel absent si présent, rejoignez dès ce soir le pays d'Icare et de Pierrot : les poètes ont enfin appris à maîtriser les ailes, la cire et le soleil.

JB

ÉPITHALAMES

Poèmes de circonstance, composés avec les seules lettres des noms des deux époux.

TEXTE LU AUX NOCES D'ALIX-CLÉO BLANCHETTE ET DE JACQUES ROUBAUD

Alix-Cléo s'est unie à Jacques
et Jacques s'est uni à Alix-Cléo

C'est une heureuse coïncidence
et c'est ainsi qu'aujourd'hui
ils sont tous les deux solidaires et alliés
à l'instar de l'oiseau et de la branche
d'Aucassin et de Nicolette
de la table et de la chaise
de la science et du doute
de désert et de l'oasis
du chêne et du tilleul

de l'encre et du récit
du jour et de la nuit
de l'oubli et de la trace
de l'abeille et de l'érable

C'est un joli jour de juin
le soleil brille au-dessus de l'île de la Cité
les bouquinistes écoutent sur leurs transistors les sonates
du Rosaire de Heinrich Biber
les touristes accablés escaladent les escaliers du Sacré-Cœur
rue de la Huchette, des Hollandaises en blue-jeans jouent du banjo
et du biniou

Tout autour de nous s'étale la terre entière
ses océans insondables
ses lacs, ses steppes, ses cours d'eau
ses collines et ses toundras
ses dunes de sable, ses trésors cachés, ses îles, ses escales
son or noir et sa houille blanche
ses bauxites et ses terres rares
ses basiliques, ses châteaux hantés, ses donjons écroulés
ses salutistes en rain-coats rose-bonbon chantant des cantiques

le soir de Noël
ses notaires à besicles lisant à la lueur des quinquets leur
journal du soir
ses colonels en retraite tenant conseil au Tabac de la rue
Saint-Louis-en-l'Île
ses noceurs en débandade sortant à l'aube de boîtes de nuit désuètes
ses Cosaques à l'œil bridé descendant l'Ienisséi sur des canots
en écorce de bouleau
ses excursionnistes en bérets basques à l'assaut du Ballon d'Alsace
ses Jansénistes austères récitant l'Ancien Testament
ses danseuses de cirque debout sur leurs destriers obéissants
ses docteurs ès lettres discutant des articulations judéo-chrétiennes
dans le discours hölderlinien
ses Irlandaises obèses achetant de la bière en boîte des cornichons
au sel dans un Delikatessen du Bronx

Ici le ciel est bleu ou le sera bientôt
Oublions les stridences du siècle
les tornades et le brouillard
Écoutons les oiseaux qui chantent

les chats qui ronronnent dans la bibliothèque à côté
du dictionnaire
de Bescherelle
les bruits tranquilles et quotidiens
le cœur qui bat

Ce texte de circonstance
dans lequel il n'a été question
ni de nue accablante
ni de basse de basalte
ni d'aboli bibelot d'inanité sonore
ni de bête à bon dieu
ni de la souterraine locuste
ni de la Constitution de Quarante-huit
a été écrit à l'occasion de ces accordailles

Souhaitons à Alix-Cléo et à Jacques
des années de liesse et de bonheur
Saluons-les
et qu'à l'est
les salue le jais noir de la toute-jeunesse
et qu'au sud
les salue la turquoise bleue de l'être-adulte
et qu'à l'ouest
les salue l'abalone jaune du néant qui ne se
conçoit ni ne se dit
et qu'au nord
les salue la coquille blanche de la Résurrec-
tion

et que la Croix du Sud les salue
et que l'Étoile du Berger les salue
et toutes les constellations
et toutes les nébuleuses

et que dès l'aube
à l'heure où blanchit l'alentour
ils s'en aillent tout autour de la terre et du ciel

NOCE DE KMAR BENDANA & NOUREDDINE MECHRI

I

Ma dame d'ambre rare
Armada amarrée en rade de Madère
Arbre d'ébène
Méandre de marbre

D'année en année à même de me rendre

II

Rire inouï de Didon ou d'Énée
Odeur de dune

Nuée d'or
Ornière inondée d'une ondée dernière

Ne rien dire
Nouer un édredon d'indienne

Reine en Roi réunie

III

Aborde à mon drakkar abandonné
Nomade de mon monde d'ombre

Me donne mon nom
Mon arôme
Mon âme

IV

Donne-moi ce murmure
ce chemin en écho
où commence ce dire
Mon cœur incendié remue une cendre noire
Rumeur rêche d'une corne d'or
Chimère de mercure ou de chrome

Une déchirure inconnue de douceur
Mienne, comme mon émoi même

V

Mon amour mon nombre d'or
Beau ramoneur de ma brume
Beau maraudeur de ma nue
Noue en bordure de ma demeure
un bandeau brodé d'aurore

VI

Une encre noire
décide de ce code encore mince
Mémoire indemne du monde
Un rocher, un menhir, un dock
Chimie endormie d'un derrick énorme
Indien Cherokee, orchidée de Chine

Une commode de cèdre,
Une odeur de cire, d'écorce, de cumin

VII

Admire en mon miroir
Ma mariée nimbée d'aube
Ma Reine, ma Diane, ma Daurade
Un brin d'arum embaume
Rire d'un rien
d'une bribe,
d'un ruban dénoué
d'un bain de mer
d'un air de derbouka

Aimer à en mourir

VIII

Charme ancien
enraciné au cœur même de ce monde moderne

Noce

comme une eau douce
comme un cerceau, une ronde,
un morceau de craie
un marché en Mandchourie
un carreau du corridor
un arôme de coriandre
une cadence d'accordéon

IX

Mon ami mon cœur
Donne-moi une mémoire d'airain
de ce monde courbe comme une caroube
Une mémoire d'armure
Mémoire de ma rue du Caire
Mémoire du boucanier
du marin de Cerbère
au bord d'une mer de carbone

X

Bonheur dédié à mon harmonie méridienne
au marbre de ma demeure
au murmure de ma bouche
Ombre chaude de mon diadème
Une radio crache sa romance
une mouche bourdonne
Babouche au coin de ma chambre
un chien aboie

Dimanche, rue du Maroc,
Dimanche

GP

UN INCARCÉRÉ ÉCONOME

Le papier est rare dans la cellule. Pour écrire sa dernière lettre, le prisonnier n'a plus qu'un lambeau de feuille et un moignon de crayon. Il décide donc de rédiger sa missive en «français horizontal» : s'il se contente des lettres qui ne «dépassent» ni en haut ni en bas, il gagnera sur les interlignes. Il s'astreint donc à un lipogramme en douze lettres connu aujourd'hui en littérature sous le nom de «contrainte du prisonnier».

Pour les censeurs, sa lettre ressemble à des centaines d'autres : elle est l'expression lyrique des douleurs de l'incarcération, de l'inconfort du voisinage, de la lutte pour communiquer, de l'insupportable silence…

Pour le destinataire complice, elle cèle un message lapidaire et concret, ainsi que la clef triviale qui permet de le lire : la liberté ne tolère aucun retard.

un incarcéré économe.

incarcérés nous écrivons sur une rame économisée au maximum; nous rêvons un vrai amour, une évasion avec mon ami marin, ennemi numéro un, assassin, roi au surin — nous en sommes au sixième mois; au soir venu, mon mur sonne en morse sous nos mains usées; vers une aurore rassérénée, mon cri vaincu s'amenuise: ma main anémiée renonce: crier «non» mais croire «oui». mon mur amasse mes maries, mon crâne surmené anime ma muse en consonnes menues, mon rêve cassé annexe mon ivresse, rosse mon âme, secoue ma vision morne, ranime en moi mes vives cuirasses. amenez-nous, rues voisines, un minime murmure, remémorez-nous un ronron, une averse, un avion, un camion... écrivez-nous, amis, exaucez nos vœux sans amarre: mon marin écroué s'évanouira, remerciera, renoncera aux armes, aux menaces amères, aux ironies venimeuses... nous savourerons un carari, une scie niaise annonée, une monnaie sur une caisse en acier, une eau voisine, une corne vive, une serrure... écrivez-nous, amis, vous ouvrez nos cœurs aux rêves, vous irisez nos vies : en un univers aux ennemis sûrs, nous recevons, comme messie, vos missives censurées un sur seize : écrivez.

PF

POÈME À LIPOGRAMMES VOCALIQUES PROGRESSIFS

Je suis parti du plus bref mot italien contenant toutes les voyelles : aiuole. *Dans chaque vers du premier quatrain, les voyelles apparaissent ou disparaissent une à une dans l'ordre :*

1er vers : dans le 1er mot, toutes les voyelles ; dans le second, a e i o *; et ainsi de suite jusqu'au dernier mot qui ne garde que l'*a.

*2e vers : le 1er mot n'a que l'*u *; le second* o *et* u *; et ainsi de suite jusqu'à reconstituer la série complète.*

3e vers : même schéma que le 1er vers, inversé.

4e vers : même schéma que le 2e vers, inversé.

Le 2e quatrain s'ouvre avec la suite a a, e e, i i, o o, u u. *Le reste du poème n'utilise que la voyelle* e.

Aiuole obliate gialle d'erba, sa
un cupo brusio smuovervi, allusione
ad altre estati, cetonia blu-violetta
enunciando noumeni oscuri : tutto fu,

sarà ed è in circolo : dunque è sempre
presente nelle eterne senescenze
e effervescenze d'ere, nel serpente
d'etere, seme, cenere, erbe secche.

IC

LES REVENENTES

E SERVEM LEX EST, LEGEMQVE TENERE NECESSE EST ?
SPES CERTE NEC MENS, ME REFERENTE DEEST ;
SED LEGE, ET ECCE EVEN NENTEMVE GREGEMVE TENENTEM.
PERLEGE, NEC ME RES EDERE RERE LEVES.

Eve's Legend

J'émets fermement qe
les gens de ce texte
et les réels ne présentent
de ressemblence.
Perec

Telles des chèvres en détresse, sept Mercedes-Benz vertes, les fenêtres crêpées de reps grège, descendent lentement West End Street et prennent sénestrement Temple Street vers les vertes venelles semées de hêtres et de frênes près desqelles se dresse, svelte et empesé en même temps, l'Évêché d'Exeter. Près de l'entrée des thermes, des gens s'empressent. Qels secrets recèlent ces fenêtres scellées ?

— Q'est-ce qe c'est ?

— C'est l'Excellence ! C'est l'Excellence l'évêqe !

— Z'êtes démente, c'est des vedettes ! bêle, hébétée, qelqe mémère édentée.

— Let's bet three pence ! C'est Mel Ferrer ! prétend qelqe benêt expert en westerns.

— Mes fesses ! C'est Peter Sellers ! démentent ensemble sept zèbres fervents de télé.

— Mel Ferrer ! Peter Sellers ! Never ! jette-je, excédé, c'est Bérengère de Brémen-Brévent !

— Bérengère de Brémen-Brévent ! ! répètent les gens qe cette exégèse rend perplexes.

— Certes, reprends-je, Bérengère, Bérengère « The Qeen », Bérengère « The Legs », celle qe Dresde et qe Leeds révèrent, celle qe vénèrent et le Rex et le Sélect et Pleyel ! Bérengère, déesse éthérée des scènes, vedette d'entre les vedettes, fée des kermesses et des fêtes ! Sept cent trente-sept prêtres l'encensent : dès q'elle entre en scène et entreprend d'enlever ses vêtements, cent mecs se pètent le cervelet !

— Et q'est-elle censée chercher chez l'Évêqe ? Ces messes ne me semblent de même espèce ! émet qelqe pète-sec en béret et en spencer.

— Ne te méprends ! démens-je, qe Bérengère se rende chez l'évêqe, c'est de règle : en effet, l'évêqe est le frère d'Herbert Merelbeke, le pépé de Thérèse Merelbeke, et Thérèse Merelbeke est l'élève préférée de Bérengère !

Perplexe, le pète-sec enlève et remet les verres cerclés d'ébène de ses serre-nez.

— Ce frère, ce pépé, cette élève et cette préférence me semblent extrêmement enchevêtrés !

Je sens qe l'énervement me pénètre : je rejette cette qerelle d'Helvète et préfère me démettre. Les gens cessent de m'encercler. Pédestrement, je me rends chez Hélène…

Près de qelqe sente déserte et enténébrée, j'entends ces sentences qe le vent semble repêcher :

— … L'évêché est en effervescence…

— … Elle s'est très endettée récemment…

— … Elle vend ses gemmes.

— Bézef?

— … Et le recel ?

— Elle se sert de l'entregent de l'évêqe !

— … hé hé !…

Le vent d'est se lève. Le reste se perd…

GP

Les Revenentes, 1972.

LES SEPT RÈGLES DE PEREC

En présence des textes de Perec, je cherche d'emblée le sens de l'ensemble, le centre de cette sphère révérée, germes et semences.

Espèce d'élève blême en dette envers Perec, je prends les rênes et me sers de menées de même genre. Je tente de mettre en scène les mêmes gestes, de répéter les mêmes percées. Je crève de gérer cette espèce de dépècement et de relève. Je m'en délecte et le déteste ; je m'en déleste et j'en reprends.

Je dépense les rentes de Perec.

Trêve de révérence. Présentement en selle, l'exégète se permet de repérer les règles secrètement présentes. Chez Perec, j'en égrène sept.

. ***Règle de réserve :***

De temps en temps, pénétrées de respect, les Belles-Lettres se répètent, sécrètent des défets, sentent le renfermé ; l'encre est terne, les lettres et les termes pendent, blets... Cérès est excédée, Déméter vexée se met en grève (bel ensemble !). Excès de bergères et de bergers sélects, d'elfes, excès de jets de dés. Le vert des prés est en berne, cherté des blés en herbe sèche. Les textes mentent, ces espèces de dépêches (dépêches d'Ems, s'entend !). Les lèvres gercées empêchent de penser. Bescherelle en perd sensément ses bretelles. C'est l'échec exécré.

Perec sent le vent, se rebelle et met des lettres en réserve, les belles Hélène de ses pensées. Ces lettres restent, le temps de tel texte, empêchées : le précédent créé, les perles se régénèrent et régénèrent le sens, ce serpent de mer... Descellées, elles désempèsent le verbe. Le texte cesse de végéter, fermente, et ce verre de vergelesses est de temps en temps légèrement verdelet. Perec éméché sème le vent et prélève ses tempêtes.

En sept termes et en cent : le texte, c'est le pèse-lettres.

. ***Règle d'émergence réflexe (règle d'engendrement) :***

Perec (échevelé, tête de crécerelle, lèvres enflées, le bec en verve, le bec en pente) met en perce le ventre des sens. Le rendement des lettres et des termes, prestement fédérés en textes, est excellent.

Ces denrées engendrent des mets de fête (très mêlés d'éléments berbères : le thé et l'essence de menthe), tels les « Crêpes de crevettes en gelée » et le « Relevé de cervelle en Excellence » (recettes de Berger, *V.M.E.*, LXI), « Fèves des Cévennes », « Pêche

Belle-Hélène » et « Gelée de Nèfles » (desserts et entremets des *Revenentes* [tel]).

Les bretzels de *W* précèdent le Bretzlee de *V.M.E.* (« beretz » génère « bretzel » et « Peretz », B et T mêmes lettres, cf. *W*, VIII).

Cette dépense effrénée, cet empressement et ces ventrées déclenchent des excès de sens et des effets d'hébétement, des excès d'hébétement et des effets de sens.

Des déchets énervent de temps en temps l'entendement : ces errements restent celés. En effet, Perec s'empresse d'écrémer le fret en excédent, prend les thèmes de Webern et de Verecker, les encres et les détrempes de Klee, les nerfs fermes d'Éblé, et préfère geler l'émergence des sept de Thèbes, de cette femme étêtée d'Ernst, de Théétète et de Ménéxène, de Bethléem et de Sémélé… Je cherche bêtement Esther (et ses frères) chez les belles nénettes des *Revenentes*. Est-elle présente (elle et Phèdre, femmes de tête) c'est référence de lettrés. Cherche Médée désespérément.

Les Revenentes… Scène de genre : le nez trempé entre les lèvres, les dentelles et les fesses des femmes légères, les verges et les gemmes éméchées des mecs de l'Évêché d'Exeter (des bêtes de sexe ! en ce tremblement, le clergé excelle et jette ses vêtements de prêtres) pénètrent en cent fentes et émettent lestement le sperme pérenne… Clef de cette véhémence, Esther, cette belle tête de femme, belle-mère et régente de Perec, est-elle présente en l'Estelle des *Revenentes* ? Est-elle Estelle ? Estelle est-elle de mèche ? Estelle érecte-t-elle ? Bel exemple d'excès de zèle et d'errement en ce recensement des règles.

. *Règle de flemme (Règle de Thélème) :*

Perversement, Perec se récrée en les règles mêmes. Le spleen de créer est vertement éventé. Renversés, pêle-mêle, tête-bêche, les célestes crédences semées de kleenex, les Werther de western et les sectes celtes, les cervelles stressées des Genette, les herbes séchées des steppes (vers les genets penchent mes préférences), les esthètes éthérés de week-ends en mer Égée, les Perses empesés et sénescents. Emmerdement des lettres ? Permettez ! Les textes de Perec le démentent expressément.

« Thélème clémente » (*Les Revenentes*), référence empressée. Perec enlève lestement ce brevet d'Éden. « Fé ce qe plé » [tel]. Le clerc est en ce temps de genre écervelé.

. *Règle de prélèvement :*

Versé en Belles-Lettres, Perec se sert de frères de même trempe : Scève, Sterne, Verne (le Verne de chez Hetzel), Bellmer… etc. (*Les Revenentes* et *V.M.E.*). Enté de ses chères greffes exemptes de rejet, le texte de Perec répète cet hébergement.

En même temps, l'enchère née de ce zèle de reste,

de cette entente et de cet entregent entre gendelettres membres de même cercle de recherche (Bens, Berge… etc., etc.) est extrêmement présente. C'en est même dément.

Secrètement ensemencé, je pense en segments de vers célèbres enflés de lettres e : « Cette vesprée, le vent se lève… Cette vesprée, le vent m'évente… » Hélez les vers.

. Règle d'enfermement :

En Thélème même, Perec déserte le verger. Perec descend les herses, met les scellés : défense d'entrer. En vente, ce zeste de terre séchée : Perec le préempte, règle le cens et le terme, rejette les dégrèvements. Et le cercle sévèrement fermé, Perec descend vers le centre et crée l'événement.

Effet de serre.

Cet encerclement le presse de révéler le je lésé, démembré, le je éventré entre les dents de l'ère récente, le règne des mésententes, ce temps des pestes lentes et des femmes en cendres, des enfermements de Belzec (hé hé, le Belzec de *Bette*?) et de Bergen-Belsen, entre celles des légendes, temps mêlés. Les vents d'est se lèvent et gèlent les tempes. Les fenêtres fermées exprès le réverbèrent. Tchen tente de lever le… secret éventé. Très décemment, Perec régresse, désherbe, s'enlève le derme, se fêle le cervelet, écrête ses herpès et ses vertèbres serves, se pète le bréchet, se crève le mésentère, déterre ses excréments. Le texte décèle le tremblement de ce ventre vergeté, en ébrèche les défenses. Perec et Lesseps percent les terres de l'être fermé.

Telle mère, telle détresse ; tel père, telle sécheresse… et Perec — *W* le révèle — est tellement père de ses père et mère ! C'est le bébé de Médée (Médée, mégère, c'est l'ère récente, l'ère sévère : Perec en est expert d'Ève et des dents !) et le cher benêt reste en scène, le temps de prendre cette belle épée et de relever l'être en herbe, ce ver de terre hébété de tendresse. Perec entend les chevêches perchées près des tertres en déshérence des père et mère brèchedent. Regrets éternels, descente en l'enfer de « l'extrême sentence », chez le Cerbère très détesté.

Le texte est le vêtement de ce secret. En *texte* est *ex*, ex de *ex-* et ex d'*extrême* et d'*excès*, et ex de *lex* : ferme lex, sed lex. S'enfermer, légender cet enfermement, c'est, en germe, démêler le sens de ce rêve réel d'enterrement et de perte sèche.

En bref, Perec délesté (les semelles de vent pèsent léger) prend le temps de se redresser. Perec décentre l'Everest et ses névés secrets, se déprend de ce je et se permet de créer. Perec se venge, défend chèrement les restes de ses gènes, ses repères décédés, prend en levrette les Glemp d'Exeter encerclés, les démet, les mène pendre, cesse de désespérer de l'espèce.

. *Règle de présence éphémère :*

« Je cherche en même temps l'éternel et l'éphémère. » (*Les Revenentes* et, derechef, *V.M.E.*, XCIX)

Perec entreprend de recenser des exemples d'éphémère : les rêves, les « je me (remember) » et tente des textes en temps réel. Le présent récent ne cesse de céder, s'empresse d'être cendre et pensée déréelle, d'être éphémère. Et tenter de rendre l'éphémère, d'en présenter le reflet, c'est tenter de relever les blessés et les pertes, tenter de remettre les membres fêlés.

Répété, l'éphémère précède l'éternel et, en même temps, le berce et le berne, le renverse et le perd. Perpette empeste les relents d'encens et les vesses délétères. Ex-vedette, l'éternel est défenestré. Même les péchés se rendent. Tremblez, essences ternes ! Chères essences, dressez les membres et relevez les têtes, chênes, hêtres, cèdres, tecks, mélèzes, trembles !

Éternel, je crève ; éphémère, je me redresse.

Dès *Je me (remember)*, Perec émerge de ce Léthé (« Les verts temps de l'enfence [tel] émergent de Léthé », *Les Revenentes*...). En effet, « Je me (remember) » est très près de « Je me remembre »... et ce remembrement me semble nettement perpétré. *Je me (remember)*, c'est *Les Regrets* de Perec et c'en est le legs.

Cette recherche des temps des pertes se déclenche en ce bref et très célèbre pré-texte : « Éternellement éphémèrement je m'étends entre clebs et cerve. » Les pertes de temps engendrent des pertes d'être. Entre elles et Perec, c'est l'enferrement. Perec prétend s'en dépêtrer, prêche le relèvement.

Je me rémembère[1]... Le texte est bref. Le prétexte est grêle, le référent léger (événements récents très réels et très bêtes, réel lesté de réel), frêle l'ensemble des éléments. C'est rêche et desséché. Trêve de der-des-ders le lebel entre les dents, trêve de tremblements de terre et de tempêtes en mer... Règne le flegme, le présent pète-sec de Vermeer de Delft et de Teste. Perec s'exempte de rechercher l'effet : des nèfles, cette prébende !

De telles réserves de tendresse réfrénée rendent les fées présentes. Entendent-elles le rester éternellement ? Je répète cette célèbre sentence : les fées s'entêtent.

Svelte bébé né de cette sécheresse revêche et de cet embrèvement, le sens est en effervescence : c'est le gré de l'erg. Et le texte précède le sens : c'est le secret des secrets.

Certes, le test de ce remède est désespéré ! Le sens est très pressé de se lever, de s'enlever et de se perdre en reflet tremblé. LES sens... Et l'Érèbe les pense en zèbres décédés. Perec le sent — et persévère. Dépenses-recettes... « ce repère Perec » épelle les lettres des termes, se les ré-épelle, se les

1. « Se rémembérer » : dès *Les Revenentes*, Perec se sert de ce verbe.

répelle et se les rémembère, se les repêche en belle étrenne, se les recrée en « bel présent ».

. ***Règle de dérèglement :***

L'enchevêtrement des règles dérègle l'emblème externe, enténèbre les règles elles-mêmes. C'est l'ensecrètement des scènes. Entremêlées, les règles se démettent, légères et déjetées. Elles se perdent et dégénèrent en *spectres*. C'est, je le pense fermement, le sens secret de ces *revenentes*. Spectres et excès de présence de cette lettre exemptée (celle présente en le verbe *être*, en le *je*, en *père*, en *mère*, en *Perec*, en *dextrement* et *pédestrement*, etc.) se jettent des fléchettes empennées : entre *Les Revenentes* et le texte précédent, c'est l'exemple même de règle renversée.

De temps en temps, Perec enlève l'échelle, recherche les effets pervers, excepte. Et c'est exprès ! C'est l'entrée de l'élément rebelle. Entre ses dents, ses lèvres, je l'entends mettre en scène l'exemple d'épenthèse célèbre chez le Père Hébert et les décervelés : « Merdre ! »

En l'espèce, le respect de ces règles sévères (respect de préférence extrême : l'être se prend en des rets serrés) tresse le texte de Perec. C'est « le (je) des perles de verre » (Hesse). C'est le « SELF-FEEDER », le ferment des « sept réglettes crénelées » des *Revenentes* : le texte réglé becte ses règles.

Entre mévente et best-seller, Perec remet en selle

les Belles-Lettres, remet en elles le sel éventé, le sel de mer et le sel gemme.

Je me retrempe des règles de cet excellent expert serré de près. Belle légèreté de Perec : elle relève de cette même excellence et, ce me semble, reste en exemple.

JJ

S'EXERCER

S'exercer, c'est tenter ces vers, les révérer ;
C'est penser et tester le verbe de l'enchère.
Détecte les déchets de l'échec délétère,
Cesse de regretter et de désespérer.

Repense ce revers et prétends préférer
Respecter derechef cette règle sévère.
En esthète effréné, resserre et persévère ;
En cette lettre-fée entends le vent errer.

Redresse tes pensées et sens l'effet se tendre
Pénètre ces secrets : créer, c'est entreprendre.
Recherche ce reflet et permets l'émergence

De textes très serrés ; pressé, le sens s'élève,
Égrène lentement cette belle sentence :
Réel est éphémère, éternel est le Rêve.

OS

ISOVOCALISME SUR L'UNE DES PIÈCES « LIBRES » DES *ZIAUX*, « PROMENADE »

BORGNE FADE

Mon bigntz fou de rage
Mon pieu d'abordage
Jute… Ah merdre attends !
Quid si un nerf tend ?

La main se calibre
Attisant mât chibre
Style, oui, testatoire
Refus vexatoire…
« Queue, c'est dérisoire »
Fait cette péch'resse
Puis bandante espèce
Débite : « Ô perron
Biroute, timon
Sonde, vif mercure

De jeux qu'on censure. »

var : Plonge, vit, exulte
De feux fondant culte

Pendant — commun us
Qu'il pisse — lapsus
Géant incertain
Qui célèbre un nain
Métafoutriquement
(Le caïd il pense
Séduire un bourrin).
Jus cramouille motte
Ce membre de Goth
Et la main fourrée
Se fera berner
En paumes d'acier.
Ce bigntz de Paros
Le dieu dit : « C'est l'os
En abois sournois

Je deviens tout coi. »

var : Tant va l'oigne
courtois
Que le mien
rougeoie.

Con d'elle il embouche
Cul d'il lampe et louche
La vulve affriole
Couic : c'est verge molle.
« Mon colon boudons
Et d'une rinçure
Pinons vos souillons. »
D'une vive allure
Pine adonc les nières

À la Michodière
Va river le membre
Qui se re-bien cambre
Agitant la pogne
Ah ! la fier besogne
Il jaillit vit lé-
Gendaire d'acier.

Signé : Candélabrier

AB

LES SORNETTES À SONNETTES

Jeux réciproques

A. L'ASPHYXIE

*En asphyxiant un texte, c'est-à-dire en le privant d'*r, *on obtient un autre texte qui est dit* anaérobie *du premier, et dont le sens peut être fort différent.*

Notons que l'asphyxie est non pas graphique, mais phonétique *: on supprime seulement les* r *qui se prononcent ; ainsi* prêcher *donnera* pêcher *et non pas* pêche.

Exercices :

— Cette rosse amorale a fait crouler le parterre.
(Cet os à moelle a fait couler le pâté.)
— Quels propos tinrent ces barbares !
— Ce vieux bronze n'excuse pas ce prêt d'argent !

B. OPÉRATION INVERSE : L'AÉRATION

*En fournissant à un texte anaérobie autant d'*r *qu'il est nécessaire, on obtient un nouveau texte, dit aérobie du premier.*

Exercices :

— Ne faites pas la gaie, faites la moue !

— Qu'avez-vous caché dans la haie au Benoît ?

*N.B. Au lieu de priver un texte d'*r*, à la mode des Martiniquais ou des Incroyables, on peut lui rogner les* l*, et d'une façon générale jouer à ces jeux en choisissant, au lieu de* r*, la lettre qu'on voudra.*

LE

Oulipo, *Atlas de littérature potentielle*, 1981.

PICCOLO SILLABARIO ILLUSTRATO

(*da Georges Perec*)

Il Petit abécédaire illustré *di Georges Perec (pubblicato privatamente nel 1969 e poi in : Oulipo,* La littérature potentielle, *Gallimard 1973, pp. 239 e 305) è composito de 16 brevissimi testi narrativi la cui chiave viene data in fondo : ognuno di essi equivale semanticamente a un altro testo di poche sillabe che a sua volta equivale foneticamente alla successione d'una consonante e delle cinque vocali come nei sillabari :* BA-BE-BI-BO-BU, CA-CE-CI-CO-CU, DA-DE-DI-DO-DU, *e così via per tutte le consonanti dell'alfabeto.*

Per esempio : PA-PE-PI-PO-PU *è reso così : « Trasferitosi a Cremona, il Sommo Pontefice scruta con ansia il fiume che manda cattivo odore.* Pape épie, Pô pue ».

Un'operazione equivalente presenta in italiano maggiori difficoltà, dato che il rapporto fonetica-ortografia nella nostra lingua non permette varianti se non minime, e dato anche che i monosilabi sono più scarsi, e soprattutto che pochissime parole finiscono in u. Ho tuttavia cercato di condurre l'operazione fino in fondo, per tutte le consonanti dell'alfabeto italiano (esclusa la Q) compresi il doppio suono della C e della G e le consonanti composte GL, GN, SC : in totale 19 esercizi di sillabario.

Mi sono tenuto rigorosamente alle serie tipo BA-BE-BI-BO-

BU, senza altra libertà che quella di raddoppiare la consonante e la vocale. (In qualche caso la vocale viene triplicata.) Le due sole eccezioni riguardano la serie GN, in cui una vocale estranea viene elisa nelle pronuncia ma non nella grafia, e la serie in P che termina con una consonante estranea semimuta. (Questo testo in P è un contributo di Giampaolo Dossena). L'uso delle sigle, raro in Perec, è stato qui necessario in parecchi casi.

Credo d'essere riuscito ad attribuire un senso a tutte le successioni di sillabe. Per la serie Z l'impresa si presentava disperata, ma sarebbe stato poco sportivo arrendersi proprio alla fine.

BA-BE-BI-BO-BU

Tutte le raggaze impazziscono per Bob ma egli sembra insensibile alle loro lusinghe. Saputo che Bob parte per una crociera in India, Ulrica decide d'imbarcarsi sullo stesso piroscafo, sicura che le lunghe giornate di navigazione saranno propizie alla conquista. All'amica Ludmilla, che le manifesta il suo scetticismo, Ulrica dice : « Vedrai. Appena riuscirò a sedurlo ti scriverò. Scommetto che sarà prima d'uscire dal Mar Rosso ». Difatti, da Bad-el-Mandeb, Ludmilla riceve una laconica cartolina.

Bab. Ebbi Bob. U.

CA-CHE-CHI-CO-CU

Nella clinica gastroenterologica viene condotta una ricerca sulle feci dei pazienti. Ogni produzione fecale viene classificata in diciassette categorie designate da lettere dell'alfabeto : dalla A, per le più voluminose, alla Q, per quelle minuscole. Un infermiere compie ogni mattino il giro dei reparti, chiede a ogni ricoverato se ha feci recenti da mostrare, e dopo una rapido occhiata, segna la lettera corrispondente nel registro. Poche parole gli bastano a formulare domande, valutazioni e conclusioni.

— *Cacche? Chicco. Q.*

CIA-CE-CI-CIO-CIU

L'istituzione delle Comuni, nelle Cina di Mao, si scontrò agli inizi contro gravi difficoltà. La distribuzione dei generi alimentari avveniva in modo irregolare e i magazzini di vendita al pubblico restavano talora completamente sprovvisti. Poteva succedere che una massaia che chiedeva allo spaccio la sua razione di legumi si sentisse rispondere che le scorte erano finite e che nel negozio vuoto non restava che il ritratto del primo ministro appeso al muro.

— *Ci ha ceci? — Ci ho Ciu.*

DA-DE-DI-DO-DU

Una giovane americana che studia bel canto in Italia non è molto dotata per il do di petto. Il maestro la implora che butti fuori la nota, e per essere più persuasivo, cerca d'esortarla in inglese a fare quanto lui le chiede.

— *Dà, deh, di do!* Do[1]!

FA-FE-FI-FO-FU

Difetto di registrazione o contraffazione intenzionale della voce, dal disco non si riusciva a riconoscere chi era l'attore comico che aveva inciso quello sketch. Ma bastò ascoltare la registrazione con un impianto hi-fi per non avere più dubbi.

— *Fa fe' fi : Fo fu.*

GA-GHE-GHI-GO-GU

Un certo Ghigo fa ridere di sè ogni volta che per difendere un suo diritto sbandiera un decreto pubblicato sulla Gazzetta Ufficiale.

1. In inglese.

Gag è Ghigo : — Ho G. U.

GIA-GE-GI-GIO-GIU

— Questa volta non mi scappi, Joe! — disse lo sceriffo. — Butta a terra le pistole, svelto! Non è il momento di metterti a gingillare!

— *Già aggeggi, Joe? Giù!*

GLIA-GLIE-GLI-GLIO-GLIU

Un erbivendolo toscano, sentendo che qualcuno si domanda se ha dell'aglio, risponde che i suoli agli sono sugosi come l'olio.

— *Gli ha agli egli? — Gli ho ogli, uh!*

GNA-GNE-GNI-GNO-GNU

La signora Agnese, in dialetto Gnà Agnè, è paragonata, da un poeta che la corteggia, a un'antilope di fuoco, anzi a tutte le antilopi di fuoco che si possono immaginare.

Gnà Agnè è (o)gni igneo gnù.

LA-LE-LI-LO-LU

Nei suoi inquieti amori con Nietzche, Lou Salome avrebbe ben voluto provocare nell'amico una levitazione non solo spirituale ma anche fisica. Battendosi le mani sulla fronte, il filosofo le rispondeva che solo la sua mente era dotata d'ali per innalzarsi a volo.

— *L'ale lî l'ho, Lou!*

MA-ME-MI-MO-MU

I maestri de buddismo Zen, posti di fronte a una domanda che non ammette altra risposta che un si o un no, ricorrono a un terzo termine : mu, parole giapponese che significa : « nè si nè no » ossia « questa domanda è malposta ». Cosi anch'io accompagno i si e i no che mi vengono strappati dalle circostanze con alzate di spalle e scrollate del capo che si rivolgono soprattutto a me stesso.

— *Ma a me mimo mu.*

NA-NE-NI-NO-NU

L'obiezione che veniva mossa alla nomina di Pietro Nenni a Ministro degli Esteri era che egli non godesse della simpatica degli ambiente diplomatici americani. I suoi sostenitori controbattevano questo argomento ricordando che poteva contare su molti amici alle Nazioni Unite.

— *N'ha Nenni in ONU.*

PA-PE-PI-PO-PU
(da Giampaolo Dossena)

1944. Il cielo notturno dell'Italia del Nord occupata dai Tedeschi è solcato non solo dalle potenti squadriglie dei bombardiere americani ma anche da un piccolo aereo inglese solitario, che ogni notte sorvola campagne e paesi sperduti e sgancia qualche bomba ogni tanto senz'altro obiettivo apparente che quello d'una sua «guerra dei nervi». Gli Italiani hanno imparato mettersi in allarme per le sue visite quasi sempre inoffensive. Lo chiamano «Pippo».

Una notte stavo leggendo il libro di Desiderius Papp *Avvenire e fine del mondo* e riflettevo sulla fuga della galassie, sull'esplodere e spegnersi delle stelle, sulle prospettive d'un'estinzione della vita sulla terre. Fu allora che sentii un rombo avvicinarsi nel cielo, poi un'esplosione. «Pippo» aveva sganciato una bomba. Dalle remote lontanze del cosmo, fui riportato improvvisamente al «qui e ora».

— *Papp, e Pippo : Pu(m) !*

RA-RE-RI-RO-RU

Quando alla Segretaria delle Nazioni Unite fu insediato un birmano, c'era chi su domandava se la cattiva pronuncia della lettera «r», caratteristica degli orientali, non avrebbe causato difficoltà. Invece in pochi mesi U Tant dimostrô di padroneggiare benissimo la fonetica occidentale. E un amico se ne congratulò con lui, dandogli atto che ormai solo poche volte la pronuncia di una «erre» lasciava a desiderare.

— *Rare erri «r» or, U.*

SA-SE-SI-SO-SU

Per convincere il proprietario d'un night-club a scritturarla, una spogliarellista lo assicura della propria efficacia nel provocare l'eccitazione degli spettatori.

— *Sa? Sessi isso su!*

SCIA-SCIE-SCI-SCIO-SCIU

Uno studioso di linguistica comparata, giunto in Persia per verificare alcune particolarità della fonetica indoeuropea, si avventura nel palazzo dello Scià. Un giannizzero gli intima d'uscire, avvertendolo che l'Imperatore ricorre ancora alla decapitazione mediante la scure. Con candore, lo studioso si limita a indicare l'oggetto della sua ricerca : l'origine delle desinenze in u nei dialetti della Campania preromana, particolarmente in quello degli Osci.

— *Scià ha asce! Esci! Sciò!* — *Osci u.*

TA-TE-TI-TO-TU

Un impiegato di banca toscano, a un amico che gli chiede schiarimenti sulla causale d'una cifra che risulta addebitata al suo conto corrente, spiega che si tratta del pagamento della bolletta del telefono che la banca preleva d'ufficio per versarla alla società TETI.

— *T'ha TETI tot, tu.*

VA-VE-VI-VO-VU

Apparizione insolita nel centro della metropoli, una gallina attraversava lentamente la strada provocando bruschi arresti nel traffico. Un cittadino s'affrettò ad avvertire un vigile urbano, con parole rapide e un po' enfatiche.

— *Va ave vivo, V.U.!*

ZA-ZE-ZI-ZO-ZU

Il verbo «zazzeare» è usato di rado ma figura nei dizionari col significato di «andare a zonzo». Un tale, che ama i vocaboli desueti e per di più fa un frequente uso di elisioni, incontra suo zio e gli chiede se va a spasso. Lo zio, che a sua volta ha la mania d'usare a dritto e a traverso preposizione tedesche, gli risponde che è diretto al giardino zoologico.

— *Zazze', zi ? — Zoo zu!*

POÈMES ALGOL

VOCABULAIRE ALGOL
(*ALGorithmic Oriented Language*)

Tableau	Étiquette
Début	Rémanent
Booléen	Procédure
Commentaire	Réel
Faire	Pas
Sinon	Chaîne
Fin	Aiguillage
Faux	Alors
Pour	Vrai
Aller à	Jusqu'à
Si	Valeur
Entier	Tant que.

POÈME ALGOL CLASSIQUE

DÉBUT

Pour aller à chaîne
faire étiquette
alors vrai tableau
sinon valeur.

ALGORICHE

(*pauvre de sens*)
Si pas
pour si
faux pas
pas si.

(*riche de sens*)
Si pour faire fin
faut faire faux
pour faire faux
faut faire fin.

ALGOL PRIMAIRE
(une lettre de chaque mot, lecture suivie)

ALGOLIQUE

Bu la fine à Passy
et tapé six glass à Eu.

ALGOLETTRÉ

Lu Lorrain à Passy
et Rolla à Graulhet.

CHEVALGOL
(vision d'Histoire)

L'eau bue, les Huns enterrent leur assiette et cavalent.

avec : tabl*eau*,
dé*but*,
comm*entaire*
al*ler à*
si
étiqu*ette*,
vr*ai*,
jus*qu'à*,
*val*eur.

MACHINALGOL
(autre vision d'Histoire)

L'obus enterre, entier, leur tank.

avec : tab*leau*,
dé*but*,
comment*aire*,
entier,
val*eur*,
tant que.

ALGOG
(géorgique)

Chier dur
entre vaches étiques
faut s'y faire.

avec : *ch*aîne (deux fois),
ent*ier*,
procé*dure*,
*en*tier,
*ré*el,
*va*leur,
*étique*tte,
faux,
si,
faire.

ALBEGOL
(Twist bègue)

ier ier
ta ta
pas pas
qua qua
que quette

avec : ent*ier*,
*ta*bleau,
pas,
jus*qu'à*
tant *que*,
éti*quette*.

APPEL DU P

Papa
pot peint
pipi
popo.

avec : pas,
faux,
fin,
si,
faux.

VARIATION FÉMININE EN S

Ça s'rai sa sœur
sans ce saucisson.

avec : pas, vrai, valeur,
tant que, faux,
sinon.

NA

Oulipo, *La Littérature potentielle*, 1973.

CE REPÈRE PEREC

Acrostiche double sur un palindrome utilisant seulement les lettres de « PEREC ».

CE REPERE, PEREC
Ce roman, c'est hier qu'il a fait un tabaC
Et déjà disparaît l'auteur, esprit sincèrE

Rayonnant écrivain, tué par le canceR
En songeant à sa fin notre gorge se serrE
Pouvons-nous accepter qu'on l'ait couvert d'un draP
Et volatilisé sur le bûcher funèbrE
Refusons cette mort qui veut nous égareR
Evoquons son regard, sa barbiche célèbrE

Pour nous, tels des marins voulant changer de caP
Et recherchant le phare au travers de la capE*
Reste un clair souvenir sur quoi nous repéreR
En nous tournant vers lui comme vers une MecquE
CE REPERE, à travers nos larmes, c'est PEREC

* *La cape* était autrefois la grand'voile du grand mât.

UNICITÉ DE CERTAINES CRÉATIONS OULIPIENNES

Ce poème, qui donne peut-être un peu trop dans l'imagerie sullyprudhommesque, est construit à partir d'un palindrome lipogrammatique utilisant seulement les lettres du nom de PEREC, en alternant consonnes et voyelles (contrainte de Perec).

Ce palindrome borde le poème sur ses quatre côtés. En haut, il constitue le titre : à gauche et à droite, verticalement, il est l'ensemble des lettres initiales et des lettres finales de chaque vers (acrostiche double) ; on le retrouve enfin intégralement, mais divisé en deux, dans le dernier vers.

Selon toute vraisemblance, si un autre oulipien s'était proposé lui aussi de chercher un palindrome lipogrammatique sur les lettres du nom de PEREC, il serait nécessairement arrivé au même résultat. Autrement dit ce palindrome est *unique*[1]. Nous avons

1. La preuve de cette unicité est maintenant faite : Italo Calvino, à qui nous avions exposé le problème sans en indiquer la solution, nous envoie de Rome un palindrome absolument identique au nôtre, *y compris la virgule* ! Il nous écrit, le 5 février 1983 :

« CE REPÈRE, PEREC est ma solution et me paraît être l'unique. ... Je crois que votre propos théorique est juste, au niveau oulipien et peut-être à un niveau esthétique universel. Une vraie œuvre d'art, poème, statue, mélodie, est une forme idéale qui préexiste dans les possibilités de la langue, du marbre, des notes et que l'artiste *découvre*, comme on découvre un théorème. »

De l'unicité il est d'ailleurs possible, dans le cas particulier qui nous occupe, de donner une *démonstration*.

ici un exemple frappant de création oulipienne entièrement déterminée dès que les contraintes sont précisées.

Mais d'autre part, si l'acrostiche simple est d'une désolante facilité, les contraintes de l'acrostiche double par initiales et finales sont beaucoup plus sévères qu'on ne pourrait s'y attendre. Ce sont en effet deux lettres *consécutives* qui sont imposées : la finale de chaque vers et l'initiale du suivant, l'ensemble de ces lettres imposées reconstituant automatiquement le palindrome de départ !

Par ailleurs, les problèmes de rimes qui se posent dans ce genre d'acrostiche ont en général fort peu de solutions. Ainsi nous avons fait rimer bien pauvrement *tabac* avec *drap*. Mais existe-t-il tant de façons de faire rimer un mot se terminant par *c* avec un autre dont la finale est *p* ?

N'est-on pas tenté, dans ces conditions, de se demander si le poème, lui aussi, ne serait pas, dans une certaine mesure, unique (à de nombreuses variantes près, bien entendu) ? Nous ne serions pas loin de penser, en tout cas, qu'il serait impossible de composer, à partir des contraintes que nous nous sommes imposées, un autre hommage funèbre *réellement différent*.

Ainsi, même en ce qui concerne le sens, les images, la syntaxe, etc., le poème serait, pour l'essentiel, déterminé par les contraintes. En poussant les choses à l'extrême, on pourrait dire qu'un poème

— ou tout autre travail oulipien — peut être entièrement déterminé si les contraintes sont assez nombreuses et assez sévères.

L'« auteur » aurait alors seulement à *mettre à jour* une œuvre qui existerait en fait dès que les contraintes auraient été précisées. Rôle comparable à celui de l'archéologue qui extrait de sa gangue la statue grecque enfouie, et qui n'est responsable ni de sa perfection, ni de ses imperfections.

Mais puisqu'il s'agit de Perec, une autre image vient naturellement à l'esprit. L'« auteur » dont nous parlons n'est-il pas dans la situation d'un Bartlebooth qui aurait à reconstituer un puzzle dont il n'aurait jamais vu l'aquarelle originale ?

Georges Perec était de ceux qui préfèrent sculpter dans le marbre plutôt que dans le saindoux. Il connaissait mieux que personne les bienfaits de la difficulté volontairement recherchée, ardemment mais patiemment pourchassée, et amoureusement domptée. Il savait quelle concision elle impose, quels trésors inouïs elle révèle, quelles images inespérées elle oblige à découvrir. D'où ces époustouflants lipogrammes, palindromes, et autres « ulcérations ».

Mais notre ami savait aussi que certaines combinaisons de contraintes peuvent conduire à des problèmes insolubles. C'est ce qui serait arrivé à coup sûr si, pour notre poème, nous avions cherché des rimes qui obéissent aux règles de l'acrostiche double et qui riment en même temps pour l'œil.

Toutefois, les incompatibilités ne sont pas toujours aussi évidentes. Il serait donc intéressant de savoir à l'avance si tel ou tel problème de création oulipienne aura plusieurs solutions différentes, ou une solution parfaitement déterminée, ou une solution avec possibilité de variantes, ou encore aucune solution. Cette question n'est malheureusement pas de celles qui se laissent mettre en équations. Mieux vaut faire confiance au flair bien connu de l'oulipien.

LE

SIZAINS TURCS

La définition des «vers turcs» a été établie par Jacques Roubaud et Noël Arnaud, avec l'aimable concours d'Eva Genestoux :

Faites-nous des vers turcs où nul contact des lèvres
Ne gâte la contrainte à l'instant définie
Et si de ce jeu-là vous venait une fièvre
Consolez-vous sachant qu'ainsi va le génie.

La Calèche, Villeneuve-lez-Avignon,
17 juillet 1980.

Je suis coulé au sol devant le Vol d'Icare.
À ne Courir les rues je vois Rueil au loin.
Oui, lire vos Sonnets jusqu'à la Saint-Glinglin.
Lesquels lirai-je hélas en l'univers dental
Où le Turc nous enclot ? Et cet Instant fatal
Se refuse à sonner durant que je décarre.

Si le Turc en chantant n'écartait trois consonnes
Je ne saurais Queneau vous réduire à ces livres.

Derviche je renais et en deviens tout ivre,
Tandis que l'art c'est dalle et que je tourne en rond
En voyant que certains de vos titres s'en vont
Et d'écrire en Turquie on risque d'être aphone.

Le Chiendent Chêne et Chien, cachés dans leur ovule,
La Turquie les tolère ; encor les Derniers Jours
Un Rude Hiver les Ziaux et en vue de Vaour[1]
Exercices de Style. Or le sort les agrège,
La lèvre en eux se colle. Aussi, furieux, ferai-je
Le geste de Zazie rétorquant de son culte.

NA

1. Pour faire plaisir à Jacques Bens qui affectionne la rare rime Vaour. Le poème a été composé à Penne-du-Tarn, à 7 kilomètres de Vaour.

BOULE DE NEIGE

À
la
mer
nous
avons
trempé
crûment
quelques
gentilles
allemandes
stupidement
bouleversées.

JB

Oulipo, *La Littérature potentielle*, 1973.

BOULES DE NEIGE

L'
un
rit
dans
notre
jardin
quoique
certains
préfèrent
travailler
croupissant,
déraisonnant,
réfléchissant.
Aboutissements
mégalomaniaques,
conditionnements
incompréhensibles,
suranéantissements,
ragaillardissements
hyperoligophréniques !

Ô
l e
bon
sens
épais
duquel
sortent
finement
certaines
gracieuses
jésuiteries !
Rengorgement,
calembredaine
consciencieuse,
épistémologique
abasourdissement
disproportionnant
recroquevillements,
impressionnabilités
crétinoembryonnaires,
hyperschizophréniques
pseudotransfigurations !

Latis

Oulipo, *La Littérature potentielle*, 1973.

HOMMAGE

O
to
see
man's
stern
poetic
thought
publicly
espousing
recklessly
imaginative
mathematical
inventiveness,
openmindedness
unconditionally
superfecundating
nonantagonistical
hypersophisticated
interdenominational
interpenetrabilities.
HarryBurchellMathews
JacquesDenisRoubaud
AlbertMarieSchmidt
PaulLucienFournel
JacquesDuchateau
LucÉtiennePerin
MarcelMBénabou
MichèleMétail
ItaloCalvino
JeanLescure
NoëlArnaud
PBraffort
ABlavier
JQueval
CBerge
Perec
Bens
FLL
RQ
.

HM

Oulipo, *Atlas de littérature potentielle*, 1981.

LES STATIONS DU CRI

Voici l'histoire d'un long cheminement. Un cheminement inspiré par cette mésaventure à la cour du Prince hongrois Estherazy, en novembre 1772, dans la ville d'Estheraza. Une sorte de voyage. Un voyage initiatique et ésotérique dont je vais tâcher de vous conter les étapes. De quoi s'agit-il donc ? D'un parcours. D'un parcours aux vingt-six stations. À l'approche du départ, tout est possible, tout est permis : est-ce la liberté ou la permissivité ? Ce départ me remplit d'allégresse et je suis assez ému de tous ces possibles, de tous ces potentiels. Le potentiel est ce que vous pouvez dire en tenant compte de ce qui a été dit avant vous par vos amis excusés pour cause de décès (pote en ciel) mais également par vos amis vivants ou par vous-même. Un potentiel infini, sans doute trop large. L'immensité, l'infini devant nous s'étale, qui me livre son potentiel. Comme cela semble facile ! Je m'étonne de la facilité ainsi offerte, assez inhabituelle de mon univers. Bzzzzzz, regardez, entendez, zieutez cette mouche qui volette en zigzaguant, encore un virage et voilà son dernier Z.

Un univers trop large ? Que n'avais-je dit ! Comme si une puissance occulte venait de m'entendre à peine avais-je annoncé le tout-libre tout-permis tout-possible. Bientôt, et dès maintenant, l'univers semble se rétrécir. Un tout petit peu. À peine. Si peu… Oh, vous me dire… non, on va me dire que ce n'est pas difficile, et on aura raison, mais je ne prétends faire dans l'exploit. Je ferme les yeux, respire ce parfum d'ylang-ylang et me retrouve dans une yourte près d'un fleuve, à son delta, en forme de Y plutôt que de delta, et impassible, je remonte le fleuve, poursuivi par quelques peaux-rouges qui martèlent leurs xylophones et par quelques joyeux ichtyosaures qui chantent comme des styrènes. Je m'éloigne toujours impassible du delta. Et voilà la première station. Une âme disparaît, et l'on entend désormais le cri de cette âme. Car l'âme brame, l'âme crie son désespoir : ce sont *les Stations du Cri*. Entendons le cri de Haydn à la cour du Prince, et sa symphonie. Ainsi du fleuve disparaît l'Y.

Alors apparaît une autre bifurcation, une croix. Une croix, c'est un choix : trancher l'air à la hache, et faire son choix dans cette croix. La croix n'est pas à porter, à découper seulement. Découpons la croix suivant les pointillés. Aux ciseaux. Soucieux et même anxieux, je regarde : par où aller ? Qui m'indiquera mon laborieux itinéraire ? J'examine avec attention l'alentour et pars sur le côté en plein champ, laissant derrière moi ce dernier carrefour en X. On ne dira plus désormais les adieux, mais seulement l'adieu. Comme cela est singulier ! Adieu à tous, adieu à ce qui est le plus profond en chacun de nous, adieux aux lieux de notre choix. Adieu aux âmes. Adieu aux croix. La symphonie des adieux. Exit la croix.

Je pousse une porte et me retrouve en plein western, les gens jouent au poker devant moi, certains au whist, les whiskies coulent à gogo et les WC ne désemplissent pas. Les femmes, visiblement, sont restées au wigwam. On se croirait dans un film de Marco Ferreri pastichant les bons westerns. Alors on laisse là tout cet univers, ces femmes blanches. Et puis on laisse à jamais les wagons et le souvenir d'enfance de Georges Perec et l'on tourne la page. C'est vrai, n'est-ce pas ? Si je dis *wagon*, à quoi pense-t-on ? Pour ma part, je pense à *W*.

On a marché, marché. Beaucoup marché, comme dit le soldat d'un compositeur russe dont le nom, bien que prononçable, est impossible à écrire. En ressortant l'univers paraît plus simple, ressemble à un petit village de nos contrées, peut-être Volvic où coule l'O (alors que l'O ne coule ni à Évian ni à

Vittel), ou bien encore Valvins où coule le vin et où Mallarmé coule de paisibles jours, ou bien encore cette ville de Lorraine où coule la Vologne et où coule le petit Grégor qui ne fut jamais bien grand ? Cet univers champêtre avec ses joies (et même avec ses drames) me ravit. On me voit ravi, on me trouve ravi. Que rêver de plus ? Et je salue tout un chacun de façon latine : *Vale vale* à celui qui entre, *ave, ave*, à celui qui sort, tout en songeant soudain que cet *a* pourrait être maintenant privatif !

On a marché, marché, beaucoup marché, comme dit le soldat, et puis soudain, le ciel s'assombrit, car on est sur le point de perdre un maillon essentiel, ces indispensables maillons qui permettent les sons clairs et sans lesquels les sons seraient abscons. Désormais, il faudra faire sans le cinquième maillon, lequel n'est pas le plus faible, c'est-à-dire le plus rare. Alors je dis adieu, adieu, ne pleurons pas, surtout ne pleurons pas. Adieu à la larme. Sans doute maintenant entendra-t-on le chant des stations qui se succèdent et leurs cris respectifs. Et je le dis une dernière fois : turlututu, l'entend-on suffisamment ? Turlututu ! Et adieu à adieu !

On a marché, sans cesse marché et maintenant, la campagne s'offre à mon regard. Cette jolie campagne française, et ses églises et ses clochers, et ses champs dorés et ses champignons mignons, et son herbe ocre, et ses bois épais, et ses joncs d'or, et sa terre de fin d'été, terre sombre, terre de reflets marron, la campagne et ses mares et ses canards, la campagne et ce gentil petit animal pris maintenant en grippe… C'est le moment de dire enfin : santé !

Alors on a marché, on a marché dans les chemins, on pense à ces méandres, à ces chemins de campagne, à ces chemins d'errance, à ces chemins de plaisir, ces chemins sans ligne de A à B, on pense à ces épingles dans les chemins. Bref, on chemine comme des papillons. Comme les papillons, on marche (j'adore regarder les papillons marcher) on marche sans regarder en arrière car la fragrance des essences passées perd de son sens. Eh ! Essence sans sens.

On a marché, marché, encore marché, on approche de ce monde principal, monde d'échange, monde de lire, monde d'écrire, monde de la magie, de la magie de ce dicible, de ce difficile dicible, monde de l'image, monde de film, monde de l'idée, monde de l'idée par l'image. L'idée régie par l'image. L'idée régie ici même par le langage, car le langage engendre l'idée, l'idée rapide, l'idée éclair, l'idée profonde. L'idée lancée, comme le coq lance le célèbre cocorico, comme l'animal libre lance le cri : libre, libre, libre ! *En mon cahier d'écolier / En mon grand banc en mon arbre / En le grain d'or en la neige*

/ *Je crie ce nom*, comme a imprimé Pol Élard. Là malgré ce *libre* crié, difficile de prendre l'air : air raréfié, air maigre, air rare. Fin de l'air. Fin de l'ère de l'air.

On a manié l'idée, l'idée de ce coq. Là, ce coq coi. On place le coq en plein champ, champ de blé, on a l'idée de ce champ de coq. L'idée... le coq piaille comme la limande, comme l'animal de l'océan.

L'idée déliée, polie, jolie, l'idée défile. Fine, effilée, l'idée défile, on a le fil de l'idée. On mâche l'idée comme la pipe. Nom de la pipe ! Place à la papille ! Pfffff... Échappe le P.

Allô, allô ? Le monde fane. Non, non, d'O nenni. La fin de ce monde ? de ce monde bâillonné. La fin de ce monde infime ? Méli-mélo de la moelle de ce monde amolli. Non, non. Ce monde a mal. Le monde engoncé comme ballon dégonflé, comme balle molle. Le maillon lâche. Gomme l'O, dégomme l'O.

Je m'imagine malin, je m'imagine aimable. Je me méfie de câlin de Caïn. Je me méfie ? Je fane. Minable. Ligne infinie. Filin, fin fil infini. Fin fil de lin. Fin de fin.

Je bâille. Même l'émail bâille. La malice bâille. Même Alice bâille. Elle me glace : imbécile, limace ! La gamme défile. Dame Amélie mime à demi. Dame Amélie me lie. Miel amical. J'aime, j'aime, j'aime. Alice mâche : « Dégage *j'M* ! »

Je hèle la belle fille décalée. Belle abeille ! Ah, l'habile alibi, babil de la belle abeille facile. Elle hèle le flic débile. Il file, difficile, lâche. Le flic gicle. Ça gicle facile, ici, le flic. J'affale le ciel. Je hèle l'Île à hélice : délice, délice de calife. Je lèche le calice : gai délice habillé de falbala, de falbala de fil, de ficelle. Là, je décèle la faille, la faille acide ; accablé, je décèle la faille. Elle faible. Diable ! Elle a failli.

Ah, Kafka ! Face à face figé. Effigie de Kafka. Face à Kafka, face kaki, face effacée. Kafka effacé.

Fade biche, biche affadie ! Je dégage ce bagage. Biche beige, je bâche. Gabegie, gabegie. Biche beige, jade. Je chiade, je défie, je biche beige biche. Ci J… biche. Ci J… J biffé.

Fi ! Défi ! Défi de chef ! Défi de chef décidé ! Défi de fief de chef décidé ! Défi de fief de fieffé chef décidé ! Chef affadi, ici. Effigie acide de défi de fief de chef décidé ! Chef affadi, caïd biffé. Chef affadi, chef biffé, chef figé.

Face cachée. Hache fâchée, hache agacée. Ah! Eh! H gâché. H haché. H caché. Dèche!

Gaffe! Gaffe! Adage, dégage! Dégage ce gag. Gage! Cage. Cage à badge, cage à bagage. Efface ce *ga*, ga effacé.

Efface ce café fade, baffe ce fada, efface ce fa, façade effacée, face-à-face fée, efface ça, fée effacée.

Ce. Ça. Ce Dédé. Abbé. Abbé cédé, abbé décédé. Dédé décédé. Aède, accède, accède. Accède à ça. Décade baba. *E* cède, *e* décède.

À dad, à dada. Abacadaba, d'ac Dada?

Cab, bac ABC, ça, ça, ça.

Baba, B.A.-BA.

Aaa!!!!!! Ââââââââ!!!!!!!!!!!!!!!!

OS

POÈMES POUR BÈGUES

LE JARDINIER COMMENCE À BÉGAYER

« Te tero, Roma, manu nuda.
Date tela. Latete. »

À Didyme où nous nous baignâmes
les murmures de l'Ararat
cessaient de faire ce rare ah !
leçon sombre où brouiller les âmes.

Même et marine Marmara
tu tues un temps tendre à périr.
L'âme erre amère en des désirs
qui quitte enfin un art à rats.

Couvrez vraiment l'été, ténèbres !
Terre, tes ruines sont songeuses.
Pour pourrir rire est une heureuse
ruse, uses-en ô l'ivre de tes fûts funèbres.

LE JARDINIER BÉGAIE VRAIMENT

QUAQUA(TRAIN) POUR BÉBÈ(GUE)

V.O.
Sisi féfé pourpou voirvoir
silesil hensshenss hètt hètté
vovo cricri meumeu zursur
dédé monmon deudeu momor

V.D.
Sisyphe est fait pour pouvoir voir
si le silence en cet été
vaut vos cris, crimes, mesures sûres
des démons, mondes de mots morts.

APPAPARITION POUR MAMMALLARMÉ

V.O.
Essess pripri zozo
houhou titi rérèd'
dudu elell loulou
sonson jaja mémè
tantan deudeu yinlien

V.D.
Est-ce esprit pris aux eaux ?
ou outil tiré raide

du duel ? Aile ou loup ?
son songe à jamais met
en tant de deuil un lien.

LA, L'AMOUR MOU

V.O.
mémè zonzon dédé fifid hel
hel leuleu crouacroua ssansan zai
zai mémé parpar hesshess ssesse la
la mourmour ririr houhou traj'
traj' hédihédi deudeu zizi

V.D.
Mes maisons ont des défis fidèles.
Elles le croient. Croissant sans aise
aimées mais par paresse. Est-ce cela
l'amour ? Mourir ? rire ou outrage ?
Tragédie, et dit de deux zizis.

MON MONDE

V.O.
Rara mémé
mèmé mumu
parpar olol

angang oissois
iviv réré

V.D.
Rare à m'aimer
même émue mue
par parole ô l
angue angoisse ois
ive. Ivre, errer!

JL

BORDS DE POÈMES

Un poème étant donné, nous appellerons « bords de ce poème » le premier vers, le dernier vers, la liste obtenue en prenant le premier mot de chaque vers et la liste obtenue en prenant le dernier mot de chaque vers. Le reste, c'est-à-dire l'intérieur du poème sera considéré, du point de vue qui nous occupe, comme négligeable[1].

Dans plusieurs cas il peut y avoir avantage à représenter un poème en écrivant les mots qui se succèdent dans une même ligne sur un arc au lieu d'une droite. Au lieu d'un rectangle formé de 4 segments droits on aura donc un quadrilatère curviligne convexe.

Soit deux poèmes A et B représentés de cette manière. Si les bords de A et les bords de B contiennent un même mot M, on dira que les deux poèmes sont tangents en M et on pourra les placer de manière à rendre cette tangence visible.

Toute une géométrie est possible à partir de ce matériel. On peut se proposer d'y transposer le problème de l'Apollonius :

1. On peut tout aussi bien adopter un point de vue opposé, considérer les bords comme négligeables et ne s'intéresser qu'à l'intérieur des poèmes. En recommençant cette opération autant de fois qu'il est nécessaire, on est conduit à l'*épluchage* systématique de la poésie française et à l'extraction de ses *noyaux*.

étant donné 3 cercles coplanaires inégaux tangents deux à deux, construire un 4e cercle intérieur tangent et un 5e cercle extérieur tangent.

Tel qu'en Lui-même enfin l'éternité le change
Le   nu
Son   connu
Que   étrange !

Eux,   ange
Donner   tribu
Proclamèrent   bu
Dans   mélange

Du   grief !
Si   bas-relief
Dont   orne

Calme   obscur
Que   borne
Aux noirs vols du Blasphème épars dans le futur.

FLL

INTÉRIEUR DE POÈME

L'intérieur d'un poème est ce qu'il en reste quand on enlève le « bord de poème ».

Poëte suscite avec un glaive
siècle épouvanté de n'avoir pas
la mort triomphait dans cette voix

comme un vil sursaut d'hydre oyant jadis
un sens plus pur aux mots de la
très haut le sortilège
le flot sans honneur de quelque noir

sol et de la nue hostiles, ô
notre idée avec ne sculpte un
la tombe de Poe éblouissante s'

bloc ici-bas chu d'un désastre
ce granit du moins montre à jamais sa

FLL

LES SAILLIES DU DRAGON[1]

PÉDOPHILE ?

Qui exerce un office : qui exerce un novice.

LANGUES ROMANES

Le français et le provençal : le français est le provençal.

ANTIAMÉRICANISME

Amérique du Nord : Amérique d'une heure.

1. L'auteur tient à marquer sa gratitude envers un collaborateur précieux, sans qui rien n'eût été possible : le logiciel de dictée pour ordinateur *Naturally Speaking 8.1*, de la marque *Dragon*.

RÉPUBLICAIN

L'Empire : l'an pire.

SÉGOLÈNE ?

Poitevine : toi, devine.

JACOBIN

Marcel Bénabou : Marcel d'État pour.

MONTAIGNE CHIC

Un mol oreiller : un polo rayé.

CAPITALISME BANCAIRE

Contusionner : compte fusionné : compte lyonnais.

ARROGANCE GAULOISE

C'est l'offenser : c'est le français.

LINGUISTIQUE SOCIALE

Évolution phonétique : révolution soviétique.

LÈCHE-BOTTE

Le dictionnaire de l'Académie française : le dictionnaire de la qualité française.

ANTIMILITARISME

Militaire : Hitler.

PEIRCE EN PIÈCES

La signification : acidification.

ANTIPAPISME

Diabolique : catholique.

BELGIAN KISS

Belgique : pelle chic.

ÉLÉGANTE NÉANMOINS

Dégingandée : déjà gantée.

BOURREAU D'ENFANTS

Les endormait avec une berceuse : les endormait avec une perceuse.

DES RÉVÉLATIONS SUR UN ÉCRIVAIN MÉDIÉVAL

Garnier de Pont-Ste Maxence a dû naître picardophone : Garnier de Pont-Ste Maxence a dû naître picarde ou folle.

EXPLOITATION HAUTURIÈRE

Pour signifier « tous les deux mois » on dira *bimestriel* : pour signifier « tous les deux mois » on dira pêche industrielle.

LORSQUE L'ENFANT PARAÎT

Grand-père : grand pas vers.

ANNE, VROUM ! VROUM !

Et un permis de garer ta voiture : et un permis de Garréta voiture.

INTERMITTENT

Aillagon : Ah ! Iago.

ACCORD TACITE

Carthage doit être détruite : Carthage doit être décrite.

PÉRIL JAUNE

Zazie dans le métro : Asie dans le métro.

ANTICOMMUNISME

Le verbe *baiser* : le maire PC.

ACH ! ACH !

Le bon usage : le Bonn usage.

MACHISME

Afin de désigner la mort, on comprend que la langue familière emploie abondamment l'euphémisme : afin de désigner la mort, on comprend que la langue familière emploie abondamment le féminisme.

MALLARMÉEN

Sonnet : ce n'est.

COPULE

Coordonnant : corps donnant.

MÉPRIS DE L'ÉPITHÈTE

L'adjectif : la chétive.

DÉFINITION

Placebo : plaqué beau.

INTUITION

La signification en est claire : la signification en éclair.

SOUS LA COUPOLE

L'Académie ne l'a pas dit : l'académie de l'apathie.

ÉCRIVAINS

Pierre Guyotat : pire que l'iota.

Marguerite Duras : Marguerite du rase.

Jean Genet : Jean je n'ai.

OULIPO

Tohu-bohu : Oulipo eut.

Les oulipiens : les solitaires.

Des oulipiens : de solides liens.

LE MOT DE LA FIN

BC : décès

BC

DÉBUT

tell'ment tell'ment
on s'est tell'ment
comment ça peut comment ça peut

si vite aussi
et pour toujours
et à jamais comment ça peut

c'est pas possible
moi ce que je
tout ce que je
ça serait que
  enfin bien sûr
  si c'est possible
si toi tu veux
autant que moi
  ou juste un peu
ça suffirait pour un début

au début tu
au début je
   mais ça pass'rait
   à petits
et toi et moi
on oublierait
ça reviendrait
pas comme avant
mais mieux qu'avant
parce qu'on saurait
que toi et moi
ça s'en va pas
   comm' ça

HLT

LA PRINCESSE AZTÈQUE

ou contraintes pour un sonnet à longueur variable

I. MODE D'EMPLOI

A. Regarder attentivement le sonnet de la section II : deux quatrains aux rimes alternées, puis deux tercets. Ou plutôt, le lire, à haute voix, en articulant bien les douze syllabes de chaque alexandrin, sans oublier de marquer, légèrement, la césure.

B. Compter le nombre d'alexandrins : 14.

C. Permuter les morceaux situés à droite de la barre oblique des parties 1 et 2 ; on trouve ainsi les alexandrins de la section III.

Quoique le sens et la structure syntaxique se soient profondément modifiés, les vers se raccordent parfaitement deux à deux et forment à nouveau des alexandrins bien constitués et rimant entre eux.

D. Compter les alexandrins du poème ainsi obtenu : 15. Ainsi, par une simple permutation de deux morceaux de papier, on peut transformer un poème de 14 alexandrins en un autre de 15 alexandrins, et vice versa.

II. LA PRINCESSE AZTÈQUE
(EN 14 VERS)

1.

Tandis qu'en frissonnant elle/égrenait des vers
L'/Aztèque imperturbable à la touque imprécise
Serrait sa souveraine une blonde/aux yeux verts
D'un lien/libidineux que la froidure attise
Dans l'Ouest enfoui dit-elle à son amant/pervers,
C'est là que l'art/jaillit, que l'Inca prosaïse,
Et que la pyramide abolit l'univers/!
Nul n'entend le muet qui/tout doucement s'enlise...

2.

Comme l'infatigable apion/déblatérait,
Jeune/ami présomptueux plus fou qu'il ne paraît,
N'offre pas de pactole à ton gardien/farouche
Si le verbe/à la fois oppresseur et charmant
D'un tel triomphateur ne trouble le diamant.../
Même Xipe Topec/fuit et détruit sa souche

III. LA PRINCESSE AZTÈQUE
(EN 15 VERS)

Tandis qu'en frissonnant elle déblatérait,
L'ami présomptueux plus fou qu'il ne paraît,
Serrait sa souveraine une blonde farouche
D'un lien à la fois oppresseur et charmant
Dans l'Ouest enfoui dit-elle à son amant
C'est là que l'art fuit et détruit sa souche
Et que la pyramide abolit l'univers
Nul n'entend le muet qui égrenait des vers
Aztèque imperturbable à la touque imprécise
Comme l'infatigable apion aux yeux verts
Jeune libidineux que la froidure attise
N'offre pas de pactole à ton gardien pervers,
Si le verbe jaillit, que l'Inca prosaïse,
D'un tel triomphateur ne trouble le diamant !
Même Xipe Topec tout doucement s'enlise…

CB

LA GUEULE

Poème antonymique dont le texte-source est dû à Mallarmé.

L'AZUR

De l'éternel Azur la sereine ironie
Accable, belle indolemment comme les fleurs,
Le poëte impuissant qui maudit son génie
À travers un désert stérile de Douleurs.

Fuyant, les yeux fermés, je le sens qui regarde
Avec l'intensité d'un remords atterrant,
Mon âme vide. Où fuir ? Et quelle nuit hagarde
Jeter, lambeaux, jeter sur ce mépris navrant ?

Brouillards, montez ! versez vos cendres monotones
Avec de longs haillons de brume dans les cieux
Qui noiera le marais livide des automnes,
Et bâtissez un grand plafond silencieux !

Stéphane Mallarmé

LA GUEULE

De la gueule éphémèr(e) la gravité soucieuse
Allège, laide insolemment comme l'épine
Le prosateur fécond qui bénit sa torpeur
Au sein d'une oasis fertile de Bonheurs

Immobile, œil ouvert, je la vois qui néglige
Avec l'inanité des oublis édifiants,
Mon corps repu. Où être ? Et quelle aube impé-
rieuse
Voler, toute, voler à ce culte enivrant ?

Éclairs, tombez ! Portez vos braises chatoyantes
Avec de courts manteaux d'Azur dessus les terres,
Qui séchera le champ mordoré des printemps
Et transpercez un sol léger et séditieux !

MB

Oulipo, *La Littérature potentielle*, 1973.

HUGO FONDU

LES FEUILLES D'AUTOMNE XVI

La pensée entend
toujours, quelque chose endort
le bourdonnement.

Comme qui, longtemps
cercle tous ces jours, la terre
fête le regard.

Le hasard connaît
demain égare toujours
le chemin s'échappe.

Tant de forêts flottent,
l'arbre court, les bois s'en vont
ensemble dans l'arbre.

Le cèdre abattu,
L'ombre reste sur la pente
Un jour qu'on déchire.

Terre découverte :
pour la voix tu n'as plus rien,
les yeux sont les dents.

Commc, avec et dans,
à toute heure, à tout venant,
au bord du chemin.

Nous rêvant, nous sommes
toujours souvent tour à tour
comme chacun l'autre.

Table, lustre, illustre
pourpre propos pris pleins pleins
de bruit de fureur.

La vie est en fête,
pour la tête, on se dit on,
rumeur et torrent.

Le gouffre est immense,
ceux qui ont vu au travers
reviennent de loin.

Qu'importe après tout
à nous qui ne voyons rien
le discours des vents.

L'apparence reste
L'ombre de jour ou de nuit
Tout et toute rien.

Le nuage fond.
Dans les champs un papillon
informe l'aurore.

L'ironie épuise
la tristesse goutte à goutte
où sombre le sens.

Quelque quelquefois
nuit à l'ombre, l'ombre close
Forme la beauté.

Vert et ténébreux,
l'océan, l'océan fond.
Bois, respire, sens.

Toute tout un jour
pour tous, tous les regards vont
bientôt pour après.

Jetteront remâche
Répondu passeront courent
Les chemins le monde.

Bouche les paroles,
souffle le feu, foule l'arbre,
foule en attendant.

Chaos à tâtons,
sans nous comme sans nous sans
Bruit, parole, voix.

Les portes du jour
Sont des douceurs pour les yeux.
Le monde est commun.

Illusion au loin,
invisible point du point,
un instant banal.

Le cri du cristal
cloche la plaine est la plainte.
Le sort est le sort.

J'entends, j'abandonne,
je et je, chose du bruit
comme pour qui songe.

Plaindre, traverser
seulement la nuit sans nombre
obscur et plus haut.

Songes songes, choses
absentes en fleur, toucher
Pour rêver des roses.

Le matin divise,
le ciel part, le soleil donne
la foudre et le calme.

L'orage qui tourne
neige au-dessus de la roue
vainement nous nomme.

MG

L'ARROSOIR DES DANAÏDES

Ce printemps mélanco**lique** qui tous nous interloque aura certes été marqué par un déluge bi**blique** d'eau, de vent, de bourrasques, de tourmente, tout en bloc.

Les conseillers et les savants nous ex**pliquent** à coups de statistiques précises au cours de longs colloques l'exceptionnalité de cette co**lique** hydrau**lique**.

On croit revivre la terrible époque de Noé, mais on chercherait en vain l'Arche où se protéger; les représentants de l'église catho**lique**, qui n'ont rien manqué de la symbo**lique** de la situation, se sont réunis dans leur basi**lique** de par une aposto**lique** ency**clique**. Mais ils ont beau remuer toute la boue, ils ne peuvent donner sens à cette *claque* divine qui fait ressembler toute une région à une monstrueuse cloque, à un épouvantable *cloaque*.

La terre s'imbibe sous le rideau o**blique** et continu, flux terri*ble aqu*atique qui bloque toute une terre sinistrée. Les vaches, auparavant pantagrué**liques,** pataugent dans une boue glaireuse dans laquelle elles cherchent vainement le pâtis buco**lique**. Les voilà maintenant famé**liques**, et contraintes à l'exode.

L'homme du Nord quitte sa demeure abyssale : il a perdu jusqu'à sa **lique**tte, le voici presque en loques, emportant sur lui seulement quelques breloques qu'il conserve pieusement comme de précieuses re**liques**. Il quitte sa maison flottante pour une maison roulante. Plus besoin de rames : on lui offre des roues !

On somme la Répu**blique** de s'ex**pliqu**er et de s'im**pliqu**er : elle ra**pplique**, avec un lot considérable de **flics** barbotant dans les *flaques* parmi leurs chefs loqueteux, et tente de calmer les esprits égarés et flottants, de réunir les morceaux épars qui jonchent le fleuve puissant. Mais comment contrer une rumeur qui devient pu**blique** ? Car toute la région insinue à force chuchotements criards et loquaces, ap**pliqu**ant une logique im*plac*able contre le complot capital, que pour préserver Paris, « on » aurait insidieusement déversé le trop-plein d'eau de région parisienne dans le bassin sommelier (imaginons ces scientifiques et ces spécialistes revêtant leur combinaison spéciale, soulevant des *plaques* secrètes et plongeant dans les gouffres de l'enfer pour aller nuitamment débloquer, puis déplacer la ligne de partage des eaux). Le premier vizir, grand PLOUC désarticulé s'évertue, malgré son air angé**lique**, s'époumone comme un ventriloque, mais n'y peut mais ! On écoute attentivement son soliloque, mais les ré**pliques** de son allocution ne provoquent aucun déc**lic**.

En Somme, c'est la débâcle, tout se disloque. L'a**fflic**tion s'est installée ; on a tout perdu, sau*f l'ac*rimonie. On pleure à gros flocons.

OS

AFABLES

« Monsieur Aa l'antiphilosophe », « Béer », « L & J », « L'ivre livre » et « C'est le chapeau qui fait l'homme » sont parus dans J & I, les deux combinateurs et la totalité *(Plein Chant 2002), accompagnés d'explications et commentaires de Walter Henry. L'un des titres évoque Tristan Tzara, un autre Max Ernst, conformément au cahier des charges que s'était fixé l'auteur.*

MONSIEUR AA L'ANTIPHILOSOPHE

Capitale !

qui n'a que l'*a* à la bouche
le *la* du bateau tue-mouches
l'Allah du bachi-bouzouk
l'Alma-Ata des bazouk   as !

Capitole !

le *ha* des catilinaires
haha de Martin Gardner
ou d'un bon cynocéphale
las à Marsala s'affal a !

Capitule !

aux sept pieds de la salade
pour que le *aha* de *l'ad*
hominem argumentum
éveille enfin le saint homme Aa !

Capitaine !

prends garde aux yeux bleus
de l'âm !

BÉER

Qu'elle était verte
m'avalait

(J'ai pris, son aplatissoir
à, Raymond Roussel
(un aplatissoir sans manche
auquel manque la hampe
(un faux-pli du soir
auquel baisse un peu l'abat-jour

(j'ai des pensées
à repasser))))

J'ai mis une idyllique fleur sèche
à l'intérieur de la vue
(j'ai glissé six pastilles d'acier
dans la fente du lion de Belfort
(pensées pressées :
l'herbier
(l'air biais)))

L & J

C'est le grand remuement des terres et des villes
fleuves départements ô puzzle des nations
qu'on a mis dans un sac pour un loto fragile
sur trois couples de jardins d'acclimatation

Le soleil s'est noyé dans mon encre de Chine
et les ruisseaux à sec tapent à la machine
une histoire de grue où la fille assise haut
soulèvera pour nous girafe aurore oiseaux

moralité

bateau six zoos
la rive hier au bord de l'eau
là rit vit erre aube hors de l'eau

L'IVRE LIVRE

J'ai rêvé d'une fleur dans un abécédaire
ivre de Zig et puce aveugle ménippée
de Suse de Cognac et de ces marques que

j'ai mis pour mieux gémir et mettre un dromadaire
ignare en bout de Manche au quai de la Rapée
chavirant Tzara Stout Swift Hölderlin Rilke

Dès l'Iran
Delhi rend
des lire Han !
Delly ren-
dez l'ire en
dés (lire « ans ») !
Délit rang
Des lits… Rran
Délirant !

C'EST LE CHAPEAU QUI FAIT L'HOMME

Comme la peau
fait la pomme
c'est le chapeau
qui fait l'homme

et pour Carpeaux
l'économe
tous nos impôts
font la somme

Si pour Copeau
on sublime
pour un typo
l'on déprime

mais quand le Pô
coule à Rome
c'est le chapeau
qui fait l'homme

Grâce aux suppos
De bitume
Nos oripeaux
Sont de plume

Si le pipeau
fait la gamme
c'est le chapeau
qui fait l'âme

Boucher hippo
métronome
c'est le chapeau
qui fait l'homme

Hals et Harpo
font Haarlem
et les schupos
math Elem

Et comme pom-
Mier fait pomme
c'est l'Oulipo
qui fait l'homme

PB

J & I, les deux combinateurs et la totalité, 2002.

ERRATA

Suite à des problèmes survenus au marbre, la nouvelle intitulée *La jeune fille* que nous avons publiée dans notre dernier numéro comportait quelques erreurs dont vous voudrez bien nous excuser.

Page 1, ligne 4 : lire *Robert* au lieu de *Norbert.*

Page 2, ligne 8 : *Mimi* au lieu de *Sissi.*

Page 2, ligne 12 : *retors* au lieu de *retour.*

Page 4, ligne 1 : *Norbert* au lieu de *Robert.*

Page 5, ligne 2 : Plutôt que *Elle le rencontra au bal,* lire *elle le rencontra au bar.*

Page 6, ligne 8 : *Robert* au lieu de *Norbert.*

Page 8, ligne 3 : au lieu de *Louis se pencha sur elle et plongea dans le bleu de ses yeux*, lire *Louis se pencha sur elle et plongea ses doigts dans ses yeux.*

Page 8, ligne 7 : *module* au lieu de *modèle.*

Page 11, ligne 11 : *Norbert* au lieu de *Robert.*

Page 12, ligne 14 : au lieu de *Elle prit un malaise, ce qui n'arrangea pas ses problèmes familiaux*, lire *Elle prit un balèze ce qui n'arrangea pas ses problèmes familiaux.*

Page 15, ligne 3 : lire *cache* au lieu de *cache.*

Page 16, ligne 3 : *Robert* au lieu de *Norbert.*

Page 18, ligne 7 : au lieu de *Le geste de Louis lui toucha le cœur*, lire *D'un geste Louis lui toucha le corps.*

Page 20, ligne 9 : *Norbert* au lieu de *Robert.*

Page 20, ligne 11 : *Calme* au lieu de *clame.*

Enfin, page 21, la toute dernière phrase du texte n'est pas : *Bouleversé du bonheur d'avoir dit « oui » dans la cathédrale, il leva les yeux vers Dieu et se frappa deux fois le cœur*, mais *Bouleversé de fureur d'avoir vu*

Louis dans la cathédrale, il bascula son prie-Dieu et le frappa deux fois au cœur. Mais là, le lecteur aura rectifié de lui-même…

PF

HISTOIRE ET MANIFESTES

LA LIPO

Le premier Manifeste

Ouvrons un dictionnaire[1] aux mots : « Littérature potentielle ». Nous n'y trouvons rien. Fâcheuse lacune. Les lignes qui suivent aimeraient, sinon imposer une définition, du moins proposer quelques remarques, simples amuse-gueule destinés à faire patienter les affamés en attendant le plat de résistance que sauront écrire de plus dignes que moi.

Vous souvenez-vous des discussions qui ont accompagné l'invention du langage ? Mystification, puérile fantaisie, déliquescence de la race et dépérissement de l'État, trahison de la Nature, atteinte à l'affectivité, crime de lèse-inspiration, de quoi n'accusa-t-on pas (sans langage) le langage à cette époque.

Et la création de l'écriture, et la grammaire, est-ce que vous vous imaginez que cela ait passé sans protestations ? La vérité est que la querelle des Anciens et des Modernes est permanente. Elle a commencé

1. N'importe lequel.

avec le Zinjanthrope (un million sept cent cinquante mille ans) et ne se terminera qu'avec l'humanité à moins que les Mutants qui lui succéderont n'en assurent la relève. Querelle, au demeurant, bien mal baptisée. Ceux que l'on appelle les Anciens sont, bien souvent, les descendants sclérosés de ceux qui, en leur temps, furent des Modernes ; et ces derniers, s'ils revenaient parmi nous se rangeraient, dans bien des cas, aux côtés des novateurs et renieraient leurs trop féaux imitateurs.

La littérature potentielle ne représente qu'une nouvelle poussée de sève dans ce débat[1].

Toute œuvre littéraire se construit à partir d'une inspiration (c'est du moins ce que son auteur laisse entendre) qui est tenue à s'accommoder tant bien que mal d'une série de contraintes et de procédures qui rentrent les unes dans les autres comme des poupées russes. Contraintes du vocabulaire et de la grammaire, contraintes des règles du roman (division en chapitres, etc.) ou de la tragédie classique (règle des trois unités), contraintes de la versification générale, contraintes des formes fixes (comme dans le cas du rondeau ou du sonnet), etc.

Doit-on s'en tenir aux recettes connues et refuser

1. Comment la sève peut-elle pousser dans un débat ? Nous nous désintéressons de cette question qui relève non de la poésie mais de la physiologie végétale.

obstinément d'imaginer de nouvelles formules ? Les partisans de l'immobilisme n'hésitent pas à répondre par l'affirmative. Leur conviction ne s'appuie pas tant sur une réflexion raisonnée que sur la force de l'habitude et sur l'impressionnante série de chefs-d'œuvre (et aussi, hélas, d'œuvres moins chefs) qui ont été obtenus dans les formes et selon les règles actuelles. Ainsi devaient argumenter les adversaires de l'invention du langage, sensibles qu'ils étaient à la beauté des cris, à l'expressivité des soupirs et aux regards en coulisses (et il n'est pas demandé ici aux amoureux d'y renoncer).

L'humanité doit-elle se reposer et se contenter, sur des pensers nouveaux de faire des vers antiques ? Nous ne le croyons pas. Ce que certains écrivains ont introduit dans leur manière, avec talent (voire avec génie) mais les uns occasionnellement (forgeages de mots nouveaux), d'autres avec prédilection (contrerimes), d'autres avec insistance mais dans une seule direction (lettrisme), l'Ouvroir de Littérature Potentielle (OuLiPo) entend le faire systématiquement et scientifiquement, et au besoin en recourant aux bons offices des machines à traiter l'information.

On peut distinguer dans les recherches qu'entend entreprendre l'Ouvroir, deux tendances principales tournées respectivement vers l'Analyse et la Synthèse. La tendance analytique travaille sur les œuvres du passé pour y rechercher des possibilités qui dépassent souvent ce que les auteurs avaient soupçonné. C'est, par exemple, le cas du centon qui pourrait, me semble-t-il, être revigoré par quelques considérations tirées de la théorie des chaînes de Markov.

La tendance synthétique est plus ambitieuse ; elle constitue la vocation essentielle de l'OuLiPo. Il s'agit d'ouvrir de nouvelles voies inconnues de nos prédécesseurs. C'est, par exemple, le cas des *Cent Mille Milliards de Poèmes* ou des haï-kaï booléens.

Les mathématiques — plus particulièrement les structures abstraites des mathématiques contemporaines — nous proposent mille directions d'explorations, tant à partir de l'Algèbre (recours à de nouvelles lois de composition) que de la Topologie (considérations de voisinage, d'ouverture ou de fermeture de textes). Nous songeons aussi à des poèmes anaglyphiques, à des textes transformables par projection, etc. D'autres raids peuvent être imaginés, notamment dans le domaine des vocabulaires particuliers (corbeaux, renards, marsouins ; langage Algol des ordinateurs électroniques, etc.). Il faudrait tout un long article pour énumérer les possibilités dès maintenant entrevues, et parfois esquissées.

Il n'est guère aisé de discerner à l'avance, à partir du seul examen de la graine, ce que sera la saveur d'un fruit nouveau. Prenons le cas de la contrainte alphabétique. En littérature, elle peut aboutir à l'acrostiche dont on ne saurait affirmer qu'il a produit des œuvres bouleversantes (cependant, Villon et, bien avant lui, le Psalmiste et l'auteur des *Lamentations* dites de Jérémie...) ; en peinture elle donne Herbin, et c'est autrement mieux ; et en musique la fugue sur le nom de B.A.C.H. en voilà une œuvre inestimable. Comment les inventeurs de l'alphabet se seraient-ils doutés de tout cela ?

En résumé l'anoulipisme est voué à la découverte, le synthoulipisme à l'invention. De l'un à l'autre existent maints subtils passages.

Un mot, enfin, à l'intention des personnes particulièrement graves qui condamnent sans examen et sans appel toute œuvre où se manifeste quelque propension à la plaisanterie.

Lorsqu'ils sont le fait de poètes, divertissements, farces et supercheries appartiennent encore à la poésie. La littérature potentielle reste donc la chose la plus sérieuse du monde. C. Q. F. D.

FLL

Oulipo, *La Littérature potentielle*, 1973.

LE SECOND MANIFESTE

Je travaille pour des gens qui sont intelligents avant d'être sérieux.

P. FÉVAL

La poésie est un art simple et tout d'exécution. Telle est la règle fondamentale qui gouverne les activités tant créatrices que critiques de l'OuLiPo. De ce point de vue ce Second Manifeste n'entend pas modifier les principes qui ont présidé à la création de notre Association (on en trouvera une esquisse dans le Premier Manifeste) mais seulement les épanouir et les revigorer. Il vaut cependant la peine de signaler qu'une nouvelle direction de recherches a été, depuis quelques années, envisagée avec une ferveur croissante (mêlée de quelque anxiété). Voici en quoi elle consiste :

La très grande majorité des œuvres OuLiPiennes qui ont vu le jour jusqu'ici se place dans une perspective SYNTAXIQUE structurEliste (je prie le lecteur de ne pas confondre ce dernier vocable — imaginé à l'intention de ce Manifeste — avec structurAliste, terme que plusieurs entre nous considèrent avec circonspection). Dans ces œuvres, en effet, l'effort de création porte principalement sur tous les aspects formels de la littérature : contraintes, programmes ou structures alphabétiques, consonnantiques, vocaliques, syllabiques, phonétiques, graphiques, prosodiques, rimiques, rythmiques et numériques. Par contre les aspects SÉMANTIQUES n'étaient pas abordés, la signification étant abandonnée au bon plaisir de chaque auteur et restant extérieure à toute préoccupation de structure.

Il parut souhaitable de faire un pas en avant en tentant d'aborder le domaine sémantique et de domestiquer les concepts, les idées, les images, les sentiments et les émotions. L'entreprise est ardue, hardie et, par cela même, digne de considération[1]. Si le chapitre historique du Réjean Lescure nous a peint l'OuLiPo tel qu'il est (et tel qu'il fut) cette ambition nous le montre tel qu'il devrait être.

L'activité de l'OuLiPo et la mission dont il se considère investi pose le(s) problème(s) de l'efficacité et de la viabilité des structures littéraires (et, plus généralement, artistiques) artificielles.

L'efficacité d'une structure — c'est-à-dire l'aide

1. Une exploration systématique du roman policier a déjà été entreprise dans ce sens.

plus ou moins grande qu'elle peut apporter à un écrivain — dépend d'abord de la plus ou moins grande difficulté d'écrire des textes en respectant des règles plus ou moins contraignantes.

La majorité des écrivains et des lisants estime (ou affecte d'estimer) que des structures extrêmement contraignantes, comme l'acrostiche, la contrepèterie, le lipogramme, le palindrome ou l'holorime (pour ne citer que cinq d'entre elles qui ont reçu des noms), ne ressortissent que de l'acrobatie et ne méritent qu'une moue amusée car elles n'auraient aucune chance de contribuer à engendrer des œuvres valables. Aucune chance? Voire. C'est un peu trop vite faire fi de la valeur exemplaire de toute acrobatie. Le seul fait de battre un record dans l'une de ces structures excessives peut suffire à justifier l'œuvre, l'émotion qui se dégage du sens de son contenu constituant un mérite qui n'est certes pas à dédaigner mais qui reste secondaire.

À l'autre extrémité, celle du refus de toute contrainte, la littérature-cri ou la littérature-borborygme. Elle a ses diamants et les membres de l'OuLiPo ne comptent pas parmi ses moindres admirateurs... dans les moments, bien sûr, où ils ne se livrent pas à leur sacerdoce oulipien.

Entre ces deux pôles toute une gamme de structures plus ou moins contraignantes a fait depuis l'invention du langage l'objet de nombreuses expériences. L'OuLiPo a la conviction, très forte, qu'on pourrait en envisager un bien plus grand nombre.

Même lorsqu'il accorde une importance capitale au sens du message qu'il entend délivrer (c'est-à-dire à ce qu'il y a de commun entre le texte et une traduction), l'écrivain ne peut pas ne pas être sensible aux structures qu'il emploie et ce n'est pas au hasard qu'il adopte une forme au lieu d'une autre : le (merveilleux) vers de 13 pieds au lieu de l'alexandrin, le mélange ou la séparation des genres, etc. Peu contraignantes ces structures traditionnelles lui offrent un assez grand choix. La question reste ouverte de savoir si (et comment) l'OuLiPo pourrait créer de nouvelles structures guère plus et guère moins contraignantes que les structures traditionnelles. Sur des pensers anciens (ou nouveaux) le poète aurait la possibilité de faire des vers nouveaux.

Mais une structure artificielle peut-elle être viable ? A-t-elle la moindre chance de s'enraciner dans le tissu culturel d'une société et d'y produire feuilles, fleurs et fruits ? Le moderniste enthousiaste en est convaincu, le traditionaliste à tous crins est persuadé du contraire. Et voilà, surgie de ses cendres, une forme moderne de l'ancienne querelle des Anciens et des Modernes.

On peut comparer — mutatis mutandis — ce problème à celui de la synthèse en laboratoire de matière vivante. Que l'on n'ait jamais réussi cette performance ne prouve pas qu'elle soit a priori impossible. Les succès remarquables des actuelles synthèses biochimiques permettent d'espérer mais ne prouvent cependant pas que l'on arrivera (et rapidement) à la fabrication des êtres vivants. C'est un point au sujet duquel il semble quelque peu oiseux de discuter longuement. L'OuLiPo a préféré s'atteler au travail, sans d'ailleurs se dissimuler que l'élaboration de structures artificielles semble infiniment moins compliquée et moins difficile que la création de la vie.

Voilà pour l'essentiel. Peut-être me permettra-t-on d'attirer l'attention sur une fondation d'apparence modeste, d'apparence seulement. Il s'agit de l'Institut de Prothèse Littéraire.

Qui n'a senti, en lisant un texte — et quelle qu'en soit la qualité — l'intérêt qu'il y aurait à l'améliorer par quelques retouches pertinentes. Aucune œuvre n'échappe à cette nécessité. C'est la littérature mondiale dans son entier qui devrait faire l'objet de prothèses nombreuses et judicieusement conçues. Donnons-en deux exemples, l'un et l'autre bilingues.

Le premier s'orne d'une anecdote. Alexandre Dumas père faisait en vain une cour assidue à une dame très belle, mais mariée et, hélas, vertueuse. Comme elle lui demandait d'inscrire une pensée sur son album il écrivit — enrichissant Shakespeare d'heureuse manière — : « Tibi or not to be. »

On m'excusera, pour le second exemple, de faire appel à des souvenirs personnels. Il y a plus d'un demi-siècle, émerveillé par les poèmes de John Keats, je flânais dans les allées du Jardin des Plantes. Arrivé devant la cage des primates, je ne pus m'empêcher de m'écrier (suscitant quelque surprise chez les visiteurs) : « Un singe de beauté est un jouet pour l'hiver ! »

Lautréamont ne s'approchait-il pas de cet idéal lorsqu'il écrivait : « *Le plagiat est nécessaire. Le progrès l'implique. Il serre de près la phrase d'un auteur, se sert de ses expressions, efface une idée fausse, la remplace par l'idée juste.* »

Et cela m'amène à la question du plagiat. Il nous arrive parfois de découvrir qu'une structure que nous avions crue parfaitement inédite, avait déjà été découverte ou inventée dans le passé, parfois même dans un passé lointain. Nous nous faisons un devoir de reconnaître un tel état de choses en qualifiant les textes en cause de « plagiats par anticipation ». Ainsi justice est rendue et chacun reçoit-il selon ses mérites.

On peut se demander ce qui arriverait si l'OuliPo n'existait pas ou s'il disparaissait subitement. À court terme on pourrait le regretter. À terme plus long tout rentrerait dans l'ordre, l'humanité finissant par trouver, en tâtonnant, ce que l'OuLiPo s'efforce de promouvoir consciemment. Il en résulterait cependant dans le destin de la civilisation un certain retard que nous estimons de notre devoir d'atténuer.

FLL

Oulipo, *La Littérature potentielle*, 1973.

LE TROISIÈME MANIFESTE

Prolégomènes à toute littérature future
(texte inédit, retrouvé dans les papiers
de F. Le Lionnais)

Ici on fait l'analyse de l'analyse.

ÉVARISTE GALOIS

C'est la pensée scientifique qui domine.

ERIK SATIE

Un programme de construction de toutes les structures littéraires possibles — vocation majeure de l'OuLiPo — passe par trois phases qui ne requièrent pas que l'exercice d'un certain talent[1] durant un temps inférieur à l'éternité. La première phase pose un problème théorique, aussi simple[2] que la découverte de tous les théorèmes de mathématiques possibles ou que la fabrication de toutes les substances chimiques possibles. La seconde phase, également théorique, vise à extraire de cet amoncellement des structures d'une efficacité reconnue.

1. Et, à l'occasion, du génie.
2. En apparence.

Essentiellement pratique, la troisième phase se donne pour ambition de conduire au Seuil de l'Œuvre.

Toutes les potentialités que l'Oulipo[1] a l'ambition d'explorer sont contenues dans ce que nous appellerons le GRAND TABLEAU. Aux imperfections près il constituera la base des deux premières phases et apportera d'heureuses suggestions aux volontaires de la troisième phase.

Ce GRAND TABLEAU sera un quadrillage à double entrée, chaque colonne correspondant à une *structure mathématique*, chaque rangée à un *objet littéraire*. Chaque case sera donc définie par l'action d'une structure mathématique sur un objet littéraire. La détermination des colonnes et des rangées et le remplissage des cases constituent la première phase. La seconde phase consistera à essayer (en vertu de critères dont plusieurs restent à découvrir) d'associer plusieurs cases et à voir ce que donnent ces juxtapositions que nous appellerons des ARMATURES[2]. Performance comparable à celle de la

1. Pas lui seul.

2. Je propose de mettre entre parenthèses les mots «STRUCTURE» et «FORME FIXE» que les membres de l'Oulipo n'ont cessé d'employer au cours de toutes leurs réunions (plus de 200) depuis la naissance de l'Ouvroir et sur lesquels ils ont toujours buté. Et de les remplacer (au moins provisoirement et en tout cas pour la durée de ce manifeste) par un mot : «ARMATURE», privé de définition (celles des dictionnaires ayant été volontairement écartées sans examen). N'étant pas défloré par un usage intensif et prématuré de

Nature (prolongée depuis peu par les chimistes) qui — à partir des molécules (les cases du GRAND TABLEAU) — fabrique tous ces mélanges que sont les substances naturelles (et artificielles). Les préoccupations de la troisième phase ne sont pas sans analogies avec celles qui hantent les chefs d'entreprises : conquête de certains marchés, recours à des technologies de pointe, rentabilité. Les pages qui suivent amorcent ce travail en proposant quelques projets et quelques méthodes dans le thésaurus desquels les candidats à la création littéraire pourront choisir celles des armatures qui leur sembleront propices au prurit de l'écriture.

---

l'axiomatisation et du formalisme il aura la vertu de suggérer ou de s'adapter à quelques idées qui pourront contribuer à l'élaboration d'une science et d'une technique de la littérature[1]. Le mot « CONTRAINTE » n'ayant guère prêté à discussion pendant les réunions précitées[2] et s'étant révélé très avantageux sera, par contre, conservé. Il permettra de construire les instruments plus compliqués dont l'Ouvroir a besoin pour changer la littérature.

1. On pourrait comparer ce subterfuge à l'emploi des mots « opération truc » et « patate » qui ont connu un certain engouement au moment des maths modernes.

2. C'est peut-être regrettable. La question de savoir si la seule utilité des contraintes est de s'opposer à la liberté absolue[3] ou si elles n'ont pas une fonction expressive positive.

3. « La poésie et la musique inventent mille problèmes difficiles, s'imposent les règles gratuites du sonnet et les interdits souvent arbitraires de la fugue et du contrepoint, s'enferment dans l'étroitesse d'un jeu très strict pour trouver une raison d'être... Car l'artiste a besoin d'être entravé par ses anagrammes et ses calligrammes pour se sentir libre. » V. JANKELEVITCH, « *La mort* », ch. II.

Découverte, invention ou mélange des deux? La discrétion des écrivains quant à la genèse de leurs œuvres[1] devient mutisme dès qu'il s'agit de la production des armatures qui ont conquis droit de cité. Le rôle du tâtonnement, du désordre ou de l'aléatoire peuvent surgir — à la manière des structures dissipatives en thermodynamique — des armatures dont il appartient à des esprits avisés de déceler et d'explorer la fécondité. Faute de pouvoir maîtriser ce processus nous nous en tiendrons à l'invention consciente, rationnelle et expérimentale.

FLL

1. Les chevilles heureuses ne sont qu'une partie visible de l'iceberg. Ce ne sont pas seulement des vers mais des œuvres complètes qui peuvent être tenues pour des chevilles. Et, en un certain sens, des écrivains et des chapelles littéraires.

COMPTE-RENDU
DE LA RÉUNION N° 530
DU 21 DÉCEMBRE 2004
(chez Mireille Cardot)

Présents : IM, HLT, PF, JR, VB, OS, MB, BC, AFG.
Excusés : FC, HM, JJ.
Président de séance : PF.
Secrétaire de séance : AFG.

O. PROPOS D'AVANT-SÉANCE

Quand la secrétaire de séance arrive, circulent les tirages de divers panneaux destinés à l'expo ADPF, confiés le jour même à MB par N. Peccoud, de l'ADPF.

Chose remarquable : une nouvelle version de la photo canonique de l'Oulipo, la fameuse, prise dans le jardin de FLL en septembre 1975. On y a inclus les oulipiens tard venus dans le siècle, selon le même procédé qui avait permis déjà de faire figurer les absents. André Blavier n'est plus le seul guillotiné sur la table de jardin, IM lui tient compagnie ; d'autres planent ou nichent dans les feuillages.

Marcel a décidé que dans l'expo, chaque oulipien serait représenté par une de ses œuvres emblématiques en BO : HLT aura ses Jocondes, Monk ses Monkines... Et en attendant que les 3 oulipiens sans BO se décident à en pondre une, BC sera représenté par *L'Accent du souvenir*, VB par *Mètre et rythmes du vers classique*, et AFG par *La Décomposition*, parce que Marcel juge que ça fait plus sérieux que *Pas un Jour*. Le public pourrait finir par croire que l'Oulipo ne fait que dans l'obscène, à preuve, ce volume de *Sextine* qui traîne sur la table et que MB feuillette en se grattant pensivement le haut du pantalon, au grand bonheur de HLT qui voit dans ce geste le signe que ça y est, enfin Marcel s'est résolu à la lecture de l'opus et même que, visiblement, ça commence à faire effet. MB, indigné, dément. Il essayait seulement de remonter discrètement sa braguette. BC le juge mûr pour l'Académie française, et rapporte ce mot de Mauriac ou Mistler : les académiciens, je n'en ai jamais connu que de deux sortes, ceux qui oublient toujours de fermer leur braguette, et ceux qui ont oublié depuis des années de l'ouvrir.

HLT précise, à propos de cette fameuse *Sextine*, qu'il a en vain réclamé un tirage de queue ; l'éditeur en tenait pour un tirage de tête. Il nous en propose des exemplaires à prix d'ami (27 €). Les commandes tombent. Tout le monde en veut, de ce tirage de queue ; MB surtout, qui en veut une paire. La secrétaire de séance soupçonne, à ouïr la rigolade qui s'ensuit, qu'elle a raté les gaudrioles du tout début de séance, mais, jugeant la chose d'un intérêt léger, renonce à s'en éclaircir.

MB, sans doute enhardi par l'affaire *Sextine*, dévoile ce qu'il comptait nous révéler en menu propos, savoir, le projet de composer une suite aux *Plaisirs singuliers* de HM. Le livre n'est pas écrit mais le titre est déjà trouvé : *Le Sultanat d'Onan*.

On applaudit.

AFG se demande si cette subite inflation de textualité libidinale procède de ce que l'Oulipo rajeunit ou qu'il vieillit.

VB arrive et apprend qu'elle a raté les obscénités de début de séance ; elle s'en désole. PF tient à toute force à lui céder sa place sur la causeuse auprès de OS. Lui, s'installe dans un profond fauteuil à la droite de JR. On constate une nette baisse de niveau de la présidence oulipienne. VB, alarmée, tient à relever PF qui insiste pour la rasseoir sur la causeuse ; un bref instant, ils hésitent entre la valse, le ju-jitsu et le tango. Enfin, VB se pose, PF atterrit.

On remplit l'ordre du jour.

JR présente une variation sur la redonde, qu'il entend comme une version minimale de la sextine, 3 strophes, 3 mots-rimes en ordre 123, 312, 231. MB, IM, OS, HLT se récrient que JR confond la redonde et la térine. C'est sans doute qu'il n'est pas cuisinier. Pour JR, bon, c'est un détail, suffit de changer le titre. Ce qu'il veut, c'est qu'on l'écoute, son exemple. Il lit donc une *Térine intimiste* — et très optimiste, assure-t-il —, composée de mots qui sont des permutations des 3 mêmes syllabes. Y en a pas tant que ça, des mots qui satisfassent la contrainte. Des heures d'insomnies, ça lui a occupé.

MB — C'est qu' t'as pas bien cherché, t'aurais mieux fait, au lieu de chercher dans ta tête, de prendre un dictionnaire, un dictionnaire de scrabble, tiens.

JR — Je fais quoi ? Je pose le dictionnaire au pied du lit, et je le contemple pendant mes insomnies ?

PF — Lis-nous donc la joyeuse après la dépressive.

À défaut d'une térine joyeuse, JR prépare des poèmes pas du tout comme ceux de Hervé, des poèmes plutôt aimables. Il nous lit *Le Rondeau des moineaux qui vont à l'école*, *Le Rondeau du rhododendron*, puis une térine didactique (et mnémotechnique) sur le triangle équilatéral à laquelle MB prédit un triomphe dans les manuels du primaire.

HLT en réclame une sur π. Y'en a pas, mais JR a en poche des animaux-valises et une deuxième création :

Un groupe anagrammatique. La définition exacte en sera communiquée aux archives par JR, car la secrétaire ne note que les histoires, pas les axiomatiques. La sœur de JR (Denise) a un petit-fils (Lucien) qui a bien besoin de faire de l'arithmétique pendant ses vacances (près de Carcassonne). Il faudrait lui présenter agréablement, pédagogiquement (c'est-à-dire oulipiennement) la notion de fraction. Et qu'est-ce qu'un mot ? Le produit de ses lettres, opération associative mais non commutative. D'où la nécessité d'une solution anagrammatique au puzzle des fractions de langue. Voici l'exemple concocté par JR :

$$\frac{\text{ICI LA LUNE EST TRÈS RONDE}}{\text{ON SE RIT DE L'ASTRE}}$$

JR — Le problème, c'est que les anagrammes, moi, ça me prend un temps fou.

PF — Tu devrais envoyer ça à MG. Elle t'en ferait 3, rien qu'en levant son verre.

OS, toujours rapide, a calculé la fraction. Le résultat, c'est CULNIE, en effet anagramme de LUCIEN. Mais est-ce bien raisonnable, ces fractions ? Le petit

Lucien qui a 9 ans ne risque-t-il pas d'entendre dans ce « Cul Nié », la menace de la castration ?

Apparemment, ça n'inquiète personne. Tout ce qui soucie PF, c'est de savoir si JR a bien versé aux archives ses créations qui ont quand même sauvé la séance. Il les versera une fois corrigées. MB trouve que ce serait bien qu'on ait la version fautive. On pourrait la vendre très cher, un jour. On dira, voyez, JR ne savait même pas ce que c'était qu'une redonde…

II. ÉRUDITIONS

PF nous prévient : MB va nous en lancer une bordée.

La première vient de Harry, en complément au précédent CR et à la contrainte du ventriloque proposée par OS. HM rappelle que le 20 janvier 1989, il avait présenté à la suite d'un souci musculaire, le *trigeminal lipogram* (lipogramme en PBFMV) : « le trijumeau dont je ne saurais dire le nom quand j'en souffre ». Harry donc, y avait déjà pensé. [Et en plus, il en avait souffert, ce qui est un titre supplémentaire…]

La deuxième concerne le plagiat par anticipation. Plus on avance dans l'histoire et plus on découvre de plagiaires par anticipation du plagiat par anticipation. Donat, grammairien du IVe siècle, qui coûte apparemment les yeux de la tête dans l'excellente édition publiée par le CNRS, accompagnée d'un commentaire délicieux d'un monsieur dont MB a bien sûr oublié le nom…

BC — Colombat !

JR — Et le commentaire de Mateo Falcone ? Il y est aussi ?

MB — En fait, il aurait mieux valu que j'achète saint Jérôme. Il rapporte cette parole de Donat : *Pereant qui ante nos nostra dixerunt* (Mort à ceux qui avant nous ont dit ce que nous disons).

AFG signale que la notion de plagiat trouve son origine dans une métaphore d'une épigramme de Martial ; plagier, initialement, en droit romain, c'est le crime de détournement de mineur ou d'esclave [vol d'esclave ou de personne libre pour les vendre]. HLT se demande ce que ça pourrait bien être qu'un détournement de mineur par anticipation.

PF interrompt le cours des éruditions benabouesques. AFG entrelarde la sienne. Un article de Monsieur Puff (de Paris 3), paru dans le dernier numéro de *Poétique*. JR le connaît ; il (Puff) a fait sa thèse sur lui (JR). En résumé : un examen de la contrainte oulipienne à la clarté du distinguo échu de Rancière (in *Le Partage du sensible* et *La Parole muette*) entre poétique imitative (classique) et régime esthétique (moderne). On apprend avec soulagement que l'Oulipo ne pratique pas une poétique néo-classique, mais ne succombe pas pour autant au «modernitarisme». Inintentionalité, transgénéricité, autonomie de la réception sont les trois critères explorés. AFG se plaint que comme d'hab', on accuse les traits de la poétique classique, se laisse mystifier par les proclamations des prophètes du régime esthétique, et que bien sûr l'Oulipo est incompréhensible dans un tel paradigme. Faudrait qu'on s'attaque au problème théorique. Cette question de poétique oulipienne fait pédaler les critiques dans le nougat depuis 30 ans. Bah! qu'on les laisse pédaler, opinent certains. BC remarque qu'en effet, les travaux critiques sur l'Oulipo sont décevants. JR et AFG pensent qu'il faudrait nettoyer les paradigmes, parce qu'on n'en sortira pas. Faut mettre la question au net, sortir des antinomies où s'abîment les commentaires et reposer la problématique sur de nouveaux frais. On recommande à la secrétaire de séance de bien noter au CR que la balle est dans le camp de AFG pour cette question. [Je m'y suis mise le soir même, ai relu l'ouvrage, topique, de Th. Saretsky, *Sex as a Sublimation for Tennis*, mais peu avancé depuis...]

La troisième érudition de MB, nous vient de l'Oplepo : Maria Sebregondi, sympathique Milanaise...

JR — Oh, c'est la belle blonde ?

MB — Non, Jacques, la belle blonde, c'est celle qui vit à New York... Maria la sympathique Milanaise est venue au dernier Jeudi (décembre) et repartie enchantée de sa soirée ; d'ailleurs, quand elle reviendra, il faudrait qu'on l'invite d'honneur.

JR — Ah ! ça va mal... ça fait combien de temps qu'on n'a plus eu d'invité d'honneur ? C'est la fin...

Maria, la sympathique Milanaise a remis pour l'Oulipo un petit objet, un disque à haïku que Marcel exhibe.

PF — Ouais, je vois, ça permet de tirer un haïku, quoi...

MB — Un haïku par jour...

BC — C'est déjà pas mal à notre âge...

MB — Allez, on verse aux archives... mais c'est pas tout, elle a aussi offert des ambigrammes...

AFG qui craint pour l'ordre et la clarté du CR demande si on est toujours dans la même érudition ou une autre.

PF — La même, la même.

AFG se plaint que les éruditions de MB sont des éruditions à deux coups [ce qui à notre âge commence à faire beaucoup]. MB teste la pénétration ambigrammatique de OS sur un Lacan. Aperçoit-il, là, verticalement, le FREUD ? AFG demande un ambigramme Lacan-Bonald, au moins aussi signifiant qu'un Lacan-Freud. Elle aparte avec JR qui lui confie que son beau-père, Paul Bénichou, n'aurait pas disconvenu de la lignée Bonald-Lacan. HLT rappelle que RQ dans son *Journal* n'hésite pas à décrire le bon docteur comme un escroc.

MB a reçu des cartes de vœux dont il alimente ses éruditions. Monsieur Robert Favre a envoyé un texte assez joli qui empile les mots exhibant les 5 voyelles. OS se rappelle qu'on a déjà versé aux archives un poème de 80 alexandrins incluant tous un mot aux 5 voyelles, chacun offrant l'un des ordres possibles des 5 voyelles.

HLT — Et il faisait combien d'alexandrins, tu dis ? 80 ? C'est pas beaucoup… Factorielle 5, ça fait plus.

[C'est la séance des errements les plus bizarres, après la redonde de JR, voilà les factorielles d'OS qui vacillent…]

OS se ressaisit et avance le chiffre de 120 alexandrins. MB nous lit ensuite l'envoi de monsieur Favre ; il y est question d'exhumation d'un manuscrit Fenouillard avec plein d'adjectifs en -ique.

JR — Ouais, avec ça, on en a déjà trois, des voyelles ; y a plus qu'à en trouver 2.

MB — « Gouaille narquoise », c'est joli, et « fouailler »… enfin y en a 3 pages quand même…

MB lit la lettre ~~d'une dame~~ qui a assisté chez LU dans le cadre du Cours de l'Université populaire de

Nantes, à l'excellente série de conférences sur l'Oulipo, et a testé l'assertion, apparemment proférée par AFG au cours de sa prestation, selon quoi le A + 9 ne détruit que les mauvais textes…

Le chœur oulipien — Mais t'avais bu avant ta conférence ou quoi ?

AFG — Ah non ! Et puis, est-ce que je l'ai vraiment dit ?

[M'en souviens pas. J'ai une excellente mémoire pour tout, sauf deux choses : les RDV et puis tout ce que je dis en cours. M'en souviens jamais. Comme ça, je m'emmerde moins quand je dois répéter… Et même si je l'ai dit, c'était pure provoc nietzschéenne : tout ce qui ne tue pas un texte le fortifie. C'est la morale du surhomme, ça devrait être le critère de la surlittérature, c'est-à-dire de la littérature oulipienne…]

MB nous lit le texte, c'est un A + 9 de Rimbaud. On le goûte modérément. On n'ose pas dire que Rimbaud n'est pas un surhomme. AFG pense que ~~la dame~~ n'a pas choisi le bon dictionnaire.

MB — C'est pas une dame, c'est un monsieur, je l'ai dit au commencement.

AFG regarde les notes qu'elle n'a cessé de sécréter. Après la redonde de JR et la factorielle de OS, c'est son tour : elle a mépris un monsieur pour une dame. Probable que la présence de messieurs dans la salle des petits LU ne l'a pas même effleurée. HLT compatit : il lui arrive couramment la même chose, il ne voit que les dames quand il fait cours. [Y a un terme technique pour ça : ça s'appelle scotomiser, c'est grave...]

MB — En tout cas, il veut faire homologuer, me dit-il, son texte par notre respectable académie. Comment homologuons-nous ?

HLT — On achète un tampon « lu par l'Oulipo », mieux, « lu et archivé », mieux « provisoirement lu et définitivement archivé ». Je note et je passe commande.

MB — Encore une. Stéphanie Grégoire m'écrit, « Bonjour Marcel »... j'ai pourtant pas souvenir de la connaître... Un cd est inclus dans l'envoi, c'est une collection OuMuPo.

AFG en a vu la recension dans *Le Monde*, il y a deux jours. PF s'inquiète de cet OuMuPo et de ces pianos à queue qui se reproduisent entre eux... BC et AFG rousseauisent sur des pianos qu'on ne joue que d'une main.

Édouard Berti, auteur de *La Vie impossible*, texticules borgésiens, a chargé PF d'embrasser Marcel. Il nous fait part d'une paire de ces texticules [c'est Rousseau à Turin et à l'envers]. Un truc à la Pierre Ménard, la réciproque en fait : à la fin, le narrateur décide d'écrire un livre sans un seul des mots qui paraissent dans *Madame Bovary* (sauf les mots-outils). Et puis un second texticule décrivant un procédé « squelette », l'écriture d'une série de nouvelles articulées à un commun canevas de connecteurs (cependant, dès lors, puis enfin, etc.). AFG observe que tous ses étudiants font ça dans leurs dissertations : ça ressemble à un squelette argumentatif, et ce ne sont que des chevilles.

HLT annonce la fondation d'un Ouvroir de Radio Potentielle, par des jeunes gens apparemment payés à rien foutre par Arte Radio. C'est quoi la radio potentielle ? HLT a brainstormé avec ces jeunes gens et voici un échantillon de contraintes. L'interview entre la fille et la mère, avec augmentation de la fréquence, donnant à la fille voix plus grave que sa mère. Le bip cochon (un exemple sur le site Arte Radio : « Comment mettre un préservatif ? »). Le ambiance + 7 : un enregistrement dans la rue, avec fond sonore de match de rugby.

JR — Le président Le Lionnais avait raison : TOUT est potentialisable.

HLT — Je leur ai fait remarquer que la radio est un lipogramme en E. Donc, coupons les Euh ! dans la bande-son d'une interview de Jean-Christophe Menu.

AFG note que c'est un vieux truc du montage radio, et aussi un procédé qu'elle a déjà entendu employer dans la musique contemporaine (probablement à l'Ircam) : nettoyage digital des moments d'aspirations d'un flûtiste (ou autre instrument à vent). Produit un effet proprement asphyxiant. JR mentionne de Robert Ashley un enregistrement dont on a coupé tous les silences. HLT continue sans mollir son catalogue. Ainsi, les phonèmes Sarko : on sample et constitue à partir d'enregistrements la collection des phonèmes de Sarkozy, puis on les recombine pour une annonce de départ de train, un poème de Baudelaire… AFG recommande une version Sarko de « Comment enfiler un préservatif ? » [bande d'enfer… remède à l'amour, garanti…]. VB, toujours sage et sobre, s'en tient aux conseils techniques : découper et sélectionner les trigrammes. C'est ainsi que procède la synthèse vocale, et non pas selon les phonèmes.

BC pose une question hors programme, Laurent Lafforgue, le mathématicien dont il nous causa à Andé avant son exil, ousse qu'on en est de son invitation ? MB avoue que nous n'avons pas progressé. JR voit là, d'évidence, la confirmation de ses plus sombres pressentiments sur la décadence de l'Oulipo mais ne moufte pas. On se dit que ce serait bien de l'inviter, Monsieur Lafforgue, lors du prochain passage de BC à Paris entre le 5 et le 20 mars.

OS signale que, pour inclusion dans la nouvelle édition de *l'Oulipo Compendium*, HM a enjoint à tous les jeunes de prendre RDV avec le photographe Arthur Gerbault.

Mireille, tandis qu'on sirote du *Saint Cosme Côte Rôtie 1997* (non, décidément, JR est oeno-anosmique, on lui en a mis un verre sous le nez, en lui assurant que c'était moins sucré que le Sauternes et il a déclaré ne rien sentir...), nous raconte l'histoire de ce foie gras mi-cuit qu'elle nous a concocté, les foies frais en provenance de Du Bernays, assaisonnés et zappés juste ce qu'il faut au micro-onde [*very good method indeed*]. L'Oulipo ne recule pas devant la technologie moderne, c'est connu. HLT nous explique comment faire un excellent croque-monsieur : invité récemment à un dîner, il a trouvé auprès de son assiette, comme les 7 autres convives, un fer à repasser, et dans son assiette, un croque-monsieur emballé alu ; on pose 1 minute le fer très chaud sur chaque face, et hop ! le croque... PF vante l'efficacité du sèche-cheveux pour les feux de cheminée, AFG l'irremplaçable chalumeau pour les crèmes brûlées.

PF songe que peut-être faudrait songer aux choses sérieuses et reprendre le travail. Mais non, unanimement, l'Oulipo n'y tient pas, à reprendre le travail. On s'affaire au partage du foie gras, on négocie des lichettes selon les préséances et l'ancienneté dans l'Ouvroir. BC raconte qu'à LSU on sert sur de belles nappes et dans de la belle vaisselle, devinez quoi, des hamburgers qu'on dépiaute avec des couverts en argent, ce qui est quand même triste.

Mamiko et lui veulent bien recevoir tout oulipien qui se présenterait à Bâton-Rouge, ça les distrairait. Car vraiment, y a rien à faire à Bâton-Rouge. BC et AFG comparent leurs vies de campus ; c'est la même… et ce qu'on est bien au bureau, c'est là qu'on est l'mieux, on a vraiment tout pour travailler, c'est idéal comme conditions de travail, on fait plus qu'ça, travailler, comme des brutes, avec *the research assistant* qui vous fait les biblios, qui vous apporte les livres, des tas de livres, des tonnes de livres, tous les livres qu'on veut, des orgies de livres… De toutes façons, y a rien d'autre à foutre [et surtout pas *the research assistant* : c'est interdit].

III. PUBLICATIONS

MB annonce que Duchateau-Bens, ça se complique un peu. La préface de JD à la réédition patine. JD, c'est aussi celui qui protesta contre l'élection de GP et de MB.

JR — Mais pas contre la mienne… D'ailleurs, ça manqua faire capoter l'Oulipo.

La scission avait menacé. Mais enfin, pourquoi ? demandent les derniers venus (IM, VB, OS, AFG).

PF — C'est que nous n'étions pas assez pataphysiciens.

AFG — Mais JR, pataphysicien, il ne l'était pas.

MB — Oui, mais JR, c'était l'idéal Janus bifrons oulipien, poète et mathématicien…

FC nous fait savoir que Madeleine Bens ne souhaite pas que le CR enregistré et retrouvé soit intégré dans la nouvelle édition. FC se retire de l'affaire. HLT observe que Madeleine a aussi empêché la réédition de *La Cinquantaine à Saint-Quentin*. MB se lamente, il se dévoue, il va quand même suivre la chose, que JD dise quelque chose à Bénédicte, qu'on sauve l'affaire…

IM présente le volume de sa traduction de Raymond Roussel pour Atlas Press, mais n'a pas beaucoup d'exemplaires à distribuer. Encore un radin d'éditeur. Mais le livre est beau, il émule la présentation de l'originel original français : pages non coupées, même format, avec les gravures de Zo. IM assure qu'il a revu tous les vers en compagnie de HM. JR s'empare de l'exemplaire et hume le vers. Sont-ce là d'authentiques pentamètres iambiques ? MB et BC crient au moment oulipien. JR goûte le vers : sur un échantillon de 7 vers, ses papilles métriques n'ont rien trouvé que de correct. Il faut le dire, Harry ne connaît certes rien au pentamètre iambique, mais il l'a dans l'oreille. N'est-ce pas, toutefois, trop parfait ? Les alexandrins de Roussel ont leurs propriétés… la traduction en pentamètres iambiques purs ne leur est-elle pas infidèle ? OS ouvrant au hasard le volume tombe aux pages 168-69 sur des vers qu'il recommande à MB : « Qu'en amour nul ne sut faire à l'égal d'Onan / Passant avant tout la loi de donnant-donnant. »

Mireille apporte la potée.

Foin du pentamètre... JR s'écrie à sa vue : Ose la potée ! Ce calembour en déchaîne une bordée à l'autre bout de la table, dans le quartier de HLT. La secrétaire de séance, débordée par la bordée consécutive à l'apparition de la potée, attrape ce qu'elle peut du bordel qui passe à sa portée : « a thing of potée », « un ange de potée », etc.

IV. ACTIONS FUTURES

IM veut relancer le projet « Les contraintes des autres » et rappelle que JR lui-même avait évoqué une BO où l'on aurait recueilli les essais d'appropriation par les uns des trucs des autres. IM a fait des poèmes de métro ; JJ a fait des quenoums. Faut que les autres s'y mettent.

AFG (au grand atterrement de JR, et dans un moment d'enthousiasme sans doute dû au *Saint Joseph 2002*) — OK, j'réécris *Le Grand Incendie de Londres*.

MB présente ses excuses. Il a 3 BO en cours. « 3 BO dans mon étable, 3 BO dans mon jardin », fredonnent en canon BC et Mireille. PF remarque que IM devrait servir les légumes. OS rappelle qu'il est le premier intéressé [non par les légumes, mais par les BO], à titre de leur éditeur et publieur.

BC — Morteau du haut ou du bas ?

PF — De Outard… d'ailleurs, passe-moi l'm'Outarde.

MB dresse la liste de ses 3 BO. 1) Miniature persane. 2) Complément au *Cratyle*…

JR — Décisif !

MB — 3) La troisième languette, consacrée à l'alexandrin défectueux de RQ dans *100 000 milliards de poèmes*.

La controverse d'il y a 2 ans reprend entre BC et JR sur la scansion de « arguer ». VB remarque, fort justement, qu'il serait de bonne méthode de rechercher les autres occurrences dans le corpus de RQ : exemple unique ? écart et par rapport à quelle norme ? Hapax ?

JR — Le titre même ne dit pas qu'il s'agisse de sonnets, tout juste de poèmes. Et encore, de quelle variété ? Le schéma de rime abab est proscrit selon Banville, qui d'un coup élimine un pan entier de Hérédia…

PF — Ah, la vache !

OS — Je crie grâce… Les trois BO, j'ai pas le temps… Le spectacle Oulipo…

HLT — Qu'il va nous rejouer intégralement à l'instant…

OS — Non, mais il est question de le jouer encore. Il faut juste trouver une salle, environ 500 places…

MB observe que OS est perdu désormais pour les mathématiques et les coiffeurs… OS fait le tour des projets et problèmes. On envisage 30 représentations (qui d'ailleurs rapporteraient à l'Oulipo 300 € de droits à chaque coup), avec pub sur les colonnes Morris… Mais le problème, ce sont les engagements de la troupe, le choix des dates…

HLT — On vous laisse pas le choix dans…

AFG qui a vu arriver la contrepèterie de loin, coupe HLT in extremis.

HLT — Dommage, j'étais à deux doigts de la faire…

PF pose quelques questions à OS sur le début de « What a man », quand ils disent le texte, là dans le trou comme des personnages de Beckett.

JR — Y'a pas Godot dans « Oh ! l'ostrogoth » ?

OS raconte que les 3 monovocalismes ont échappé au public de la première. D'où l'accessoire de scène supplémentaire.

JR — C'est normal que ça leur ait échappé. En fait, ce sont des monovocalismes écrits.

[Les notes de la secrétaire indiquent que quelqu'un a idée que tout deviendrait clair si on lisait « What a man » avec un accent italien, que des observations diverses ont été échangées quelque part à sa gauche sur la pièce de théâtre intitulée *Ma femme s'appelle Maurice*, et que ça avait rapport avec le vrai Brecht, mais la secrétaire commençait à fatiguer dur et a sombré momentanément dans la potée.]

PF — Je passe la parole à Marcel... comme d'habitude...

MB — Comment ça, comme d'habitude ? Poitiers : OS et JR y sont requis en février.

JR — J'ai dit oui ? Ah, mais pas le dimanche...

MB — Faut remplacer Hervé. Certes, il est irremplaçable dans l'obscénité... Dominique Moncond'huy...

PF — Moncond'huy... Domi nique nique Moncond'huy...

HLT — Y'a des parents salauds quand même... Et la secrétaire ne note que les mauvais jeux de mots !

PF — Et dieu sait si y en a...

HLT — Y a que ça... Ça peut quand même pas être l'objet d'un vrai CR...

[Si. Faudrait arrêter de fictionner. N'était-il pas temps que le véritable visage des réunions de l'Oulipo fût révélé, par un CR qui ne les travestisse pas en modèles de rigueur, de raison et d'efficacité ? Qui dise le vrai sur le vrai bordel et babel que c'est, ces réunions ? Et celle-ci, je dois dire, était gratinée...]

MB — Qu'est-ce que je disais... Ah, les dates, 25-26-27 février.

JR — C'est pas un dimanche ? J'ai répondu à JJ en lui disant pas le dimanche.

MB — Ça tourne autour de toi. Il faut que t'y sois.

JR — Pas le dimanche.

IM présente une proposition, sérieuse, de résidence dans le Nord.

MB — C'est pas assez d'y habiter, faut en plus y résider.

JR — De quoi on parle, là ?

IM — De l'Escale des lettres. Faut écrire. On est baladé par ces gens-là dans une médiathèque, et puis une autre, et puis on passe 4 demi-journées en atelier ou en rencontre. Ça dure une semaine, fin septembre, début octobre. Et puis on revient à Arras le 12 décembre pour présenter le résultat des ateliers.

MB — JJ en est ?

IM — Il aurait fallu que je le susse.

L'héroïsme modal de IM fait un effet certain.

HLT — Alors, JR à Roubaix ?

JR — Je suis fatigué.

BC — Et la salade, donc ! Faut pas la lui donner…

AFG — JJ, c'est son genre…

MB — Bon, j'en suis…

JR nous reparle de l'installation à Aboucaya.

MB — Ça y est pour la salade !

Mireille Cardot arrache le saladier à JR. Des applaudissements nourris saluent cette action héroïque.

MB (*crushed*) — Et moi qui croyais avoir de l'influence sur lui…

JR dépouillé de son saladier nous exhorte en compensation à rivaliser dans le domaine de l'art : d'ici à fin 2005, il faut qu'on ait bouclé la grande installation Oulipo dans cette galerie.

PF — On expose MB pendant 3 semaines.

MB — Avec toi par intermittence, particulièrement pour les cocktails.

AFG — Moi, je propose une vidéo de JR fatiguant la salade. On passe le film en boucle.

IM — Et on l'appellera *La Boucle*…

JR — Faut prévoir des choses, négocier avec des mécènes. On peut utiliser les vidéos d'Odile, prévoir un mur avec une bibliothèque braffortienne.

MB — Hervé, il faut que tu retrouves nos machines de Lyon.

VB songe, elle, c'est curieux, à des fruits pourrissants en aquarium. [Une classique vanité postmoderne… Mais pourquoi tant de mélancolie ? Est-ce le sort de la salade qui l'inspire ? Envisager, au choix : a) un transfert de VB de la causeuse au divan ; b) une étude sur les aquariums dans l'art contemporain — *Piss Christ*, etc. —].

OS annonce que dans 6 mois, nous sommes à la rue. Le Forum des Images sera en travaux durant 18 mois. Où va-t-on crécher nos Jeudis ? HLT a bien une copine à la comm institutionnelle du Louvre… AFG remarque qu'on s'embourgeoise grave.

MB — C'est surtout qu'on se délocalise… On finira à Château (r) ou en Inde… Je vous rappelle que l'auditorium de la BNF Tolbiac nous attend les bras ouverts… Une salle de 300 places !

JR (tragique) — Si on arrête, on reprendra plus. Mais on n'y suffit plus. Il nous faut un ou deux nouveaux membres. Je vous fais remarquer qu'on prend 1 an d'âge moyen chaque année !

HLT (facétieux) — On dirait le profil des lecteurs du *Figaro*…

MB (qui culpabilise lourd) — Si on recrutait en janvier ?

HLT (conciliant) — Allez, on adopte un hamster…

JR (sombre) — Vous rigolez ! Mais c'est un problème réel ! Dans l'état actuel du groupe, si on ne fait rien, on arrête. C'est toujours pareil : si je n'en parlais pas, on en serait au même point.

MB (la désolation se lit sur son visage) — Mais non, Jacques…

IM (anglais, i.e. pragmatique) — On avait dit en juin, Mouton et Forte.

AFG (lapsant plutôt que punning) — Et puis, on verra Lafargue en marx…

JR (sarcastique) — Pour l'interroger en morse… Bon, c'est vu : on invite Laforgue en marx, Rimbaud en avril, Cros en mai…

PF (présidentiel) — Alors, on décide sur les recrutements en mars ?

JR (superstitieux soudain) — Ne nous précipitons pas… Les Ides de mars, mauvais augure.

AFG — Et si on repoussait au solstice ? Attendons juin.

Mr. Goodman nous parle de chats. Il était à un colloque sur le sonnet, il y a 15 jours, à Besançon. Il a constaté que Lacan et Derrida avaient fini par débarquer dans les provinces. Mais enfin, il y a vu Monsieur Haberer, celui qui proposa en son temps à GP la gageure des *Revenentes* et lui fournit même le sonnet en E. Il rapporte deux, trois anecdotes de cette rencontre. Debussy demanda à Mallarmé à mettre en musique « L'Après-midi d'un faune » ; c'est déjà fait, répondit Mallarmé ; Debussy se le tint pour dit, mais ne désarma pas : de là « Prélude à l'après-midi d'un faune ». JR a aussi découvert quelques sonnets saphiques de la fin de siècle, Natalie Barney par exemple, « Sonnet sur une danseuse » : deux premiers vers, onze lignes de points et puis un dernier vers (les lignes de points mimant le saut de la danseuse). Judith Gautier, qui détestait Baudelaire, raconte que Charles venait souvent faire sa cour à Théophile. Or, un jour qu'il pleuvait, on surprit Charles entreprenant de donner un grand coup de pied à un chat réfugié sous une porte cochère. Et Charles glissant, se casse la gueule. Il eut l'honnêteté de ne pas nier.

JR — Il y en a qui sont un peu indignés quand j'raconte chat. Il faudrait donc remplacer chat par chien. Et réécrire dans la foulée « Les Chats », enfin, « Les Chiens ». Ça donnerait quoi ? Faut changer les adjectifs : « Les chiens, bruyants et ?... »

Le sujet du Jeudi de janvier : Métamorphoses. IM a en vue des variations sur l'incipit de *La Métamorphose* de Kafka.

PF annonce à Toulouse en mai 2005 un Marathon des mots. Faut lire des textes. Voyage, hôtel et sustenance payés, bonus de 400 €. HLT propose des sonnets toulousains.

[La secrétaire n'a pas noté l'exemple sur-le-champ composé par HLT, mais ce serait de ce genre :

Le vierge, le vivace et le bel aujourd'hui, putaing !

Va-t-il nous déchirer avec un coup d'aile ivre, con !

Ce lac dur oublié que hante sous le givre, putaing !

Le transparent glacier des vols qui n'ont pas fui ! Con !]

Et v'là 400 € de gagnés, facile... Qui veut aller à Toulouse ?

AFG — Moi, depuis Calas, Toulouse, je m'en méfie.

HLT — La Callas, pourtant, elle chantait bien sur le bûcher…

JR — Dans Rabelais déjà, il y a un personnage qui ne veut pas aller à Toulouse, car là-bas, ils fournissent trop de chauffage à leurs professeurs…

V. PHYNANCES ET WEB

MB résume les comptes Gallimard qu'il vient de recevoir ; il les trouve intéressants ; 782,45 € nous reviennent.

PF — Y a qu' Marcel pour s' réjouir.

MB — Quand même, on a vendu 770 exemplaires de la *Lipo*, et 884 de l'*Atlas*.

IM — Ouais, sur les 884, il doit y en avoir 700 achetés par les stagiaires et 184 par des gens qui confondent l'*Atlas* avec le Guide du Routard.

MB exhibe l'accusé de réception du recommandé expédié par AFG au squatteur de oulipo.com.

VB n'a pas de révélations à faire sur le site web. HLT signale que les frames débordent lorsqu'on accède sous Explorer depuis certaines bécanes. Il déplore les discordances entre l'apparence des doc sous Word et les pages créées en Lodel ; peut-on harmoniser les feuilles de style ? Le champ « date de publication » ne marche pas.

VB propose une séance de formation l'après-midi du 30 décembre chez AFG, à partir de 14 h [comme ça AFG est sûre d'arriver à se lever pour y être].

VI. MENUS PROPOS

OS attiré par le théâtre Agitakt qui donne de bons spectacles, plutôt marginaux, dans une salle minuscule de l'avenue du Maine, alerté par un pote de la pièce « Cékoikcékildiz » sur la prestation de Julien Marcland, pote de sa promotion d'une école de théâtre, et enfin intrigué par le livre *Paroles et Musiques* qu'il vit l'autre jour traîner sur la table de salon de PF, s'est naturellement rendu à Agitakt voir de quoi il retournait. Et a vu le spectacle « Parole et musique » de et par Julien Marcland. Spectacle de poèmes entièrement dédié à la contrainte « Beau présent », essentiellement sur les lettres de « parole et musique », avec parfois d'autres incursions, comme « amitiés à Georges Perec », ou « sanguine », ou « belle indifférente ». Très beau, très sonore, et assez bien dit. Le véritable reproche (léger) qu'il y pourrait faire est que ESARTINULO se trouve déjà dans « Parole et musique », de sorte que le beau présent ne s'y entend pas assez à son goût : autrement dit, la contrainte est trop molle pour que le beau présent s'y retrouve. Tandis que dans « sanguine » ou « belle indifférente », le résultat était probant.

BC offre en menu propos un éloge de la Création (et non l'inverse). Son université publique a organisé un débat entre deux géologistes. Eh bien, c'était Évolution contre Création. La Création fait un retour en force. On mentionne Voltaire qui ne voulait pas croire aux fossiles et prétendait que ce qu'on avait trouvé au col du Saint-Bernard, c'étaient les coquilles d'huîtres abandonnées par des pèlerins en pique-nique…

VII. PROCHAINE RÉUNION DE L'OLP

On barbote dans la semoule un certain temps, jusqu'à ce que PF s'aperçoive que son agenda de marque « Idéal » lui présente cette curieuse succession : mardi 11 janvier, jeudi 12 janvier. La réunion est fixée au vendredi 7 janvier chez OS, à 18 h.

BC demande instamment à ce que l'on envisage une date de réunion en mars entre le 5 et le 19 (époque de son prochain séjour à Paris). AFG, émigrée de même au printemps, sera en France entre le 13 et le 21 mars, et à Rennes [en Bretagne] le

17 mars. Bref, l'Oulipo pourrait jouir en marx, entre le 13 et le 19, de la présence de ses deux émigrés, plagiés par le capital américain.

AFG

LES FONDEMENTS DE LA LITTÉRATURE D'APRÈS DAVID HILBERT

Après avoir assisté à Halle à une conférence de Wiener (pas Norbert bien sûr) sur les théorèmes de Desargues et de Pappus, David Hilbert, attendant le train pour Koenigsberg en gare de Berlin, murmura pensivement : « Au lieu de points, de droites et de plans, on pourrait tout aussi bien employer les mots tables, chaises et vidrecomes ». De cette réflexion naquit un ouvrage qui parut en 1899, Les Fondements de la Géométrie, *dans lequel son auteur établissait de façon définitive (ou provisoirement définitive) l'axiomatique de la géométrie euclidienne et de quelques autres par surcroît. M'inspirant de cet illustre exemple, je présente ici une axiomatique de la littérature en remplaçant dans les propositions d'Hilbert les mots « points », « droites », « plans » respectivement par « mots », « phrases », « paragraphes ».*

Les Fondements de la Géométrie *étant maintenant traduits en français, le lecteur pourra facilement se reporter à la formulation originale. Rappelons que Hilbert énonce cinq groupes d'axiomes : d'appartenance, d'ordre, de congruence, des parallèles et de continuité.*

PREMIER GROUPE D'AXIOMES
(*axiomes d'appartenance*)

I, 1. *Il existe une phrase comprenant deux mots donnés.*

COMMENTAIRE : Évident. Exemple : soit les deux mots « la » et « la », il existe une phrase comprenant ces deux mots : « le violoniste donne le la à la cantatrice ».

I, 2. *Il n'existe pas plus d'une phrase comprenant deux mots donnés.*

COMMENTAIRE : Voilà, par contre, qui peut surprendre.

Cependant si l'on pense à des mots « longtemps » et « couché », il est évident qu'une fois écrite cette phrase les comprenant, à savoir : « longtemps je me suis couché de bonne heure », toute autre expression telle que « longtemps je me suis couché tôt » ou « longtemps je ne me suis pas couché tard » n'est qu'une pseudo-phrase que l'on doit rejeter en vertu du présent axiome.

SCHOLIE : Naturellement si l'on écrit « longtemps je me suis couché tôt », c'est « longtemps je me suis couché de bonne heure » que l'on doit refuser en vertu de l'axiome I, 2. C'est-à-dire qu'on n'écrit pas deux fois *À la recherche du temps perdu*.

I, 3. *Dans une phrase il y a au moins deux mots ; il existe au moins trois mots n'appartenant pas tous à la même phrase.*

COMMENTAIRE : Il n'y a donc pas de phrases d'un seul mot. « Oui », « Non », « Hep », « Pstt », ne sont pas des phrases. À propos de la seconde partie de l'axiome : on suppose donc que la langue employée comprend au moins trois mots (ce qui est trivial dans le cas du français) et, d'autre part, l'on exclut la possibilité d'une phrase qui comprendrait *tous* les mots d'une langue (ou tous les mots moins un, ou moins deux).

I, 4a. *Il existe un paragraphe comprenant trois mots n'appartenant pas tous à la même phrase.*

COMMENTAIRE : Il suit de là immédiatement qu'un paragraphe comprend au moins deux phrases. On remarquera que la formulation des axiomes I, 1 à I, 4 est contraire à l'axiome I, 2 puisque tous quatre ont besoin pour être exprimés des mots « mots » et « phrases », alors que, selon cet axiome, il ne devrait y avoir qu'une seule phrase les comprenant.

On peut donc formuler cet axiome de métalittérature :

Les axiomes n'obéissent pas aux axiomes.

I, 4b. *Tout paragraphe comprend au moins un mot.*

COMMENTAIRE : « Oui », « Non », « Hep », « Pstt »

qui ne sont pas des phrases d'après I, 3 ne peuvent donc former à eux seuls un paragraphe.

I, 5. *Il n'existe pas plus d'un paragraphe comprenant trois mots n'appartenant pas tous à la même phrase.*

COMMENTAIRE : Il s'agit donc comme dans I, 2 de l'unicité, ici du paragraphe. Autrement dit, si l'on a employé dans un paragraphe trois mots n'appartenant pas tous à la même phrase, on ne peut pas les réemployer dans un autre paragraphe. Mais, objectera-t-on, s'ils appartiennent tous à la même phrase dans l'autre paragraphe ? Impossible selon cet axiome.

I, 6. *Si deux mots d'une phrase appartiennent à un paragraphe, tous les mots de cette phrase appartiennent à ce paragraphe.*

COMMENTAIRE : Se passe de commentaire.

I, 7. *Si deux paragraphes ont en commun un mot, ils en ont encore un autre en commun.*

COMMENTAIRE : Pour obéir à cet axiome, il faut donc que, si l'écrivain utilise dans un nouveau paragraphe un mot figurant déjà dans le paragraphe précédent, il *doit* en employer également un second figurant dans le paragraphe précédent. La contrainte est faible si ces mots sont des articles, verbes auxiliaires, etc. ; elle est nettement antiflaubertienne dans le cas de signifiants (substantifs, adjectifs, par exemple).

(Voir commentaire du théorème 1).

I, 8. *Il existe au moins quatre mots n'appartenant pas au même paragraphe.*

COMMENTAIRE : Cela veut dire qu'un « texte » composé d'un seul paragraphe ne mérite pas la désignation de « texte » ; ou bien encore que la langue (française) possède suffisamment de mots (au moins quatre).

(Voir déjà le commentaire de I, 3).

Dans le commentaire de l'axiome I, 7 nous n'avons pas développé toutes les conséquences que l'on peut tirer de cet axiome (et des autres axiomes déjà admis) ; voici le premier théorème que démontre Hilbert :

THÉORÈME 1. *Deux phrases distinctes d'un même paragraphe ont au plus un mot en commun ; deux paragraphes distincts ou bien n'ont aucun mot en commun ou bien ils ont en commun une phrase et n'ont aucun autre mot commun en dehors de cette phrase.*

COMMENTAIRE : En effet, si les deux paragraphes ont un mot en commun, ils doivent en avoir un second (I, 7), mais alors ces deux mots déterminent une phrase et d'après I, 1 cette phrase est unique. Les deux paragraphes ont donc alors une phrase en commun.

Nous revenons donc à une conception plus flaubertienne. Répéter un mot déjà employé dans un paragraphe précédent oblige à répéter toute la phrase, contrainte violente : autant ne pas répéter le mot, c'est bien plus prudent et Flaubert observe scrupuleusement cet axiome.

DEUXIÈME GROUPE D'AXIOMES
(*axiomes d'ordre*)

II, 1. *Si dans une phrase un mot se trouve entre deux mots pris dans un ordre donné, il se trouve également entre ces deux mots pris en sens inverse.*

COMMENTAIRE : Trivial.

II, 2. *Étant donné deux mots d'une phrase, il existe au moins un troisième mot tel que le second soit entre le premier et le troisième.*

COMMENTAIRE : Voilà qui peut surprendre. Le lecteur est prié de se reporter au commentaire des théorèmes 3 et 7 pour de plus amples lumières à ce sujet.

II, 3. *De trois mots d'une phrase, il y en a un qui se trouve entre les deux autres.*

COMMENTAIRE : En cherchant bien, on trouvera dans la littérature quelques phrases auxquelles cet axiome ne s'applique pas comme, par exemple, au chapitre XCVIII de *Tristram Shandy*.

II, 4. *Soit trois mots d'un paragraphe n'appartenant pas tous à la même phrase et soit une phrase ne comprenant pas ces trois mots mais appartenant au même paragraphe, si cette phrase comprend un mot de la phrase déterminée par deux de ces mots, elle comprendra toujours un mot commun avec la phrase déterminée par l'un de ces mots et le troisième.*

COMMENTAIRE : Pour éclaircir cet axiome, revenons à Hilbert qui le formule ainsi « d'une façon plus intuitive : si une droite entre dans un triangle, elle en sort ».

Nous laissons au lecteur le soin de chercher ou de construire des paragraphes conformes à cet axiome. Hilbert démontre ensuite quelques théorèmes dont le

THÉORÈME 7 : *Entre deux mots d'une phrase, il en existe une infinité d'autres.*

COMMENTAIRE : Le lecteur surpris par l'axiome II, 2 se dira sans doute qu'il avait bien raison de l'être. Pour dominer cet étonnement et comprendre ces théorèmes, il faut simplement admettre l'existence de ce que, suivant l'exemple de la vieille géométrie projective, nous appellerons « mots imaginaires » et « mots à l'infini ». Toute phrase comprend une infinité de mots ; on n'en perçoit qu'un nombre fort limité, les autres se trouvant à l'infini ou étant imaginaires. Bien des esprits en ont eu le pressentiment, mais jamais la nette conscience. Il sera désormais impossible à la rhétorique de ne plus tenir compte de ce théorème capital. La linguistique pourra également en faire son profit.

AXIOME DES PARALLÈLES
(*vulgo : Postulatum d'Euclide*)

Une phrase étant donnée, soit un mot n'appartenant pas à cette phrase ; dans le paragraphe déterminé par la phrase et ce mot, il existe au plus une phrase comprenant ce mot et qui n'ait aucun mot commun avec la première phrase donnée.

COMMENTAIRE : Soit la phrase : « Longtemps je me suis couché de bonne heure ». Et le mot « réveil ». Il existe dans le paragraphe les comprenant une phrase et une seule contenant le mot « réveil » et ne comprenant pas d'autre mot de la phrase « Longtemps je me suis couché de bonne heure », à savoir : « Cette croyance survivait pendant quelques secondes à mon réveil ». Le premier paragraphe d'*À la recherche du temps perdu* obéit donc au moins localement au postulatum d'Euclide.

Nous laisserons au lecteur le soin de transposer les axiomes de congruence et de continuité.

On pourrait poursuivre encore plus loin cette

transposition. Il est curieux qu'en arrivant aux coniques, on n'en aurait nul besoin (de transposition). En effet, on s'y trouve en pleine rhétorique puisqu'on n'y parle plus que d'ellipses, de paraboles et d'hyperboles, toutes figures familières à l'écrivain, bien que de nos jours l'ellipse soit rare, la parabole inemployée (depuis près de deux mille ans) et l'hyperbole monnaie courante.

RQ

L'OU. LI. PO.

C'est la loi d'un amarrage
Et le cordage et la mère
Et l'induction prospectale.
C'est le canal l'engrenage
Des œufs à la régulière
Et leur émergence exacte.
C'est la Jument Destinée.

JQ

Oulipo, *La Littérature potentielle*, 1973.

Note :
Étant donné 7, 7 vers de 7 pieds.
Instrument de référence : Petit Larousse 1946.
Ouvroir + 7 substantifs = Oviducte.
Littérature + 7 substantifs = Liure.
Potentielle + 7 adjectifs = Poulinière.
Trois premiers vers : variation définitionnelle sur « Liure ».
Trois vers suivants : variation définitionnelle sur « Oviducte ».
Dernier vers : Chant triomphal inspiré par « Poulinière ».

L'ANTÉANTÉPÉNULTIÈME

Depuis une quinzaine d'années, nous revenions de temps à autre, Raymond et moi, sur le problème du plus petit nombre de mots capable de former un poème valable. Dans une première catégorie, les poèmes qui n'ont aucune chance d'être compris ou goûtés (ils ne visent d'ailleurs à rien de plus) que du poète seul et tout au plus de quelques-uns de ses proches : références à sa vie, à son environnement, à une certaine fascination qui lui est personnelle ; c'est le domaine des un, ou deux mots. Dans une deuxième catégorie, les poèmes faisant allusion à une émotion (culturelle) partagée par un petit nombre : Excalibur, Fatalitas, des mots-clés (parfois des titres qui peuvent avantageusement remplacer les œuvres) : Prince, Vierge, Barricades mystérieuses, Calme bloc, Damoiselle élue, la Tour abolie, Polichinelle d'acier, Belle dame sans merci, une Mouche dans l'ombre, Millions d'oiseaux d'or… Ce pourrait être le domaine d'élection des moins de cinq mots.

Des érudits viendront qui constitueront l'anthologie internationale des poèmes de peu de mots. J'ai le lointain souvenir (mais la référence m'en échappe) d'un « Quatre mots » occidental. Au voisinage de quatre à six mots, j'imagine qu'il existe pas mal d'exemples en Extrême-Orient (Chine, Corée, Japon). L'étude de la création, de la légitimité et de l'efficacité des « Moins de cinq mots » incombe tout naturellement à l'OuLiPo. D'une manière plus générale, l'étude de la validité des poèmes dont le nombre de mots est compris entre 0 et + ∞ mériterait d'être entreprise et poursuivie scientifiquement[1]. Elle gagnerait à être abordée avec des notions empruntées à la physique mathématique et à la théorie des Systèmes : température, entropie, enthalpie, caléfaction, torréfaction, structures dissipatives, etc.

1. Qu'est-ce qu'un poème de zéro mot ? C'est une émotion ressentie comme douée d'une qualité poétique potentielle et qui a été exprimée avec moins d'un mot. Il est vraisemblable que tous les poèmes connus (à quelques exceptions près) ont commencé par être des poèmes de zéro mot. Selon cette définition, il existe un bien plus grand nombre de poèmes. On remarquera cependant que, malgré toute cette richesse, l'anthologie des poèmes en zéro mot tiendrait aisément sur un timbre-poste.

Le problème des poèmes de zéro mot = PzM (resp. : poèmes de un mot = P1M ; poèmes de n mots = PnM) gagne à être traité par l'approche ensembliste. Un PzM ou un P1M est constitué par le (resp. : un PnM peut être extrait du) vocabulaire de l'intersection des vocabulaires (ordonnés ou non) de *x* poèmes de *y* mots. Lorsque cette intersection est un ensemble vide (resp. : un singleton), on obtient un PzM (resp. : P1M). Au-delà, on débouche sur l'immense et savoureux domaine des poèmes booléens qui attend encore son Ossian ou son Narcisse Follaninio.

Faisant allusion, dans sa chambre d'hôpital, à un détail concret et d'importance mineure de ma précédente visite, Raymond me dit : « C'est l'antépénultième jour où tu es venu. » Sa diction était lente, sans force et difficile, comme si de prononcer chaque mot (mais non de le trouver) réclamait un effort. « Je vois — lui dis-je — que tu as gardé la même prédilection pour le mot *antépénultième*. Il pourrait certainement constituer un poème d'un seul mot. Mais dans quelle catégorie le placerais-tu ? Dans celle destinée aux fans de Mallarmé et de "l'antépénultième est morte" ? Ou dans celle moins bien définie visant le nombre plus vaste de ceux (Mallarmé lui-même avant d'écrire son texte) qui sont subjugués par la rare et précieuse qualité du terme isolé de tout contexte ? »

Sans répondre à cette question, il eut un rire faible et affectueux et nous ne poussâmes pas plus avant cette mini-conversation, la dernière que nous eûmes, et qui eut lieu l'antéantépénultième jour de Raymond Queneau.

30 novembre 1976

FLL

Oulipo, *Atlas de littérature potentielle*, 1981.

SUR L'EXPÉRIENCE DU ROI PSAMMÉTIQUE

Parmi les ancêtres de la science linguistique, qui comportent une foule de noms prestigieux, il y a un personnage assez inattendu. Il appartient à la longue série des Pharaons d'Égypte, est le sixième et dernier roi de la XXVIe dynastie (VIe siècle avant J.-C.), et son nom est Psammétique III. Si les manuels d'histoire le connaissent surtout pour ses déboires avec les Perses (il fut battu et fait prisonnier à Péluse par Cambyse, qui le fit mettre à mort et c'est ainsi que l'Égypte passa sous la domination des Perses), les ouvrages des linguistes omettent rarement de mentionner l'expérience à laquelle il se livra. On croyait les Pharaons obsédés seulement par le souci d'assurer leur survie en bâtissant des Pyramides. Psammétique III montre que certains avaient d'autres soucis, et étaient capables de mettre leur pouvoir au service d'une recherche d'ordre scientifique.

Le récit de l'expérience menée par Psammétique, particulièrement circonstancié, a été fait par Hérodote (II, 2). Lequel, en bon « père de l'histoire » que, de notoriété publique, il est, soucieux de donner ses sources, nous dit le tenir des « prêtres d'Héphaïstos à Memphis ». Ce qui est évidemment une sacrée caution historique.

Au départ, il y a, comme presque toujours, un conflit, ou au moins un débat, un de ces débats dont les peuples de l'Antiquité étaient particulièrement friands : il s'agissait de déterminer qui était le peuple le plus ancien de la terre. Les Égyptiens d'un côté, les Phrygiens de l'autre prétendaient à ce titre fort envié. Un mot au passage à propos des Phrygiens, un peuple surtout connu aujourd'hui pour l'extraordinaire développement qu'il sut donner à une branche généralement négligée de l'industrie textile, je veux dire la bonnetterie. Tout le monde connaît, au moins depuis la Révolution, le bonnet phrygien, et il n'est que de regarder une représentation de Marianne ou de la Semeuse, ces impérissables symboles de la République, pour constater *de visu* la vitalité de cette coiffure.

Pour trancher le débat qui opposait Égyptiens et Phrygiens, le roi Psammétique, esprit éminemment pratique, et qui n'avait pas attendu de lire Claude Bernard pour se persuader des beautés de la méthode expérimentale, imagine l'expérience suivante.

Il prend deux nouveau-nés qu'il arrache à leurs parents naturels, les confie à un berger, qu'il charge de les élever complètement à l'écart du monde, en lui enjoignant de les faire nourrir exclusivement par des chèvres, et en lui interdisant par-dessus tout de leur adresser la moindre parole. Il s'agissait donc, dans son esprit, de créer, en quelque sorte *in vitro*, les conditions pour assister à la naissance du langage : qu'est-ce qui allait pousser les deux enfants à dire leur premier mot ? dans quelle langue le diraient-ils ?

Or, il se trouve que, après deux années de ce régime, et passés les balbutiements du premier âge, nos deux malheureux cobayes prononcent, et même répètent avec une certaine obstination, un mot et un seul, le premier mot donc qui sort de leur bouche (un mot que, pour des raisons de sécurité, nous nous garderons bien de révéler pour l'instant). Le berger se hâte de rapporter cela au roi, et Psammétique, qui attendait avec impatience ce moment crucial, vient lui-même vérifier la chose *de auditu*. Il ne lui reste plus ensuite, pour aller au terme de son expérience, qu'à s'interroger sur l'origine de ce mot. Les doctes philologues qu'il avait mobilisés pour la circonstance (dont Hérodote ne nous dit pas le nombre ni l'origine, mais rien ne nous interdit d'imaginer une sorte d'académie, voire d'ouvroir de langage potentiel) lui apprennent alors que ce tout premier mot n'est autre que celui qui désigne le pain en langue phrygienne.

Les conclusions semblent s'imposer :

1. Puisque c'est le nom du pain que profèrent en premier ces enfants, on est fondé de dire que c'est

la faim qui les a fait parler. Notons que cette conclusion de Psammétique se trouve en léger désaccord avec une hypothèse bien connue de Raymond Queneau qui, dans son *Histoire modèle*, avait mis aux origines du langage « un type qui avait mal au ventre et qui voulait le dire ». On peut toutefois tenter de faire une harmonieuse synthèse entre Psammétique et Queneau (comme le suggère la forme de leur nom : on aura remarqué en effet que Queneau commence là où finit Psammétique) : on admettra que le mal au ventre dont souffrait « le type » évoqué par Queneau est celui que provoque la faim.

2. Puisque c'est le phrygien que ces enfants utilisent spontanément, c'est que le phrygien est la langue originelle, antérieure par définition à toutes les autres. La palme de l'ancienneté revient donc aux Phrygiens. Dure déconvenue pour l'Égyptien Psammétique, mais telle est la dure loi de la méthode expérimentale mise au service de la recherche de la Vérité Scientifique.

Ce sont ces deux conclusions que je vais me permettre de contester aujourd'hui avec la plus grande vigueur certes, mais avec la sérénité qui sied à la Science.

1. D'abord celle qui concerne la raison qui a poussé ces enfants à parler. Il me semble en effet que Psammétique a fait preuve, dans son interprétation, d'une certaine précipitation, et en tout cas d'une insuffisante connaissance de la psychologie

infantile. Si, dans la conception même de son expérience, il avait su être le plagiaire par anticipation de Claude Bernard, il n'a malheureusement pas su en faire autant pour Freud, Piaget, Dolto ni même pour Laurence Pernoud. Que pouvaient en effet réclamer, en tout premier, des enfants élevés dans les conditions aussi sévères, aussi draconiennes que celles dans lesquelles nos deux malheureux cobayes avaient été mis ? Du pain ? Pas nécessairement. Pour manifester ce besoin-là, les cris pouvaient suffire, comme ils avaient apparemment suffi depuis le début de l'expérience. Mais, comme chacun sait, l'homme ne vit pas seulement de pain, et l'enfant encore moins. Il est donc probable que la première utilisation du langage n'ait pas eu pour but d'exprimer le besoin de nourriture. Il est clair à mes yeux que ce qu'ils voulaient exprimer en premier avec cet outil merveilleux qu'était le langage articulé, c'était plutôt leur intense, leur irrépressible besoin d'affection. Cruellement privés, pour les besoins de l'expérience, des soins et de la tendresse d'une mère, ce qu'ils réclamaient, et avec une certaine insistance, c'était tout simplement, de l'amour. De l'amour, encore de l'amour, toujours de l'amour. Et si possible, des manifestations concrètes de cet amour.

2. Ce qui me mène à contester la deuxième conclusion, celle qui élève le phrygien au rang de langue originelle. Quelle langue croyez-vous que nos cobayes allaient utiliser pour réclamer la part d'amour qui

leur était jusqu'ici refusée ? Avec une singulière prescience, ils ont d'emblée eu recours à la langue qui allait être, quelques millénaires plus tard, universellement reconnue comme celle de l'amour. Vous avez déjà compris à quelle importante révélation je voulais arriver au terme de ma démonstration : cette langue n'est autre évidemment que notre bel et bon français. Car ce fameux mot que Psammétique avait cru pouvoir identifier comme le nom du pain en phrygien, est en réalité un mot on ne peut plus français. Le grand Larousse du XIXe siècle le définit ainsi : petits baisers donnés du bout des lèvres avec la prestesse de l'oiseau qui donne un coup de bec. Et c'est évidemment le mot : BÉCOTS.

MB

DE L'OULIPO

Chicagos sur les noms des oulipiens.

mais	sofa	rhin
et	canapé	tamise
donc	pieu	loire
or	plume	ob
OU	LIT	PO

★

Pédale charmant
Guidon belle
Selle joli
Sonnette mignon

ROUE BEAU

★

Douce tisane
Amer café
Astringent citron
Brûlant chocolat

FORT THÉ

★

Jambe belle
Pectoral puissant
Cuisse contractée
Abdominal dur

BRAS FORT

★

Inconscient court
Conscient élastique
Moi menu
Surmoi moyen

ÇA LONG

★

Circonspection commune
Méfiance canton
Attention département
Prudence région

GARE ÉTAT

★

Géant morpion
Petit échec
Moyen monopoly
Minuscule 1 000 bornes

GRAND GO

★

Carriole exténuée
Remorque cuite
Brouette épuisée
Fardier éreinté

BENNE À BOUT

★

Kilo balcon
Livre fenêtre
Hecto bow-window
Gramme terrasse

CARAT DECK

★

Nez mais
Bouche ou
Front car
Œil donc

JOUE ET

★

Évier prends garde
Lave-vaisselle Pise
Hotte d'argent
Frigo Londres

FOUR NESLES

★

Suppositoire inox
Cachet argent

Gélule bronze
Capsule vermeille

PASTILLE OR

★

Superbe tendre cinq
Moche fort quatre
Laid débonnaire trois
Vilain dur deux

BEAU DOUX UN

★

Pierre curé
Paul évêque
Luc cardinal
Marc prêtre

JEAN MOINE

★

Oh pleure
Ho s'esbaudit

Hue gémit
Ah s'exclame

HA RIT

★

Corsica si
Bastia non
Ajaccio oui
Saint-Florent peut-être

CALVI NO

JR et PF

TOUS ENSEMBLE

EXERCICES D'HOMOSYNTAXISME

Voyez valser les saucisses, les salamis, les salaisons, les salpicons. Abject salmigondis ! Et quelle salade !

Venez voir le sabbat des suppôts de Satan qui vessent, les salauds, et qui vomissent.

Adorable Suzanne, angélique Suzanne, vas-tu au secours de ces affreux soûlots, de ces silènes, de ces sybarites, de ces satyres ? Veux-tu qu'ils te violent ?

Sainte-Nitouche[1] aux saillies ardentes de ces soudards, au stupre, tu voles ![2]

NA

Il vous arrivera peut-être de rencontrer en quelque endroit du monde la cantatrice chauve. Aux délices de l'acapillarité elle joint — vous ne le constaterez pas sans envie — les joies de l'aphonie ; lorsqu'elle chante, le silence s'enrichit de mélodieuses absences,

1. Ou, si l'on conteste ce substantif : salope.
2. On notera que tous les adjectifs commencent par A, tous les substantifs par S, tous les verbes par V.

d'exaltantes surdités. Voulez-vous un opéra vraiment fabuleux, sans son et lumière, sans gestes et paroles ?... Demandez à voir au Conservatoire les musiciennes les plus sommairement coiffées ; peut-être la rue de Rome se rachètera-t-elle enfin !

RC

Regardez, vous arrivez sur la place où les femmes, les enfants et les hommes endimanchés, la curiosité de tout un peuple se montre. Vous reconnaissez un visage, un ami. Un souvenir vous trouble. Votre expression s'altère. Bouleversée par la clameur grandissante de la foule vous fermez les yeux. Cette belle assurance que les cauchemars et les nuits sans sommeil n'avaient pas entamée, l'orgueil de la reine déchue, devant la mort, devant la guillotine, cédera-t-il ?

JD

J'aimerais lire des homosyntaxismes, des exercices de style et autres structures oulipiennes, mais surtout pas de plagiats par anticipation. Après quoi, pourquoi ne pas savourer (et même bâfrer) des volailles, brouchtoucailles ou autres boustifailles en humant le piot ? Tout cela suivi d'une bonne sieste, certes reposante après un tel repas. Puis, beuglant une ritournelle grivoise (et que ce soit par avion, bateau, bicyclette ou auto), je voudrais voir la Patagonie, la Pologne, la doulce France, Naples et mourir.

FLL

J'ai vu l'Afrique, l'Asie, l'Europe, l'Amérique absurde, les pôles et les mers. J'ai goûté aux îles, aux prairies, aux neiges. J'aime leur néant. Je vis une vaste mort, une épaisse destruction. Je désire l'ombre assise, la surdité des pierres, la rigolade des averses. J'aurai marché dans des soleils, des merdes énormes, des bouillasses. Les jeux se font.

Voyons voir : le nez, le nase, le nose, le pif et, ruficarpe, le paf, le pouf auraient paru de l'ambre, de l'ombre, et même été du ciel, incarné la divine puissance, l'angélique vigueur si aimer le vent odoriférant, les cuisines, les fleurs, les viandes, les latrines, pouvait servir de module et de structure ontologique au besoin et à la fatalité de pisser.

J'vas vous dire : toute cette bouillasse, cette bousaille, cette flottaille, cette hydrodynamique biblique, toutes ces inondations et déluges nous font voir que les atolls, les îlots, les archipels sont là pour nous apprendre que l'aimable humanité, l'exquise féminité même se momifieront le jour prochain où le feu des soleils et des bouses de vache aura enfin illuminé un esprit et une âme trop aquatiques pour que leur solitude et leur lumière les assèchent.

JL

Voyons voir : César, Auguste, Tibère, Caligula l'équestre ; Claude ; Néron qui jouait à ravir du violon, Galba, Othon qui précéda Vitellius lequel n'était pas borgne ; Vespasien le polyurique ; Titus, qui précéda Domitien le sanguinaire, Nerva, Trajan et sa colonne, Adrien qui fit construire, Antonin, Marc-Aurèle, le cruel Commode… Et après Commode ? Y'en n'a plus !

GP

Vous voyez : vous revenez dans la cité de vos ancêtres. Les toits des maisons basses, les ruelles, le ruisseau même vous accueillent, vous sourient. Le maréchal-ferrant, la laitière, le quincaillier lèvent la tête, s'étonnent d'un si grand prodige, d'une si merveilleuse aventure : vous rentrez au pays ! Goguenards, à l'heure de la récréation, les enfants du collège pouffent et s'écrient : « À la garde ! » Cependant que le concierge, mutilé de la campagne du Rif, les semonce.

JB

Veni, vidi… Tétons et ventres, appas de filles équanimes, leurs tifs, leurs poils, vous font-ils pas arquer ? Sexe, cœur, cervelle s'agitent. (C'est le lendemain qu'on chante faux. Cordes vocales : câbles.) Nous n'irons plus au bois, cornus. Messages, ménages, messalines, mezzanine, qu'elles aillent se faire… La vengeance, plat froid, nectar, délice, mitonne.

AB

Puisque nous en sommes à rapprocher la culotte du zouave et la plume de ma tante ou, plus vite insinuée, la main de ma sœur, que nous nous proposons de substituer l'habit au moine, que notre carte déjà se fait territoire, que nous étirons, frénétique, les graphes d'une hypothétique grammaire qui soutenait pourtant la chair doucereuse des mots : alors que le cri, le dialogue, la communication s'estompent ici, que triomphe plutôt la sécheresse du paradigme à l'indéchiffrable structure afin que désormais l'homosyntaxisme s'incarne !

PB

Dormir, rêver que les nuées, les nuages, les nimbus, les cumulus menaçants, les stratus et les cirrus vont et viennent dans les airs comme les oiseaux ou des insectes ou encore comme des esprits qui sillonnent l'espace, voltigent au-dessus des vives eaux et des claires fontaines et flottent sur les forêts, les sombres bois, les bosquets et les boqueteaux, voilà ce qui arrive et advient à tout homme, à tout adulte sain d'esprit lorsque la nuit tombe.

RQ

Saint Paul, dans son sommeil.

J'aimerais rêver dans la cité de tes ancêtres. Les toits des maisons basses, les ruelles, le ruisseau même défavorisent et même entraveront le maréchal-ferrant et la laitière. Le bouton avorte avant le moment de s'ouvrir. Timidement la corolle déjà flétrie, sans force, retombe sur l'aiguillon. Adorables, les forêts, les bois, les boqueteaux attendent de te voir, salope aux saillies ardentes. Le soudard, encore capable d'épanouissement, te les montre.

JQ

Il s'agissait d'écrire un texte en prose en respectant la structure suivante :

VVSSSSASSVVSSSVSVASASVSASSSSVVSSASS

(V = Verbe, S = substantif, A = adjectif).

Elle était tirée du texte-source suivant :

On a perdu la clef de la boîte de sardines. Des sardines d'excellente qualité. Le sel s'est dispersé dans le fond de la musette. La sauce tomate se répand sur la robe de celle-ci, celle-là s'assoit dans le gras du jambon. Un gros bourdon voltige autour des miettes beurrées. Papiers, épluchures, détritus et boîtes vont agrémenter la nature de produits manufacturés. Dans ce temps-là, le campigne n'existait pas encore.

(Raymond Queneau,
Les Enfants du Limon, p. 25).

Oulipo, *La Littérature potentielle*, 1973.

AINSI PARLAIT ZARATHOUSTRAM

Variations sur le mot tram.

Après la pluie, le beau tram.
Autant en emporte le tram.
Les bons trams font les bons amis.
Un peu d'auto éloigne du tram, beaucoup en rapproche.
Un tram de beauté est un jouet pour l'hiver.
Tant va le tram à l'eau qu'à la fin il se casse.
Chacun pour soi et le tram pour tous.
Les chiens aboient, le tram passe.
Cœur qui soupire n'a pas le tram qu'il désire.
Comme on connaît ses trams, on les honore.
Deux tramways valent mieux qu'un.
Le tram est la continuation de la marche par d'autres moyens.
La nuit, tous les trams sont gris.
Qui veut voyager loin ménage son tramway.
Le tram est une seconde nature.

Autres temps, autres trams.
Un tram vaut mieux que deux autobus.
Jamais deux sans tram.
Quand le tramway va, tout va.
Et Dieu créa le tram.
Et patati et patatram.
Chacun pour soi et le tram pour tous.
Rien ne sert de courir, il faut partir en tram.
Le tramway, c'est la santé.
Tous les chemins mènent à tram.
Qui vole une rame vole un tram.
Strasbourg vaut bien un tram.
Plus on a des trams, plus on rit.
Les bons trams font les bons amis.
Le tram, c'est moi.
Deux tramways valent mieux qu'un.
Le tram est le propre de l'homme.
Tous les chemins mènent à tram.
Chacun pour soi et le tram pour tous.
On est toujours trop bon avec les trams.
L'exactitude est la politesse des trams.
Je suis contre les trams. Tout contre.
Jamais deux sans tram.
Je tram, moi non plus.
D'r tram bringt's, d'r tram nimmt's.
Ce que tram veut, Dieu le veut.
Avec le tram, avec le tram, oui, tout s'en va.
Tant de femmes et si peu de trams !
Tant de trams et si peu de temps !

Plaisir de tram ne dure qu'un instant, chagrin de tram dure toute la vie.
À tram donné, on ne regarde pas les rails.
On ne rattrape jamais le tram perdu.
Il y a un tram pour vivre et un tram pour mourir.
Au commencement, Dieu créa le rail et le tram.
Si tous les trams du monde voulaient se donner la main…
Ce n'est rien, c'est un tram qui se noie.
Amstramtram, pic et pic et coletram, amtramtram…
E tram ohne frau isch e baum ohne blüescht.
Rira bien qui rira en tramway.
Quand on prend le tramway, on n'en saurait trop prendre.
Abondance de tram ne nuit pas.
L'exactitude est la politesse des trams.
Un tramway n'est jamais perdu.
Qui veut voyager loin ménage son tramway.
L'exactitude est la politesse des trams.
Quand le tram n'est pas là, les souris dansent.
Jamais deux sans tram.
Le tram, où c'que t'erres.
La chair est triste, hélas, et j'ai pris tous les trams.
Le jour n'est pas plus pur que le fond de mon tram.
Comme un vol de gerfauts hors du tramway natal.
Vous êtes mon tramway superbe et généreux.
Abondance de tram ne nuit pas.
Le tram sifflera trois fois.

D'r tram bringt's, d'r tram nimmt's.
Un tramway n'est jamais perdu.
Mon cœur a son secret, mon tram a son mystère.
Cent fois sur le tramway, remettez votre ouvrage.
Un tramway n'arrive jamais seul.
Troll de tram.
Rira bien qui rira en tramway.
La guerre des trams n'aura pas lieu.
Tramways inanimés, avez-vous donc une âme ?
Tous les chemins mènent au tram.
Et le désir s'accroît quand le tramway recule.
Donnez nous aujourd'hui notre tram quotidien.
I'm singing in the tram.
Sur des tramways nouveaux faisons des vers antiques.
Le tramway c'est la santé.
Tramways de tous les pays, unissez-vous !
L'inconnu du Tram Express.
Marche à travers le tram une fleur à la main.
Rien ne sert de courir, il faut partir en tram.
Sur mes cahiers d'écolier, j'écris ton nom : tramoué.
Marche ou tram.
Homme libre toujours tu chériras le tram.
Quand le tramway va tout va.
Un petit tram pour moi, un grand tram pour l'humanité.
Un seul tramway vous manque, et tout est dépeuplé.
Ô tram, suspends ton vol !
La charmeuse de trams.

Zazie dans le tramway.
Deux tramways valent mieux qu'un.
Abracadatram.
Mon tram a son secret, ma vie a son mystère.
Chassez le naturel, il revient en tramway.
Allons enfants de la patrie, le jour du tram est arrivé !
Je vous salue tramway plein de grâces.
Debout les tramways de la terre !
J'prends des trams, des p'tits trams, toujours des p'tits trams.
Et Dieu créa le tram.
On achève bien les trams.
Ploum ploum tram la la.
Le tram sifflera trois fois.
Le tram est l'avenir de l'homme.
Le jeu du tramway et du hasard.
Aide-toi, le tram t'aidera.
Un petit tram pour moi, un grand tram pour l'humanité.
L'homme ne vit pas seulement de tram.
Marche ou tram !
Ralliez-vous à mon tramway blanc !
E tram ohne frau isch e baum ohne blüescht.
Tramways inanimés, avez-vous donc une âme ?
Le tram est le meilleur ami de l'homme.
Jamais deux sans tram.
Souvent tramway varie, bien fol est qui s'y fie.
Le tram est l'avenir de l'homme.

Tram qui roule n'amasse pas mousse.
Laissez venir à moi les petits tramways.
Ainsi parlait Zarathoustram !

Collectif

LA CANTATRICE SAUVE

Variations homophoniques sur le nom de Montserrat Caballe.

XI

À la sortie d'un conseil des ministres, le porte-parole de l'Élysée remarque que le président de la république a l'air ennuyé. Il lui demande pourquoi. « Je ne sais pas ce qui se passe, répond Giscard, mais j'ai comme le sentiment que mon premier ministre n'est plus aussi attentif que par le passé aux affaires du gouvernement :

MON CHIRAC A BÂILLÉ. »

XV

« Tu te trompes, mon ami, dit Queequeg à Ismaël, le capitaine n'a pas cloué la pièce d'or au mât du Pequod, il l'a attachée avec de la ficelle :

MON CHER, ACHAB A LIÉ ! »

XX

On poussait un amnésique à parler, dans l'espoir que cela rouvrirait quelque souvenir replié ; mais il savait bien, lui, que cela aurait l'effet contraire :

MOT NE SERT QU'À OUBLIER.

XXVII

Tard dans la nuit, un cruciverbiste arrive à l'imprimerie du journal pour vérifier que l'on n'a pas oublié sa définition du mot « Centaure » :

MON « SERT À CAVALE » Y EST ?

XXXV

À sa grande gêne, une femme avait une nature exagérément ample et déclarait à celui qui souhaitait la satisfaire :

« À MA HONTE, TU N'Y SERAS QUE QUEUE ET BRAS LIÉS. »

XXVI

« Tu veux savoir pourquoi j'ai tué mon frère ? dit Caïn à Adam. Ce n'est pas un acte gratuit, oh que non ! J'avais, au terme de mille difficultés, réussi à rendre amis un petit félin et un petit rongeur, et c'était merveille, papa, de les voir se promener la patte dans la patte. Eh bien, sais-tu ce qu'il a fait, ton saligaud de fils chéri ? Il les a attachés ensemble !

MON CHAT ET RAT QU'ABEL A LIÉS ! »

XLIII

Malade d'avoir bu trop de liqueur de cerise, un adolescent contemple tristement la flasque rosâtre entre ses pieds :

« MON SHERRY DÉGOBILLÉ... »

XLVI

Un faf exaspéré entra un jour dans la librairie Maspéro en criant :

« MAO SERA ÉCRABOUILLÉ ! »

LII

Lorsque le Docteur Frankenstein eut donné le jour à sa répugnante créature, la première chose que fit la répugnante créature fut d'aller s'aiguiser les ongles sur le corps d'un pauvre hère qu'avait l'air encore plus demeuré mort que vivant :

MONSTRE RACLA CADAVRE NIAIS.

LXIII

Lors du siège de Paris en 1814, le maréchal Moncey, se trouvant à court de troupes fraîches, demanda à l'empereur l'autorisation d'utiliser la populace des faubourgs. Par le télégraphe aérien de Chappe, Napoléon lui fit dire :

« MONCEY, RACAILLE BAILLÉE. »

LXXIII

M. Welch s'inquiétait de l'inconduite de sa fille qui, à minuit, alors qu'elle avait à peine treize ans, n'était pas encore rentrée. Il alla interroger un voisin, un immigrant de fraîche date qui lui répondit, désolé :

« MONSIEUR, ON SAIT, RAQUEL AU BAL Y EST. »

LXXXIV

Rencontrant à une *party* chez Mécène son ami Virgile, Horace l'interrogea sur son état d'âme des jours précédents. L'auteur de l'*Énéide* lui répondit finement :

« MENS ERAT : CARPE DIEM. »

XCI

Accompagné de son épouse, Abraham cheminait à travers le désert. Arrivé dans une oasis, il y but une eau quelque peu croupie. Les funestes conséquences de cette imprudence ne tardèrent pas à se manifester. En pleine nuit, il réveilla sa femme, hurlant :

« MA SARAH, CABINET ! »

Collectif

CENT MILLE MILLIARDS DE POÈMES

CENT MILLE MILLIARDS DE POÈMES : *MODE D'EMPLOI*

C'est plus inspiré par le livre pour enfants intitulé *Têtes de Rechange* que par les jeux surréalistes du genre *Cadavre exquis* que j'ai conçu — et réalisé — ce petit ouvrage qui permet à tout un chacun de composer à volonté cent mille milliards de sonnets, tous réguliers bien entendu. C'est somme toute une sorte de machine à fabriquer des poèmes, mais en nombre limité ; il est vrai que ce nombre, quoique limité, fournit de la lecture pour près de deux cents millions d'années (en lisant vingt-quatre heures sur vingt-quatre).

Pour composer ces dix sonnets, il m'a fallu obéir aux règles suivantes :

1. Les rimes ne devaient pas être trop banales (pour éviter platitude et monotonie), ni non plus trop rares ou uniques (*-inze*, *-onze*, *-orze*, par exemple) ; il était nécessaire d'avoir dans les quatrains au moins quarante mots différents et dans les tercets vingt. Il eût été, d'ailleurs, sans importance que de mêmes mots se trouvassent à la rime au

même vers puisqu'on ne les lit pas en même temps ; je ne me suis permis cette licence que pour « beaux » (substantif et anglicisme) et « beaux » (adjectif).

2. Chaque sonnet devait, sinon être parfaitement translucide, du moins avoir un thème et une continuité, sinon les 10^{14} — 10 autres n'auraient pas eu le même charme.

3. La structure grammaticale, enfin, devait être la même et demeurer invariante pour chaque substitution de vers. Une solution simple aurait été que chaque vers formât une proposition principale. Je ne me suis permis cette facilité que dans le sonnet n° 10 (le dernier !). J'ai veillé également à ce qu'il n'y eût pas de désaccord de féminin à masculin, ou de singulier à pluriel, d'un vers à l'autre dans les différents sonnets.

Les choses étant ainsi données, chaque vers étant placé sur un volet, il est facile de voir que le lecteur peut composer 10^{14} sonnets différents, soit cent mille milliards. (Pour être plus explicite pour les personnes sceptiques : à chaque premier vers [au nombre de dix] on peut faire correspondre dix seconds vers différents ; il y a donc cent combinaisons différentes des deux premiers vers ; en y joignant le troisième il y en aura mille et, pour les dix sonnets, complets, de quatorze vers, on a donc bien le résultat énoncé plus haut.)

En comptant 45 s pour lire un sonnet et 15 pour changer les volets, à 8 heures par jour, 200 jours par an, on a pour plus d'un million de siècles de lecture, et en lisant toute la journée 365 jours par an, pour : 190 258 751 années plus quelques plombes et broquilles (sans tenir compte des années bissextiles et autres détails).

Comme l'a bien dit Lautréamont, la poésie doit être faite par tous, non par un.

RQ

Cent mille milliards de poème, 1961.

À PROPOS DE LA LITTÉRATURE EXPÉRIMENTALE

Postface à Cent mille milliards de poèmes

De Lycophron[1] à Raymond Roussel[2] en passant par les Grands Rhétoriqueurs, la littérature expérimentale accompagne discrètement la littérature tout court. Avec les « Exercices de Style » et le présent recueil, elle entend sortir de cette semi-clandestinité, affirmer sa légitimité, proclamer ses ambitions, se constituer des méthodes, bref s'accorder à notre civilisation scientifique. Sa vocation est de partir en éclaireur pour tâter le terrain, y tracer des pistes nouvelles, s'assurer si telle route finit en impasse, si telle autre n'est qu'un chemin vicinal, si telle autre enfin amorce une voie triomphale qui conduira vers les Terres promises et les Eldorados du langage. C'est l'une de ces tentatives que nous proposent les « Cent mille milliards de poèmes ». Elle s'inscrit dans un chapitre plus vaste que l'on pourrait qualifier de « LITTÉRATURE COMBINA-

1. Peut-être.
2. Certainement.

TOIRE » et pour lequel Raymond Queneau semble éprouver une particulière prédilection.

N'avez-vous pas, en subissant le choc d'un vers parfaitement réussi, le sentiment attristé qu'il est regrettable qu'on ne s'en soit servi qu'une seule fois ? Un beau vers épuiserait-il donc toute sa vertu en un seul poème ? Je ne puis le croire. S'il a su très bien dire ce qu'il était chargé d'exprimer, pourquoi diable se casser la tête à transmettre le même message d'une manière qui risque d'être moins bonne[1] ?

On me dira — et j'en conviens volontiers — qu'un poème n'est pas seulement l'addition des vers qui le composent. Quelque géométrie se mêle à cette arithmétique. L'ordre dans lequel les vers sont enchaînés engendre une configuration qui contribue puissamment à l'effet poétique. On pourrait même démontrer cette proposition en fournissant des contre-exemples en quelque sorte complémentaires : d'une part, des poèmes assez médiocres dont, cependant, bien des vers — considérés chacun séparément — seraient excellents ; et, d'autre part, des vers sans éclat dont

1. Voilà bien des années que je trouve quelque plaisir à composer des poèmes à l'aide de vers empruntés à d'autres écrivains :

O combien de marins, combien de capitaines,
Fils, frère, oncle, cousin, beau-frère de greffier,
Manipule des poids de cinquante kilos,
Dans une terre grasse et pleine d'escargots.

l'association formerait des poèmes d'une assez belle qualité[1].

C'est ici, précisément, qu'apparaît la vertu majeure de ces cent mille milliards de sonnets. Sans doute les combinaisons que l'on peut forger, en s'en remettant au hasard, ne sont-elles pas toutes d'égales valeurs. Elles représentent cependant plus qu'une collection de cadavres exquis. Cela tient, évidemment, au fait que Raymond Queneau a adopté un plan général qui limite et oriente les effets du hasard. Il a imposé une structure[2] commune à ses dix SONNETS-GÉNITEURS, structure dont une certaine partie se retrouve dans les SONNETS-DÉRIVÉS et leur confère une efficacité supplémentaire.

Certes, d'autres directions sont possibles (et je crois savoir que quelques bons esprits s'en préoccupent). Au XVIIe siècle déjà — dans un supplément, aux « Deliciae physico-mathematicae » de son compatriote Daniel Schwenter — Georg-Philipp Harsdorffer lançait l'idée des « poèmes protéiques ». Cette fois-ci, les permutations portent sur les mots eux-mêmes, de sorte que — ces mots étant équisyllabiques — le mètre est conservé cependant que change le sens. C'est ainsi qu'en permutant les onze monosyllabes soulignées dans les deux vers suivants :

1. J'incline à croire que cette remarque pourrait éclairer la querelle du classicisme et du romantisme.

2. Syntaxique ? Pas seulement.

Ehr, Kunst, Geld, Guth, Lob, Waib und *Kind,*
Man hat, *sucht, fehlt, hofft,* und verschwind[1]

on peut obtenir 39 917 800 distiques différents.

On voit ce qui sépare ces deux méthodes. Harsdorffer échange des mots, alors que Queneau échange des alexandrins. Mais le premier opère à l'intérieur d'un seul poème alors que le second emprunte ses substitutions à l'extérieur. Il en résulte nécessairement une bien plus grande abondance de combinaisons, cet accroissement de productivité entraînant corrélativement un abaissement du prix de revient unitaire des poèmes. Grâce à cette supériorité technique l'ouvrage que vous tenez entre vos mains représente à lui tout seul une quantité de texte nettement plus grande que tout ce que les hommes ont écrit depuis l'invention de l'écriture, en y comprenant les romans populaires, la correspondance commerciale, diplomatique et privée, les brouillons jetés au panier et les graffiti. Cette remarque — qui ne tend nullement à déprécier le PROCÉDÉ HARSDORFFER — est en tout cas à porter au crédit du PROCÉDÉ QUENEAU.

On ne s'étonnera pas d'apprendre que le prurit combinatoire exerce ses ravages au-delà du domaine

1. *Honneur, Art, Argent, Bien, Amour, Femme et Enfant,*
L'Homme les a cherchés, sentis, espérés et perdus.

du langage. En représentant, en 1740, les notes de la gamme par des nombres, Jean-Jacques Rousseau ouvrait à ses contemporains des possibilités dont quelques-uns ne se privèrent point et qui, de nos jours, ont tenté John Cage et l'école de musique algorythmique de Pierre Barbaud. Mozart[1] et Stockhausen[2] préfèrent introduire les permutations à un niveau plus élevé ; elles portent sur des phrases musicales dont chacune est d'invention humaine ; nous nous retrouvons au voisinage de Queneau. En peinture — outre les œuvres mobiles ou transformables qui sortent de notre propos quand elles font appel au continu — on signalera « Jazz », le mobile lumineux de Frank Malina, qui permet $2^{11} - 1 =$ 2 047 combinaisons. Mentionnons encore le tour de prestidigitation imaginé par Mel Stover : il permet de retrouver, aussi aisément qu'infailliblement, une carte choisie par un spectateur dans un jeu composé de dix milliards de cartes différentes[3].

Voilà donc — appelée, me semble-t-il, à un destin enviable — une nouvelle formule de composition

1. Son « jeu musical » se présentait sous la forme d'un fichier accompagné d'une notice montrant, par un système facile, « comment composer un nombre limité de valses, rondeaux et menuets » ; le tout, livré dans un élégant coffret.

2. « Pièce pour piano n° 11 ».

3. La fabrication d'un tel matériel étant dispendieuse, il est recommandé d'acheter 200 millions de jeux de 52 cartes, d'enlever 2 cartes de chaque jeu et d'inscrire sur les cartes restantes, et dans chacune des quatre familles, les nombres de 1 à 2 500 000 000.

littéraire offerte à qui voudra l'expérimenter. Faut-il s'écrier — comme le Vieux de la Montagne sur son lit de mort — : « Rien n'est vrai, tout est permis ! » ? Nous ne souscrirons certes pas à tant de cynisme. Mais convenons que l'on s'accorde bien des permissions de nos jours et pas rien qu'en matière de littérature expérimentale…

FLL

Raymond Queneau, *Cent mille milliards de poèmes*, 1961.

QUATRE PARMI LES DIX SONNETS DE DÉPART

I

Le roi de la pampa retourne sa chemise
pour la mettre à sécher aux cornes de taureaux
le cornédbîf en boîte empeste la remise
et fermentent de même et les cuirs et les peaux

Je me souviens encor de cette heure exeuquise
les gauchos dans la plaine agitaient leurs drapeaux
nous avions aussi froid que nus sur la banquise
lorsque pour nous distraire y plantions nos tréteaux

Du pôle à Rosario fait une belle trotte
aventures on eut qui s'y pique s'y frotte
lorsqu'on boit du maté l'on devient argentin

L'Amérique du Sud séduit les équivoques
exaltent l'espagnol les oreilles baroques
si la cloche se tait et son terlintintin

II

Le cheval Parthénon s'énerve sur sa frise
depuis que lord Elgin négligea ses naseaux
le Turc de ce temps-là pataugeait dans sa crise
il chantait tout de même oui mais il chantait faux

Le cheval Parthénon frissonnait sous la bise
du climat londonien où s'ébattent les beaux
il grelottait le pauvre aux bords de la Tamise
quand les grêlons fin mars mitraillent les bateaux

La Grèce de Platon à coup sûr n'est point sotte
on comptait les esprits acérés à la hotte
lorsque Socrate mort passait pour un lutin

Sa sculpture est illustre et dans le fond des coques
on transporte et le marbre et débris et défroques
si l'Europe le veut l'Europe ou son destin

IX

Le marbre pour l'acide est une friandise
d'aucuns par-dessus tout prisent les escargots
sur la place un forain de feu se gargarise
qui sait si le requin boulotte les turbots ?

Du voisin le Papou suçote l'apophyse
que n'a pas dévoré la horde des mulots ?
le gourmet en salade avale la cytise
l'enfant pur aux yeux bleus aime les berlingots

Le loup est amateur de coq et de cocotte
le chat fait un festin de têtes de linotte
le chemin vicinal se nourrit de crottin

On a bu du pinard à toutes les époques
grignoter des bretzels distrait bien des colloques
mais rien ne vaut grillé le morceau de boudin

X

Lorsque tout est fini lorsque l'on agonise
lorsque le marbrier astique nos tombeaux
des êtres indécis vous parlent sans franchise
et tout vient signifier la fin des haricots

On vous fait devenir une orde marchandise
on prépare la route aux pensers sépulcraux
de la mort on vous greffe une orde bâtardise
la mite a grignoté tissus os et rideaux

Le brave a beau crier ah cré nom saperlotte
le lâche peut arguer de sa mine pâlotte
les croque-morts sont là pour se mettre au turbin

Cela considérant ô lecteur tu suffoques
comptant tes abattis lecteur tu te disloques
toute chose pourtant doit avoir une fin

RQ

Cent mille milliards de poèmes, 1961.

INDEX DES AUTEURS

★

Oulipo, *La Bibliothèque oulipienne*, vol. 1, est paru aux éditions Ramsay en 1987.

Oulipo, *La Bibliothèque oulipienne*, vol. 3, est paru aux éditions Seghers en 1990.

Oulipo, *Pièces détachées* est paru aux éditions Mille et une nuits en 2007.

Oulipo Compendium est paru aux éditions Atlas Press en 1998.

35 variations sur un thème de Marcel Proust de Georges Perec suivi de *Variations* est paru au Castor Astral en 2000.

Des ans et des ânes de Jacques Jouet est paru aux éditions Ramsay en 1988.

J & I, les deux combinateurs et la totalité de Paul Braffort est paru aux éditions Plein chant en 2002.

N/S de Frédéric Forte et Ian Monk est paru aux éditions de l'Attente en 2004.

Opéras-minute de Frédéric Forte est paru au Théâtre Typographique en 2005.

What a man! de Georges Perec est paru au Castor Astral en 1996.

Zindien d'Hervé Le Tellier est paru aux éditions Syllepse en 2000.

WHAT A MAN!

AMOUR

SONNETS ET AUTRES

ANIMAUX

LA LOI DES SÉRIES

CIRCONSTANCES

PATRIMOINE

HISTOIRE ET MANIFESTES

TOUS ENSEMBLE

CENT MILLE MILLIARDS DE POÈMES

DANS LA MÊME COLLECTION

ANTHOLOGIE DE LA POÉSIE LYRIQUE FRANÇAISE DES XIIe ET XIIIe SIÈCLES. *Édition bilingue de Jean Dufournet.*

ANTHOLOGIE DE LA POÉSIE FRANÇAISE DU XVIe SIÈCLE. *Édition de Jean Céard et Louis-Georges Tin.*

ANTHOLOGIE DE LA POÉSIE FRANÇAISE DU XVIIe SIÈCLE. *Édition de Jean-Pierre Chauveau.*

ANTHOLOGIE DE LA POÉSIE FRANÇAISE DU XVIIIe SIÈCLE. *Édition de Michel Delon.*

ANTHOLOGIE DE LA POÉSIE FRANÇAISE DU XIXe SIÈCLE :

I. De Chateaubriand à Baudelaire. *Édition de Bernard Leuilliot.*

II. De Baudelaire à Saint-Pol-Roux. *Édition de Michel Décaudin.*

ANTHOLOGIE DE LA POÉSIE FRANÇAISE DU XXe SIÈCLE :

I. *Préface de Claude Roy. Édition de Michel Décaudin.*

II. *Préface de Jorge Semprun. Édition de Jean-Baptiste Para.*

ANTHOLOGIE DE LA POÉSIE LYRIQUE LATINE DE LA RENAISSANCE. *Édition bilingue de Pierre Laurens.*

ANTHOLOGIE DE LA POÉSIE RELIGIEUSE FRANÇAISE. *Édition de Dominique Aury.*

SOLEIL DU SOLEIL. *Anthologie du sonnet français de Marot à Malherbe présentée et choisie par Jacques Roubaud.*

LES POÈTES DU CHAT NOIR. *Édition d'André Velter.*

LES POÈTES DU GRAND JEU. *Édition de Zéno Bianu.*

ORPHÉE STUDIO. Poésie d'aujourd'hui à voix haute. *Édition d'André Velter.*

POÈMES À DIRE. Une anthologie de poésie contemporaine francophone. *Édition de Zéno Bianu.*

DERNIÈRES PARUTIONS

113. Stéphane Mallarmé	*Igitur. Divagations. Un coup de dés.*
114. Aragon	*Les Poètes.*
115. Alfred de Musset	*Premières Poésies. Poésies nouvelles.*
116. Francis Ponge	*La rage de l'expression.*
117. Pablo Neruda	*Mémorial de l'Île Noire* suivi de *Encore.*
118. Victor Hugo	*Les Châtiments.*
119. Alfred Jarry	*Les Minutes de sable mémorial. César-Antechrist.*
120. Guillevic	*Sphère.*
121. Rainer Maria Rilke	*Vergers.*
122. Paul Éluard	*Donner à voir.*
123. ***	*Anthologie de la poésie japonaise classique.*
124. René Char	*Le Nu perdu.*
125. Marguerite Yourcenar	*Présentation critique de Constantin Cavafy (1863-1933)*
126. Octavio Paz	*Versant Est.*
127. Guillaume Apollinaire	*Le Poète assassiné.*
128. Cesare Pavese	*Travailler fatigue. La mort viendra et elle aura tes yeux.*
129. Jules Laforgue	*Poésies complètes,* I.
130. Jules Laforgue	*Poésies complètes,* II.
131. Paul-Jean Toulet	*Les Contrerimes.*
132. Paul Verlaine	*La Bonne Chanson. Jadis et naguère. Parallèlement.*
133. André Pieyre de Mandiargues	*Le point où j'en suis.*
134. Rabindranath Tagore	*Le Jardinier d'amour.*
135. Francis Ponge	*Lyres.*
136. Aloysius Bertrand	*Gaspard de la Nuit.*
137. Aragon	*Le Crève-cœur.*
138. Novalis	*Les Disciples à Saïs. Hymnes à la Nuit.*
139. Max Jacob	*Le Laboratoire central.*
140. Pier Paolo Pasolini	*Poésies 1953-1964.*
141. Victor Hugo	*Odes et Ballades.*

142. Francis Jammes	*Clairières dans le Ciel.*
143. Alfred Jarry	*Gestes et opinions du Docteur Faustroll, pataphysicien. L'Amour Absolu.*
144. Antonio Machado	*Champs de Castille.*
145. Alphonse de Lamartine	*Méditations poétiques.*
146. Joë Bousquet	*La Connaissance du Soir.*
147. Giuseppe Ungaretti	*Vie d'un homme.*
148. Jacques Audiberti	*Des Tonnes de semence.*
149. Germain Nouveau	*La Doctrine de l'Amour.*
150. Raymond Queneau	*Courir les rues. Battre la campagne. Fendre les flots.*
151. Victor Hugo	*Les Orientales. Les Feuilles d'automne.*
152. Pierre Reverdy	*Ferraille.*
153. José-Maria de Heredia	*Les Trophées.*
154. Théophile Gautier	*Émaux et Camées.*
155. Ossip Mandelstam	*Tristia.*
156. ***	*Anthologie de la poésie chinoise classique.*
157. Paul Éluard	*Une leçon de morale.*
158. Yves Bonnefoy	*Poèmes.*
159. Giacomo Leopardi	*Canti.*
160. Max Jacob	*Derniers poèmes en vers et en prose.*
161. Edgar Poe	*Poèmes.*
162. Victor Hugo	*Les Chansons des rues et des bois.*
163. Émile Verhaeren	*Les Campagnes hallucinées. Les Villes tentaculaires.*
164. Pierre Mac Orlan	*Poésies documentaires complètes.*
165. François Malherbe	*Poésies.*
166. Alain Bosquet	*Sonnets pour une fin de siècle.*
167. Lorand Gaspar	*Sol absolu.*
168. ***	*Anthologie de la poésie française du XX*e *siècle,* I.
169. Victor Hugo	*Les Chants du crépuscule. Les Voix intérieures. Les Rayons et les Ombres.*

170. Maurice Fombeure — *Les étoiles brûlées.*
171. Emily Brontë — *Poèmes.*
172. François Pétrarque — *Canzoniere.*
173. Louise Labé — *Œuvres poétiques.*
174. Jules Romains — *La Vie unanime.*
175. Édouard Glissant — *Le sel noir.*
176. Jean Cocteau — *Vocabulaire. Plain-Chant.*
177. Claude Roy — *Sais-tu si nous sommes encore loin de la mer?*
178. Marceline Desbordes-Valmore — *Poésies.*
179. Jean Follain — *Usage du temps.*
180. Marie Noël — *Les Chansons et les Heures.*
181. Maurice Maeterlinck — *Serres chaudes. Quinze Chansons. La Princesse Maleine.*
182. Pablo Neruda — *Chant général.*
183. Maurice de Guérin — *Poésie.*
184. André Frénaud — *La Sorcière de Rome.*
185. Federico Garcia Lorca — *Suites. Sonnets de l'amour obscur.*
186. Maurice Scève — *Délie.*
187. Georges-Emmanuel Clancier — *Le paysan céleste.*
188. Victor Hugo — *La Fin de Satan.*
189. Goethe — *Le Divan.*
190. Marguerite Yourcenar — *La Couronne et la Lyre.* Anthologie de la poésie grecque ancienne.
191. *** — *Anthologie de la poésie française du XIX*e *siècle*, I.
192. Paul Claudel — *Art Poétique.*
193. Philippe Soupault — *Georgia. Épitaphes. Chansons.*
194. Victor Hugo — *L'Année terrible.*
195. Nicolas Boileau — *Satires. Épîtres. Art poétique.*
196. Jorge Luis Borges — *Œuvre poétique, 1925-1965.*
197. Alain Bosquet — *Poèmes, un.*
198. Pierre de Ronsard — *Les Quatre Saisons.*
199. André Frénaud — *La Sainte Face.*
200. Guillevic — *Du domaine. Euclidiennes.*
201. Henri Michaux — *Plume.*
202. Charles Leconte de Lisle — *Poèmes barbares.*

203. Victor Segalen — *Odes. Thibet.*
204. Charles Péguy — *Le Porche du mystère de la deuxième vertu.*
205. Michel Deguy — *Poèmes II (1970-1980).*
206. André Salmon — *Carreaux.*
207. Robert Mallet — *Quand le miroir s'étonne.*
208. André Gide — *Les Cahiers et les Poésies d'André Walter.*
209. Rutebeuf — *Poèmes de l'infortune.*
210. Henri Michaux — *Ailleurs (Voyage en Grande Garabagne. Au pays de la Magie. Ici, Poddema).*
211. Jean Tardieu — *L'Accent grave et l'accent aigu.*
212. Jean-Paul de Dadelsen — *Jonas.*
213. Clément Marot — *L'Adolescence clémentine.*
214. Fernando Pessoa — *Le Gardeur de troupeaux d'Alberto Caeiro* avec *Poésies d'Alvaro de Campos.*
215. Georges Ribemont-Dessaignes — *Ecce Homo.*
216. *** — *Anthologie de la poésie française du XVIIe siècle.*
217. Henri Michaux — *La nuit remue.*
218. Virgile — *Géorgiques.*
219. Jules Supervielle — *La Fable du monde. Oublieuse mémoire.*
220. André Frénaud — *Les Rois mages.*
221. Jacques Réda — *Amen. Récitatif. La tourne.*
222. Daniel Boulanger — *Retouches.*
223. Alain Bosquet — *Un jour après la vie.*
224. Henri Michaux — *Connaissance par les gouffres.*
225. Boris Pasternak — *Ma sœur la vie* et autres poèmes.
226. Georges Perros — *Une vie ordinaire.*
227. Jacques Roubaud — ∈.
228. Henri Michaux — *Épreuves, exorcismes.*
229. Georges Séféris — *Poèmes,* suivi de *Trois poèmes secrets.*
230. Pierre Reverdy — *Plupart du temps.*

231. *** *Chansonnier révolutionnaire.*
232. *** *Anthologie de la poésie lyrique française des XIIe et XIIIe siècles.*
233. Daniel Boulanger *Tchadiennes.*
234. René Char *Éloge d'une Soupçonnée.*
235. Henri Michaux *La vie dans les plis.*
236. Robert Sabatier *Les Châteaux de millions d'années.*
237. Norge *Poésies 1923-1988.*
238. Octavio Paz *Le Feu de chaque jour.*
239. Claude Roy *À la lisière du temps.*
240. Edmond Jabès *Le Seuil Le Sable.*
241. Pierre Louÿs *Les Chansons de Bilitis.*
242. Miguel Angel Asturias *Poèmes indiens.*
243. Georg Trakl *Crépuscule et déclin.*
244. Henri Michaux *Misérable miracle.*
245. Guillevic *Étier* suivi de *Autres.*
246. Adonis *Mémoire du vent.*
247. Max Jacob *Poèmes de Morven le Gaëlique.*
248. Dylan Thomas *Vision et Prière.*
249. *** *Chansons françaises de la Renaissance.*
250. Eugenio Montale *Poèmes choisis (1916-1980).*
251. Herman Melville *Poèmes de guerre.*
252. André du Bouchet *Dans la chaleur vacante.*
253. Gaspara Stampa *Poèmes.*
254. Daniel Boulanger *Intailles.*
255. Martial *Épigrammes.*
256. Michel-Ange *Poèmes.*
257. John Donne *Poèmes.*
258. Henri Michaux *Face aux verrous.*
259. William Faulkner *Le Faune de marbre. Un rameau vert.*
260. Walt Whitman *Poèmes.*
261. Stéphane Mallarmé *Poésies.*
262. Yves Bonnefoy *Rue Traversière.*
263. *** *Anthologie de la poésie française du XIXe siècle,* II.

264. Hugo von Hofmannsthal *Lettre de Lord Chandos.*
265. Paul Valéry *Ego scriptor.*
266. Goethe *Élégie de Marienbad.*
267. Lorand Gaspar *Égée. Judée.*
268. Jacques Réda *Les Ruines de Paris.*
269. Jude Stéfan *À la Vieille Parque.*
270. Rainer Maria Rilke *Lettres à un jeune poète.*
271. Pierre Torreilles *Denudare.*
272. Friedrich Hölderlin *Odes. Élégies. Hymnes.*
273. W. B. Yeats *Quarante-cinq poèmes.*
274. Bernard Noël *La Chute des temps.*
275. *** *Anthologie de la poésie russe.*
276. André Chénier *Poésies.*
277. Philippe Jaccottet *À la lumière d'hiver.*
278. Daniel Boulanger *Hôtel de l'image.*
279. Charles Leconte de Lisle *Poèmes antiques.*
280. Alexandre Pouchkine *Poésies.*
281. Elizabeth Browning *Sonnets portugais.*
282. Henri Michaux *L'Infini turbulent.*
283. Rainer Maria Rilke *Élégies de Duino. Sonnets à Orphée.*
284. Maurice Blanchard *Les Barricades mystérieuses.*
285. Omar Khayam *Rubayat.*
286. Agrippa d'Aubigné *Les Tragiques.*
287. Jean Cassou *Trente-trois sonnets composés au secret.*
288. *** *La planche de vivre.*
289. Pierre Jean Jouve *Dans les années profondes.*
290. John Milton *Le Paradis perdu.*
291. Pablo Neruda *La Centaine d'amour.*
292. Yves Bonnefoy *Ce qui fut sans lumière.*
293. Pier Paolo Pasolini *Poèmes de jeunesse.*
294. Jacques Audiberti *Ange aux entrailles.*
295. Henri Pichette *Apoèmes.*
296. Stéphane Mallarmé *Vers de circonstance.*
297. John Keats *Poèmes et poésies.*
298. Paul Claudel *Cent phrases pour éventails.*
299. Louis Calaferte *Rag-time.*

332. Jean Genet — *Le condamné à mort.*
333. O. V. de L. Milosz — *La Berline arrêtée dans la nuit.*
334. *** — *Anthologie du sonnet français de Marot à Malherbe.*
335. Jean Racine — *Cantiques spirituels.*
336. Jean-Pierre Duprey — *Derrière son double.*
337. Paul Claudel — *Bréviaire poétique.*
338. Marina Tsvétaïéva — *Le ciel brûle* suivi de *Tentative de jalousie.*
339. Sylvia Plath — *Arbres d'hiver* précédé de *La Traversée.*
340. Jacques Dupin — *Le corps clairvoyant.*
341. Vladimír Holan — *Une nuit avec Hamlet.*
342. Pierre Reverdy — *Main d'œuvre.*
343. Mahmoud Darwich — *La terre nous est étroite.*
344. *** — *Anthologie de la poésie française du XXe siècle,* I.
345. *** — *Anthologie de la poésie française du XXe siècle,* II.
346. Pierre Oster — *Paysage du Tout.*
347. Édouard Glissant — *Pays rêvé, pays réel.*
348. Emily Dickinson — *Quatrains et autres poèmes brefs.*
349. Henri Michaux — *Qui je fus* précédé de *Les Rêves et la Jambe.*
350. Guy Goffette — *Éloge pour une cuisine de province* suivi de *La vie promise.*
351. Paul Valéry — *Poésie perdue.*
352. *** — *Anthologie de la poésie yiddish.*
353. *** — *Anthologie de la poésie grecque contemporaine.*
354. Yannis Ritsos — *Le mur dans le miroir.*
355. Jean-Pierre Verheggen — *Ridiculum vitae* précédé de *Artaud Rimbur.*
356. André Velter — *L'Arbre-Seul.*
357. Guillevic — *Art poétique* précédé de *Paroi* et suivi de *Le Chant.*
358. Jacques Réda — *Hors les murs.*
359. William Wordsworth — *Poèmes.*

360. Christian Bobin — *L'Enchantement simple.*
361. Henry J.-M. Levet — *Cartes Postales.*
362. Denis Roche — *Éros énergumène.*
363. Georges Schehadé — *Les Poésies*, édition augmentée.
364. Ghérasim Luca — *Héros-Limite* suivi de *Le Chant de la carpe* et de *Paralipomènes.*
365. Charles d'Orléans — *En la forêt de longue attente.*
366. Jacques Roubaud — *Quelque chose noir.*
367. Victor Hugo — *La Légende des siècles.*
368. Adonis — *Chants de Mihyar le Damascène* suivi de *Singuliers.*
369. *** — *Haiku.* Anthologie du poème court japonais.
370. Gérard Macé — *Bois dormant.*
371. Victor Hugo — *L'Art d'être grand-père.*
372. Walt Whitman — *Feuilles d'herbe.*
373. *** — *Anthologie de la poésie tchèque contemporaine.*
374. Théophile de Viau — *Après m'avoir fait tant mourir.*
375. René Char — *Le Marteau sans maître* suivi de *Moulin premier.*
376. Aragon — *Le Fou d'Elsa.*
377. Gustave Roud — *Air de la solitude.*
378. Catherine Pozzi — *Très haut amour.*
379. Pierre Reverdy — *Sable mouvant.*
380. Valère Novarina — *Le Drame de la vie.*
381. *** — *Les Poètes du Grand Jeu.*
382. Alexandre Blok — *Le Monde terrible.*
383. Philippe Jaccottet — *Cahier de verdure* suivi de *Après beaucoup d'années.*
384. Yves Bonnefoy — *Les planches courbes.*
385. Antonin Artaud — *Pour en finir avec le jugement de dieu.*
386. Constantin Cavafis — *En attendant les barbares.*
387. Stéphane Mallarmé — *Igitur. Divagations. Un coup de dés.*
388. *** — *Anthologie de la poésie portugaise contemporaine.*

389. Marie Noël	*Les Chants de la Merci.*
390. Lorand Gaspar	*Patmos* et autres poèmes.
391. Michel Butor	*Anthologie nomade.*
392. ***	*Anthologie de la poésie lyrique latine de la Renaissance.*
393. ***	*Anthologie de la poésie française du XVIe siècle.*
394. Pablo Neruda	*La rose détachée.*
395. Eugénio de Andrade	*Matière solaire.*
396. Pierre Albert-Birot	*Poèmes à l'autre moi.*
397. Tomas Tranströmer	*Baltiques.*
398. Lionel Ray	*Comme un château défait.*
399. Horace	*Odes.*
400. Henri Michaux	*Poteaux d'angle.*
401. W. H. Auden	*Poésies choisies.*
402. Alain Jouffroy	*C'est aujourd'hui toujours.*
403. François Cheng	*À l'orient de tout.*
404. Armen Lubin	*Le passager clandestin.*
405. Sapphô	*Odes et fragments.*
406. Mario Luzi	*Prémices du désert.*
407. Alphonse Allais	*Par les bois du Djinn.*
408. Jean-Paul de Dadelsen	*Jonas* suivi des *Ponts de Budapest.*
409. Gérard de Nerval	*Les Chimères,* suivi de *La Bohême galante, Petits châteaux de Bohême.*
410. Carlos Drummond de Andrade	*La machine du monde* et autres poèmes.
411. Jorge Luis Borges	*L'or des tigres.*
412. Jean-Michel Maulpoix	*Une histoire de bleu.*
413. Gérard de Nerval	*Lénore* et autres poésies allemandes.
414. Vladimir Maïakovski	*À pleine voix.*
415. Charles Baudelaire	*Le Spleen de Paris.*
416. Antonin Artaud	*Suppôts et Suppliciations.*
417. André Frénaud	*Nul ne s'égare* précédé de *Hæres.*
418. Jacques Roubaud	*La forme d'une ville change plus vite, hélas, que le cœur des humains.*

419. Georges Bataille	*L'Archangélique.*
420. Bernard Noël	*Extraits du corps.*
421. Blaise Cendrars	*Du monde entier au cœur du monde* (Poésies complètes).
422. ***	*Les Poètes du Tango.*
423. Michel Deguy	*Donnant Donnant (*Poèmes 1960-1980).
424. Ludovic Janvier	*La mer à boire.*
425. Kenneth White	*Un monde ouvert.*
426. Anna Akhmatova	*Requiem, Poème sans héros* et autres poèmes.
427. Tahar Ben Jelloun	*Le Discours du chameau* suivi de *Jénine* et autres poèmes.
428. ***	*L'horizon est en feu.* Cinq poètes russes du XXe siècle.
429. André Velter	*L'amour extrême* et autres poèmes pour Chantal Mauduit.
430. René Char	*Lettera amorosa.*
431. Guy Goffette	*Le pêcheur d'eau.*
432. Guillevic	*Possibles futurs.*
433. ***	*Anthologie de l'épigramme.*
434. Hans Magnus Enzensberger	*Mausolée* précédé de *Défense des loups* et autres poésies.
435. Emily Dickinson	*Car l'adieu, c'est la nuit.*
436. Samuel Taylor Coleridge	*La Ballade du Vieux Marin* et autres textes.
437. William Shakespeare	*Les Sonnets* précédés de *Vénus et Adonis* et du *Viol de Lucrèce.*
438. ***	*Haiku du XXe siècle.* Le poème court japonais d'aujourd'hui.
439. Christian Bobin	*La Présence pure* et autres textes.
440. Jean Ristat	*Ode pour hâter la venue du printemps* et autres poèmes.
441. Álvaro Mutis	*Et comme disait Maqroll el Gaviero.*
442. Louis-René des Forêts	*Les Mégères de la mer* suivi de *Poèmes de Samuel Wood.*

443. ***	*Le Dîwân de la poésie arabe classique.*
444. Aragon	*Elsa.*
445. Paul Éluard & Man Ray	*Les Mains libres.*
446. Jean Tardieu	*Margeries.*
447. Paul Éluard	*J'ai un visage pour être aimé.* Choix de poèmes 1914-1951.
448. ***	*Anthologie de l'OuLiPo.*
449. Tomás Segovia	*Cahier du nomade.* Choix de poèmes 1946-1997.
450. Mohammed Khaïr-Eddine	*Soleil arachnide.*
451. Jacques Dupin	*Ballast.*
452. Henri Pichette	*Odes à chacun* suivi de *Tombeau de Gérard Philipe.*
453. Philippe Delaveau	*Le Veilleur amoureux* précédé d' *Eucharis.*
454. André Pieyre de Mandiargues	*Écriture ineffable* précédé de *Ruisseau des solitudes* de *L'Ivre Œil* et suivi de *Gris de perle.*
455. André Pieyre de Mandiargues	*L'Âge de craie* suivi de *Dans les années sordides*, *Astyanax* et *Le Point où j'en suis.*
456. Pascal Quignard	*Lycophron et Zétès.*
457. Kiki Dimoula	*Le Peu du monde* suivi de *Je te salue Jamais.*
458. Marina Tsvétaïéva	*Insomnie* et autres poèmes.
459. Franck Venaille	*La Descente de l'Escaut* suivi de *Tragique.*
460. Bernard Manciet	*L'Enterrement à Sabres.*
461. ***	*Quelqu'un plus tard se souviendra de nous.*
462. Herberto Helder	*Le poème continu.*
463. Francisco de Quevedo	*Les Furies et les Peines.*
464. ***	*Les Poètes de la Méditerranée.*
465. René Char	*Effilage du sac de jute.*
466. ***	*Poètes en partance.*
467. Sylvia Plath	*Ariel.*

Composition Interligne
Impression Maury-Imprimeur
45330 Malesherbes
le 28 février 2011.
Dépôt légal : février 2011.
1er dépôt légal dans la collection : mai 2009.
Numéro d'imprimeur : 162682.

ISBN 978-2-07-035567-9. / Imprimé en France.

183485